吻痣2

曲小蛐/著

时代出版传媒股份有限公司
安 徽 文 艺 出 版 社

图书在版编目（CIP）数据

吻痣. 2/曲小蛐著. —合肥：安徽文艺出版社，2021.1
ISBN 978-7-5396-7044-7

Ⅰ. ①吻… Ⅱ. ①曲… Ⅲ. ①长篇小说－中国－当代
Ⅳ. ①I247.5

中国版本图书馆 CIP 数据核字(2020)第 171314 号

出 版 人：段晓静　　　特约编辑：号　号　李姣姣
责任编辑：宋晓津　　　装帧设计：苏　茶　张　强　徐　睿

出版发行：时代出版传媒股份有限公司　www.press-mart.com
安徽文艺出版社　www.awpub.com
地　　址：合肥市翡翠路 1118 号　邮政编码：230071
营 销 部：(0551)63533889
印　　制：北京盛通印刷股份有限公司　(010)52249888

开本：880×1230　1/32　印张：10.75　字数：300 千字
版次：2021 年 1 月第 1 版
印次：2021 年 4 月第 2 次印刷
定价：38.00 元

目录

Contents

第1章

远郊的高速服务区，苏荷与计安安并肩站着，面朝的方向，麦田金黄，麦穗把麦秆压弯了腰，在晨曦的光里随风摇曳，起伏的麦浪一直绵延到白蓝相染的天际线。

此时还没什么车，两人身后的服务区更是不见人影，停车区孤零零地停着公司配给苏荷的那辆小轿车。即便隔得远看不清，苏荷也知道，此时商骁就在后座，平静又淡定地看着这里。

明明是他搞出来的事情，怎么背锅的却成了自己？苏荷在心底叹气。

她身旁的计安安在长久的沉默之后，终于幽幽地开口了。

“骁神刚回国，你老公就诈尸了，我当时怎么那么傻，竟然完全没联想骁神和你老公可能是同一个人？”

苏荷诚实地接话：“正常人应该都不会往一起想。”

计安安：“所以我冷静了二十分钟，但到现在还是觉得自己在做梦，这是正常表现，对吗？”

苏荷这会儿哪敢说不，于是她点头的速度，几乎能跟上小鸡啄米的速度。

计安安却又幽幽地继续道："难怪啊，那时候我还跟我的姐妹们奇怪，天神这种成名七年零绯闻，又以冷淡闻名圈内外的，怎么会闹出跟林菡在机场对视的事情来，其实，他根本就是把林菡当成你了对吧？"

苏荷尴尬又不失礼貌地微笑："这个我们以前不是聊过了？"

计安安眼神幽怨："但是，把林菡当成你，和把林菡当成他的妻子，这完全是两个概念。"

苏荷："现在是一个了。"

计安安和苏荷对视许久，强行压着情绪的眼神还是崩溃了："我实在是想不通，老板你怎么会？！怎么可能？！怎么就跟天神成了夫妻？"

苏荷一惊，抬手"嘘"了下，确定没惊动不远处服务区商店里的店员，才松了口气，无奈地转回头来，说道："其实我之前就告诉你了，你忘了？我说过我和我老公是联姻。"

计安安艰难地从记忆里扒出来两人当时的对话——

"离不了，家族联姻。"

"家族联姻？类似楼下水果摊闺女嫁给对面鲜花店二儿子那种？"

"啊？那我水果店的那张会员卡是不是能拿去鲜花店打折了？"

就这个语气！谁能相信她老板是在说真的？计安安几乎气卒。

等她这口气重新缓回来，离家出走了半个小时的理智也终于慢慢回归。

"所以老板你和天神结婚已经三年了，而整个圈内，还有天神只要江河所至的地盘都遍布的X光里，竟然没人知道？"

提起这个苏荷就有点头疼："本来是这样，现在你知道了，他经纪人似乎也知道了。"

计安安颤巍巍地问："那咱公司里呢，郭姐他们知道吗？"

苏荷诚实地摇头。

计安安哆嗦着吐了一口气："万一，有朝一日被掀出来，别的地方我不敢想，单咱公司里恐怕就得惊个天翻地覆，老板你这是想拉我死啊？"

苏荷无辜道:“事情不是我捅破的，是骁神说的，要报仇你找他去。”说着，苏荷往轿车的方向一瞥，恰好看见那人不知何时下了车，正走向这边。

晨光披身，长影斜立。那人眉眼出众，气质又冷淡勾人，最普通的白衬衫和休闲长裤穿在他身上，也能穿出纤尘不染的干净，这样走来像是一幅山水图里清隽俊秀的画中人，让人不自觉就晃了神。

等苏荷意识回笼，商骁已经走到近处。

背对着商骁的计安安浑然不觉，神游太虚不知道从哪儿回来，突然想起了一点事情，问道:“不对啊，老板，既然你和骁神是夫妻，那你干吗还要忍着？”

“我忍什么了？”苏荷下意识反问，说完就心里一警，此时商骁距离两人只余几米。

计安安:“老板，在我面前你就不要忍了，就是你那个微博小号，名字太羞耻我都不好意思提。还有之前骁神微博点赞那次，你第二天早上起来不是还跟我放狠话，说你老公要是敢来，你就让他一天一夜下不了……”

苏荷一把捂住这张要命的嘴，计安安差点被憋死。

商骁停身，抬眼一扫奇奇怪怪的两人，回忆了下方才听到的，皱眉问道:“下不了什么？”

苏荷松开手，计安安回过神，没敢转头看来人，非常知趣地低头闭嘴装死。

被商骁一望，苏荷笑得格外心虚，眼神乱飘:“没，没什么啊，骁神你是不是听错了？”

对着女孩只差把“我在撒谎”写在脸上的模样，商骁无奈，眼帘一垂，没再追问。

“冷静好了？”

面前这人已经升为“老板之夫”，计安安听了自觉点头:“我好了，我们现在就回车里吧，不能耽误了老板试镜。”

苏荷不放心地看她:“我开车吧，免得你给我开沟里去。”

苏荷与商骁是夫妻这消息过于惊人，计安安到现在也不确定自己是否真的消化了，此时听苏荷这样说，她还真有点不确信，只是把车钥匙放到苏荷手心，她又迟疑了。

"可是老板你不是该看剧本准备试镜吗？"

苏荷莞尔道："命重要还是试镜重要？"

话刚说完，苏荷手心一空，她错愕抬眼，见车钥匙被商骁拿走了。

"都重要。"商骁淡淡道，"所以我来开车。"

苏荷半是认真半是玩笑道："劳驾骁神做司机，那我哪敢？"

商骁一停身，须臾后，他微撩起眼，淡淡一扫苏荷，唇角轻翘了下，只是极不明显："对我，你还有什么不敢的？"

等商骁身影走远，还在原地站着的计安安终于获得了某种顿悟，她嘴角忍不住抽了下，表情有点扭曲地看向苏荷："所以，之前微博热议的，大逆不道地敢在天神脖子上留牙印的女人，其实就是老板你？"

苏荷此时已经麻木了，瞥一眼计安安："是我干的，佩服吗？"

计安安咬牙切齿："岂止佩服，简直五体投地。"

苏荷："基本操作，不用大惊小怪。"

计安安心道那你怎么不上天？

余下的路途里，商骁驾车，苏荷和计安安坐在后排，一个试角色，一个帮忙搭戏。

计安安跟了苏荷三年，很清楚自家老板的脾性，没资源，没背景，又不屈从于潜规则，她不争不抢，唯独在对剧本和角色上，苏荷几乎堪称戏痴。

只不过从前拿到的剧本，里面的角色没有经得起推敲的，苏荷即便想全然融入也难，除了《呈凤》里那个心机深沉却敢爱敢恨的顾亭柔。如今她手里拿着的《燃雪》剧本里的女主角，就是苏荷接触的最有发掘深度的一个角色，在这上面，苏荷已经下足了工夫。

中午，车停在另一个服务区。这会儿服务区里的人和车都多了起来，商骁和苏荷自然不方便露面，便由计安安下车去买了三份盒饭，拿到车上来。

苏荷正对着分镜剧本里的一句台词反复揣摩，计安安没敢去打扰，把苏荷的那份盒饭放到了她身旁，就转去驾驶座一侧的窗外将盒饭递给商骁。

商骁接过，道了谢，却未动餐，只垂手搁到一旁，反而皱起眉看着苏荷。

片刻后，商骁转眸，望向进到车里的计安安，低声问："她一直这样？"

"啊？"计安安一怔，随即回过神，"骁神你是说我老板现在这种完全入戏的状态？"

商骁点头。对苏荷职业态度的了解，商骁不及计安安，但他看得出来，从试镜剧本一入手开始，后座的女孩就俨然变了一个人似的，投入得可怕。

计安安挠了挠头："也不是，主要是《燃雪》的这个女主角仇景和老板的性格差异太大了，甚至可以说是两个极端，所以老板下了狠力，看起来就有点魔怔。"计安安犹豫了下，还是轻声说道，"其实现在这都不算什么，骁神您是没见前两周，老板疯了似的跟仇景这个角色死磕上了。有天晚上我没走，半夜进客厅喝水，就见老板坐在餐桌边跟仇景'聊天'，你一句我一句，语气切换自如，简直有问有答……"计安安一抖，显然是回想起了那一幕，吓得不轻，回神后，她叹气道，"而且，仇景这个角色还有个最大的坏处，她抽烟，还是老烟枪那种。"

商骁皱起眉："苏荷也抽，是吗？"

计安安没敢撒谎，点头道："老板确实是抽烟的，但很少，只有心情特别差的时候。可仇景不一样，我翻过剧本和专门的人物小传，这姑娘几乎是烟不离手，所以老板刚开始进角色的那一周，公寓里那叫一个云山雾绕，一进门就跟进了人间仙境似的。"

听了这话，商骁已不只是皱眉了，他看向全然沉浸戏中的苏荷，黝黑的眸子清晰可见地凉了下去。

"你们就放任她？"

计安安："生活上的事我还能劝，可工作上的事，别说我了，老板倔起来，郭姐也没办法啊。"

商骁不语，眸子里隐下幽沉的深意。

计安安心里不知想到什么，目光十分挣扎地看了商骁一眼，见对方并未注意，犹豫许久后，她终于还是声音极轻地开口了："但是比起林菡那种最爱耍手段走捷径的人，只努力有什么用呢……”

商骁眉眼一寒：“林菡？”

“嗯，我也是来之前听郭姐说的，林菡好像勾搭上了《燃雪》的制片人，郭姐说这次的试镜很可能就只是走个流程。”

商骁未言，片刻后，他下车到外面拨了一通电话。

一个小时后，三人到了试镜酒店。

苏荷还没顾得上吃午饭，车停后，计安安看时间不太充沛，只能把人从戏中叫醒，苏荷这才算是回魂。只是她并未放任自己完全出戏，眼神转挪间，仍有几分仇景看人时凌厉而疏懒的味道透出来。

计安安习以为常，给苏荷递上口罩。等她再一回头，只见苏荷另一旁的商骁，黑口罩、棒球帽，还套了件深色的夹克外套，已然是全副武装。

天神在这方面果然专业啊，计安安忍不住心里好笑。

三人未耽搁，进了酒店，直奔试镜礼堂。

礼堂外有保安，伸手将人拦下来：“先交表再进。”

计安安连忙上前递试镜表。

保安接过，扫了戴着口罩的苏荷一眼，有点嘲弄：“一个小明星，捂那么严实做什么？摘了口罩也没人认识吧？”

计安安脸色一变，但毕竟是在别人地盘上，她也只能忍了：“麻烦您……”

话未说完，却见面前的保安眼睛一亮，随手把表塞回去，绕过她迎了出去：“菡姐，您是姗姗来迟啊，龚制片人该在里面等好久了吧？”

一个耳熟的女声笑了笑，娇媚柔软：“身体不舒服，来晚了些，抱歉。”

“您客气了，快请进。”保安笑容谄媚，点头哈腰地给林菡带路，和方才在计安安面前颐指气使的模样判若两人。

计安安气得不轻。

林菡原本懒得注意旁人，反正今天来的人都是给她陪跑的，无所谓是谁，但是路过这三人，她余光一扫，瞥见了计安安。

林菡脚步蓦地停下，眼神阴沉了几秒，却硬是在戴着茶色大墨镜的脸上挤出笑来：“哟，这不是苏大明星的助理吗？怎么站在门外？”

保安一愣：“菡姐认识？”

“当然了，谁不认识苏大明星呀？”林菡面上笑着，眼神里却冷意频现。

那不掩饰的嘲弄刺得计安安恼火，偏偏此时苏荷正沉在戏里，根本没几分心思在外面，只能由她来撑场。

计安安咬了咬牙，上前一步，看向那保安：“凡事得有先来后到，既然是我们先来的，表格也交了，你又何故给我们扔回来而去迎别人？”

保安脸色有点难看。

不给他机会，计安安故作硬气地笑了下，说道：“还是说，试镜从礼堂外就开始了，不用导演和制片把关，你来负责女主角甄选？”

保安哪敢接这茬，气一短，把刚想反驳的话咽了回去。

林菡却开口了：“她说得对，凡事有先来后到也好，反正进场顺序和最后的结果又没关系，你还是先让他们进吧。”

“哎，劳菡姐您稍等。”

保安冲林菡笑得谄媚，扭回头就凶狠地瞪了计安安一眼，他伸手强硬地拽过计安安拿着的表格，随便扫了一眼，刚要拍到旁边，突然想到了什么。

保安抬头，语带讥笑：“这不是试镜女主角吗？他是来干吗的，自带男主角啊？”

听了这话，几人的目光都落到了始终低垂着眼安静地站在一旁的商骁身上，黑色的棒球帽微微掀起，露出漆黑的眼，还有口罩也藏不住的清隽凌厉的俊颜。

视线一接，面带不屑的林菡陡然僵住了身影，呼吸都下意识一屏。

保安怒道：“问你话呢，你干吗的啊？”

漆黑冷淡的眸子一垂，瞥着僵立的林菡，商骁笑意凉得像冰：“司机。”

听见男人冷淡的声音，站在前面的计安安呆滞地扭回头去看他。

林菡已经认出了商骁，听到这句，她原本到嘴边的话也不得不咽了回去。

保安显然没想到这个答案，下意识问了句：“谁的司机？”

商骁垂眸:“苏荷的。”

保安回过神，嘲讽道:“名气不大，架子倒不小，参加个试镜带助理也就算了，还带专门的司……”

保安话没说完，只见男人回身，棒球帽檐掀起，露出一双眼眸，漆黑深邃，冷淡慑人。

“和你有关系吗？”

保安心里没来由地一哆嗦，几乎下意识避开了男人的眼。等低下头他才回过神，再想找回气势已经晚了，只能嘴里嘟嘟囔囔地给计安安拿来表格备案留档。

几人身后的林菡表情难看极了，她望着商骁的身影，眼神忌讳又不甘，却始终没得到那人哪怕一点的注意。林菡无意识地咬住嘴唇，目光转为怨念嫉恨，落到了男人身后的女孩身上。

站在那儿的苏荷，对林菡的无视比商骁来得还要彻底，从林菡出现开始，苏荷就没看过她一眼，像是把她当作从脚边爬过去的蝼蚁，明明她才是当红小花旦，而苏荷不过是个没多少名气的十八线!

因为商骁的出现而诱发的不安，使林菡此刻心底对苏荷的嫉妒强烈到了无法压抑的地步，她只能一遍一遍地安慰自己，龚制片是她的后台，所谓强龙不压地头蛇，就算有商骁在,《燃雪》的女主角的位置也一定会是她的!

林菡这样在心底重复了不知多少遍。

此时保安已经处理完，拿了试镜的顺序牌，没好气地递给计安安:“行了，进去吧。”

计安安忍着火气接过，三人这才准备往礼堂内走。

就在此时，走廊外面传来凌乱的脚步声，一个发型有点“地中海”的中年男人神色急促，几乎是小跑地往这儿赶，身后还有两个助理模样的人跟着跑过来。

看清来人，林菡和保安同时一愣。

林菡面上陡然露出喜色，转身摘下墨镜便笑着迎过去:“龚制片，您……”

话未说完，龚制片却看都没顾得上看她一眼，直冲到保安面前，急声问:“苏荷来了吗？已经进去了吗？有没有什么人陪着？”

保安回神，冷汗唰地一下就下来了，嘴唇哆嗦了下，脸上挤出谄媚僵硬的笑，伸手往后一指礼堂大门的方向。

“刚到。龚制片您认……认识？”

龚制片此时哪还搭理他，扭头顺着他的手看过去，正对上最先听见苏荷的名字而疑惑回头的计安安。龚制片目光一扫，下一秒就定格在侧过身的那道修长挺拔的身影上，表情登时变了，方才的急促一闪而逝，他身旁的保安看他的脸像是看见了一面镜子，镜子上是和自己一样惶恐与谄媚结合的表情。

只不过比起保安，龚制片把控情绪的火候显然纯熟不少。等他走到商骁三人面前时，表情已经控制到一种分寸合适的喜悦感上。

他擦了擦额头跑出来的汗，压低声音赔笑道：“骁神，您大驾光临，怎么也没提前通知一声，要不是老总提醒，我们下面这些消息不灵通的，还不得怠慢您了？”

商骁垂眼，语气平静：“我今天只是司机，来送人的。”

龚制片呆了好几秒，才从震惊里反应过来，干巴巴地笑道：“骁神可真是风趣。”他识趣地把目光投向商骁身后低头站着的女孩身上，“这位想必就是苏小姐了吧？之前就听说骁神和苏小姐是旧相识，还是前辈后辈的关系，本以为只是谣传，没想到竟然是真的。若有什么照顾不周的地方，还请苏小姐海涵。”

这便是在跟商骁解释怠慢苏荷的问题了。

商骁听了，淡声道：“不是前辈，是司机。”

说一次还能当玩笑，说两次龚制片就不敢笑了。请天神当司机？就算把圈里的大人物数上一遍，他都想不到哪个能有这么大的脸让天神当司机，苏荷一个刚从十八线出来的小女星，来头凭什么能这么吓人？

龚制片心里隐有猜测，面上却分毫不露，只赔着笑：“原来是这样，骁神放心，我们绝不会声张。三位快请进吧。”

等三人进了礼堂，龚制片才抬脚跟上，却被身后快步上来的林菡拦住了。

龚制片面上谄笑一退，不悦地转回头，低声道：“在这种场合，拉拉扯扯像怎么回事！”

林菡脸色一变，压着不甘收回手，声音轻柔地撒着娇问：“龚制片，您前天晚上还答应给我女主角呢，您不会是忘了吧？”

龚制片目光复杂地看向她，迟疑几秒，他眼神狠了狠，推掉林菡扶上来的柔若无骨的手，低声劝告：“骁神如果没来，那我还能帮你，可骁神都出马了，当着他的面，你觉得你能黑掉这个女主角的位置？”

林菡眼里闪过惊慌的情绪，连忙跟上一步：“龚制片，剧组是您说了算的，您看……”

“我头顶还有老总呢。”龚制片没好气地说，“上面压下话来，那就不是我一个人决定得了的。而且，林菡，我实话劝你一句，商骁可远不止是圈内天神这么简单，他的背景可怕着呢。”

林菡僵笑：“他不就是鬼才歌手出道成名一炮而红的吗，六七年了也没有听说他有什么背景啊？”

“那是因为凭你的档次，还远接触不到他的背景。我明确告诉你，就算你这辈子捆上再多的人，也不可能惹得起他！”龚制片不客气地说着，扔下最后一句话，甩手走了。

礼堂的门砰然合上，门外，林菡脸色煞白。

《燃雪》作为今年圈内热度极高的大IP之一，是当代都市背景下的姐弟恋题材，人设新颖，十分立体，无论是身世坎坷心性淡漠的男主角秦淮，还是出身名门疏懒不失凌厉锋芒的女主角仇景，在书粉内都拥有极高的人气。

它的内核以破镜重圆为节点，过去与现实双线交叉行进。感情线之外，辅以当代年轻高知女性在职场与家庭两个环境下遭遇的性别歧视与自我突破。这一内核既拉拢年轻受众，又贴合时代立意，作品问世后不久，IP市场上就掀起了一波竞价的小高潮，不少业内人士对这部作品的影视改编前景都非常看好。

在这样的境况下，《燃雪》女主角的位置自然便成了圈内不少人都惦记的一块大蛋糕。不过筛选到试镜这一环，能拿到名额的已经很有限，进了礼堂之后，能见到的都是圈内叫得上名的女星。

苏荷按顺序牌去后台准备，计安安坐在位置上不安地挪动，好像椅子上放了针似的，她很清楚这个角色到底能不能拿到，对苏荷的意义实在是太不一样了。

拿得到，就是大爆预定。拿不到，就是前途难卜。

计安安正愁眉不展，突然听见身旁响起一个轻淡沉静的男声。

“她要试镜的，是哪一场戏？”

计安安回头一看，便见商骁手里不知何时多了《燃雪》的分镜头剧本。

“呃，老板要试的那部分，这里面没有。”计安安挠了挠头，无奈地压低声音道，“这剧组可变态了，试镜直接就往情绪爆发点最密集的地方去，我听说好像是书里男女主角重逢后，女主角夜里独坐窗前的一段独角戏。”计安安一顿，愁眉苦脸的，“更变态的是，即便在原著里，对这段也是一笔带过，根本没有细提，所以谁也不知道剧组想看到的是什么样的表演。”

商骁点头未语，垂眸翻着剧本。

计安安忍了忍，还是没忍住嘀咕了出来：“我怀疑，林菡最大的凭仗除了她的后台，就是能从制片人那儿得知剧组到底想看到怎样的表演。”

商骁侧倚在座椅靠背上，半垂着眼，闻言眼皮轻动了下，须臾后，他淡淡一哂。

“想看到的，便是最好的吗？”

计安安一愣，扭过头，有些疑惑。

商骁也未多言，翻过一页剧本，说道：“未必。”

纵使计安安满心茫然，也不敢多问，只能忍着好奇，坐在礼堂等候区一直等啊等，终于等到了从试镜房间出来的苏荷。

计安安像是在屁股上安了个弹簧，嗖地一下蹦起来，跳到苏荷面前，表情看起来比苏荷都要紧张。

“怎么样怎么样，老板？你发挥得如何？导演们满意吗？”

苏荷的神情莫名有些微妙：“还不错吧。”

计安安心里咯噔一下：“老板你这个表情，不太像还不错的样子。”

“因为有点小意外。”

“什么意外？”

苏荷迟疑了下，目光跳过计安安的肩头，落到她身后的商骁身上。

“骁神，你能帮我个忙吗？”

被跳过的计安安更茫然了。

苏荷解释道：“导演那边是现场给的答复。自由发挥这段，我和林菡各有亮点，女主角的人选就要在我们之中决出。”

计安安的表情顿时也微妙了：“然后？”

苏荷：“需要临时加试一场。”

“临时加试？这也太突然了，还好比起林菡，老板你准备了那么久，临场发挥肯定更有优势……”计安安自己念叨着，突然愣了下，抬头道，“可是临时加试，老板你找骁神帮什么忙？”

苏荷无奈道：“临时加试的是第一场秦淮与仇景在酒吧初遇的戏。导演组说试镜这段的男主角由我们自己安排，他们不提供援助。”

计安安恍然大悟，面露兴奋：“老板你是想让骁神陪你搭戏？那确实无论林菡找谁，肯定都不如骁神。”

“不是。”苏荷哭笑不得，看向计安安身后始终未言的商骁：“只是这边离JA比较近，如果方便的话，骁神你的团队里能不能借个人给我用一下？”

商骁眼神微动：“可以。”

苏荷松了口气，笑道：“秦淮是在酒吧里做侍应生，合适的服装刚好可以由酒店这边提供，等人到了，让他找外面的道具组领就可以了。”

商骁应声：“我去打个电话。”

等商骁背影远去，计安安憋了好一会儿的话蹦豆子似的跳了出来：“老板，你为什么不让骁神上啊？他肯定比普通人适合演秦淮那种不食人间烟火的调调啊！”

苏荷收回目光，无奈地望向计安安：“你想让他陪我搭戏，是觉得他真的适合秦淮这个角色，还是觉得剧组不得不卖他的面子？”

计安安被说中心事，不由得噎住，过了两秒，她才有些不甘心地嘀咕起来：“可他不都是你老公了吗，名气借你蹭一下嘛，夫妻间顾忌那么多做什么。”

“安安，我们是联姻，我们之间的顾忌非常多，即便真是夫妻，我也不能不顾他声誉地利用他来达成目的，那样就太卑鄙了。”

计安安刚要点头，突然想到了什么，狐疑地看向苏荷：“加试的是第一场分镜？这一段仇景好像……老板你到底是不想利用骁神，还是不敢在他面前抽烟啊？”

苏荷抬头，表情浮夸得丝毫不像一个刚通过艰难试镜的专业演员：“今天的太阳真亮啊。”计安安：“天花板上只有灯泡，没有太阳的，老板。”

苏荷已经趁机溜了。

加试的这段分镜不再是自由发挥，而是力求还原，故而场景设施和演员服化也要尽力接近剧本。

等临时男主角的时间，苏荷化完淡妆，换好衣服，看着镜子里那个扎着高马尾，一身黑色皮衣皮裙的女孩，苏荷眼神恍惚了下，觉得陌生又好奇，镜子里的人好像是她，又好像不是。

在苏荷走神间，临时化妆间的门被人叩响，剧组的导演助理探头进来：“苏小姐，您的‘秦淮’到了。”

这说法让镜子里的苏荷不由得一怔，随即莞尔。她转回身，视线平抬，进来的人比她想象中高了不少，所以踩着高跟皮鞋的苏荷抬起眼，第一眼却只看到了那身修挺的侍应生服装。白衬衫打底，收腰黑色西装马甲，胸腹线条流畅有力，不扒衣服也能看得出这人身材有多好。

苏荷差点忍不住在心底吹一声口哨了，差了的那点是因为她抬头了——棒球帽，黑口罩，漆黑的眸子深邃熠熠，漂亮得像是藏了星河。

苏荷一呆，结巴了：“骁、骁神？”

商骁平静淡定地提步走来：“嗯，你借的人到了。”

“不是……怎么是你？”苏荷不死心地往他身后看，期望能再看到一个人跟进来，然而没有，不但没有，停到她面前的人还一抬手，把她的脸蛋转了回来。

“没别人了，只有我能借给你。”

苏荷生无可恋。

商骁微微挑眉:“不想要？”

苏荷眼神游移:“咳，不是。只是这第一场的第一段分镜里，仇景是要咬着烟调戏秦淮的。”苏荷一顿，悄悄抬眼,“你不是最讨厌烟和酒了吗？”

商骁垂眼，淡淡一哂:“不喜欢，但可以忍。”

苏荷:“真不用那么辛苦……”

“你担心什么，苏荷？”

苏荷一怔，下意识抬眼，对上那人深邃的目光后，她好像再也藏不住心底的那些念头了。

苏荷低下头，几秒后，她轻声开口:“仇景的那一面，我不想在你面前演。”

商骁目光微停，须臾后，他极轻地低笑了声:“计安安说仇景和你是截然相反的两个极端，可她是错的，是吗？”

苏荷眼神微颤了下，没说话。

“剧本我认真看过了。仇景，是你心底藏起来的那个自己，对吗苏荷？”

苏荷眼底掠过慌乱，下意识张口，出声便是反驳:“我没有……”

一只手轻摸了下她的头顶，带着安抚的意味，耳边被狭小的房间无限压缩过的声音有些喑哑:“你怕什么呢？那天在苏家的露台上我就已经知道了，真正的你，和我看到的你是不一样的。”

苏荷哑然。

商骁垂手，转身向外。

“现在可以不藏了，让我看看另一面的你是什么样的吧，苏荷。”

试镜舞台上，灯光调成了夜间酒吧里的昏暗，正中间一个L形沙发，沙发围出来的长方形空地上摆着一张玻璃案几，形形色色的酒瓶搁在上面。

案几后，L形沙发的拐角，穿着侍应生服的人倚在中间，平日齐整的头发被刻意抓得凌乱松散，黑色的碎发搭在冷白的额角，多了几分落拓的少年感，碎发下藏着一双冷淡漠然的眼。

他眼神空洞，不染情绪，和神色一般，浸着一股凉薄的疏离厌世，整个人都冰雪似的，没有温度。直至他身侧的沙发蓦地下陷，男人一顿，垂下眼，回眸——坐下来的是个穿着皮衣皮裙的女孩，昏暗的光下年龄难辨。

长直的黑发被拽掉了发带，披了满肩，虚掩着那张娇俏微尖的瓜子脸，细长的眼角微微吊起，眼神迷离又疏倦，红唇间还懒懒地衔着一根细长的香烟，淡淡的烟雾缭绕在女孩身边。

“哎。”她咬着烟，微侧过脸，“你是这里的侍应生吗？”

被衣裙包裹着的身体柔软无骨一般地贴进沙发里，一笑顾盼，像只坐在树枝上晃着腿勾引书生的妖精。

男人仍旧没什么情绪，点了点头。

女孩笑了，咬着烟问：“你陪酒吗？”

男人淡淡一瞥她：“不陪。”声音也沁着冰雪似的凉意。

女孩眼神一闪，一瞬间，她眸里的迷离疏懒都被划破，露出一丝凌厉来，只是没用几秒，又错觉似的消失不见了。

她单手往两人之间十分有限的沙发间隙上一撑，以那儿为支点，咬着烟慢慢凑近那张清隽冷漠的脸，到极近时她停了下来，声音被烟熏得暗哑，带一点迷离的笑，低低地往人骨子里钻。

“那你陪什么？”

语气轻忽，欠扁得很，偏配上这样一张惊艳极了的美人脸，眼神婉转像满满盛了一湾春水，潋滟动人，让人责怪都生不出半分来。

商骁不动，但他微皱了眉，那烟味太近了些，呛人得很。

一丝明悟划过女孩被光衬得色泽稍浅的眼瞳，她轻勾了唇，细长葱白的手指娴熟地夹住烟。

“你讨厌它？”

商骁微怔，秦淮的人设里没有讨厌香烟这一条，剧情和台词偏了，但他很快了然过来——苏荷已然融进角色里，或者完全露出了她和仇景相似的那一面，在此刻的她眼里，他和秦淮是同一个人。

商骁无奈地垂眼，为了配合她，他面上仍是冷淡漠然，眼帘一垂，是拒人于千里之外的疏离厌倦。

被那冷漠一刺，女孩眼底的疏懒滞住。须臾之后，藏下的凌厉把迷离撕得粉碎，红唇蓦然一勾，她夹起香烟，轻吸了一口，撑在两人之间的手向上抬起，拎住商骁胸前的那条领带，蓦地将他拉了下来，红唇抵上。

一口薄荷味的烟，被她强硬渡进了男人唇间。

第2章

剧组里原本负责叫停的导演助理看傻了眼，试镜的剧情点早已过了，他却忘了出声。直到他手里的计时秒表丁零一声，才把台上台下的所有人叫回了神。

苏荷被那声音直接拉出了戏。理智回归，她瞳孔蓦地一缩，像只受了惊的猫，几乎是原地从沙发上直接跳了起来，表情和眼神都惊恐极了。她刚刚干什么了？

而此时台下的长桌后，《燃雪》剧组的导演、副导演、制片人以及编剧等人坐了一排，却无一例外是堪堪回神的状态。

最先反应过来的是编剧，同时也是《燃雪》的原著作者，她放松了之前因入戏不由得紧绷的身体，苦笑着摇了摇头。

旁边的女导演侧身过来，问："感觉如何？不喜欢？"

编剧笑了声："不是不喜欢，是被惊艳了。这个仇景的表现力，我得给一百二十分。导演您觉得呢？"

女导演没急着说话，她的目光往斜后方示意了下。编剧扭头去看，只见原本坐在那儿的林菡已经不知去向。

编剧还未回头，就听见导演说："没去后台，直接走了。这是来自竞争对手自惭形秽的承认，哪还需要我多看呢？"

"说的是。"编剧笑着转回身，眼神却迟疑了下，问道，"不过，试镜的临时男主角请来了天神也就算了，怎么竟然真亲上了？还是剧本里原来没有的，虽然发挥得确实出彩，但天神不会……"

导演自然知道编剧想说什么，一顿之后，她露出苦笑的表情："这可就不是我们管得了的了。"

"还好试镜间没几个人，也就瞒住了，不然之后无论剧组走到哪儿，恐怕都能被粉丝踩平了。"编剧摇头笑叹。

导演眼神闪烁，几秒之后，她压低声音，问："你之前看好的男主角的人选里，有比这位更适合秦淮的吗？"

编剧似乎是被这话噎住了，抬起头看了导演好一会儿，才讪讪地说："您真敢想，这位连电影都不接的，就算他肯来，以圈内天神的身价，单他这一份片酬，恐怕整个剧组的前期预算赔进去也凑不足个零头吧？"

导演笑了笑："说不定人家愿意自降身价呢，你看。"导演抬抬下巴，示意台上的方向。

刺耳的铃声，意味着这段试镜的结束，商骁被松开了身前的领带，而罪魁祸首跳到了半米外，眼神惊恐地看着他，就像她才是被强吻的那个似的。

商骁偏开脸，压抑着被那口烟微微刺痛的呼吸，低声咳了起来。

苏荷这才全然回神，连忙上前，心头的负罪感沉甸得她几乎抬不起头，她着急又无措地蹲到那人身旁，小心地问："骁神你还好吗？对不起我也不知道我刚刚怎么……"

你明明知道，他说想看被藏起来的那个你，所以你没忍住把自己的黑暗面放出来了而已。苏荷心底有个声音冷嘲道。

苏荷顿住，抬头不安地看向男人，只见那素来颜色清淡的薄唇，不知是因为她方才那个肆意妄为的吻还是此时压抑不停的轻咳，已然抹上了艳丽的红。冷白修长的颈也连累得泛起嫣色，喉结旁那颗淡色的小痣被咳声牵得微颤，在苏荷的视野里起伏，更勾得她心底止不住的痒。

如果再回到方才，她可能还是会忍不住……苏荷连忙叫停自己脑海里越发危险的想法。得寸进尺，疯了疯了。

苏荷心底的负罪感更加汹涌，翻倍地往上扑，声音也低落下去。

“对不起……”

“没事。”

在呛咳的间隙，男人终于哑声开口。黑色的碎发下，他掩着嘴抬眼，似乎想说什么，只是还未出口便被抑制不住的咳声盖了过去。商骁再次侧开头，这次咳得连上身都微震。

苏荷已经想自绝谢罪了。

台旁回神的助理站在旁边，小心地示意了下手里的矿泉水，苏荷起身接过来，再蹲回去，跟做错事等着挨训似的，眼神和表情都蔫得很。

明知道这人一点烟都不碰，她怎么能因为那一皱眉，脑子一抽就强压着给他渡了一口呢？苏荷正脑子乱成麻地反思着，却听那人的咳嗽终于到了尾声。

男人低垂着头，撑着身坐在那儿，竟然抑制不住地哑声笑了起来。那笑声，是前所未有的情绪外露。

苏荷惊恐地眨了眨眼，别是被她气疯了吧？

“原来你是……这样的，苏荷。”商骁笑罢抬眼，低声道。

终于止住了撕得气管都发疼的咳嗽，他慢慢平顺呼吸，方才被呛咳窒息得实在厉害，这会儿商骁几乎有些脱力地倚到沙发靠背上。细碎的黑发懒懒地垂下来，半遮着他冷白的额下漆黑的眸子，还有里面星点的隐熠。

苏荷不知怎么的，被这样盯了两秒，脸上莫名烫了起来。

让你要流氓，让你再要流氓，苏荷在心底唾弃自己，但面上，她还是没忍住替自己垂死挣扎了一下。

“我不是，就是……只是入戏了，真的……”

尾声消匿，苏荷自己都听着底气不足，垂头丧气地蔫了下去。

却听那人低低地笑，用咳得微微嘶哑的嗓音轻声道：“我说了，没关系。因为是你，所以做什么都没关系。”

苏荷怔住，不等她去细细探寻那漆黑眸子里此时凝着的情绪和寓意，不远处的台下，剧组里的小助理尴尬地插进两人之间的交谈：“苏小姐，如果方便的话，导演请您过去一下。”

苏荷陡然回神，方才对商骁的忧心让她几乎忘了现在是在试镜后。她脸色微红，连忙起身，离开前犹豫地看向商骁。

男人微抬眼：“去吧，我到礼堂内等你。”

“嗯。”

一直到和《燃雪》剧组把合同敲定签署，女主角确定为苏荷饰演时，计安安都没能从苏荷那里打听出来，那天在试镜房间里到底发生了什么。

她只知道，JA的金牌经纪人王思言来接商骁时，和剧组人员有过短暂的沟通，然后一直到离开前，王思言看苏荷的眼神都是充满着血泪一样的痛斥和控诉。

“所以老板你那天到底是把骁神怎么了？”

计安安端着碗碟进餐厅时，忍不住歪头问客厅的苏荷。

苏荷这两天被追问多了，头都没抬说道：“你问多少遍了，说了不告诉你就不会跟你说的，你趁早死心吧。”

“我实在是太好奇了呀。”计安安放下手里的盘子，叉了会儿腰，“我刚刚做饭的时候回想了下，老板你不会是把天神给轻薄了吧？”

苏荷装没听见。计安安独自推测了好一会儿，都没得到苏荷的回应，便也没了兴趣。

餐后，计安安例行抱着平板电脑给苏荷做数据，她一边打开微博一边念叨：“老板，从《呈凤》开播以后，你的粉丝真的是与日俱增，尤其是老板你和林菡之间——我觉得你得给她包个红包，你俩现在的演技风评完全是一边倒，全靠她衬托，关注的人都在夸你演技碾压她，女主角不给你而给了她太可惜了！”

“嗯。”苏荷不在意地应着。

计安安仍在自娱自乐：“还有《穿越》综艺，那就更吸粉了，基本上每期播出后，你的粉丝量都要往上跳好大一截呢。”

“嗯？”苏荷懒洋洋地一笑，“从X光转来的黑粉也每期都跳好大一截吧？”

提起这个，计安安忍不住笑了起来：“这个是难免的，谁让你和骁神在第二期差点搞成节目组官配呢？后面这两期明显淡化了些，但是X光是真的记仇。说起来老板你还得感谢骁神，要不是节目组初宣那次他维护了你，X光估计早就自发组织来你微博和超话里屠版了。”

苏荷点头：“我可感谢他了。”

“老板你这感谢一点都不真诚。”计安安撇嘴。

苏荷抬头：“我哪有不真诚？他月底那场演唱会，粉丝群里安排的应援活动，一半资金都是我出的。”

“您还有脸提呢？”计安安翻了个白眼。“前两天郭姐专门为这事给我打电话，问我你是不是要火了，脑子一热被人带着沾了什么不干净的东西，不然账户里的钱怎么支出去那么一大笔。”

苏荷眨了眨眼，表情无辜：“所以你怎么说的？”

“我还能怎么说？难道还能实话告诉郭姐说您家艺人不务正业，砸点钱进去算什么，事实上她连美容觉都顾不上睡，这会儿正拼死拼活地熬夜追星呢？”

计安安一串连珠炮都不带停的，把苏荷轰得蒙了好几秒，才讪笑着缩了回去。

计安安：“不过老板，月底骁神在G市的那场演唱会，您真要去吗？”

“当然要，三年来的第一场演唱会，就算只有一口气我也会爬去的。”苏荷想都没想，斩钉截铁地说。

计安安苦口婆心地劝：“您现在好歹也算是个准三线了，出门上街都不敢不戴口罩了吧？去骁神演唱会，万一被认出来咋办？”

苏荷很自信：“不可能，他的演唱会怎么可能还有人顾得上注意他之外的人？”

你永远没办法跟一个已经进入脑残粉状态的老板讲人话。计安安放弃和苏荷沟通，低头去刷微博了。只是几分钟后，计安安无意点开热搜的快速上升栏，看了几秒，脸色突然变了。

“老板！出事了。”计安安手脚并用地从沙发另一头飞快爬过来，将平板电脑往苏荷眼前一塞。苏荷不解地接过，低头一看，话题界面的第一条微博的第一句话格外吸睛：“据知情人爆料，邢天新星苏荷，疑与圈内多位导演及娱乐公司高层有染？”

G市体育馆的馆内后台，商骁从休息室外进来，摘了耳麦，眉眼清冽微寒，眸子里像是沾染了窗外夜色的漆黑与冷意。

休息室里的人得了商骁身后人的示意，连忙停止手中的事务，快速离开了房间。

商骁停住，转过身，眼底压着罕见的愤怒：“说清楚。”

王思言在他身后，同样是皱着眉进来的。他一边走一边低头看着手机里的汇报，此时听见商骁提问，便抬头道：“应该是有人恶意抹黑苏小姐。几个营销号几乎是差不多的时间放出了消息，连文案都十分接近，热搜排名短时间内迅速蹿升，点进去相关话题，各种微博都是一边倒地在黑苏小姐，水军下场的痕迹十分明显。”

“分析报告出来了吗？”

“成文的报告暂时还没有，但公司里的人已经着手做了，初步分析是有的。”王思言停顿了下，“按照苏小姐近半年来的发展轨迹，这件事背后最可能的策划者，应该是林菡和她的团队。”

商骁眼神微沉：“把这件事提到公关第一序列，尽快联系邢天那边，不能给谣传留下发酵时间，必须尽快掐灭。”

“明白。”

“还有……”商骁垂眸，看了一眼左手腕部，衬衫袖口下，一条串着小玉珠的黑绳露了出来，他无意识地轻抚过那颗珠子，低声道，“订最近航班的机票，我要回A市。”

A市郊区，一栋别墅二楼的小型桑拿房里，唤醒铃声振动起来。木床上的林菡睁开眼，不悦地起身过去打开门。

“不是说了我放松的时候不准打扰吗？”

“菡姐，是公司的电话。”门外的助理小声道。

林菡扶着厚重木门的手不由得掐紧了，一点异样的情绪飞快掠过她的眼底。林菡接过手机，扫了一眼屏幕上的号码显示，便拿到耳边：“辛总监？”

“林菡！你脑子是不是进水了？我说没说过不准你私自联系那些营销号和水军，谁让你去招惹苏荷的？”

对面异常恼怒的女高音，即便手机是话筒模式，林菡面前的小助理也听得分明，她畏缩地看了林菡一眼。

林菡面色发冷，表情上是无法掩饰的恼怒，只是开口时，她的声音却带着笑：“我不明白您在说什么，谁惹您发这么大的火？”

“你少跟我装蒜！微博上扒苏荷的那些相关文案，难道不是你在背后搞的鬼？”

“扒苏荷？”林菡低低地笑了声，她伸手拿过浴袍，在助理的帮助下穿上身，就势靠到桑拿房敞开的厚重木门上，“辛总监，您是真的冤枉我了，我现在可是被您雪藏的状态，哪有心情管别人如何？”

“你当所有人都瞎是不是？那几个水军和营销号，哪个不是我们公司合作惯了的？其中几个就是当初帮你在《呈凤》造势踩着苏荷炒作的！只要有专业团队肯查，你以为这破纸能兜得住火？”

林菡眼神闪烁，表情冷得发白。

电话对面的人粗喘了几声，似乎在身旁不知谁的劝告下慢慢平静了些。见林菡仍是沉默，对方稍稍放缓了语调：“我知道你急，公司一样急，你是公司的一姐，我们难道还真能放弃你？只是形势不饶人，如今你也看到了，苏荷借着《穿越》综艺风头正盛，邢天愿意捧她，再加上《呈凤》里她镜头虽少，但次次都是亮点，你们这几个主演确实成了陪衬她的绿叶。公司想让你避开她的锋芒，等过了这段时间我们再做打算，这你都不懂？”

听到最后一句，林菡压不住情绪了，冷笑了声：“我懂啊，当然懂。一个多月了，我都没拿到一个像样的通告，公司里的意思我能不懂？”说完，她呵呵一笑，表情微狞，“邢天多可怕呀，娱乐巨头，所以就算苏荷只是一个二线都算不上的小明星，单搬出邢天的名头来，就让辛总监您吓破胆了吧？”

对面的声音陡然又提：“林菡！你不要无理取闹！我早跟你说过，这不只是邢天的事。邢天里明星无数，或许不会为小小的一个苏荷出头，但圈内最近关于天神和苏荷的传闻你难道没听到吗？如果她真和天神有什么关系，那你……”

“大不了鱼死网破！难道我的结局还能比现在更差吗？”

林菡突然爆发，笑容面具被撕得粉碎，她声音都扯得嘶哑，青色的血管从她洁白的额角和颈上绽起，像是爬上了细长的虫蛇。

桑拿房内，蒙着薄薄雾气的镜子里，女人披散的长发间，神情狰狞可怕。桑拿房门口的小助理吓得一哆嗦。即便是电话对面的人似乎也被突然爆发的林菡镇住了，半天没说话。

这一番吼话让林菡有些脱力，她伸手扶住木门，脸色发虚地白，但仍硬撑着，咬着牙笑道：“我知道，公司现在利用完我，该拿到的钱和资源都拿到了，想扔掉我去培养新人？我告诉你，没门！”

“你……”

“辛总监，你们当初对公司新人做的那些丑事您不会都忘了吧？”

“你这是威胁我？”

“没错，我就是在威胁你！和苏荷这一场我就是要捆上全公司，假如我死了，你们一个都别想活！”

话音刚落，林菡把手机狠狠地摔向墙角，砰的一声，手机撞在冰凉的镜子上，摔得四分五裂。碎掉的镜子里，被割裂的女人面孔狰狞，眼圈通红，眼白里布满骇人的血丝。

她浑身发抖，许久后才平静下来，然后慢慢转过脖子，眼神像个提线木偶一样僵硬冰冷。

“你还站在这儿干什么，等着看我的笑话？”

“不是。”助理再次吓得一抖，“是菡姐您母亲来了，她正在客厅等您。”

林菡一愣，须臾后，她的脸上划过一丝冰冷的讥诮，更多的是麻木的空白。

“讨命鬼又来要债了啊……让你去取的钱，拿给她吧。”

“我给她了，但是她说想要见您一面。”

湿漉的黑发下，女人的眼球轻轻一颤，须臾后，她才茫然地抬头，声音里带着一丝不可置信：“她要见我？”

十五分钟后，穿着真丝睡袍的林菡化着淡妆，走下楼梯，进了一楼的客厅。厅内的沙发上，坐着一个衣着朴素的中年女人，她有一张和林菡些微相似的脸，只是被岁月的刀划下了太多沟壑一般的皱纹。

听见脚步声，她连忙抬头。目光一对上，两人都不约而同地僵了下。

林菡很快回神，走到单人沙发前，一撩睡袍便倚进了沙发里，声音讥诮地开口：“这么晚了还来拿钱，你可真是够辛苦的。”

中年女人没有说话，无意识地抿了抿干涩的嘴唇。

林菡低垂下眼，视线一扫，客厅的水晶灯下，女人扎起的杂草似的长发里，几根银丝反着光。林菡的眼睛像被扎疼了，瞳孔一缩，须臾后她慢慢低了眼，声音轻了些。

“我助理说你有事找我。什么事？说吧。”

中年女人局促地捏了捏衣服，开口便是浓重的地方乡音：“我听说你……你最近过得不大好……”

林菡化着淡妆的五官僵了下，很快，她挂起一抹讥笑：“我不好？我哪儿不好了？不用跟你还有那个赌鬼一起过，我好得很！”

中年女人发黑的脸涨红了，似乎想说什么，嗫嚅了半天却没出口，只扯得干裂的嘴唇发白，几乎要破了。

林菡盯了她几秒，扭开头，声音僵冷：“你到底想跟我说什么？”

“你弟弟……”女人低着头，嗫嚅道。

“你能不能大声说清楚点？我听不清！”

女人终于鼓足了勇气：“你弟弟要上学了，钱、钱不够……”

林菡蓦地一僵，几秒后，她慢慢扭过头，表情僵硬发冷：“你就是要说这个？”

“对……”

“我每个月给你们十万，还不够？你当我是印钞机吗？”

“不是……”女人局促地摆手，脸色涨红，眼神慌乱，“是你爸他上个月又……又欠了债……”

“别跟我提他，他不配！”林菡猛地站了起来，咬牙切齿地冲着女人吼。

女人被她吓得一抖，表情慌乱地往后缩了缩，声音带了哭腔：“我也没办法……要债的追到了家里，他们说再没钱就要抢走你弟弟……”

“那就让他们抢！”

沙发上的中年女人终于忍不住，抖着肩膀啜泣起来，干裂的嘴唇终于还是撕开了口子，血珠混着浑浊的泪往下落。

站在灯下，林菡面无表情地看着女人，眼神麻木空洞。许久后，她慢慢弓腰，脊背的骨弯起薄利的弧度，她扯出几张纸巾，伸到女人面前。

不等她开口，中年女人似乎察觉了，在她的手伸过来时，条件反射似的往后一缩。

林菡的身影僵住，她一扯艳红的唇角，表情苍白，眼底千疮百孔似的，扎开的空洞里都透着麻木的绝望。

“连你都觉得我脏，是不是？既然觉得我脏，为什么还要花我拿这么脏的身体赚的钱呢？”

中年女人止住哭，张了张嘴，却没说出什么。

林菡低头，面无表情地看着她。从肩头垂落的黑色长发间，那张姣好的脸惨白麻木，直到她慢慢咧开嘴角，唇色艳红，这一笑在灯下夸张可怖，像是舞台上抹着浓重油彩的小丑。

她嘶哑着笑着问：“你知道我为什么每个月都叫你一定要自己来这里拿钱吗？”

中年女人似乎被吓到了，哆嗦着摇了摇头。

林菡无声地笑，支着膝盖慢慢起身，她笑出了声，拿起身后的包拽出里面的银行卡，然后大声地笑，歇斯底里的。

银行卡被摔在桌上，林菡笑得眼泪流了出来，笑得腰弯下去，沉得直不起身。

等中年女人颤着手去摸那张卡，林菡的笑收住了。她像个疯子，突然就没了表情，转过身，往回走，声音嘶哑地说：“对，你什么都不知道。”

华美的真丝睡袍没进楼梯深处的黑暗，身后的光惨白地亮着。

翌日一早，邢天娱乐，艺人经纪部的会议室。

苏荷坐在会议桌的一头，挂着两个淡淡的黑眼圈，食指中指并立，指着天花板，表情严肃：“我发誓，我和行政部的严奕总监，真的没有一丁点的不正当男女关系！”

郭如难得气得厉害，闻言就拍了桌，指着身后的投影仪幕布：“那你给我解释一下这拍下来的照片里，那个女的是不是你，那个男的是不是严奕？”

苏荷无辜地看了一眼幕布，转回来：“是。”

“他都给你当司机了，你俩还没有任何不正当关系？你糊弄鬼呢？”

苏荷有一句“中学那会儿他给我当了好几年司机”没敢说，想了想，她拣了句敢说的，开口道：“可能是节目组人手不够，所以安排他去机场接的我。”

郭如气得翻白眼：“好好好，就算这是《穿越》节目组的安排，但是我昨晚连夜跟公司行政部的前台求证过，上次刚跟你谈完剧本的事，你转头就去了严奕的办公室，待了整整二十分钟！你俩要是没关系，你告诉我，你一个没名气的小明星闲着没事跑人家总监办公室干吗去的，唠嗑啊？”

苏荷心道，还真是唠嗑，毕竟是表兄妹，只能靠唠嗑巩固感情了。

这一早上，苏荷几乎没说话，全是郭如一个人在那儿说，说了没多久她就有点大脑缺氧，扶着会议桌才稳住身。

她深吸了口气：“你给我一句实话，苏荷，你是不是真像爆料里说的一样，是靠不正当手段进的节目组？是不是通过严奕才拿到了《穿越》节目组的名额？”

苏荷一顿。

郭如又急了：“连这个你都不能说？你还当不当我是你经纪人了？”

苏荷：“郭姐，不是我不能说，是你这前后两个问题在我这儿的答案截然相反，你让我说是还是不是？”

“你什么意思？”

苏荷：“我也是进节目组后才知道，我能进组确实是……某些人的功劳。”

眼见郭如脸色一白，好像随时可能翻白眼倒下去，苏荷连忙补充道：“但是这件事和严总监没有半点关系，真的。就他那性格，你借他三百斤胆子他也不敢假公济私。”

听到邢天高层包养小明星，私用节目名额的罪名被排除，郭如差点背过去的一口气缓了回来，只是她再琢磨一遍苏荷的话，脸又绿了。

“所以，吴颂真是你的金主？”

苏荷一蒙：“谁？”

郭如拍桌：“《穿越》综艺就是颂宇文化和我们邢天双方合作的，颂宇文化那边是吴颂主事，我们这边是严总负责！除了他们两人，还有谁有那么厉害的手段力排众议，把一个十八线直接塞进去的？”

要是这么问苏荷就真的百口莫辩了，毕竟严格意义上来说，这两方中的哪一方都和她有关系，但偏偏，哪一方的关系细究起来都不是她能自由透露的。

和天神隐婚？是苏董的女儿？说出来任何一条，苏荷怀疑自己都得被她的那个暴躁老爹直接挂到邢天三十层的天台上。而在那之前，郭如很可能已经先跳下去了。

苏荷叹气：“郭姐，这件事不如您直接去行政部找严总监……”

会议室的门突然被叩响。

“进。”

郭如嗓子都喊劈了，这会儿哑着声音开口，顺手拿起矿泉水给自己润嗓子。

门被推开，郭如的助理易云鱼快步进来，进来以后，她先目光复杂地看了眼会议长桌尽头的苏荷。

苏荷被她这一眼盯得莫名有点心惊肉跳，只能把方才未完的话咽回去，竖起耳朵等着。

郭如回头问：“公关部给出公关方案了？”

易云鱼摇头:“还没有。”

“那你回来干吗?你在那儿盯着他们,什么时候出公关方案什么时候回来跟我说,一帮就知道消极怠工的,要是搁公司里那几个大腕身上,他们敢这样吗?”

郭如气得又咕咚咕咚灌了两口水。

易云鱼迟疑了下,说道:“不是公关部的事情,但确实好像跟苏荷这件事有关。”

郭如抬起矿泉水瓶,眼角一斜。

易云鱼表情一顿,语气有点微妙:“骁神来了,带着JA那支金牌公关团队。”

“咳咳……”郭如一口水呛了出来,没顾得擦,瞪大眼睛扭头看苏荷,“商骁才是你那个金主?”

第3章

听到这个消息，苏荷比郭如还要震惊，她转头看向易云鱼："他真来了？"

易云鱼："是，骁神和他的经纪人，以及JA那支公关团队已经上楼了，不会有错。"

苏荷蒙了两秒，无意识地喃喃道："可他月底演唱会就要开了，现在不是应该在C市排练吗？"

郭如此时勉强镇静下来，撑着会议桌桌沿，微低着身看苏荷："这话不该我来问你吗？"

苏荷回神，摸出手机："我不知道，他没有说他要……"声音在看到手机界面上的数通未接来电时，戛然而止。

苏荷尴尬地停顿两秒，抬头道："我进会议室后把手机调成静音了，所以可能他说了，但我没来得及知道。"

郭如眯起眼："你之前不是说你和骁神只是兄妹，单一层兄妹关系，就让他为了你连月底的回归演唱会排练都扔下了，专程连夜飞回来？"

苏荷脑海里浮现起飞速闪过的画面，有安静的房间里，落在大衣上的那个轻吻；有旅馆弄堂内，黎明前未退的夜色下和灯火里炽热的拥抱；还有试镜舞台上，昏暗灯光下她拎着那人的领带，吻上那微凉的唇间薄荷气息的烟味。

苏荷眼神一晃，神思落回，抬头一看，长桌对面的郭如和易云鱼看向她的目光越发变幻。

“那时候我没说谎，确实只有实质的兄妹关系，不过最近一段时间，我们之间发生了一点……”苏荷想了想，小心翼翼地抬起手，用食指和拇指比出一段短短的缝隙，眼神真挚，求生欲极强，“小小的变化。”

郭如冷笑：“什么变化？他成了你金主？”

苏荷笑得很委婉：“郭姐您玩笑了，单论外在价值和长相，大家都想做天神的金主还差不多吧？”

郭如僵住，嘴角抽搐了下：“所以你……在和天神谈恋爱？”尾音带颤。

“目前应该还不太算。”然后苏荷用只有自己能听见的声音，嘀咕着补充了句，“我得慢慢来，不然万一吓跑了怎么办？”

郭如已经顾不得去听苏荷的后话了，她只觉得自己腿一软，差点没站稳。

这也不能怪郭如。相信圈里任何一位经纪人换到这儿，听说自己旗下寄予厚望的艺人要和圈内顶流的天神谈恋爱，都会是此时这种眼前一黑的反应。

郭如几乎已经能够预见，在未来不久的某一天，她将迎来如何可怕的铺天盖地的腥风血雨，想想就人生灰暗。

作为一名职业经纪人，郭如最终还是按捺下扭头去打辞职报告退休养老的冲动，抬手示意易云鱼：“他们往哪儿去了？”

“直接上的公关部。”

“那我上去看看。”郭如说完，眼刀一横，扫向会议桌另一头想要起身的苏荷，“你不许去。”

郭如面无表情地说：“如果现在放你出去，指不定今晚公司的员工论坛里就是你和骁神的亲密照片满天飞了。云鱼，你看着她，我回来以前不准她踏出这个会议室半步。”

易云鱼无奈地点头："我知道了。"

"苏荷金主"这条热搜半夜挂上，闹腾到第二天早上，吃瓜网友在水军的节奏带领下，熬夜不睡也要指点江山激扬文字，指责某些"为上位不择手段的女星"。

然而就在清晨，一切将歇时，一段录音被一个微博小号发出来，并被迅速转发传播开来，突然给这场吃瓜盛宴来了个惊天反转——

"照片我都发给你了，怎么引导舆论你应该明白。"

"我收到了，不过要玩这么狠吗？这一锤子节奏带实了，这个苏荷可就别指望翻身了。"

"是她先来挡我的路。"

"明白，定金收到，这事一定给您办牢靠了……"

录音十分短暂，但内容清晰明白。紧随其后，最早发布"苏荷疑似被金主包养"的那几个营销号，都迅速删除相关微博，不打自招的速度让网友看得一脸茫然。

这次都不用水军下场，所有人开始自发挖掘这个录音里的女声到底是谁。

苏荷成名时间实在太短，追根究底也不过近三四个月，再加上咖位蹿升速度太快，这期间，她甚至还没来得及和其他明星发生摩擦，唯独一个人除外。

所有网友的目光，很快就聚焦在了林菡的身上——

"我就知道，那个声音一听就是林菡。"

"除了林菡也不可能有别人，当初苏荷刚刚有点名气，她家粉丝就疯狂辱骂，还说苏荷是照着林菡整容的。"

"呵呵，年度最佳笑话，我就没听说照着整容，还能整得比原主更好看的。"

"终于要开撕林菡了吗？我看她还有她家粉丝不爽很久了，从没出名开始就疯狂拉踩，圈里名气大的就没有她没沾过手的，连天神的流量都敢蹭，吃了熊心豹子胆？"

林菡从小有名气到如今的当红花旦，也有三年的时间了，平常因为拉踩行径，没少招惹其他明星的粉丝。这波节奏一出，群情激愤，踩起她来比踩苏荷都来得激烈。

林菡的粉丝和水军也终于按捺不住了——

“少黑粉装路人了，抱走我们菡妹，有本事就上证据，没本事别瞎说！”

“没错！苏荷真恶心，自己被曝光那些丑事，还拉我们菡妹挡枪，要不要脸？”

“苏荷就是整容怪！当初抢走我们菡妹的综艺名额，肯定就是因为这点恶心勾当！”

“对！还想洗白？做梦吧！”

两方很快吵得不可开交。

此时多数群众的注意力已经从苏荷身上拉开，但林菡的粉丝力量依旧坚挺，两边节奏相持不下。直到一个圈内颇有公信力的博主在风口浪尖上发出来一份私信投稿——“经技术证实，照片无PS痕迹，发出来给大家看看。”

发出来的截图里有几段话和几张照片。

“我是林菡团队里的前成员，实在受不了她的跋扈已经辞职。按说揭前雇主老底不太应该，但今天看见这波血雨腥风，我实在忍不住了，一定得叫你们看看这朵盛世白莲的嘴脸。这几张照片里的是谁不用我说吧，男方的脸我已经打马赛克了，不过《穿越》节目组的工作人员肯定能认出来这是节目组的投资人之一，或多或少能影响嘉宾名额的那种。照片上有日期，两人这种亲密举动就发生在《穿越》节目组官宣确定名额之前，林菡意欲何为，不用我解释了吧？”

这段爆料一出，微博顿时炸开了锅。

“这就是传说中的锤人不成反被锤？”

“贵圈真乱，见识了。”

“什么叫倒打一耙贼喊捉贼，实例教学啊！”

“你们谁还记得《穿越》节目组官宣那会儿，林菡带的那波节奏不？”

“搬运工来了——‘原本以为努力就够了，可惜胳膊拧不过大腿。不能给你们好消息了，很难过。但是没关系，为了你们，我也会继续坚持下去的。晚安。’——搬运结束。”

“妈呀，我当时竟然觉得她可怜，现在再看看，这扑面而来的白莲气息……”

“自己抱大腿不成，反嘲对手，这也太骚了吧？”

“爆料这哥们说得真没错，盛世白莲啊！”

“苏荷真惨，我记得当初因为这条微博，林菡粉丝疯狂骂她抱大腿，要不是天神出手相助，苏荷那会儿已经被林白莲的粉丝踩死了吧？”

“不寒而栗，这个女人真可怕，好恶毒啊……”

至此，网上的风向已然一边倒向苏荷，林菡的粉丝仍有垂死挣扎的，但实在是连半点反驳的余地都未剩下。网友们却不知道什么叫适可而止，他们只知道落井下石，于是很快又有新的营销号蹭热度扑了上去，直接写文章，配图深扒林菡——

“既然都开扒了，不如彻底点。林菡团队不是一直喜欢给林菡立敬业努力的人设吗？刚刚发现了点有意思的事实，那位前员工曝出的酒局照片时间，刚好是《呈凤》剧组拍摄期间的中午，换言之，林菡是在剧组拍摄中途，为了私事跑出去陪投资人喝酒吃饭求名额的，而对此，她那天说过什么呢？”

文章这里的配图上，正是《穿越》节目组官宣前，林菡发的微博——“今天拍戏真累啊。刚刚收工，感觉腿要断掉了似的。不过中午得到了一个好消息，果然，付出都是有回报的！”

“博主依靠自己的途径，打听到了那天剧组的戏份，刚好是林菡和苏荷的对手戏。据剧组内部工作人员爆料，那天苏荷在剧组等某位姗姗来迟的‘敬业’的一身酒气的大牌女星，等了整整三个小时。要知道，人家苏荷可是刚刚结束了一整个上午的拍摄，本来下午拍完那段就可以收工回家了。而苏荷对此有怨言吗？这是那天苏荷的微博。”

文章这里截图的微博上没有配文，只有一张照片。从采光和角度来看，很明显是个不太成功的偷拍。照片里的苏荷抱着睡毯，看起来困倦得很，正在打一个诚意十足的哈欠，泪花都顺着弯起的眼角缀着，鼻头微微泛红。

“既然扒到了这里，我就索性去找了找两人的渊源，原来这两位三年前都是邢天的新人，这儿有一段她们训练室的舞蹈视频。污蔑苏荷整容的瞎子们，睁大眼睛看一看吧，从三年前刚出道，苏荷就长了一张仙女脸，倒是你们那位林白莲，容貌和气质被苏荷甩出了银河系，谁照着谁整容还不清楚？此处不妨说一说，当初那天留下苏荷，淘汰林菡，原因一目了然。但是有意思的来了，据传苏荷后来接到过不少‘橄榄枝’，你们懂的，但她全部拒绝了，导致被雪藏了三年，而林菡……呵呵，我们来扒一下她的发展轨迹和每一步后面的那些靠山吧。”

长篇大论或真或假的分析后，这个营销号在文章最后毫不客气地放话道：“林菡粉丝不是动辄喜欢吹林菡仙女吗？劝你们多滴点眼药水吧，认清你们所谓仙女的那张画皮下的丑恶嘴脸，顺便教你们什么叫仙女，去看看苏荷——三年雪藏，一如既往。初心未已，无谓诋毁。麻雀宵小且看着吧，雏凤栖仙梧，将来总会飞到九霄云上引吭。”

这篇文章一出，林菡再无翻身之地。

被关在会议室里的苏荷看完，揉了揉胳膊，抬头苦笑道：“易姐，这不会是你们找的水军吧？最后那几句话，吹得我直起鸡皮疙瘩。”

易云鱼笑着佯作要打她：“我们会找倾向这么明显的吗？这显然是你的‘自来水’，不过效果不错，你在圈内的地位算是彻底站住了。”

苏荷收回目光：“林菡这次应该是栽了吧？”

“是啊，彻底得很，这个圈子里永远不会再有她出头之日了。”易云鱼感慨道，“其实我听说过她的一些事情，但是自作孽不可活，这个圈子里一直都是这样残酷——不对，其实哪个圈子都是这样。像你，明明什么都没做，也有可能蒙受冤屈一辈子翻不了身，更何况那些做了的呢？她们更没有资格喊冤了。这世上有苦衷的人太多了，但有几个人有时间听你去说你到底背负了什么？”易云鱼笑着摇头，叹道，“世人只看结果。”

苏荷想了想，轻声道：“世人只看他们‘被’看到的结果。”

易云鱼一愣，随即笑了：“没错。”

不等两人再说什么，会议室的门外隐约有了动静。

易云鱼站起身：“应该是郭姐回来了。恭喜你，终于可以‘出狱’了。”

苏荷配合地笑，站起来拉伸细腰：“是啊，我终于可以重见天……”

压着苏荷的声音，会议室的门被推开。最先入眼的身影，修长挺拔，显然不可能是她们以为的郭如。

伸懒腰到一半的苏荷一下子僵住了："骁神？"

男人未停顿，几步后已经走到苏荷面前。从进来前他便是皱着眉的，到此时把眼前的女孩细细打量过一遍，确定无恙后，那好看的眉才松开。

"没哭吗？"

苏荷回神，连忙收住自己放肆的伸懒腰，有点不好意思："怎么可能？我又不是三岁。"

"那怎么不接电话？"

苏荷尴尬地飘开视线："因为在挨训……"

商骁皱起眉，微侧身，瞥向会议室里还没来得及离开的易云鱼。

感受到那目光里清冽刺骨的不快，易云鱼无辜地睁大了眼。

苏荷连忙解释："不，不是云鱼姐。而且本来就是我的问题，挨训也是理所当然……"

话没说完，她头顶被轻揉了下。

"不行。"

苏荷被揉得一蒙，茫然抬眼。

商骁微垂了眼，声音平静："谁都不能训。"

苏荷感觉自己的脸颊嗖地一下烫了起来。

会议室门口，有个脑袋挣扎着探进来，声音里带着哭腔："祖宗啊，您非得赶着演唱会排练前谈恋爱吗？体育馆那边都快催疯了，再不走这趟航班也要晚点了！"

话刚说完，不知道又被谁拖了出去。苏荷探出头看过去时，门口已经没有人影了，只能隐约听见门外有挣扎的声音。

苏荷心虚地问："你不会是演唱会排到一半就……？"

"嗯。"商骁低声应了，垂着眼，眸子黑漆漆地盯着女孩，"夜间航班回来的，睡了两个小时，待会儿要赶回去，继续排演。"

苏荷慌了手脚："你只睡两个小时怎么……"

那人声音低哑地笑了："愧疚吗？"

苏荷想都没想就点头："你是因为我的事情才……"

"那补偿我？"

苏荷茫然抬眼。

"月底的演唱会，记得去。"

苏荷一怔："我当然会去。"随即她不安地看向他，"是发生什么事情了吗？"

商骁默然，须臾后，他哑然笑道："不是，只是有件事要做，希望那时你在。"

"老板！你的微博粉丝数终于冲破一千万大关了！粉丝都在给你庆祝呢！"

计安安人还未进门，声音已经远远地从玄关传进卧室。

等了半天，计安安拖鞋都换上了，才听见一声懒洋洋又慢吞吞的敷衍从卧室里传出来。

计安安疑惑地放下手里的袋子，快步溜进主卧。

"老板你在干吗呢？"

"刷微博。"

计安安眼睛一亮："你也看见粉丝们的告白了？"

"看见了，特别热烈。"苏荷头也没回地说。

计安安笑得合不拢嘴："可不是，我还是第一次看见老板你微博下面这么多活跃粉，说起来还得感谢林菡，要不是她之前搞你，你粉丝肯定不会这么稳固……"

计安安的声音戛然而止，因为她走到床边，看清了苏荷手机屏幕上的内容。

计安安的笑容僵在脸上，过了几秒，找回理智，她抬起手，痛苦地抹了一把脸："老板，你现在在看谁的粉丝跟谁告白呢？"

苏荷笑了，不抬头都能从她声音里听出明媚灿烂。

"当然是看X光跟天神告白了。明晚就是演唱会，X光这是时隔三年重振雄风啊，群里和微博都可热闹了。"

"您还记得自己也是个拥有一千万粉丝的明星吗？"

"啊，一千万了？"苏荷终于抬头，明艳的脸蛋上挂着和极致漂亮的五官有些不相称的过于灿烂的笑容,“恭喜啊。”

计安安:“是你一千万，不是我一千万，你恭喜我干吗？”

苏荷托住下巴，眼睛弯起的弧度漂亮勾人:“反正郭姐不让我碰那个微博号，连密码都改掉了，算是你的号了，当然要恭喜你。”

计安安尴尬地清了清嗓子:“那你也不能怪郭姐，其他人都没转发骁神的那些演唱会微博，就只有老板你，像个营销号似的，一点进主页全是你转发的骁神演唱会的微博。”

苏荷吸了下鼻子:“《穿越》开播以后，全网都知道我是骁神粉丝了，干吗还要藏着掖着？你看也不是没有其他女明星转发啊。”

“其他人跟你和骁神能一样吗？”计安安撇嘴，表情复杂,“郭姐说了，你俩之间如果有任何动向，那就是瓜田李下，圈内最近关于你和天神的谣言可不少。”

苏荷眨眨眼:“反正不是我传的。”

计安安皱着眉，犹豫了下，摆摆手:“好啦，等过几天我跟郭姐打个申请，把账号使用权给你要回来，老板你可千万别跟在小号上一样放肆了。”

“我放肆吗？”

计安安嫌弃地斜了她一眼，躬身戳了戳苏荷的手机屏幕，苏荷的小号几分钟前才转发了一条天神演唱会的宣传海报。

计安安横眉冷笑:“老板你要是被郭姐看见发这种东西，就等着她提刀来剁了你吧。”说完计安安把手机塞回去,“而且老板你太㞞了。你那结婚证我已经拿放大镜看八百遍了，确实是真的，你真有贼心的话，何必拘泥于言语表达呢？你完全可以合法地行使夫妻权利啊。”

苏荷表情一僵，几秒后，她抱起被子卷住自己原地一滚，把自己裹成了密不透风的春卷。

“春卷”里传出女孩闷哑的声音，却憋不住地带着低软的笑:“大胆计安安，你这是什么虎狼之言？”

计安安嫌弃地看着这个“春卷”:“应该我问问你脑子里刚刚到底闪过什么虎狼画面，才会不好意思成这样吧？”

被子蠕动了下，一端慢慢冒出个毛茸茸长发凌乱的脑袋，女孩脸颊憋得通红，眼瞳乌黑剔透，里面藏着一点躲闪的光芒。

“我什么都没想。”

计安安：“一提他就尿，老板，我看你也就只能做个‘嘴’强王者。”计安安转身准备离开，只是转到一半又扭了回来，“忘了件事，今天有个营销号发文扒骁神了，老板你知道吗？”

苏荷头顶的无形雷达嗖地一下竖了起来，她眼神机警地直起身。

“哪个营销号？几点发的？扒什么？传播力度……不对，我刷了一上午微博，怎么没看到？”

“被JA处理了，动作非常快，除了圈内人几乎没被注意到就压下去了。郭姐不放心，让我跟你确认一下。”

“那篇文说什么了？”

计安安翻了翻自己的手机：“总结起来就是最近一个多月，骁神被拍到的每张照片都戴着一条手绳，上面还串了颗玉珠，有人怀疑是情侣手链，郭姐问是和你一对的吗？”

苏荷茫然道：“我们怎么可能有这种一下子就会被发现的配饰？”

“那这手绳是什么？就这个。”

苏荷接过手机，屏幕上是被局部放大的图片，有些模糊，但还是能看出来，那是一条黑色的手绳，上面只有一颗孤零零的玉珠，造型设计实在过于朴素，透着一种廉价的熟悉感。

苏荷蓦地一屏呼吸。

看她的表情，计安安就知道苏荷是想到了什么，不由得担心地问：“老板，这到底是……”

苏荷沉默许久，放下手机：“其实你们都知道它，只不过没注意到这个就是那个。”

计安安：“老板你在跟我猜谜语吗？”

苏荷：“就是《穿越》第二期，《红玫瑰与枪》，剧情你还记得吗？”

“当然记得了，那期之后你差点被X光满世界贴通缉单嘛。”

苏荷：“里面不是有个夜市互送礼物吗？少帅送给舞女的项链里藏着最后的密报。”

“我记得啊，那个超级虐心，而且老板你明显还坑了节目组一条手……”计安安的声音戛然而止，几秒后，她惊悚地睁大眼睛和鼻孔，看向自己的手机屏幕，像是在看一个不定时炸弹，“这就是那个手绳？”

苏荷点头。

计安安：“那骁神这不是相当于在身上挂了个随时要炸的炸弹吗？”

苏荷小声道：“没事，节目组好像没怎么播那段镜头。”

计安安：“很有事！它又没完全剪掉！万一哪天被哪个粉丝翻出来怎么办？”

苏荷被她喊得耳朵疼：“淡定，不会的。你看除了这个营销号，都两个月了还没人发现它呢，很隐秘了。”

“也对。”计安安松了口气，说道，“明天演唱会的票我放到桌上了，老板你看见了吗？”

苏荷闻言一顿：“看见了，不过你可以送人了。”

快走到门口的计安安错愕回头：“你不去了？”

苏荷不知道从哪儿变戏法似的拿出来两张黑底金边的硬质卡票，莞尔道：“骁神让人送来的，VVIP区黄金位置的专票。”

抢天神演唱会的票需要走后门，这并不稀奇，但是走后门走到大神本人身上去的，计安安还真是头一回见。

因为要去天神的演唱会，苏荷兴奋得一晚上没怎么睡，于是第二天，在飞往G市的航班上，她睡了个昏天暗地，到被计安安叫醒下机，苏荷还是迷糊的。

此时飞机上的乘客差不多都已经走完了，苏荷安心地摘下眼罩，打着哈欠泪眼蒙眬地站起身。

两人是轻装上阵，几乎没带什么东西，只有计安安背的小双肩包。

下了飞机进到航站楼，苏荷接过计安安递来的口罩戴上，但是在墨镜前停了动作。

“墨镜也要戴吗？”

计安安点头：“当然了。”

苏荷：“太夸张了吧？我看机场照片里那些大咖都没戴。”

计安安翻了个白眼：“因为会让你看见的机场照片都是安排好要拍照的，真的私下出行的一个比一个遮得严实好吗？老板你没拍过机场照不懂啦。再说了，人家大咖出门带几个身强体壮的保镖，而你就带了我，真遇上疯狂的粉丝，咱俩这小身板只有被踩成地板花纹的份。”

苏荷笑了：“我哪有那么疯狂的粉丝？对我有点清晰的认识吧，我现在只是个蹭热度火起来的小明星而已。”苏荷伸手一指墨镜，“再说了，戴着它在机场走才会被人一直盯着看吧？”

计安安想了想：“也是，那走吧。”

两人一路平安，十分顺遂地走出航站楼，停下脚，计安安准备叫一辆去市中心的计程车，意外就是在此时发生的。

“你是苏荷？”

站在苏荷和计安安身旁不远处，突然有个男生迟疑地开口了。

戴着口罩的苏荷下意识地转头，四目相对。

那个男生的脸色从白瞬间涨红，兴奋的情绪陡然取代了他的疑惑，他大步跨前，几乎是扑了上来。

“苏荷！我特别喜欢你！”

激动到嘶哑的嗓音着实把头一回遇见狂热粉丝的苏荷吓住了。

所幸计安安隔着她，听见那声音就反应过来，伸手拉起苏荷，不要命地撒开腿就跑：“老板别傻了，快快快，跑啊！”

两人跑出去几米，那男生直接追了上来：“苏荷你别跑，你听我说完啊！”

几十秒后，G市机场航站楼前，计安安跑在前，手里拽着拼命压住帽檐和口罩的苏荷，身后跟着不知怎么就从一个变成了几十个的追逐人群，乍一看浩浩荡荡的。

身处其中，对被追的苏荷和计安安来说就只有惊恐这一个感觉了。

所幸，在两人体力不支之前，停靠在航站楼前的一辆SUV车门打开，里面传来压低的声音：

“快，上来！”

一看清车里王思言的脸，苏荷想都没想，拽回靠惯性往前冲的计安安，两人狼狈地逃上了车。

车门砰地甩上，以最快的速度从现场落荒而逃。

苏荷陡然松懈，脸色苍白，头晕眼花地软进座椅里。到此时，她耳边好像还回荡着那几句“我们是荷叶啊”的歇斯底里的吼叫声。

“谢……谢谢王哥。”苏荷撑着力气，玩笑道，“救命之恩无以为报，回去我一定给您包个红包。”

王思言好笑地看着她：“苏小姐，你也是大胆，带个助理再配个口罩就敢随便进出机场了？”

回想起来，苏荷还是心有余悸。

“他们刚刚喊自己是荷叶，那是什么恐怖组织吗？”

王思言一愣，哭笑不得：“苏小姐还不知道自己刚成立的后援会代称？荷叶是苏荷小姐你的粉丝名号。”

苏荷玩笑道：“这个名字还真是别具一格，听起来就感觉自己头上绿油油的。不过，没经历过机场逃命，我都不知道自己竟然还有铁杆粉丝。”

王思言：“怎么说苏小姐也是一千万粉丝的咖位了，狂热粉乃至私生粉，人品再好也至少是万中有一的概率，一千个人里但凡碰上一个，这种情况下都能给您去了半条命，您信吗？”

苏荷乖乖听训：“是，谢谢王哥。”

王思言笑着摆手：“我就是建议一下，承不起谢。再说，这事也不该是苏小姐费心，要是事事都要艺人自己折腾，那经纪公司、经纪人和助理，又是拿钱做什么的？”

差点跑没了半条命的计安安嗖地一下绷直了腰，随即又蔫了下去：“谢谢王哥，我记住了，下次一定不会再犯。”

王思言这才稍松了脸色，倒不是他给计安安摆架子，只是他受商骁安排来接苏荷，这刚到一会儿差点吓破了胆，方才他的话也并非夸张，万一苏荷出了事，他怎么跟商骁交代？

想到这儿，王思言又皱了下眉：“这事你们不懂，郭如不该不懂啊，她没嘱咐过你们？”

苏荷心虚地轻咳了声：“郭姐不知道我要来看骁神演唱会。”

要是知道，郭如估计会牵一条狼狗亲自到苏荷的公寓门口守着了。

王思言头疼地看她：“你们夫妻在让人不省心这点上太默契了，还真是一点都不白花分给经纪公司的钱。”

车开到G市的市体育馆外，下车前，王思言监督着计安安把苏荷武装严实了，才开口道：“待会儿我们从专用通道进，安保力量集中，应该不会有什么问题。不过等演唱会开始后，进入座席区，苏小姐可要自己注意安全了。”

苏荷点头：“我明白。”

准备妥当后，临下车前，王思言却突然叫住了苏荷：“苏小姐，您知道今晚骁神有什么安排吗？”

苏荷茫然地转头看向他：“这个，不该是王哥你们最清楚吗？”

王思言没说话，只沉默地盯着她。

不知道是不是苏荷的错觉，她总感觉自己从那目光里读出了复杂又同情的情绪，然后她听见王思言语气沉重地开口了。

“防弹衣穿了吗？”

苏荷小心翼翼地说：“没、没穿……”

王思言：“那我送个东西给苏小姐。”

苏荷亲眼看着王思言从旁边拿起似乎一早就准备好了的黑色……麻袋？

在苏荷怀疑人生的目光里，王思言郑重地把那个黑色麻袋交到苏荷手上：“安全起见，苏小姐进场前记得把它套上。”

第4章

苏荷做贼似的下了车，一路小心翼翼地溜进体育馆后门，又经过无数排查安检，她才终于顺利进入演唱会的后台区域。

王思言既是圈里有名的金牌经纪人，更是众所周知的商骁最信任倚重的助理，故有他亲自在前带路，经过的工作人员再忙也会打个招呼或者喊一声“王哥”。

这期间，不可避免有许多好奇的目光往苏荷与计安安的身上落。计安安长相普通，穿着也随意，架着一副无框眼镜，拎着双肩包，一看便是助理或者工作人员。于是，从头到脚包得严严实实的苏荷成了一路走来的瞩目焦点，她几次都觉得那些目光快要实质化，穿透她身上这件套头运动外衣了。

七拐八绕，历经磋磨，三人终于到了进场的通道分叉口。

王思言犹豫了下，回头道：“苏小姐，那边就是通往嘉宾座席的通道，工作人员可以直接领你过去。”

戴着大口罩还扣着一副大墨镜的苏荷小心地抬头：“那我就直接……”

“您还可以跟我去艺人准备区，是从这边走。”

苏荷一怔："准备区？不是还有一个小时就要开始了，我现在能过去吗？会不会打扰到他？"

王思言："别人确实不行，但如果是苏小姐，骁神应该是不会介意的。"

苏荷脸一红，扭头看向身后："安安，我……"

计安安叹气，双手比出OK的姿势："我懂。我自己先去嘉宾区，在那儿等你，老板你注意安全。"

"好。"

王思言听完两人对话，抬头给通道前站岗的人高马大的戴墨镜的安保人员示意了下。

很酷的安保人员幅度极轻地点了点头，转身暂时撤开了身旁的隔离带，放计安安进入嘉宾通道。

王思言转头看向苏荷："苏小姐，您跟我从这边走吧。"

"嗯……"

"苏小姐感觉不舒服吗？"

"不是，只是有点紧张。"

苏荷按捺着莫名有点加快的心跳，轻吸了口气跟上去。

紧张，还是紧张……苏荷刚想唾弃自己的没出息，不经意一抬头，就见前方一排身姿曼妙、衣着热辣的美少女步伐摇曳地横穿而过。

苏荷转头问王思言："刚刚过去的这些是什么人？"

王思言顺着苏荷的目光一看，正瞧见那些雪白的长腿，他冷汗差点流下来。

迟疑几秒，王思言还是实话实说道："第一支歌曲的伴舞。"

苏荷一顿，眼神微妙："这么性感的伴舞吗？"

王思言："咳，这种在演唱会上其实还是比较常见的。"

苏荷点头，语气平静："我懂的，里面的领舞还会跟歌手做一些肢体互动来引燃现场，比如，贴身热舞什么的。"

求生欲让王思言第一时间转移了话题，他干笑道："苏小姐还紧张吗？我这儿有缓解紧张的方法，你要不要试一下？"

“不用了。”后台微暗的灯光下，女孩蓦地勾唇微微一笑，“突然就不紧张了呢。”

那个轻飘飘的好像自带旋转音的“呢”，瞬间让王思言开始紧张起来。

在艺人准备区绕了大半圈，王思言和苏荷都没找到商骁的踪影，最后几经折腾，王思言找到了贴身助理，这才确定下来商骁的位置。

按助理所说，商骁正在独立休息室做最后一遍的出场造型确定。

王思言听到助理的话，不由得皱了眉：“怎么回事？出场造型不是已经确定下来了吗？”

“好像是说演唱会导演冒出了个新想法。”

王思言眉头几乎拧起个疙瘩：“大大小小排演过那么多次，现在都要上场了，搞什么新想法！这个老外脑子里是不是灌水了？”

助理讪讪道：“哈德森在业界一贯以鬼点子多和出其不意闻名，这种事也不是头一回了。”

王思言气极，啐了一声：“我当时就跟何源说过，稳中求胜！国内名导那么多，干吗非找这个哈德森？这种不按套路出牌的人，根本就不适合国内市场的需求！”

助理没敢反驳。

王思言又问：“所以他想怎么调整？”

“原本的开场曲是按往年演唱会惯例，以新专辑的主打曲为序曲的，就是《镣铐》，然后成名曲《天神》放在演唱会最后收场……”

王思言：“这我知道，直接说他的新方案。”

助理：“新方案是……把两个换过来。”

王思言差点气得背过气去，回过神，这位在圈内以笑面虎闻名的金牌经纪人罕见地暴跳如雷：“他说得轻巧！编舞排舞、节奏顺序、全场高潮点的布置、观众情绪的引控，那是随随便便简简单单一句‘换过来’就可以解决的吗？”

后台的工作人员惊讶地看向这里，路过的人都不自觉地放轻了脚步，生怕招惹到王思言。

助理显然也被吓住了，缩着脖子夙成一团，不敢反驳。

王思言喘了几口粗气，最终还是稳住情绪，只是眉头仍旧皱得很紧，几乎能挤死飞上来的蚊子。

“算了！骁哥什么意见？”

助理这才敢小声开口：“哈德森那边似乎是紧急搞出了一套完备的方案，他们正在给骁神做新的收场造型，骁神估计是要看效果再做决定。”助理停顿了下，小心地问，“王哥，既然您不赞同，那我把您的意见去给骁神说一下？”

王思言拧着眉：“不用，舞台效果我又不是专家，等骁神他们自己决定。你忙你的去吧，我带苏小姐过去。”

见王思言转回来，苏荷说：“王哥，我看我还是不过去打扰了。”

王思言犹豫了下，继而释然道：“来都来了，也不差这一面。如果骁神真没时间，那你见一面再回场内也无妨。”

苏荷想了想，点头道：“好。”

商骁的独立休息室分里外两间，苏荷跟在王思言身后进去时，正见到外间有几个人围成小圈，似乎在低声讨论什么。

听见声音，为首的一个金发碧眼的外国男子转过头来，一见到王思言，眼睛顿时亮得像两盏小灯泡：“王！刚刚我还在问你在哪里！”

他喊“王”喊成了四声，干脆响亮，听起来像某种动物叫。

苏荷差点没忍住笑出来，然后她清楚地看到身旁的王思言翻了个白眼。

苏荷了然，显然这位满脸喜色大步走来的金发碧眼的外国友人，就是王思言和助理提到的演唱会导演哈德森了。

王思言十分敷衍地和对方打了招呼，问：“骁神人呢？”

哈德森：“他在里面思考，我们没有去打扰他的决定——像我们之前说好的那样，一切决定权都在你老板手里。”

王思言点头，转向苏荷：“苏小姐，您直接敲门进去就可以了。”

苏荷犹豫了下，点头道：“好。”

她刚要走，哈德森却突然笑着问王思言："王，她就是你老板的缪斯女神，对吧？"

苏荷一怔。

哈德森冲她挤眉弄眼："*Shackle*的灵感，来自于他的缪斯女神，这是骁说的……"

哈德森眉飞色舞，可惜没等他跟苏荷说完，王思言已经面无表情地把他拖走了，留在原地的苏荷茫然地歪了下头。*Shackle*？镣铐？是说商骁新专辑的主打歌曲《镣铐》？

苏荷一时之间没想通，但时间显然不容许她耽搁太久，于是只能暂且搁置这个疑惑，转头走到里间门外。

到了这里，她才敢摘下口罩和墨镜，敲了敲门，而后推门进入。

房间的边角堆积着凌乱的舞台布置用具，正中间的地板却空旷敞亮，似乎是在模拟舞台的布置，一盏暗灯从房间一角斜着打下光，落在房间中央唯一的一张单人沙发上，一个修长的身影被拓到地板上。

苏荷目光落过去，呼吸一滞，眼前是她从未近距离见过的商骁的舞台妆。

上下一致的纯黑，皮衣、长裤、高筒皮靴，自上而下每一根线条都凌厉如刀削斧劈。两条被靴筒包裹的长腿挺直地踩在地板上，靴子侧旁的金属扣泛着冰冷的光泽。那人微俯身，手肘撑在膝上，修长有力的十指交扣，骨节折起凌厉漂亮的冷白弧度。

他原本低垂着头，闻声抬眼，黑色碎发松散凌乱，发间零星落着星辰似的亮片，随着动作那张五官立体、轮廓深邃的面孔露了出来，仍是熟悉的，最清冽冷淡、不沾情绪的眸子，偏在此刻凌厉的光影下透出一种俯瞰睥睨的漠然，一眼就叫人腿软。

苏荷本能地退了半步，直面这让人腿软的气场，她几乎有种想夺门而出落荒而逃的冲动。

只是这几秒时间里，商骁看清来人，眉眼间的冷淡清冽如雪融冰消。

他微垂眼，勾起一点极淡的笑："路上累吗？"

空气安静，没人回答。

商骁意外地抬眸，却见女孩丢了魂似的傻站在门前，一动不动的木头人一样，直直地盯着他的方向。

几秒的不解后，商骁了然，无奈地问："好看？"

"嗯……""木头人"呆呆地点头。

"喜欢吗？"

"喜欢……""木头人"继续点头。

"有多喜欢？"

"想……"刚出去一个字，苏荷陡然回过神，脸蛋瞬间红到了脖子。

商骁一顿，须臾后，他唇角微勾："想什么？"

苏荷结巴了："想……想……"

看女孩脸红得快要原地自燃的模样，商骁没有再逗她，他站起身，走过去，苏荷情不自禁地屏住呼吸，而商骁将她身后的门拉开一条缝隙——

"哈德森。"

外间陡然安静，所有人的目光唰地一下落过来。

哈德森格外兴奋："你决定好了吗？是新方案对不对？"

"嗯。"

哈德森立刻更兴奋了："这么快就决定好，是不是你的缪斯女神……"

话没说完，哈德森被忍无可忍，抛弃了国际友谊与礼貌界限的王思言捂住嘴，拖到了一边。

商骁垂回眼，身前的女孩此时乖巧得像只鹌鹑，在他身体与门中间绷直地站着，眼睛睁得很圆，表情一动不动，好像连呼吸都屏住了。

商骁不由得莞尔，扶着门的手轻轻一落，揉了揉女孩的长发，哑然一笑。

"有点临时变动，不能陪你了，抱歉。"

苏荷被揉回了神："不……不……不用陪，我这就回……回去。"结巴还没好。

商骁拿起她手里的口罩和棒球帽，一一给她戴好，最后轻扣了下她的棒球帽帽檐。

“我送你。”

一直到被商骁陪着走出外间，苏荷才回过神：“你不是要忙？我自己去嘉宾区就可以了，不用你送。”

“没关系。”商骁低笑了声，钩起她的手腕，握进掌心，重复了一遍，“我送你。”

此时两人已经走到休息室外的长廊上，路过的工作人员逐渐注意过来，他们的视线或主动或被提醒地落到包得严严实实的神秘女孩被男人握在掌心的手上。

苏荷顿时失去了当众反抗的勇气，生怕露脸，只能把脑袋压在身前，缩成了一只鹌鹑，还是露在外面的耳朵都通红的鹌鹑。

苏“鹌鹑”被商骁牵着，一直走到来时经过的那条嘉宾通道。

越是临近体育馆内部，耳边的声音越是潮水一般，一层又一层地涌上来。只是在自己重重的心跳声里，苏荷已经听不清嘈杂，只觉得那些声音忽远忽近，像是另一个世界的事情。她都不知道，自己是怎么被领进已经暗下灯光的体育馆内座席区的。

嘉宾区是最靠近舞台的一块独立小方形区域，除了隔开的护栏，还有人高马大的安保人员在嘉宾区的位置后站成一排。

身后，无数晶亮得像星星一样的手灯组成大片的星海，辽阔映衬，而舞台正对的星海里，有不同颜色的荧光棒勾勒出的两句晃动的标语——“十年X光，一如既往”和“星河溺我，天神在上”。

看清那两句标语的瞬间，苏荷突然抖了下，从商骁那儿抽回手。

商骁垂眼：“怎么了？”

苏荷心虚地看了一眼标语的海洋：“就，突然罪恶感很重，感觉自己好像抢走了他们喜欢的人。”

商骁一怔，须臾后，他垂眼，声音低而轻：“我以为是反过来的。”

苏荷愣住，下意识抬头，在黑暗里去寻那人的眼眸，慌乱里她自己都有些恍惚，喜欢他已经有那么久了吗？就像此刻在黑暗里找，却怎么也找不到，追不上一样。原来比他们更久，比十年更漫长。

苏荷正茫然无措的时候，她的指尖突然又被握了回去，那人在黑暗里轻轻牵住她。

“到了。”

苏荷回神，借着微乎其微的光线，她看到了身前不远处提前到达嘉宾区的计安安。

计安安费劲地眯着眼辨认了很久，终于认出了她。

“老板……”即便是在嘈杂里，计安安仍是小心翼翼地招手，“这里。”

商骁带苏荷走过去。

计安安只当陪苏荷进来的是工作人员，见两人过来，下意识地伸手想接过苏荷。

“谢谢，辛苦……”说到一半，计安安惊恐地瞪大了眼睛，求生本能让她硬是把那句“骁神”死死地堵在了喉咙里。

“不客气。”男人扶苏荷落座，“先把她交给你了。”

“好的……”

等商骁离开，计安安终于缓缓回过神，声音微颤：“老板，刚刚不是我的幻觉吧？”

“不是。”

计安安惊恐地吸气，把声音压成气声：“你疯了吗？你知道现在在哪儿吗？万一被我们身后只有十几米远的X光看见，这么多人！一人一根荧光棒都够砸死你们俩的了！”

苏荷莞尔，随即她笑着摇头：“她们不会的。”

“老板你对自己的仇恨值有误会，你这是哪儿来的谜之自信她们砸不死你？”

“不是因为我。”苏荷轻轻叹了声，像笑，抬眼道，“因为她们爱他啊，是十年不变，是一如既往。爱他的一切，和我一样。”

计安安愣住了。

虽然打破了往年演唱会的惯例，但作为商骁成名单曲的《天神》，前奏一响，几秒之后，从意外里回过神的X光瞬时便沸腾了。

夜空犹如白昼，喧嚣与尖叫几乎掀起了黑暗里的鼎沸。这场狂欢持续了几个小时，无数人喊得嗓子沙哑，声泪俱下。十年里相伴的每一首歌的酸甜苦辣，尽数融于今夜。

直到最后一支单曲，前奏之前的黑暗，格外的长。大屏幕上亮起两个字，《镣铐》。

与此同时，无边黑暗的舞台上，出现了一束光。空旷的舞台上，一张单人沙发，那人坐在中央，长影斜立。电音奏响，回荡在夜空之上——

“你是我的镣铐（俗世的镣铐），为你神魂颠倒（神魂都颠倒）……”

清唱两句，虚化处理的叠声回音萦绕，而后死寂几秒，那人蓦地起身，与此同时，音乐骤起，舞台上无尽的黑暗陡然被烈火腾地点亮——

“你是我的镣铐（俗世的镣铐）

为你神魂颠倒（神魂都颠倒）

你囚我在烈焰地牢

炙热的火将这躯壳融化，燃烧

将这锦绣人间炽烤

那些山川河流毁掉

漫天神佛仙魔嘶叫

无边焦黑灰烬里只余一颗炙灼心跳

你是我的镣铐，俗世的镣铐

为你神魂颠倒，神魂都颠倒

叫仙佛破道

令神魔烟消

我向你俯首

任你烙下记号

从此众生于我无谓

唯你是穿心镣铐……”

音乐骤停，舞台上灯光一暗，刹那后，全场陷入震耳欲聋的尖叫声。直到一束细微的灯光再次投下，体育馆内静默几秒，突然骚动起来——有违过去每一场演唱会的惯例，最终曲结束，商骁会退场，但这一次，那人仍站在舞台上。

不久前在网上掀起的咬痕巨潮余音犹在，所有人都在这一刻心生明悟，有所预料。有人突然泣声，却又憋住了。

万人安静，比万人喧嚣更叫人心跳如擂鼓。

昏暗的光下，商骁抬手，轻拢耳麦，一声低哑的笑。那是褪去所有冷淡，只余刻骨温柔的笑。

“谢谢。”他抬眼，看向那片灯海组成的星海，看向摇曳的标语，“十年有你，一如既往。”

场馆内一默，须臾之后，场内无数方向无数角落不约而同地喊出相同的声音——

“星河溺我！天神在上！”

又笑又哭，所有人都疯了一样。直到那块光线昏暗的大屏幕上，那人竖起食指，抵在唇上，场内安静下来。

商骁垂手，哑声笑道：“星河溺我，天神在上，我听了十年，直到不久前才知道，这句话是她写给我的。”

所有人陡然滞住，骚动再次出现，但很快便被自发地按捺下去。因为大屏幕上，商骁的眼眸突然有了焦点——他转过头，看向一片黑暗的嘉宾区，像是凝视着黑暗里的某个人。

商骁抬起左手，在万人瞩目下，垂眸，轻吻上那颗穿着黑绳的玉珠。

“这十年给了他们，而余下的一生，我只想给你一个人。”

体育馆内死寂一瞬后，静默陡然被撕开，鼎沸都不足以形容的喧嚣中，空气里每一个分子都跟着炸裂。

苏荷和计安安坐在嘉宾区，十分清晰地听到身后十几米远的观众台上，有一位三四十岁的姐姐哭得声嘶力竭：“骁神你一定要好好的啊！”

苏荷真实地呆了，脑海里早就一片空白，此时全凭本能反应，目光呆滞地望着台上那个万众瞩目的男人。当她亲眼看着他望着自己的方向虔诚地吻在那串手绳上时，心里怦地一声，仿佛黑暗死寂的夜空里，炸开一朵最绚烂的烟花。

那是十年的思慕与喜欢啊。

她曾经望着他，从少年到青年，从籍籍无名到名满世界。最柔软的少女心思里，她多少次想把这个人藏起来，藏到只有她知道的角落，希望不会被发现，希望只有她看得到他的好，因为那是她小心翼翼守候了十年的玫瑰，是她觊觎又求不得的瑰宝。

可是他那么喜欢音乐，就好像那是世界上唯一能叫他感兴趣的东西，在音乐的领域里，他又是最才华横溢光芒万丈的，她怎么忍心藏起他的光？所以在他出道之初，商家父母不予支持，是她瞒着父亲找到严奕，请严奕帮忙疏通。他一曲成名，出道即登顶峰固然是天纵鬼才，但如果没有暗地里的资本运营，初期的道路又怎么会那样畅通无阻？

经年之后，商家家训留下的婚姻事业二选一的条件，也是她从商娴那里得知他出国深造心切，耽误不得，主动求到奶奶那里提出要与他联姻。她何其幸运又何其不幸地在年少时遇见了这样一个人，栽得彻头彻尾退无可退，然后她孤注一掷，为喜欢他赌上了一生，甚至从未敢奢望过结果。而今夜，《镣铐》歌词里说仙佛破道，她的天神胸膛里那颗冰冷的石头，终于为她变成了一颗跳动的滚烫炽热的心。

烟花炸了，炸得女孩满心欢喜，欢喜得犹如在梦里。

梦里她在神坛的树下惦记上了云端那颗她最喜欢的神仙果子，她张开手等啊等，等了十年，等得心灰意冷，等得她想转身走了的时候，那颗神仙果子啪嗒一声，跳进了她的怀里。她开心地笑，像个小傻子，情不自禁地想抱紧果子转身就跑，所幸小傻子身旁还有个清醒的——

计安安回头一看，隔着安保人员，十几米外的X光已经骚动起来，有人似乎准备离开观众席。计安安呼吸一屏，想都没想，拿起旁边搁着的王思言送给苏荷的黑色袋子，把苏荷蒙头一罩，然后拉起她就往嘉宾通道跑，一边跑，一边欲哭无泪地喊："老板你今天哪是带我来看演唱会的，分明是来跑马拉松的吧？"

进了后台，两人没敢多留。早有准备的王思言安排着，趁媒体和粉丝没反应过来，第一时间让人送苏荷和计安安从体育馆后门逃离现场。

一路提心吊胆地躲避守在体育馆外的狗仔车辆，到了机场，苏荷和计安安被提前安排好的专人领着从VIP通道上了商骁的私人飞机。

直到舱门关合，苏荷和计安安才彻底松了口气，两人对视一眼。

计安安扭过头，笑出了声："老板，你真的红了，这是我第一次亲身感受，有人能把恋爱谈得像火线追凶。"

苏荷也是惊魂未定，刚想说什么，手机响了起来，低头一看，是商娴。

苏荷接起电话，对面先响起商娴幸灾乐祸的笑声："哟，苏大明星还活着呢？"

苏荷叹气，扶额倚进座椅里："怎么连你也知道了？"

商娴乐不可支："我哥多少狂热粉在他现场录直播呢，全国网民都知道了好不好？我还是走在路上突然见我旁边一个小姑娘蹲在地上就开始嗷嗷哭，上网一搜这才知道的呢。"商娴一停，又忍不住笑了，"这会儿的热搜恐怕一半和你俩有关，怎么样，开心吗？"

梦醒了，神仙果子还在怀里，只不过现实中的这颗神仙果子，恐怕是带着天劫一起下来的。天劫壮观，来势汹汹，苏荷想想就头大。

听苏荷不说话，商娴忍住笑，安慰道："行啦，别担心。你马甲不还捂着吗？没人知道是你。"

一提这个，苏荷想起来一件事，她抱臂，轻哼了声，问："你不说我还忘了，你哥怎么知道'星河溺我，天神在上'这句话是我写给他的？"

电话对面瞬间哑火。

死寂几秒，商娴心虚地笑道："那什么，我也不是故意的，真的，就是一不小心说出来了。"

苏荷叹气："那他知道我那个笔名吗？"

"你放心，他绝对不知道，我没告诉过他，我只说过这句话是你写的。"

"我放心？"苏荷想顺着手机信号爬过去找商娴真人PK，"不用今晚，X光就能把我那个笔名扒得底朝天，到时候他还能不知道？"

商娴："那只能怪你太惊才绝艳，明明就是亲自上阵写了一篇宣传小软文，还写成圈内经典了。"

苏荷轻眯起眼："你知道你现在吹我也来不及了吧？"

商娴："我认罪，我反省，我接受批评教育。"

苏荷在商娴一本正经的语气里，不由得莞尔："行了，暂且原谅你，还好柠檬糖那个笔名没有什么可扒的真实信息，不然你就等着来我家负荆请罪吧。"

商娴玩笑着应下，又说道："对了，我哥告白这事闹得太轰动，两家长辈肯定得被惊动，你做好心理准备。"

苏荷头疼："你就哪壶不开提哪壶吧。"

商娴撇嘴："你也知道它不开啊？那还等什么，烧啊。"话一顿，那边似乎有别的声音掺入，"得，经不住念叨，骆女士给我来电了，肯定是为你和我哥的事情。我先替你俩应付着，你们尽快处理啊。"

电话挂断，苏荷又僵了一会儿，才把手机放下来。

计安安迟疑地出声："老板，我帮你登了一下你的QQ号，目前有点惨烈，我已经帮你屏蔽了所有的非好友对话，但天神的那个粉丝群现在还在炸，你准备怎么办？"

苏荷无奈地笑："非好友对话？从群里戳来骂我的？"

计安安尴尬了两秒："一半一半，有骂的，也有其他的，比如说请你对骁神好点，还有八卦你俩感情史的。"

苏荷想了想，叹声道："把登录记录清掉吧，以后不上了。"

计安安一顿："真不要了？"

"嗯，还能怎么办？"

"那我可下手了啊？"计安安说着低下头，刚要动作，她又"咦"了声，"老板，这个好友聊天你要不要看一下？"

苏荷一怔，侧过视线——跳出来的聊天窗口显示的不是别人，正是之前给她和商骁写系列同人文的那个流年。聊天框里，熊猫气泡还在努力往外跳。

流年："对不起，柠檬糖大大，我不知道你和天神是恋人关系。你放心，我以后不会再发他和苏荷的同人文啦。”

流年：“其实我是因为你才粉天神的，所以不管别人怎么说，我都支持你们，希望你们能永远在一起！”

苏荷看了两秒，忍不住笑了，接过手机，回复道：“你好像不久前还在写苏荷和天神的同人文？”

流年发过来一个不好意思的表情，回道：“那实话跟大大你说啦，其实我就是觉得苏荷在微博上说话的语气和大大你的文风有点像，我很喜欢她，又没别的同人素材，所以才写她和骁神的！”

苏荷的笑陡然僵在脸上，这QQ号后面怕不是藏了个预言家，苏荷心里慌了，在计安安凑过来毫不留情地嘲笑下极为心虚地迅速结束了对话。

而这一晚还并不算完。

飞机起飞后不久，在机内WiFi的帮助下，来自郭如的催命语音电话打到了苏荷这里。

苏荷看一眼时间，十分心虚地接了起来。

“郭姐，您还没睡？”

郭如冷笑道：“睡了，然后被公司的连环夺命电话叫醒了。”

“那郭姐下次可以尝试手机那个免打扰模式，保障一整晚舒适睡眠……”

“别，我怕第二天早上起来犯心脏病。说吧，你现在人在哪儿？”

苏荷快速低头：“我认罪，我反省，我接受批评教育。”

郭如才不吃这一套：“少给我整虚的。今晚天神演唱会，嘉宾区里坐着的被告白对象是不是你？”

苏荷叹气：“郭姐料事如神，我说不是您也不会信的。”

郭如冷笑：“我要是料事如神，三年前我打断自己的手都不会签你，签了你我看我得少活三年。”

苏荷这会儿乖极了：“郭姐辛苦。”

郭如单刀直入：“已经顺利出来了吧？我看还没有媒体捉到你。”

“嗯，已经在返程的飞机上了。”

“那就好。”郭如松了口气，跟着又问,“上网了吗？”

苏荷沉默两秒，非常诚实:“没敢。”

郭如好气又好笑:“没敢就对了，怕吓着你。微博上,X光已经开始扒骁神吻过的那条手串了。”

第5章

苏荷自诩是一个历经了不少风浪的十八线，但还是差点被郭如的一句话吓得溜到座位下面去。

“已经开始扒了？”

“你觉得骁神那样明目张胆地告白，X光会不去查查这个亲吻动作的意义所在？”

苏荷的声音不自觉地放到最轻：“那他们有查到什么吗？”

郭如一顿：“暂时没有。”

苏荷长松了口气。

郭如：“但是那个手绳，你还是劝骁神不要再戴了。现在不知道多少媒体盯着他，万一之后被拍到高清图，再遇到眼尖的发现和综艺里你给他的那条是同一条，你会有什么样的下场，不用我提醒你吧？”

苏荷想了想，含混道：“我尽量。”

郭如显然仍是不放心，又在语音通话里跟苏荷交代了好些事情，才结束了这通电话。

苏荷原本就因演唱会上的心绪跌宕而无法入睡，郭如的这通电话更是赶走了她的最后一点睡意，躺在放平的柔韧皮椅里，苏荷对着手机开始发呆。

计安安从洗手间回来，见苏荷直勾勾地盯着手机，问道："老板，你在想什么呢？"

"我在想，要不要给他发个消息……"

苏荷回神时，已经无意识地把心里话脱口而出了。

对上计安安促狭的笑，苏荷难得有点尴尬，她绷住脸，故作严肃，把手机搁到一旁。

"算了，都这么晚了，我们抓紧时间休息一会儿，飞机应该还有一个小时就落地了。"

"A市机场多半会有守株待兔的狗仔，虽然不是以老板你为目标，但如果被他们拍到了，没法担保不出问题。"计安安想到这个就有点头大，也没心思调侃苏荷了，"落地就有一场硬仗要打啊。"

苏荷显然是幸运的。

一整晚提心吊胆，但都是有惊无险，最终顺利地回到了自己的小公寓。凌晨四点苏荷到家，在折腾了将近二十四个小时后，即便她心情再激动难安，身体也承受不住疲累，一觉醒来，已经是第二天的中午。

"老板，你终于醒啦？"

餐厅里，放下两碗金黄色的小米粥，计安安抬头，一边摘掉隔热手套，一边看向从卧室走出来的苏荷。

公寓里暖气很足，刚从被窝爬出来的女孩只穿了一件薄薄的米色套头线衣，领口松垮，白皙的锁骨和颈子全露在空气里。她微卷的长发蓬松凌乱，发间一张眼神懵懂迷糊的巴掌脸，明艳的五官看起来格外柔软。

不知道是因为听见了计安安的声音，还是因为闻到了小米粥的清香，女孩鼻头动了动，眯着眼往餐桌的方向挪了几步。

因为这几步，计安安看到了椅子后的苏荷。米白色的线衣罩过女孩的膝盖，两条修长的腿露在外面，白净的脚丫踩在地上。肤若凝脂，骨肉匀称，无论是皮肤光泽还是线条都诠释了美。

计安安觉得摸上去的手感一定错不了。她轻咳了声，在脑海里叫停自己这个危险的想法，然后目光一落，下一秒哭笑不得地开口道：“老板，地上凉，你又不穿拖鞋。”

苏荷勉强从迷迷糊糊的困倦里拉出自己的神志，就近找了张椅子瘫进去，压着嘴巴打了个大大的哈欠。

“忘了……”

计安安无奈：“你这个习惯到底是怎么养成的？难道老板你以前住的房子是地暖供热，家里地板还纤尘不染？”

“地暖？”仰在椅子靠背上的苏荷半合着眼，懒洋洋地软在椅子里，闻言无意识地轻声哼哼，“没注意过，不过有地毯，不会凉……”

计安安：“地毯？那不是很容易脏？”

“不会，家里的用人阿姨们每天都会换……”

看着瘫在椅子里半睡不醒的苏荷，计安安陷入沉思，这得是什么样的家庭条件，用人要用复数，地毯还会天天换洗？

计安安没憋住，直接问了：“老板，既然你之前说的和骁神的联姻是真的，那你家里岂不是非常厉害？”

“我家？我家你还不知道，不就是那……”前一秒迷迷糊糊昏昏欲睡的苏荷像是突然被戳到了某个开关，醒过来，坐直身，说道，“我家就是小康，对，小康。”

看着心虚低头摸水杯的苏荷，计安安一瞬间觉得自己差点就要摸到什么大秘密了，可惜没成功。

既然彻底醒过来，苏荷自然不会就这个要命的话题继续往下聊，吃着午餐时间的早餐，她顺手拿过桌角搁着的平板电脑。

“网上还在闹吗？”

“嗯，更热闹了。关于骁神恋人的话题热度，估计要在热搜前三折腾至少一周时间。”

苏荷叹气:“跟你说了,X光养精蓄锐三年，很可怕的。”

“是啊，这次我算是彻彻底底见识到骁神作为圈内第一人的热度了。”

苏荷由衷赞同地点头。

大约是计安安之前在用,平板电脑一解锁便是微博界面,苏荷顺手点进热搜,只见前三高挂飘红——“天神告白”“商骁神秘女友”“暗恋是颗柠檬糖”。

一看清第三条热搜，苏荷一口小米粥差点把力占热搜前三的“神秘女友”本人呛得当场仙逝。

计安安吓了一跳，赶忙递纸巾拍后背，忙完之后抽空看了一眼平板电脑，随即笑了。

“老板你激动什么，昨晚不是已经知道你这笔名铁定要被扒个底朝天吗？”

缓过一口气，苏荷幽幽道:“那我也没想到我初中时起的羞耻笔名，有一天要代表我自己挂在热搜前三。”

“哈哈哈，这个羞耻的笔名恐怕还要陪伴你很多年，老板节哀顺变。”计安安在该幸灾乐祸的时候，毫不留情。

苏荷犹豫了下，还是小心地点进了热搜词条，并不意外的，每一条微博下都是哀鸿遍野的X光——

“从收到这个消息开始，我就没合过眼！”

“虽然早就知道天神多半是有女朋友了，但真的确定以后，还是难过地哭了一天。呜呜呜，我的天神！”

“真没想到骁神的神秘女友竟然不是明星，不是圈内人，而是他的粉丝，同样都是粉丝……嫉妒使我面容扭曲。”

“都是粉丝但不一样。虽然我也嫉妒柠檬糖，但柠檬糖还真不是普通粉丝，她当年在粉圈里非常有名，砸钱狠，宣传到位，可以说天神成名初期的知名度至少有一半是她功不可没。”

“没错,‘星河溺我，天神在上’这句话就是她原创的。”

“我听说她和骁神是青梅竹马，呜呜呜，这是什么神仙剧情，可是为什么一定要发生在我的天神身上！”

“十年啊，我真的好爱他……”

“虽然没奢求过什么，但是知道这个消息以后还是觉得心碎了。不过我的心碎了没关系，天神要好好的！”

“我知道这一天总会来，只是没想到那么快……”

苏荷越看心情越复杂，静坐很久之后，她拿出手机，打开自己的微博，切换到那个已经很久没有上过的微博号——暗恋是颗柠檬糖。

甫一登录，无数的提醒、评论和私信便蹦了出来，随着时间推移，那些数字还在不断刷新。苏荷将所有的提醒屏蔽，然后在主页停留很久，终于还是发了一条微博——“十年X光，一如既往。星河溺我，天神在上。谢谢你们爱着他，十年或者更久，我也一样。”

发完没多久，这条微博便在热搜排行榜火速飞升，最终和前三肩并肩，壮观飘红。苏荷则心情复杂地下了线。

凡WiFi所至，皆是流言。于是苏荷一整天不上网，不开电视，拿着书架里吃灰的书，窝到阳台上，学着老爸给自己泡了一壶茶，躺着看书，晒太阳。

只不过茶不是她所好，量下多了，喝第一口苦得她想呸呸呸，但想了想还是勉强咽了。

把太阳从头顶等到落下西山，天色将晚，万家灯火，苏荷把盖到脸上的那本书终于拿了下来，掀开毯子，坐起身，拿起身旁没挪开过的手机——不是错觉，一通电话都没有。

苏荷有点担心，在她站起身，一边考虑着要不要找严奕确定一下现在的情势，出点主意，一边向客厅走去时，苏荷听见家里的门铃响了。

苏荷脚步一顿，计安安此时在厨房做晚饭，所以不会是送外卖的，又是这个时间……下一秒，苏荷心里了然，眼睛跟着亮起来，快步走向玄关。趴在猫眼上看了两秒，苏荷拉开门，声音紧张地压低了，又藏着一点自己都未察觉的雀跃。

“你怎么来了？快进来。”

门外的人无声踏入，房门在他身后关合。

苏荷又趴到门上，在猫眼里观察了好一会儿，确定后面没有什么人跟上来，她长松了口气。

安静的玄关里，卸掉帽子、墨镜、口罩的男人恰好垂下眼，四目相对，苏荷莫名有点脸上发烫。

“你这个时间怎么还敢来？王哥竟然也肯放你出来……”

商骁无声地望着她，须臾后，微微勾唇：“他不放，所以我偷跑出来了。”

苏荷一愣，呆了。几秒后，她没有忍住，扑哧一声轻笑起来。

商骁作为这一代世交晚辈里的楷模，从小到大恪守礼节，再加上性格冷淡寡言，从未有过失格举动，苏荷怎么也想不到，有一天竟然能从他的嘴里听到“偷跑出来”这样的话。

笑过之后，却听得她心都软了。

“如果有事，你可以打电话给我，让我过去，我总比现在的你要安全些。”

商骁：“没事。”

苏荷又怔了下：“没事？那你还这么晚，冒着被满世界X光发现的风险出来？”

商骁默然片刻，说：“因为看到你的那条微博。”

想起那条微博里的告白，苏荷有点脸红：“没有给你们的公关添麻烦吧？”

“有。”

苏荷意外地抬头，有点着急：“那我删……”

“很麻烦。”伴着这一声低低的，有点无奈又纵容的笑，商骁轻抱住女孩，“特别麻烦。”

苏荷蒙了，贴在那人身前，听到那个压得低哑好听的声音和近在咫尺的胸膛轻轻振动。

“看到之后，明知道会让你也变得危险，明明忍了很久，但还是没忍住，偷跑出来了。”说完那人又极低地笑了声，嗓音是苏荷熟悉的疏懒松哑又带一点冷淡勾人的性感。

她脸更红了，闷声问：“你笑什么？”

“想看你一眼，看到了。想抱你一下，也抱到了。所以很开心。”

这次苏荷的脸直接红到了白皙的脖子。

苏荷实在想不到，自己有一天会被这颗冷冰冰的神仙果子哄得说不上话来，她无意识地扬了扬下巴，蹭开一点距离，藏着脸红小声嘀咕："冒那么大的风险就为这一点点……听起来不像是你会做的。"

商骁不迫她，随着她退开一点距离，只垂眼看她，眸子漆黑。

"是一点点，但是搁在心尖上，再大的风险我也愿意。"

嫣红漫到耳朵上，苏荷退无可退，但是她骨子里藏得最深的那一点叛逆和乖张被压得狠了，终于还是冒出一点凌厉的尖来。

女孩抬头，眼瞳乌黑地亮，脸蛋俏丽地红，嘴唇欲滴地艳，小声道："这可是你自己送上门来的。"

商骁未听清，微俯身，垂眼看她。

苏荷只看得见视线平齐的地方，那人线条凌厉的冷白颈上，漂亮又性感的喉结随低哑的声音轻滚了下，那颗淡色的小痣也在光下一闪。

苏荷心底装乖的那只小老虎没忍住，肉垫里藏着的爪尖再次露了出来。她几乎本能地抬手，扣住男人的手腕，往他身后的墙上一压。

一声低闷的响，商骁被身前只及肩高的女孩抵在了玄关昏暗的墙上。

她呼吸里透着紧张，攥着他的手腕撑着墙，踮起脚尖吻在男人那颗淡色的小痣上。停驻几秒，像是在他的忍耐边缘试探，小心翼翼地加重了这个吻。

商骁一怔，须臾后，眼帘一垂，无声莞尔。情绪里是极尽纵容，容她肆无忌惮。

未被束缚的自由的左手微抬，黑色的手绳在袖口露出一点，他轻揉了揉女孩的长发，哑声地笑："你对它有执念吗？"

听出语气里的无奈纵容，女孩脸颊涨红，唇与颈之间，她的气息柔软，声音小得又低又轻。

"我对你，有执念。"

"有多执念？"

苏荷脸憋得一红，攥着他手腕的指尖收得更紧，小声嘀咕道："你自己问的，别后悔。"

商骁哑然笑道:“我不后悔。”

苏荷鼓足了勇气，另一只手攀上男人宽阔的肩，顺势吻上他凌厉的下颌线。

而此时，玄关正对的客厅，计安安握着电话走出来。

“王哥你开玩笑了，骁神怎么可能在我老板……”

苏荷慌忙侧眸，正看见计安安目瞪口呆地看着两人。

苏荷刚鼓足的那点勇气，像是被扎了个洞的气球，嗖地一下全没了。她慌忙松开被自己压在墙壁前的男人，甚至错过了对方低着头，垂下来遮住额头的碎发间，那双漆黑眸子里隐熠的微光。

苏荷心里又尴尬又慌，面上却强撑着淡定，指了指身前隔着不过几寸距离的那人，打了个哈哈:“嗯，骁神，路、路过。”

耗费一下午时间，跨越大半个A市，经过几百公里的路过？计安安心很累，甚至失去了反驳的欲望。表情僵了十几秒，计安安扭回头，痛苦地抹了一把脸，然后像是什么都没看见一样转身往回走。

客厅里传来计安安对着电话另一头敷衍的笑声:“哈哈哈……没什么没什么王哥，如果老板那儿有了骁神的消息，我一定第一时间告诉你。”

苏荷松了口气，转回身，甫一对上男人压下来的湛黑的眸子，苏荷突然想起来，她这口气松得有点早了——几秒之前，她干了什么来着?

一定要总结的话，好像是她豪气干云地把商骁压到自家玄关的墙壁上，还扣着手腕把人“非礼”了。

《呈凤》剧组杀青宴那次可以说是醉酒惹的祸,《燃雪》试镜现场还能找到入戏了的借口，这一次……苏荷绷着脸，看似淡定，实则内心慌得不行。

许是女孩躲闪的目光没能逃过商骁的眼，他若有所察，眼底那些被勾起的情绪一点点按捺下去。须臾后，商骁垂眸莞尔:“我不后悔，你后悔了？”

苏荷当场表演了什么叫死鸭子嘴硬:“我有什么好后悔的。”

“后悔也没关系。”听到意料之外的答案，苏荷抬头看向对方，目光尚未触及，她的脑袋被轻揉了下,“你等过我很久，该我等你了。”

苏荷心中的那根弦，被重重地拨动了下，在胸腔里无声地轻颤，目光也跟着起伏，但很快便被她压了回去。这个话题牵系着那些即便在他面前也不愿意露出的小心思，所以她此时只想转开话题。苏荷的余光一扫，恰好看见了男人左手上的那串黑色手绳。

“这个手绳，郭姐说……让我劝你先不要戴了。”有点绕口的话从苏荷那儿轻声说出。

“你也这样想？”

“因为网上有很多人在查，郭姐是担心……”

苏荷说到一半，才发现对方问的并不是“为什么”，她意外地抬眼，和那人对视了几秒，心里便挣扎了多久。

挣扎之后，苏荷还是诚实地说了：“我不是。”

苏荷还是有些不习惯在这人面前完全不掩藏，但他说过想看到她藏着的一面，所以她在努力尝试。

“我喜欢看你戴，会让我有一种……有点自私的满足感。”那种“这个人终于是我的了”的自私的满足感。

“我也喜欢。”

苏荷没听懂，茫然地抬头。

商骁却不解释，只说道：“而且，我原本就不会摘。”

苏荷一怔：“为什么？”

商骁垂眸，一点极淡却好看的笑浮现在他脸上：“这不是我们的定情信物吗？”

苏荷反应了两秒，才明白他是说《穿越》的第二期节目里，在夜市上互换项链和手绳的情节。

苏荷莞尔道：“可是你给我的定情信物已经被节目组收缴了。”

“它的替补今天刚传来消息，已经完成出世。”

苏荷：“替补？”

商骁俯身，眸里的光隐熠如星辰。

“下周三是你的生日，我有一件礼物想送给你。”

苏荷从小到大，以节日、生日为由收到过的礼物不计其数，再昂贵再稀有的她都见过，大概还没有哪一件，能让苏荷这样惦记。

还有一周才到生日，她已经忍不住期待起那件其实并没有太多神秘感的礼物，顺便畅想了一下生日晚餐，直到她的美梦被计安安打破——

“你可想太多了，我的老板，你以为你现在还是个没粉丝没名气，所以没负担没通告的小十八线呢？”计安安无语。

苏荷的笑容僵住，慢吞吞地转过来脖子：“我生日那天还有通告？”

计安安：“我问你个问题，老板你觉得明星们的生日是什么呢？”

苏荷蒙了：“生日就是生日，还能是什么？”

计安安在苏荷面前摇了摇食指：“明星的生日就是为了给粉丝提供合理合法合情的大型狂欢联会的名义而存在的。老板你毕竟不是天神那种出国三年粉丝还死心塌地只增不减的类型，你的粉丝是要巩固的。”

“所以？”

计安安从旁边翻出行程表：“你生日那天，有三个城市的生日见面会要跑，歌舞表演是免不了的，郭姐说你要从明天开始排练准备。”计安安一顿，抬头微笑道，“烛光晚餐？老板你还是祈祷你那天晚上能有力气吃盒饭晚餐吧，这个更现实一点。”

事实也确实如计安安所说。

为了巩固苏荷靠《呈凤》和《穿越》积累起来的粉丝，郭如毫不留情地给她在生日当天安排了最满的行程。整整一天，苏荷不是在生日见面会现场，就是在去生日见面会现场的路上。等最后一场终于结束，累得只想瘫在后台地上的苏荷感觉自己已经快有进气没出气了。别说烛光晚餐，此时商骁和他的生日礼物早被苏荷忘到了九霄云外。

无力赶返程的飞机，计安安开车送苏荷去就近的酒店，听见后座传来不知是不是在说梦话的声音，带着气若游丝的虚弱感：“我再也不想过生日了……”

计安安好笑又心疼。她一走神，也就并未注意到，她们的车屁股后，有一辆从粉丝见面会场外跟上来的轿车，已经跟了一路。

一个小时后，JA娱乐里天神小队的人都知道，他们那位祖宗今天竟然被某位十八线小女星放了鸽子，难得低气压了一整天，所以也没人敢去招惹他。

直到晚上九点，王思言脸色铁青地冲进商骁的办公室，连门都没敲。

“骁哥，苏小姐出事了！”

王思言二话不说，直接把微博热搜界面推到商骁眼前——

“苏荷酒店房间闯入男私生粉！”

第6章

作为商骁的私人公关团队，天神小队里的各部门主要负责人私底下交情都不错，公司氛围轻松，他们也时常见面。每逢这种时候，最经常议论的话题自然就是他们这位顶头上司兼公司幕后老板兼祖宗，商骁。而在某位苏姓小姐出现在天神小队的世界里之前，商骁身上可议论的话题实在不多，只有那么几个未解之谜

比如，天神究竟是异性恋还是无性恋——团队里多数人把票投给了后一个选项。再比如，退休之前他们是否还有可能看到现在已经二十七岁的天神跟哪位不计性别的明星传绯闻——同样多数人选了不能。

当然，这些未解之谜在苏荷出现之后，遭受了惨无人道的毁灭性打击。尤其第二个问题，在某段快要被自家祖宗和他的微博折腾疯了的时期，天神小队的每个人都想穿越回去，把当时酒后笑谈，期待商骁绯闻的那个自己，脑袋捶进啤酒瓶盖里。

然而往事不可追，灾星也是躲不过的。

同为天神小队的一员，王思言已经在无数次崩溃里，刷新接受下限，日渐习惯了商骁唯独对苏荷不同的反应，甚至连演唱会上告白这种事情，他都能接受，并提前为两人做好周密的逃生安排。

王思言也以为商骁和苏荷之间应该不会再有什么让他意外或者惊讶的事发生了，直到今晚——

JA公司的车库里有一辆保养得很好，但几乎从未面世的价格昂贵的深蓝色超跑，王思言最大的向往之一就是能摸一摸它的内部构造，今晚，他得偿所愿——

深夜的高速公路，深蓝色的超跑，副驾驶座的王思言死死地攥着身前的安全带，脸色惨白地看着车表盘里的指针一路飙向“120km/h”的最高限速，他被高速加速的推力死死地按在副驾驶座上，和他最向往的跑车真皮座椅零距离亲密接触。

王思言感觉自己要起飞了，身体和灵魂总会有一个先上路，但偏偏他连大气都不敢出，死死地抱着安全带的时候，王思言想起了天神小队酒后笑谈里的最后一个未解之谜——在商骁身上，无论喜怒哀乐，真的有哪种情绪能像正常人一样展露到极致吗？

今晚王思言知道答案了。

不是能，是非常能。

原来越是看起来好像一辈子都不会为了什么人或事生气动怒的人，一旦发了火，就越是恐怖骇人到鬼神辟易的地步。他现在只担心自己能不能活着把这个答案分享给他的小伙伴们。

三个小时后，在夜里也十分瞩目的深蓝色超跑终于下了高速。

出了高速收费站，驾驶座上的男人单手摘掉黑色口罩。

“确认一下，她现在在哪儿。”

“好，好……”

感觉自己死里逃生的王思言面色煞白，慢半拍地回过神，拿出手机打电话。等电话接通的几秒里，王思言心情复杂地看向驾驶座。明明车窗紧闭，那人方才的嗓音却犹如吹过一夜凉风似的沙哑低沉，卷起袖子的手臂白皙修长，肌肉线条紧绷，单手扶着方向盘，骨节分明的手指屈起凌厉的弧度，还有那双眼眸——

王思言心里一抖，下意识挪开目光，忍不住在心底感慨，原来有人一生都活得像一幅天工惊艳的山水画，墨色清隽，山水冷淡。但一朝动了怒，画里的一分一寸都仿佛成了要命的刀锋。

深蓝色超跑最终停在了S市一处派出所外面。

所幸已入初冬，深夜街边清冷，除了醺黄的路灯浅光陪着，不见街上有什么人影，商骁和王思言下了车。

瞥一眼派出所的门牌，商骁转向王思言。今晚他第一次露出冰冷怒意之外的情绪，大约是有点疑惑。

“她在这里？”嗓音哑得更厉害了。

王思言应声之后，有点担心地快步跟上往里走的商骁，问：“骁哥，你是不是有点感冒了？要不然我……”

“不用。”

话未说完，被男人打断。王思言再抬头，那人已经迈上台阶了，没办法，他只能加快步伐跟了上去。

商骁推门而入时，里面的声音一停，桌前桌后，所有人的目光一起齐刷刷地落过来。

坐在电脑桌前穿着制服的民警上下一打量，盯着商骁皱眉起身，绕开桌子就要过来。

“你是什么人，来这儿做什么？”一边说着，民警一边伸手摸腰上的传呼机。

倒也不怪他，实在是此时进门的两人里为首的这位装扮有些诡异，一身黑也就算了，大半夜的，严严实实戴着口罩、棒球帽，还要扣上外套的兜帽，连眼睛都藏在帽下，怎么看怎么不像好人。

别说是民警，连原本坐在桌前的苏荷和计安安都差点没认出来。直到看见王思言，苏荷一下子从长椅上跳起来，惊叫了一声，像只受了惊的兔子。

这一声叫得民警更紧张了：“你认识他？”

不等苏荷开口，商骁身后的王思言回过神，连忙上前解释："抱歉抱歉，民警同志，我们确实认识，是听说出了事才赶过来的。"

说话间，商骁已经大步走到苏荷面前。极近的距离，苏荷对上黑色帽下那人忧急而冰冷的眉眼。

"你没事？"

苏荷还沉浸在明明远在A市的人怎么突然从天而降在眼前的意外里，下意识不解地"啊"了一声，好在她很快回神："我没事，可是骁……可是你怎么会来这儿？"

王思言忍不住插话道："苏小姐，你酒店房间被私生粉夜闯的消息已经上热搜了，估计是酒店的工作人员泄露的，还说闯入的人已经被警车带走，我们以为是你出了意外，飞机高铁等不及，骁哥连夜开车赶过来的。"

一想到今晚的高速惊魂，身在暖气屋里的王思言忍不住又哆嗦了下。

商骁把女孩的情绪状态都确认过一遍，怎么看都不像是出了什么事的样子，心里提了一路的巨石落下，但眉眼仍冷。

"你为什么会在派出所，那个私生粉在哪儿？"

"也在局里。"旁边冷不丁地插了个声音进来。

商骁和王思言回头，民警已经绕回电脑桌后，有点无奈地伸手指了指旁边的墙："在隔壁医务室，刚刚还躺在那儿号呢。"

王思言一脸茫然，商骁却突然想起一件事——苏荷和商娴一样，三年前应该就是散打七段了。

收到商骁意味深长的垂眸，苏荷摸了摸鼻尖，心虚道："我就是一不小心……本能反应，然后他就躺那儿了，真的。"

王思言艰涩地开口："所以被警车带走的，其实是苏小姐你？"

苏荷不好意思地点头。

商骁垂眼，望向电脑桌后的民警："那个人伤情如何？"

"没什么大事，就是脱臼，一点挫伤，比起夜闯房间，不是大问题。"

民警一顿，然后狐疑地看向男人——除了看不见脸，来人气质实在是非常冷淡，冷淡到方才的话说出来，甚至让人有一种“伤情不重的话我再去补一刀”的错觉。

民警不放心地看向苏荷：“他真是你找来的保证人？”

苏荷连忙摆手：“不是他，保证人应该还在路上。”

原本站在那儿微垂眼帘的男人身形一停，须臾后，皱眉问道：“你找谁做保证人？”

苏荷被盯得一僵，不知道为什么，她感觉今晚的商骁有点可怕。

而在这时，又有人走了进来——

“不好意思打扰一下，我来保个人。”

王思言最先认出来人：“严总？”

进门的严奕说完才抬起头，听见声音看过去，跟着也一愣：“王总？你怎么在……”他若有所感地停了话，目光一转，便望见站在自家妹妹身前的男人，和那双漆黑平静的眸子对视两秒，严奕乐了，“苏荷，你进趟局子，怎么还搞得这么兴师动众？”

苏荷现在只想穿针引线缝了严奕这张嘴。

交了保证金，五人一起离开派出所。

外面停着的那辆深蓝色超跑把苏荷吓了一跳，从王思言那儿听到答案以后，她更觉得不可思议，睁圆了眼睛看向商骁：“你的车？”

商骁：“嗯。”

严奕吹了声口哨：“看不出来，挺帅啊。”

苏荷忍住抬腿踹严奕的冲动，看看那车，再看看商骁，眼神越发有点呆：“你竟然会有这种车？”

商骁解开外套，脱下后给女孩穿上，后面的兜帽也拉起来给苏荷戴严实了。隔着帽子，商骁抬手，一揉女孩的头顶，嗓音沙哑地解释：“它更快。”

王思言心有余悸地点头：“真的快，嗖地一下就提到时速一百二十公里，我都以为自己是低空飞过来的。”

严奕意外道："难怪比我这个提前得到消息的到得还早。"

苏荷闻言蹙眉："这么晚了，怎么能开那么快？万一出事了那……"

商骁垂眼，苏荷几乎觉得是自己的错觉，她好像听见那人低叹了一声。

"你说为什么？"

两人无声对视。

空气僵滞几秒，还是严奕先搓了搓胳膊，笑道："我说两位，谈恋爱非得在大半夜的路边吗？你们靠爱取暖，我们还冻着呢。"

苏荷现在不想缝了，严奕这张嘴还是撕了吧，免得他再为祸人间。

跑车只有两个座位，怎么分配都不合适，最后是严奕找人开回去的。

商骁和苏荷，再加上王思言和计安安，一起坐上了严奕来时乘坐的保姆车，直接回A市。

驾驶座和副驾驶座是邢天娱乐行政部的司机和助理，跟着严奕来的，见了商骁和王思言自然意外，却十分聪明地装瞎。

五人进到保姆车后排，各自落座。

商骁去到最后排，苏荷犹豫着要不要见色忘义扔下计安安去最后排时，便被商骁扫了一眼。

"过来。"声音低哑又冷淡。

不是错觉，今晚某人是真的有点凶，吓人。

苏荷不想过去，但没来得及拒绝，垂在身侧的指尖被人攥住，很轻易便被拉到了最后排。

前面三人眼观鼻鼻观心，当自己什么都没看见。

苏荷被拉着落座，却皱了眉。她下意识反握住商骁的手，指骨修长，但凉冰冰的，再想起这人今晚听起来一直有些哑的嗓音，她心疼地皱眉："你是不是感冒了？"

苏荷说着，就要脱下身上穿着的外套："车里有暖气，我不冷，你……"

"嘘。"那人极轻极低地出声。

苏荷茫然地看他，却被男人抬手遮了眼，拉倒在身前，脱下的外套仍盖在她身上。

“折腾一天，跑三个城市，还不累吗？”

外套下安静了好一会儿，大约是被衣服盖着，所以女孩的声音听起来有些闷闷的，多了点委屈。

“你怎么知道……”

商骁不答，只极轻地抚过女孩的长发，眼帘微垂，低叹了声：“生日快乐，苏荷。以后的生日我会陪你过。”

从S市回A市，长路漫漫，又是凌晨，高速路上鲜有车辆。

驾驶座和副驾驶座的司机、助理交替开车，不过无论谁握着方向盘，另一个人也保持清醒，以免夜驾疲惫出了事。

路途过了大半，遇见服务区，车开进去，司机和助理去了卫生间。

车内，苏荷和计安安睡得正香。

苏荷睡相从来都不太好，以往在苏家，她独占一张两三米宽的大床，一晚上能从床头滚到床脚再来回几遍，像是在梦里跑马拉松。此时碍于空间，她的实力发挥不出一半，却依然没耽搁她折腾。

严奕睡不着，促狭地看着后视镜里自家妹妹把圈里那位素来以冷淡闻名的天神又抱又枕，衣领都扯开了。那人却连眉都未皱，只把那只不安分的手拿下来，放到外套下面，似乎是怕她受了凉。严奕越看越忍俊不禁，忍不住低下头，揉揉眉心，压住脸上洋溢的笑意。

以前他和苏家的长辈一样，觉得苏荷对商骁，喜欢再多也是白给。毕竟那是商家长子，凭一张脸让世交里不知道多少女孩追思恋慕，再加上音乐天赋，更是让人前仆后继。严奕和他年纪相仿，所以最清楚不过，开玩笑地说，那人从小到大就是毫不在意地踩着无数颗碎成渣的少女心一路走来的。所以他从没想到，商骁竟然真的有一天会栽进苏荷手里，还栽得如此彻底。

严奕再抬头时，后视镜里原本枕在商骁肩上的女孩已经翻滚到另一旁去了。商骁垂着眼，很平静地给她盖上被她弄掉的外套，侧颜冷淡清隽，在车内柔和的灯光下，衬托得立体而好看。

难怪能一己之力压得圈内新生代歌手翻不过身来，再看看他那个平常最爱装乖巧实则心里藏了只小老虎的妹妹……啧，暴殄天神。严奕好笑地感慨。

须臾间，严奕望着后视镜的目光被里面那双蓦然抬起的漆黑眸子擒住。后视镜内，四目相对，愣了几秒，严奕露出八颗牙齿的笑容。

“下车聊聊？”他用的是口型。

商骁侧眸，瞥了一眼身旁，女孩窝在另一角睡得正香，于是商骁起身，跟在严奕身后下了车。

长空如墨，星稀月朗。高速公路旁，夜风吹过阒然的旷野，凉意里染上松香，月下远处，风影相叠，林涛如浪。

两人并未走远。下了车关上门，严奕便倚到车门上，从口袋里拿出香烟，晃出一支，抬手示意了下商骁。

商骁皱眉。

严奕一愣，随后笑了：“瞧我这记性，都忘了你那有名的几条禁忌，不抽烟不喝酒，是吧？”他说着话，把烟盒收回口袋，晃出来的那根烟叼着，并没点上。

商骁对人情世故极少在意，但并非不通，更何况，严奕并没有掩饰语气里那点不是很善意的情绪。

车旁的夜风搅动一席静默。

严奕嗤笑了声，揉揉胳膊：“真冷啊。”他抬头，斜着看向商骁，意味不明地乐道，“苏家小姐的生日当天，白天要跑通告就算了，晚上竟然因为私生粉的事情半夜进警局，这惨得哟。哎，你知道苏荷被勒令不准回家的事情吧？”

商骁眼底微澜，像是有什么很深的情绪沉淀下去：“嗯。”

“那你知道是因为什么吗？”

“伯父不希望她进圈。”

严奕摆摆手：“那只是个借口，虽然也不算错，毕竟苏荷最开始就是为了你才入圈的。”

商骁不言，侧身看向严奕，眸子里漆黑平静，犹如身后模糊昏暗的群山间那抹夜色。

严奕和他对视，笑容微收："其实我也不喜欢你。""也"字被他有意无意地咬重了。

"但我觉得这是人之常情。天神商骁，圈内顶级的流量也没办法跟你比，你有那么多粉丝，都喜欢你喜欢得要死要活。不过我觉得，那是因为她们中没有一个人真的走近过你，了解过你。如果她们真的走到你身旁，大概会发现，在你身边，苏荷这样的小傻子才是异类。"严奕一顿，笑了，声音轻飘飘的，"毕竟，你说哪个人会喜欢上一个没心的冰块呢？"

商骁淡淡地看他，仍未说话。

严奕却笑得更厉害了："对，就是这样。你看，但凡有心有感情的正常人听了我这样的话，就算不生气，至少也会有点情绪波动，而你，就跟耳边吹过风一样。"

严奕倚着车门，笑得眼睛都眯了起来，不知道是不是沾了夜色的凉，笑容看起来直让人背后发冷。

"虽然不喜欢，但我懂，因为你不在乎，别人喜欢还是不喜欢，那是他们的事情，和你无关，你从来不在乎。所以你这样的人，苏家怎么可能放心把苏荷交给你？我姑父表面脾气臭，性格硬，对苏荷不苟言笑，可他就这么一个宝贝女儿，要不是亲眼看着苏荷喜欢上你这么一个冰块，他又怎么会使出苛责到残忍的法子也要逼苏荷回家？可惜还是失败了。搞得他也狼狈，苏荷也狼狈，偏偏父女俩一样倔，谁也不肯先退一步。"

商骁却突然开口了："你不用解释。"

严奕笑容一顿："我解释什么了？"

商骁回身，眸子黑沉："伯父以前的那些做法我永远不会苟同。有我在，你们别想再给她施压，她想做什么便去做，谁都不能拦她，苏家也不行。"

严奕的笑容散了："你要跟苏家撕破脸？"

商骁眼神平静："我虽然不苟同，但也不会不敬长辈。他是苏荷的父亲，我不理解，但会尊重。所以我说你不用解释，没必要，也没用。"商骁说完，便要转身。

严奕想都没想，往前追了一步："你真的已经喜欢上她了？"

商骁停身，片刻后，他垂眸道："你说得对，别人的喜欢与不喜欢我并不在乎，你说的那些对我来说也只是耳边风。"商骁抬眸，眼神冷淡，"但没有什么风是我会停下来听的，如果你不是苏荷的表哥，我一秒都不会待。答案，你说呢？"

话音刚落，车门打开，正欲下车的计安安僵在门后，一脸呆滞地看看商骁，又看看严奕。

"表……表哥？"

邢天娱乐行政部总监严奕是苏荷的表哥，邢天老总就是她的亲爸，这件事让计安安的认知和三观再次受到了毁灭性的打击。于是苏荷从蒙眬里醒来，就一直承受着来自计安安的怨念目光。

全程熟睡的苏荷对此则很茫然，也很无辜。

大约早上七点，一行人终于回到A市。简单商议后，保姆车开向苏荷的公寓，准备把苏荷和计安安先送回去休息。

只是眼见快到了，车窗边的王思言却突然皱眉："别减速，直接开过去。"

驾驶座上，邢天娱乐的司机一愣，但还是下意识地照办了。

"怎么了？"严奕回头看向王思言。

苏荷和计安安同样不解。

王思言拧着眉，转身看着车后越来越远的公寓楼入口。确切地说，是入口外路边停着的车辆。

"苏小姐，你这处公寓大概是被狗仔发现了，至少有三家媒体的车守在外面，我建议你这两天先别回这边了。你有没有什么别的住处？"

苏荷眨了眨眼："我这种级别，在圈内应该属于刚刚脱离工薪阶层，这处公寓还是公司提供的，哪会有别的去处？"

刚说完，苏荷发现计安安幽怨地看了她一眼。

严奕开口道："以你现在的咖位，也该换个住处了。下个月我给你疏通一下，你这几天先……”

苏荷不解地从计安安那儿收回视线，说道：“前面不远有个酒店，星级和保密性应该都不错，我先住那里。”

严奕刚要点头，车内的最后排响起低沉微哑的男声——

“我在D区的别墅只有我自己住，你也来吧。”

声音一出，全车死寂。两秒后，众人目光惊悚地看向两人。

第7章

一辆全黑色的加长保姆车停在路旁，车窗的遮光设计和拉合的小窗帘将里面的一切遮得严严实实。

严奕带来的司机和助理下了车，此时车内哑然无声。

事实上，从商骁那句话说完到司机心内茫然地将车停到路边，这中间没人再说过一句话。

商骁看苏荷，严奕看苏荷，王思言和计安安同样看苏荷。苏荷被几人盯得本就空白的脑海更不知该如何反应了，蒙了好一会儿，在商骁平静深沉的目光里，她迟疑地看向王思言："这样……会不会不太合适？"

面无人色的王思言陡然回神，点头如啄米："骁哥，这确实不太合适。从演唱会那件事之后，全国媒体都盯着想从您这儿挖出猛料来，虽然说别墅还没曝光，但纸毕竟包不住火，万一哪天不小心被拍到照片，那就真的解释不清了。"

"解释不清吗？"商骁淡淡应声，却是看向苏荷。

苏荷怔了下，点头道："疑似同居的话，那我确实是跳进黄河也洗不清了。"

商骁垂眼，不知是不是苏荷的错觉，她好像看见一点极淡的笑意飞快地掠过那人的眼眸。

“那就解释不清。”

王思言心头冒起不好的预感，果然，下一秒就听商骁声音平静地开口：“真到那一天，也不必解释。”

车内再次一寂，而商骁眼帘一掀，抬手揉了下身旁女孩的长发。

“本来就是夫妻，本来就要同居，有什么好解释的。”

苏荷慢吞吞地红了脸。

严奕却在此时开口了：“虽然不想打扰你们秀恩爱，不过作为邢天高层，我得提醒一下，苏荷是否可以公布恋爱状况这件事，不是她一个人能决定得了的。准确地说，她必须得到公司的首肯才能……”

“谁的首肯？”

此时车内只剩下知晓苏荷身份的人，商骁也未避讳，抬眸望向严奕，目光冷淡清冽：“苏伯父，还是苏家老太太？”

这两位长辈对于苏家这一辈的多数人来说都是积威深重，但对商骁显然不同。从商骁的眼神里，严奕看不出半点退意，他怀疑如果自己点了头，商骁大概转身就会登门苏家。

严奕眼神一闪，只得换个稍软的说辞：“你们如果真想公布，公司自然也拦不住。不过从苏荷个人发展的角度考虑，她现在正是事业上升期，曝出已婚，还是嫁给圈内天神这种惊天新闻，对她的发展恐怕弊大于利。”

王思言点头附和：“苏小姐现在在圈内根基未稳，《呈凤》有口碑但毕竟不是主要角色，至少有一部能被圈内承认的代表作，有了稳固的粉丝基础，这样才最保险啊，骁哥。”

“代表作？”商骁眼神微动。

王思言：“剧作有流量，剧组和演员的个人口碑都立得住，这就可以了。”

商骁：“《燃雪》不错。”

严奕点点头：“《燃雪》是今年的热点IP，又是大女主的类型，能作为代表作再适合不过。只不过书粉是把双刃剑，再加上苏荷作为女主角，《燃雪》没有确定的流量保证，效果如何，还是要看开播。”

“流量保证？”商骁微抬眼，平静地问，“我够吗？”

王思言最先惊叫出声：“骁哥，你别跟我说你要接《燃雪》的男主角！你还真要进军影视圈？这可不是开玩笑的事情啊！成功还好说，万一翻车那对你……”

商骁回眸：“对我有什么？”

王思言哑然。

商骁在圈内的地位，早不是哪个小问题动摇得了的。就算两栖失败，粉丝最多只会把影视方向的发展当作一个小点缀，丝毫不会影响他在乐坛的地位。

“我也没有要进军影视，只是既然《燃雪》缺乏流量保障，那我就来做这个保障。”商骁看向苏荷，声音从方才与严奕和王思言交谈时的清冷柔软下来，“我来做你的秦淮，可以接受吗？”

苏荷再次被勾起试镜时那一吻的记忆，耳朵都红了。

“我当然没问题……只是剧组那边好像已经在选男主角了。”

“陪你试镜那天离开前，导演找我谈过，如果我想拿秦淮这个角色，他们会优先给我。”

苏荷一怔，不禁莞尔：“那最好了。”

眼见计划敲定，再无力回天，王思言跳车的心都有了。他哀怨地看向严奕，却见严奕嘴角勾起一丝弧度，王思言咬牙，果然，这个时机提起《燃雪》，严奕根本就是故意想借商骁给苏荷造势！

不过，《燃雪》从定角、开拍到上线，怎么也要半年的时间，天神小队至少在这半年内，可以高枕无忧吧？至于半年之后公布两人已婚事实时会掀起如何可怖的腥风血雨……王思言封闭大脑，拒绝思考这个问题。

“那回别墅吧。”

王思言茫然地睁开眼：“不是说等苏小姐有了《燃雪》作为代表作再公布吗？怎么还要同住？”

“嗯，所以公布之前，公关就辛苦你们了。”

王思言只想一头撞死。

当天下午，苏荷稀里糊涂地搬到了商骁的别墅。二楼东侧长廊的尽头是商骁的卧室，苏荷则住进了他斜对面的客卧。

如果不算商家，这应该是苏荷第一次踏足商骁的私人地盘。

一直到此时坐在柔软的大床上，她看着计安安将临时取来的公寓里的私人用品拿进来，一件件搁在这个陌生的房间里，苏荷才终于有种离开梦境回归现实的茫然感。

她就这样住进来了？她无数次在微博和粉丝群里谈论的那个男人，现在就住在她一墙之隔的对面？晚上一个梦游就能爬过去了啊……

想到这一点，苏荷突然感觉非常的良心不安，她觉得她得提醒商骁每天晚上记得锁好门。

苏荷在考虑如何进一步预防自己发生不必要的行为时，计安安将最后一件用品收进客卧的衣柜里，然后回头，迟疑地看向苏荷。

"老板，你住在骁神这儿，我就没法天天来给你做饭了，你照顾好自己啊，有什么事情的话，一定记得随时给我打电话。"

苏荷回神："你准备回出租屋？"

"嗯，不过那边离公司和这里都有点远，我考虑得找个地点合适的新租房。"

苏荷暂时收了思绪，起身道："不用那么麻烦，公司暂时不会收回公寓的，你在那边住就好。"

计安安一愣："这会不会不合规定？"

苏荷："你是我的助理，那是我的公寓，怎么会不合规定？"

计安安松了口气。

苏荷犹豫了下，说道："如果公司里有人为难你，你可以直接去找严奕。"

计安安叹了口气，无奈地说："老板，你瞒郭姐和我们瞒得也太严了。"

苏荷无辜而诚恳："我也想说，但父命难违啊。"

想到自己今天听见的那些关于苏荷和苏家的零碎消息，再想想苏荷这三年来的遭遇，计安安深感认同地点头：“苏董真是太可怕了。老板你真惨，我没见过比你更惨的富二代了。”

毕竟搬进了商骁的别墅，苏荷深知商骁是最不习惯旁人踏入他的私人空间的，所以两人没有闲聊太久，苏荷便送计安安下楼离开。

走近玄关，苏荷才发现，商骁已经站在别墅的玄关前。

苏荷一怔：“你在这儿是……”

商骁闻言回眸，盯着苏荷看了两秒，似乎有些躁郁又无奈：“你搬来的事情，告诉商娴了？”

苏荷：“她今天中午给我打电话，我确实跟她提了……”苏荷心里突然有不好的预感，“怎么了？她找你了？”

商骁默然地看了苏荷几秒，退开半步，让出玄关门旁的可视对讲机，巴掌大的一块屏幕上，站在别墅门外的商娴笑得阳光灿烂：“听说苏大明星乔迁新居，我来给你送贺礼了！”

误交损友啊。

苏荷尴尬地转向身旁：“抱歉，我也没想到商娴会直接过来。”

商骁一贯不喜欢喧闹，而商娴一贯看不惯商骁，如果放门外的这个祸害进来，之后的惨烈状况已经可以预见了。苏荷越想越觉得无比心虚。

然而那人沉默许久后，不但未怒，也没生厌，反而哑然一笑，轻叹一声后，垂眼望向苏荷：“商娴反抗了我这么多年，终于被她找到了一个最准确的切入点。”

苏荷似懂非懂，但脸有点热。

有“切入点”在，商娴果然成功地打入了别墅内部。一进门，她就先给眼神哀怨的苏荷一个热情的拥抱，然后才招呼着身后的人把一个箱子搬了进来。

“这是什么？”苏荷有点意外，显然没想到商娴打着贺礼的名义，还真带了贺礼来。

商娴看穿了她，笑道：“别误会，不是我送的。我刚刚在别墅外遇见严奕，他托我把这个箱子转送给你，说是送你乔迁之喜的礼物。”

一听这箱子的来历，苏荷更狐疑了。

商娴想了想，说道：“哦对，他还说是送给他妹妹和妹夫的共同礼物，所以让你们亲自开。”

苏荷：“这东西怎么听怎么适合直接扔进垃圾箱。”

商娴乐了：“不好吧？毕竟是你表哥，还能坑你吗？”

苏荷冷笑：“从小到大，数他坑我最勤。”

尽管这样说，苏荷还是好奇地拿起开箱器走到箱子旁边。蹲下去后，苏荷小心地观察了下，随即谨慎地抬头，看向站在一侧墙壁前长身玉立的男人。

“骁神，你没有什么过敏吧？要不要站远一点？”

商骁垂眸：“没有，我陪你。”

苏荷松了口气，点点头，拿开箱器拆了箱子。一打开，迎面便是一套有点熟悉的制服。

苏荷一怔，不由得莞尔。她拿起那套军装制服，观察了下，便确定了猜想。

“好像是《红玫瑰与枪》那一期的戏服，应该还有旗袍……”

苏荷拿开制服，果然看到下面放着那件玫瑰暗纹的旗袍。她笑着起身，递给商娴看。

商娴接过旗袍：“那期我看了，确实很搭啊，不过，他寄这个给你干吗？”

苏荷笑容一滞。对哦，严奕那个一肚子坏水的，肯定不可能是因为知道她很喜欢这两套戏服才寄过来的。

商娴抖开旗袍，一张白纸飘然落下。

“这是什么？”

苏荷疑惑地蹲下捡了起来——“亲爱的妹妹，喜欢我送你的cosplay服装吗？夫妻生活必备哦。”右下角画着一个贱兮兮的笑脸。

“这是他送的？”低沉微哑的男声响起。

苏荷僵着脖子转头，看到站在箱子旁的商骁一手拿起一件护士裙，另一只手垂下，钩起箱子里的一件物品——一副手铐，还是豹纹的。

玄关内，空气沉默。

苏荷盯着商骁手里的豹纹手铐足足五秒才蓦然回神，心里骂着严奕，想都没想，直接以风一样的速度扑了上去。

站在旁边看热闹的商娴只觉得眼前一花，商骁手里的手铐已经被苏荷以迅雷不及掩耳之势夺回去，塞进了箱子里，连同那几套制服一起。

苏荷拍上箱子盖，动作迅疾，眼神惊恐，连笑容都僵了。

“这不是给我们的……严奕一定是送错了。”

商骁垂眼望着她，似笑非笑。

苏荷被盯得脸红，所幸他最后没说什么，只一抬手，揉了揉因为趴上箱子而恰好凑到他面前的那颗小脑袋。

苏荷脸上更热，松了口气，然后她突然想起来另一个人的存在——商娴跟苏荷互为损友多年，这种时候也是心有灵犀地绝不客气，她抱着手臂往玄关墙上一倚，笑得比谁都幸灾乐祸。

“啧，你这是激动什么呢苏大明星？知道的你是在合上快递箱，不知道的还以为你刚合上潘多拉魔盒呢。”

苏荷深知这种时候说多错多的道理，只能接受她的调侃一言不发，在心里把商娴记在了小本本上。

眼见商娴得胜追击，还要继续调侃苏荷，半俯身的男人突然站起来，目光往商娴那儿轻淡一瞥：“长幼有序，母亲教你的道理都忘了？”

商娴一噎。

印象里商骁从来没像此时，拿商家那套能压死人的家规跟她说话。准确地说，从小到大，这个长兄一没把自己当兄，二没把她当妹，更是极少将她看进眼里。再加上商家母亲骆晓君在商娴心里积威多年，猝不及防地，商娴还真被唬住了。

只是她从小就对这个兄长不服，很快反应过来，商娴指了指趴在箱子上的苏荷，朝商骁露出挑衅的笑：“苏荷跟我一样大。”

“你叫她什么？”

“苏荷啊。”

商骁一瞥她，冷淡道：“我是你哥哥，她是我妻子，你叫她什么？”

这人犯规。

苏荷深知这兄妹之间，尤其是商娴对商骁，恐怕只有阶级敌人情，绝无兄妹情，所以她回过神，第一时间跳起来插科打诨地冲商娴身后的人示意："麻烦帮我把这个箱子先……先搬上二楼吧。"

商娴能领来商骁家里的，自然是商家信任的下属或用人，只十分意外地看了苏荷一眼，他们就听话照办了。

送计安安离开后，苏荷连忙脱离战场，装模作样地指挥着人把箱子搬上楼去了。

等苏荷的脚步声消失在楼梯上，商骁眼帘一垂。

"你准备待到什么时候？"

商娴撇了撇嘴："干吗，这就要赶人啊？我是来给苏荷乔迁庆贺的，你凭什么赶我？"商娴一顿，又轻飘飘地说，"除非你把苏荷也赶走。"

"这才是你的目的。"声音平静，却笃定。

商娴眼神一闪，本来还想辩解，只是对上那双清清淡淡的眸子，又失了兴趣。

"是又怎么了？苏荷的公寓被狗仔蹲了就得搬来你家，这是什么道理啊，你这叫趁火打劫你知道吗？就算她没有别的地方去，完全可以去我那儿啊。"

商骁的眼神冷淡了些："这栋别墅是两年前买的。"

"所以呢？"

"她是我的妻子，这是我们的婚后共同财产，她是搬回我们的家，而不是搬来我家。商娴，你别妄想带走她了。今天开始，这里你随时能来，我不会拦你，因为这也是她的家。"

商骁说完，迈开长腿便要从商娴面前走过去。

被商骁戳破，商娴的目光有点阴沉，只是压着没说话。直到此时，商骁要走过她面前时，商娴突然开口了，带着毫不掩饰的嘲弄。

"假如，我是说假如。假如刚刚那个箱子算是苏荷的潘多拉魔盒，那你早就看穿了，她藏起来的那些你都知道，其实也都挺可爱的……"商娴直起身，抱着手臂，几步走过停住的男人身侧，到了前面，她笑着回头看他，"那哥哥你的呢？你的那个盒子里会藏着什么？苏荷又看见了吗？"

商骁终于有了反应。他抬眼，看向商娴的眸子里，情绪有点清寒得让人发凉。

商娴本能地发怵，但还是咬牙保持着自己的嘲弄笑容："一墙之隔，你小心藏不住了。"

说完，商娴毫不犹豫地转身上楼，消失的速度比兔子都快——兄妹相争这么多年，尽管可能是她单方面这么以为，但好不容易能从商骁那儿扳回来一城，这会儿不跑还等什么？

须臾之后，偌大的别墅一楼只剩下那道修长的身影。他无声地在原地站了许久，连眼神都未动，直到很久后，微垂的眼睫轻抖了下，随着眼帘掀起，露出的漆黑眸子安静地看向木制楼梯。

"盒子里藏着的吗？"他低声自语，唇角微微勾起，笑意也极淡，"我也很好奇。"

苏荷原本担心突然搬来商骁的别墅，第一天的独处一定会非常不适应，非常煎熬。然而事实证明，她想多了。独处？不存在的。

从楼梯口小心翼翼地溜回房间，关上门后，苏荷满脸疑惑地问沙发上的商娴："楼下那些是什么人？"

商娴正盘腿坐在沙发上，戴着VR眼镜玩虚拟驾驶，闻言，她扭动着手里虚拟的方向盘，心不在焉地回道："JA那个什么天神小队吧？好像每周都会来一趟，一楼是他们的活动区。"

苏荷坐到沙发上，有点惊讶："你哥竟然会同意？"

"员工福利嘛。"

"员工福利？那也是JA老总的事情，为什么要你哥管？"

空气沉默几秒，商娴抬手摘掉VR眼镜，上上下下扫了苏荷一遍，目光奇异："你不会还不知道，JA娱乐的股份大头都攥在我哥手里吧？"

苏荷伸向桌上水杯的手陡然顿住，几秒后她猛地回头。

商娴乐了："连你老公名下有个大型娱乐公司都不知道，你当初可真是义无反顾就跳了火坑啊。"

好半天，苏荷终于艰难地消化了这个消息。

“这是什么时候的事情？我记得你哥刚出道，你家里完全没给他任何人脉和资金上的支持……”

“应该是他成名两三年的时候吧？具体我也不清楚。”商娴说完，拿肩撞了撞苏荷，促狭地笑。“不然你以为他怎么敢放着老丈人的公司不去，一直给别人打工？”

苏荷抬起白净的脚丫作势要踹她屁股，商娴笑着躲开。

“不过说真的，伯父就你这么一个宝贝女儿，现在闹得再凶，邢天以后肯定是你的，到时候你可别心软，务必吞掉JA，让天神吃你软饭，到那时还不是想怎么就怎么？”

苏荷的脸立刻红了，恼羞地磨牙道：“商，娴。”

商娴绕着沙发躲，乐不可支：“这么算起来，你表哥可真是有先见之明，那一箱子服装道具就都能用上了！”

“商娴我杀了你！”顶着红到细白颈子上的脸，苏荷追着商娴满房间打。

与此同时，别墅一楼，客房对应的楼下位置，恰巧就是天神小队的会议室兼活动室。

原本的讨论声一停，何源刚要开口，愣了下，奇怪地抬头看了看天花板。

“你们有没有听见什么奇怪的声音？”

其他人还没回答，头顶传来一声砰的闷响，像是有什么东西磕在了地上。

众人脸色一变——别墅二楼以上是商骁的私人领域，换个说法，就是他们的禁区，所以不可能是他们的人在楼上。而商骁本人，此时就安静地坐在窗旁。

何源带头哆嗦了下，颤着声音道：“祖宗……您家是不是闹鬼了？”

商骁的目光从已经暗下天色的窗外收回，抬眸瞥了一眼天花板，再低下头时，唇角竟微微翘了起来。

这一幕顿时看得活动室里的众人集体心里一抖，天神都无缘无故地笑了，怕不是鬼上身了吧？

“楼上有人。”商骁淡淡解释了一句。

话音刚落，又是一声“砰”，比刚刚响了点。

何源擦了擦汗，笑道：“还挺能闹腾，是您亲戚家的小孩？”

“不是。”商骁想了想，唇角又翘起来一些，“也算是。”

没等他们想明白，活动室的门被敲开，跟着商娴来的那两个商家用人无奈道：“大少爷，娴小姐让人往别墅送了几瓶红酒，到门外了，是让他们拿回去，还是……”

活动室众人目光交错，各自都能在其他人那儿看到讶异的情绪。商骁滴酒不沾，连酒气都不喜，这是圈里都知道的事情，怎么还有人敢在他的地盘上公然让人送酒来？谁家孩子活这么腻了？

沉默几秒，须臾后，男人揉了揉眉，声音低哑带点无奈：“喝可以，但让商娴注意分寸，别灌她酒。”

两个用人似乎也不意外，应声出去了。余下的JA众人一脸震惊。

何源最先反应过来，瞳孔缩了下，起身道：“我先去给老王打个电话……”

两分钟后，何源回来。

趁着讨论声，有人凑到愁眉苦脸的何源身边，问：“什么情况？楼上谁啊，这么大来头？”

何源叹气：“还能是谁？祖宗的小祖宗呗。”

商骁的提醒是很有先见之明的，可惜商娴显然不是那么听话的。于是，在窗外天色完全黑下来，众人准备散场的时候，活动室的门突然被人敲了敲。声音很轻，带着莫名小心又俏皮的节奏感，显然不是别墅里的用人。

房间内安静下来，不约而同地看向窗旁。

坐在沙发椅里的男人抬眼，给手里拿着的书夹上书签，放在桌上。

“进。”

安静几秒，房门慢吞吞地打开。又过了几秒，门和墙之间的缝隙里，探进来一颗小脑袋。

柔软而微卷的长发，巴掌大的脸，五官明艳漂亮，骨相更是凌厉好看，只是被两颊微醺的嫣红和杏眼里柔软的眼波软化了那种气质，看起来多了点小女孩似的灵动，更多了一种介于女孩和女人之间的美感。

“苏荷！”有人实在是太过意外，惊声叫了来人的名字。

其余人纷纷反应过来，有一个算一个，都表情复杂得快要扭曲似的看向窗旁的男人。

作为天神小队的成员，他们太清楚这位外界只当作普通小女星的苏荷到底跟天神是什么关系。

而此时，苏荷推开门，找准了自己想找的人，啪嗒啪嗒地跑了进来。

众人低头一看，没穿拖鞋，赤着足，雪白的脚丫就踩在冰凉的地上。

商骁自然也发现了，他皱起眉，抬手便要摘下看书时才戴的眼镜，哪想到不等他动作，一身红酒香气的女孩已经跑到他面前，一点犹豫都没有，直接扑上来，扑了他一个满怀。

商骁难得一怔，回神时，他已经被女孩压在了沙发椅内。

红酒香气混着女孩身上沐浴后的清香，顷刻萦绕满身，往四肢百骸每一个毛孔里钻。

商骁垂眸看她:“又喝醉了？”声音哑然无奈。

“才没有呢。”

“商娴去哪儿了？”

“她……她好像走了……啊，对了，是她说让我来找你的！”

女孩从他身前仰起脸，白皙的鼻头红通通的，眼睛因为兴奋而亮晶晶的，原本还想说什么，却突然停住了。

被酒劲模糊的视线，在这样极近的距离下，终于把面前的人一点不落地映进眼里。那人此时的衣着是她没见过的，黑色缎面的居家服，更像是睡衣，有些松垮地撑在薄宽的肩上。领口微敞，露出冷白如玉的锁骨与修长的颈，还有那颗晃眼的淡色小痣。与平日最大的不同，是此时他那张清隽的面孔上架了一副薄框眼镜。薄薄的反光镜片后，藏着一双漆黑的眼，眼角微微带翘，勾出冷淡又漂亮的眼形。

苏荷看得呆了几秒，然后她似乎有点不好意思，两颊的红晕也多了一层，轻笑起来，眉眼弯弯。

“你真好看！”

商骁垂眼，笑而无奈。他忍过很多次，遇到情绪上的起伏也习惯了隐而不发，但此时听见女孩这样软声笑着，哪怕明明知晓房间里还站着一些已经呆若木鸡的“背景板”，商骁还是有些按捺不下，漆黑的眼微微抬起。

“那你喜欢吗？”

苏荷耳垂都染上了红，却越发漂亮得明艳。

“喜欢！”

商骁抬手，轻捏了下她微红的耳垂，哑然地笑：“那不要变，好不好？”

苏荷立刻摇头，小脸微绷，坚决得很：“不会变的！”说完，她眼神一松，小声地问，“有奖励吗？”

商骁哑然失笑，轻抚过女孩柔软的耳郭，眸里漆黑的光沉淀下去。

“奖励……把我送给你，够吗？”

第8章

甫一听见商骁的话，何源便下意识地去扶身后的椅子，确保自己不会腿一软蹲到地上。等反应过来，何源又觉得身为JA策划部总监，自己的行为怎么看怎么透着没出息，定了定心神，他扭头去看其他同事。

这一看，他放心了——那一个个小脸煞白的，临场反应还不如他呢。不过也对，毕竟在场多数人还不知道在二楼闹腾的正是这位小祖宗，他是提前跟王思言确定了消息才有了心理准备。

想到这儿，何源不禁暗恼，老王忒不仗义，明知道今天祖宗别墅里新搬来了个小祖宗，自己告了假偏还不提醒他们，这心简直黑透了。

这会儿回过神，再看窗旁那场面，何源怎么也看不下去了。他犹豫了下，观察了几秒商骁的神色，被女孩扑到身上肆意妄为了这么一会儿，那人还是他们最陌生的眉眼温柔的模样，何源便放心许多，于是他大着胆子轻咳了声。

商骁有所察，微抬眼，视线便要越过苏荷落过去。

何源往前走了半步，后半步也想跟上去，但是没料到，先商骁一秒，原本盯着商骁的女孩突然回眸看向他。

何源被盯得心里咯噔一下，到了嘴边的话不由自主地咽了回去。

女孩又转回去，迟疑又好奇地问："他是谁？"

"JA的策划总监。"

两颊酡红的女孩恍然大悟，一拍手："啊，我知道他。"

"是吗？"商骁平静地接话，更加平静地抬眼看过来。

他是不是什么时候得罪祖宗家的小祖宗了？不然小祖宗怎么开口就是要搞死他的节奏？何源一边反省，一边不忘自己的初衷，迎着商骁的目光，小心地开口道："骁神，那我们就先……"

何源做了个离开的手势。

商骁点头。

房间里回过神来的都如蒙大赦，有一个算一个，目光复杂地看了眼那个趴在他们天神身上肆无忌惮的小姑娘，然后才拉上那些还发呆的，快步而无声地离开了活动室。

最后几个人走出门前，听见女孩和商骁的声音传到耳边——

一个声音憋着少女心思和坏心眼，藏着小老虎的锋利爪尖，装猫咪似的乖巧无害："你……你口红真好看，我能尝尝吗？就一口，真的。"

另一个声音哑笑无奈："我没有口红。"

女孩失望地说了声什么，但很快就重新亮了眼，声音雀跃："那我给你尝尝我的，好不好？"

静默之后，是一声忍俊不禁的轻哂，偏又纵容至极。

"苏荷，你明天会后悔的。"

"才不会呢……"

尾声消失，活动室的房门也关上了。

不约而同停在门外，天神小队的众人面面相觑。以往的主心骨是商骁的经纪人兼经纪部副总监王思言，今天王思言告假不在，其余人的目光便齐刷刷地落向了何源。

“何总，这个……不是说骁神和妻子结婚就分居，没有太多感情基础的吗？”

“是啊，可房间里这架势，怎么看也不像……”

“别说没感情了，我看骁神所有的耐心和情绪全被这位苏小姐一个人占了还差不多。今天之前，谁如果跟我说有人敢在骁神面前喝得一身酒气往骁神身上扑，我肯定以为对方说疯话呢。”

“谁不是呀，那么温柔的骁神，我的天，我怀疑自己这会儿在做梦。”

众人目光一聚，何源头都大了，心说你们还没从老王那儿听到更惊悚的部分呢。但此时，他只能硬着头皮信口胡诌：“热恋期嘛，感情进展快一点很正常。你们也知道，骁神准备接《燃雪》这部剧，女主角本来就是苏荷，夫妻俩在试戏呢。”说完，何源转身，“我突然想起公司里有份文件我还没处理，公关部那边催得急，我要回公司一趟。不早了，大家散了吧。”

说完，不等众人回神，何源麻利地溜了。

唯一的知情人逃离现场，其余人也没办法，只能目光复杂地看一眼紧闭的活动室房门，怀揣着今晚惊奇历险的记忆，纷纷告别离开。

当天晚上，天神小队的众人陆续通过各种方法确定了自己没在做梦，之前的所见所闻都是真的。于是从这天开始，他们都有了一个觉悟——祖宗惹不起，祖宗的小祖宗更惹不起。两人已婚关系这枚定时炸弹迟早是要炸的，就是苦了他们这帮打工的。

俗话说，一回生，二回熟。

苏荷再次从醉酒后的早晨清醒过来，已经比上一回淡定多了，淡定得近乎安详，安详得像是要溘然长逝。

所幸在那之前，她接到了经纪人郭如的电话。

苏荷：“郭姐？”

“是我。”郭如刚要说话，又一停顿，迟疑地问，“你的声音怎么听起来有气无力的？”

苏荷长叹：“昨天傍晚喝了点红酒，一不小心就高了。”

郭如:“为了私生粉那事才给你在这个紧要关头放假的，你也别太放松了。”

苏荷痛心疾首地认错:“是，我绝对再也不会碰酒了，再碰我不是人！”

郭如一噎:“倒也不用这么狠。”

苏荷自然没法解释，沉默几秒，她带过这个话题，问:“郭姐你找我有什么事吗？”

“主要有两件事。”

“您说。”

“第一件,《燃雪》主角已经敲定，除了你的女主角，男主角的人选……我猜你应该比我还早得到消息吧？”

“骁神提过。”

“行，那具体开机的时间和行程安排，我发去小计邮箱。这个本子的重要性不用我提醒你，你把握机会。”

“好。”

“再有一件事，跟《呈凤》有关。”

听郭如提起《呈凤》，苏荷着实有点意外。《呈凤》热度已经结束，再加上主演林菡之前的丑闻，各平台对这部剧的推送力度都压到了最低，如今这部剧的风头已过，连议论度都降到了冰点，所以她实在不理解，郭如怎么会突然又提起它。

郭如在短暂又情绪复杂的沉默之后，终于开口了:“年末的电视剧评选盛典，你以《呈凤》的顾亭柔一角，获得了最佳女配角提名。”

苏荷蒙了:“我？最佳女配角？”

郭如叹气:“是啊，我刚得到消息的时候比你还吃惊。”

“他们真没搞错？”

“这种事情当然不会有错。我分析了一下，今年因为市场政策调整的缘故，还没出现什么太优秀的电视剧作品，这是原因之一。你作为新人，在那部剧里的表现力也实在惊艳，这是原因之二。”

“但这只是我第一部上星剧，现在拿提名也太早了。”

“总的来说，天时地利人和你全占了，就算早，也不需要心虚。这个月底就是盛典晚会，晚会礼服和首饰公司帮你准备，当然，你也可以穿自己的私服，但记得跟公司的服化组做好确认。”

苏荷心情复杂地松出一口气：“好的，我知道了。”

如果有选择，苏荷大概在月底盛典之前都不想出房门，以免见到商骁。然而她没有，毕竟再怎么无颜见人，饭总是要吃的。

被别墅的用人提醒了三次，苏荷终于心虚地挪去了一楼餐厅。餐厅里只有商骁一人。

进门后，苏荷感觉自己双腿好像灌了铅，尤其在那人的目光下，更是快要挪不动了，最后，苏荷还是慢吞吞地坐到了桌旁，低垂着脑袋，像个做错事的小孩。

“对不起，骁神，我……”

话没说完，她面前多了一个深紫色的钻石绒长盒。

苏荷的声音停住，有些愕然而不解地抬头，迎上商骁的目光，下意识把长盒接了过来。

“这是……”

商骁无奈：“已经忘了？不是答应过要送你一份生日礼物吗？”

“啊。”这下想起来了。

苏荷下意识地低头，目光落到商骁的左手手腕上，那条串着小玉珠的黑色手绳依然戴在那儿。

商骁察觉到她的目光，道：“嗯，这也是定情信物的回礼。”

苏荷那点小心思被逮了个正着，有点不好意思，眨了眨眼：“我能现在看吗？”

“当然。”

“啪嗒”一声，钻石绒的长盒被苏荷心悦地打开，一条设计独特、造型漂亮的宝石项链躺在里面。苏荷眼睛微亮——这条项链与之前《穿越》节目组准备的那条被戏称为定情信物的项链，着实有一点相似之处，但从宝石的质地与切割工艺上看，这条项链必然价值不菲，显然商骁是花费了不少心思的。

这份用心的情真意切，让苏荷心里欢喜得轻飘飘的，像是要开出花来。她不由得抬头，眼角弯弯：“我真的很喜欢，谢谢骁神！”

话音刚落，就见商骁皱起眉。

苏荷微怔：“怎么了？”

商骁垂眸：“称呼是不是该换一个了？”

苏荷一呆：“换成什么？”

“你说呢？”

被那人漆黑的眸子专注地望着，苏荷理智短路，脑子一抽，声音脱口而出：“老公？”

商骁一顿。

死寂两秒，苏荷惊恐地睁大眼睛，她刚刚喊的什么玩意？回过神，苏荷慌忙辩解：“不不不，我不是那个意思，只是一不小心脱口而出……”

商骁从这个让他也意外的称呼里回过神，不由得垂眸，莞尔道：“脱口而出不是正说明你就是这样想的吗？别改。”

苏荷怀疑自己听错了，茫然抬眼，正撞进那双漆黑深邃的眼眸里。

那人像是在笑，情绪很淡，云烟一样萦在眼底，重复了一遍：“别改了。”一停，又说道，“这个称呼我很喜欢。”

苏荷两颊晕起明艳的嫣色，乌黑的眼瞳里也绕上了水波一样的潋滟，心底藏着的那只小老虎不知道是不是昨晚野惯了，忍不住就顺着杆爬了上去。

“那……在家里这样喊，在外人面前，还是喊你骁神。”

商骁皱眉，最终还是松开了，应道：“嗯。”

苏荷松了口气，努力绷住脸，免得心底藏着的雀跃压不住地从眼睛里跑出来。她坐到桌旁，抬手去端面前的碗筷。

“昨晚你喝醉了喊过头疼，现在还疼吗？”

苏荷的手陡然僵在空中，绝望地抬头，这个话题还是没能逃过。

“不，不疼了。”

苏荷把手放下去，搁到膝盖上，脑袋微微低垂，是非常娴熟的乖巧认错姿势。

昨晚的那些记忆被这一句话提醒，各种画面在脑海里走马灯似的放映——

想尝口红？亲了一口。头晕？又亲了一口。太阳穴疼？还是亲了一口。昨晚她趴在那人身上，到底找了多少理由把人亲了多少回，已经数不过来了。

她上辈子是蜜蜂吗？所以才会一喝醉酒就不干别的，只绕着自己最喜欢的神仙果子换着花样“采蜜”？苏荷越想越无地自容，恨不得以头撞桌，说不定能清醒一点，免得以后继续犯错。

商骁安静地望着她，女孩脸上的窘迫表露无遗，显然是勾起了前一晚的记忆。

他唇角极轻地翘了下：“苏荷。”

苏荷闷着微红的脸抬头。

那人坐在高背椅里，仍是冷淡凌厉的面孔，但清隽的眉眼间多了点柔和的情绪。原本搁在桌上的右手抬起，翻转过来，掌心白皙，五指修长漂亮，是伸向她的。

苏荷更茫然了，出于本能，她还是抬手搭了上去，那不轻不重的力度牵着她起身，伴着低而悦耳的声音：“你好像每次喝醉都想对我做什么？”

苏荷想跑，但手攥在他那儿，无处可跑，只能认命：“我就是鬼迷心窍……再有下次，万一我又喝醉了，你还是躲着我吧。”

商骁没有开口，但一点明显的笑意划过他漆黑的眸子。

苏荷被他这样的眼神看着，更不好意思了：“那我以后不喝了……”

话音刚落，她顺着那人的牵引已经走到坐在高背椅上的他身前，停了下来，距离很近。

原本就好听的声音，在这样近的距离下低低一笑，勾起的尾音差点让苏荷回到昨晚的醉酒状态。她听见那个声音说：“我想过了，你会这样，大概是因为平常我让你压抑得太厉害了。”

苏荷一怔，连忙摇头：“不不不，跟你没关系，是我自己色胆包天而已。”

一口气说完，苏荷陡然一僵。她刚刚又瞎说什么大实话了？

不出意料地，商骁也怔了下。这次他没有刻意压住，低笑出声。

苏荷懊悔极了，这个脑袋永远跟不上嘴巴的速度是没救了，还是让她回炉重造吧。

那人笑罢，抬了眼，眸子漆黑隐熠，像是藏着星河，漂亮极了。

他仍攥着苏荷的手，唇微动：“上来。”

苏荷一蒙。上来？上哪儿？

商骁眼底压着极浅的笑意：“你昨晚不是很熟练吗？”

苏荷僵住，在原地僵了很久。

商骁耐心极好，只是微微垂了眼帘：“有勇气喜欢我那么多年，却没勇气在清醒的时候做点什么？”

苏荷眼神一动，微微低头，声音很小：“我警告你，你别激我哦，后果很严重的。”

商骁莞尔，向后倚在高背椅的靠背上，空闲的左手一抬，拽松了衬衫前的领带，薄薄的唇微翘了下，似笑非笑，声音哑然勾人。

“多严重？让我看看。”

苏荷闭上眼睛，停了几秒，又睁开，乌黑的眼瞳里，一点熠熠的微光在最深处点了起来，像是火把，灼得杏眼里的情绪晃动不安。

空气安静。某一刻，那点决心终于被咬定。

苏荷被商骁握在掌心的指尖轻动，她倾身向前，同时反手回握住那人的手，脚跟微抬，膝盖一弯，跟昨晚喝醉时的模样差不多，她红着脸颊扑上那人的身。视线陡然拉到最近，呼吸也近在咫尺，炽热可闻。清醒的神志下，这样近的距离，女孩的脸蛋更是红透了。

对视几秒，她心里像是揣了七八只兔子，没头没脑地在心窝里撞个不停。

商骁眼底的墨色也起了微澜，但他隐了下去，线条凌厉好看的下巴仰起，望着跪在自己腿上比自己视线高了些许的女孩，哑然地笑：“没有口红，但是要尝尝吗？”

苏荷感觉自己要疯了，全数理智像一块巨石坠在悬崖边上，只有一根头发丝细度的弦绷紧牵着。

她努力压下视线，却瞥见男人拽松领带的衬衫领口，线条凌厉又性感的喉结和那颗淡色的小痣。苏荷艰难地挪开眼，别说尝了，这种状态下的商骁这样勾她，她连吃了他的心都有。

不知道是不是看穿了那双乌黑眼眸中藏着的那只已经磨起爪尖的小老虎，商骁眼帘一扫，轻声道："不敢的话，那算了。"

悬崖边上牵着理智不掉下去的最后那根弦断了，很努力地装作乖巧无害的眼里终于露出心底藏着的那只小老虎的凶光。

"你才不敢呢。"

她咕哝了句，没与商骁交握的右手，半抓半握在他的领口上，苏荷义无反顾地俯身——唇有点凉，但吻很烫。

理智头破血流地摔到悬崖底，爬了半天才终于艰难地爬回来。回来的那个瞬间，苏荷也蓦地回过神，淡淡的血腥味弥漫在唇间，她连忙睁眼，眼神慌乱地退开身。

那人原本淡色的唇被她吻成艳红，还沾了点血色，苏荷很确定自己唇上没有什么小伤口，被弄破的不是她的。

苏荷顿时慌了，开口就结巴了："我、我……我不是故意……"

"没关系。"

商骁眼底的波澜被压抑平息，一垂眼，声音染上细微的沙哑，还有纵容的笑意。

"这样很好。"

商骁拭去唇上的血迹，抬起眼，望着女孩的眸子染上薄笑。

"你不需要总是压抑自己，更不需要在我面前小心翼翼，所有的你，我都看得到，也都会接受。"

"这样真的可以吗？"

商骁轻抚她的长发，笑道："因为我是你的，所以你做什么都可以。"

第9章

临近月底，年度电视剧盛典颁奖礼的脚步声逐渐近了。

苏荷之前便从经纪人郭如那儿得知自己拿到了最佳女配角提名的消息，不过她并不觉得凭自己的资历可以拿到这个奖项，所以也就没有多想，全心全意地准备下个月月初进《燃雪》剧组的事情。苏荷把剧本背得滚瓜烂熟，剩下的最后几天开始抱着原著读，空闲时间就叫计安安来别墅陪自己对戏，比如今天。

计安安对领自己进来的用人道了谢，然后才关上了别墅一楼活动室的门，房间里只有苏荷一个人。

计安安走进来:“老板，我来了。”

窗边那张看起来就十分舒适的沙发椅内，苏荷蜷着身，抱着雪白的小腿，背对着房门聚精会神地看手里拿着的《燃雪》小说，丝毫没有察觉计安安的到来，连对方不大的声音都没听见。

“老板？”计安安无奈地提高了声调。

沙发椅里的人终于有了点反应，放下手里的书和笔，扭头转回来。计安安一看，吓了一跳，登时就僵在原地。

“老板你怎么了？”

“我没事啊。”

“你眼圈红得跟掉进辣椒水池似的，还没事？”

“你说这个啊。”苏荷叹了口气，一抬手腕，把《燃雪》小说的封面露出来，“这本书可太虐了，我再看一遍还是忍不住哭。”

计安安松了口气，忍住翻白眼的冲动，把包拿下来放到一旁的桌上，无奈地走过去：“你比书虐多了，不算试镜之前的准备，单这不到半个月的时间，一本书你都看四遍了，你是准备把原著背下来去剧组和编剧比熟练程度吗？”

苏荷被她逗笑了，脸上挂着泪花：“不是，但是对原著和剧本越熟悉，我才越能抓住角色的核心嘛。”

计安安走到苏荷身旁，看到苏荷面前摆着一个摊开的本子，上面还有苏荷写下的东西：“咦，老板你写的这是什么？”

“读书笔记啊。”

计安安拿了起来。

苏荷：“准确地说，算是核心角色的核心台词摘抄。”

计安安若有所悟地点头，定睛去看，本子上摊开的这一页只有《燃雪》里的寥寥三段对话——

“雪何以燃？”

“以光。”

“我们生而孤独，直至相遇。死之前我想看着你。”

“你信唯一吗？”

“信。”

“为什么？”

“因为你于我便是。”

对话旁边还零星记了几句苏荷对角色的见解和体悟。

计安安大致看过，无奈地放下本子，感慨地说："老板，月底的电视剧年度盛典，你就不该提名最佳女配角，应该提名最勤奋演员才对。"

苏荷谦虚道："不敢不敢。"

"哦对，郭姐让我通知你，和你一起走红毯的男星定下来了。"计安安刻意一顿，卖了个关子，"你猜是谁？"

苏荷眼皮都没抬，一副兴致缺缺的模样："反正不是他，谁都无所谓。"

计安安没忍住，实实在在地翻了个白眼："老板，你眼里就只有你老公吧？"

一提这个称呼，苏荷的眉眼不由得弯了，笑颜洋溢，她仰起脸："有我老公一个人还不够吗？"

计安安被那笑晃了下眼，头疼地捏眉心，小声嘀咕道："郭姐说得对，果然就不该让你住进来，三魂七魄都快被天神勾走了。这哪是天神啊，狐狸精还差不多。"

苏荷义正词严："呸，你见过这么仙的狐狸精吗？"

计安安："好好好，我错了。"

苏荷合上书，下巴垫到书上，蔫蔫地开口："再说了，我明明来不逢时，住进来以后刚好赶上他全球巡回演唱会，只有前面两天见到他了，然后他出国到现在还没回来呢，唉，想被勾魂都没机会。"

计安安一阵沉默。

"你怎么不说话了？"苏荷扭头看去。

计安安表情诡异："我怎么觉得老板你从搬进骁神别墅后，对他的态度和感情都越来越大胆了？"

想起那个原因，苏荷脸一热，连忙起身，表情严肃："有吗？没有吧？"

"明明……"

"对了，你不是说和我一起走红毯的男星定下了，是谁？"

"你刚刚还说不关心呢。"

苏荷保持微笑，难得有个转移话题的好借口，谁会不用？

“我是不太关心，但也得知道是谁啊，万一不认识，到了之后连名字都叫不出来，那多尴尬？”

“那你放心吧，这个你肯定认识。”

苏荷心底生出不祥的预感。

“祁楼啊！”

苏荷一怔。

“老板你干吗这个表情？你们都认识又合作那么久了，圈里除了天神，还有哪个男星和你的关系比他更熟吗？”

苏荷叹气。问题就出在这儿，被告白和告白被拒，这关系实在是熟得有点过了。

苏荷和祁楼之间的这点恩怨，除了他们两人，只有商骁知道。苏荷自然不好拿这个做理由，去找郭如改变主意。于是盛典颁奖礼按提前定好的一切，如期而至。

颁奖礼的地点在A市一座极为出名的大剧院。被提名或是受邀的明星走红毯入场之前，要在会堂外单独圈出的露天场地进行一个中型宴会。等他们签名亮相后，才成双结对地踩着红毯进场。

苏荷和祁楼在宴会上碰了面。

“你今天真的很漂亮。”

祁楼走到苏荷身旁，眼里带着不加掩饰的惊艳，随即他回神，绅士地一笑：“当然，你往常也很漂亮，只是那种美是收敛的，而今晚，你简直像是最耀眼的那朵玫瑰。”

苏荷感觉到身侧有路过的明星用稍带异样的目光打量两人，显然是被这盛赞吸引了注意。

她有点无奈，玩笑道：“楼哥，如果我们之间要这么客套，那我可只能喊你祁先生了？”

祁楼：“不是客套，这是我的真心话。”

苏荷眨眼，心底有点尴尬，但很快被她一笑化解："楼哥今天也格外帅，这件礼服非常衬你，也是我的真心话。"

祁楼听后，眼神微闪了下。沉默几秒，他低头看向苏荷，语气是无奈的："你总是这样，一点都不肯欠。"

苏荷保持微笑，假装听不懂他的深意。

所幸，这种痛苦的煎熬并没有持续太久，主办方安排好红毯旁的媒体入场，便开始引着嘉宾依次入内。

苏荷与祁楼名次靠前，入场要稍早些。踏上红毯末端，祁楼抬起手臂，向苏荷示意了下。

苏荷迟疑了一秒，没敢让两旁媒体看出自己的犹豫，挂上一副挑不出瑕疵的漂亮假笑，挽着祁楼的手臂走上红毯。

看似轻松，事实上每一步她都踩得小心翼翼。她可不希望自己一紧张踩到曳地长裙的裙角，让明天的热搜出现"某苏姓女星红毯假摔博出位"这种信息。

所幸一直到主持人介绍，签名，媒体拍照，苏荷的第一次红毯都顺利无比。唯独在她的指尖刚搭上祁楼的手臂时，她突然觉得某个方向传来莫名的凉意。

苏荷下意识抬眼——红毯尽头，大剧院门外，一道眼熟的修长身影转身，没入黑暗里。

苏荷一怔，怎么看起来那么像……不对啊，那人现在应该为他的全球巡演忙得满世界飞才对。

"怎么了？"身旁突然传来祁楼温柔的问话声。

苏荷蓦地回神，这才发现自己竟然在红毯上走神了。这是想念到有幻觉了？看来安安说得对，那人还真有勾魂的潜力。

"没事。"

苏荷歉意地一笑，借着朝媒体和那些能晃瞎眼的闪光灯点头示意的机会，藏起了那两秒的失态，沿着长长的红毯走向大剧院。

剧院内，有专门的工作人员站在门内，负责接引到场的明星嘉宾去到各自的位置。

苏荷踏进门，便将手轻轻抽离祁楼的臂弯，刚要道别，随工作人员去她的座位，就听见祁楼笑着问：“不该给绅士履责的机会，亲自送美丽的小姐到位置上去吗？”

苏荷身形和笑容同时一僵，她下意识抬眼，果然看见负责引领的工作人员目光诧异地看向自己。

苏荷心底叹气，面上只露着淡淡的笑，口吻熟稔如老友：“楼哥别跟我开玩笑了，今晚美丽的小姐群星璀璨，会堂里到处都是，领您过去的这一位不也是吗？”说完，苏荷冲那个微微红了脸的年轻女工作人员颔首一笑，又朝祁楼告别，“祝楼哥满载而归，我先去就座了。”

祁楼目光闪动，最后还是没有做出什么过分的事情。

苏荷走出几步，不由得松了口气，同时心里暗自后悔，早知道祁楼对她还……她就该找个借口让郭如给自己换个红毯男伴。刚刚在门口纠缠的这一幕，不知道要落到多少同行的眼中，更不知道明天一早，圈内关于自己又得起什么样的传闻和风波。

苏荷无奈地垂眼，决定今晚都保持空气一样低调的存在感。

然而事实证明，很多时候真的不是她找事，而是事找她。

苏荷不知道主办方是如何安排座位的，但猜测应该是要考虑咖位来安排，所以当她拖着曳地长裙做好去后排的准备时，却被工作人员领到了第一排的位置，她惊讶极了。

“这个座位……没搞错吗？”

工作人员解释道：“当然不会，我们的位置是严格按表格安排的，您的位置就是这里。”工作人员伸手一指座椅的左侧扶手，“您看，这儿还有您的名牌。”

苏荷打眼一看，还真是。

说好要保持空气一样的低调，结果开头就有点出师不利，苏荷原本心里就不太舒坦的预感更强烈了。但此时显然不可能临阵脱逃，苏荷只得保持笑容向工作人员道谢，随即落座。

她的位置是第一排的第一个，旁边的位置还空着。坐下之后，为求心安，苏荷特意去看了身旁空位的名牌——沉雪雯。

苏荷心里咯噔了下，这位算是老牌一线了，一直是半红半黑的体质，在观众里保持了三五年的热度自然是有些实力，只不过比她实力更出名的，是她那公主脾气。

苏荷对这一点的了解比其他人都深，原因很简单，沉雪雯也是邢天娱乐的艺人。

“今晚不好的预感，难道应验在这儿了？”苏荷忍不住小声嘀咕。

大约过了三分钟，工作人员领着沉雪雯走过来。

目光交错，苏荷作为公司的晚辈，礼貌地冲对方一点头。

沉雪雯瞥了她一眼，嘴角要笑不笑地勾着，丝毫没给她什么回应，似乎准备带着那点不屑一顾走过去。

苏荷毫不意外，听说这人在公司里对其他小艺人小员工，也是这副姿态。

不过很可惜，沉雪雯想就这样走过去，负责引领她的工作人员却停住了，示意苏荷身旁的位置。

“沉小姐，请坐。”

沉雪雯的脸色陡然一僵。几秒后，她的表情沉了下去：“有没有搞错，我坐在她旁边？”

工作人员一愣，下意识地低头去看自己手上的电子屏幕，确认了一遍又去查看座椅扶手的名牌，随即才起身点头：“没有错，这里确实是您的位置。”

沉雪雯冷笑：“这是谁安排的座位，把我当什么了？让我跟一个靠炒作才勉强爬进二三线的人坐在一起？”

苏荷被撑得有点莫名其妙。

旁边站着的工作人员尴尬地看向她，似乎在怀疑苏荷和沉雪雯有什么恩怨。

这会儿颁奖礼尚未开始，剧院内并不十分安静，各个角落都有交谈的声音。但苏荷这边，不肯落座的沉雪雯这副俨然与人对峙的姿态显然勾起了不少人的注意。即便坐着，苏荷也能察觉到好些目光落向这边。果然出师不利后的最佳选择应该是想都不想就班师回朝。

工作人员也察觉到了，压低声音歉意地劝道："沉小姐，座位安排的问题我会为您咨询负责人，还请您先落座，以免耽误……"

"我不想和她坐在一起，你现在就给我重新安排她的位置。"

这话一出，苏荷和那个工作人员同时愣了。

苏荷怔过之后，没忍住，轻声笑了出来。

"你笑什么？"沉雪雯眉毛一竖，非常不悦地看向苏荷。

苏荷坐在椅子里，眼一抬，眸子乌黑，里面的情绪也柔软无害。

"沉小姐，你不想和我坐在一起，如果主办方不介意，那我自然尊重你的选择，但是我先来的，已经坐下了，我没有什么公主脾气，更没说不尊重人的话，那你突然让我离开，不知道是哪来的凭仗？"

沉雪雯哪想得到公司里一个不过刚爬上来的后辈竟然敢这样反抗自己，气得脸都白了，咬牙切齿地说："你知道你在跟谁说话吗？"

苏荷无辜地眨了眨眼："我说的有什么不对吗？还是说这剧院是您家开的，颁奖礼是您家独力承办的？"

"你……"沉雪雯气极，音量不自觉提了些，更是惹来不少人的目光，她脸色微变，到底不敢太出格，只压低声音一甩手，"我不跟你逞一时口舌之快，你也没资格和我交谈。"

她皱眉瞪向那个工作人员："我刚刚说的话，你没听明白？"

工作人员为难极了，勉力笑着："沉小姐，这件事实在是……"

"闹什么呢？"一个声音突然插了进来。

三人的目光同时望向来人——一身西服，梳着油头，苏荷被自家表哥的扮相惊得不轻，第一时间都没反应过来要开口。

沉雪雯倒是反应得快，她看见严奕，表情立刻一软，再开口时，方才跋扈的语气软了下来："严总，您可得为我做主啊。"

说好的公主脾气呢？怎么听语气，这位以后还可能是她的表嫂候选人之一？苏荷心里一抖，看向严奕的目光登时非常不善。

工作人员三言两语解释清楚后，严奕点头，看向沉雪雯："我明白了，你不想和苏荷坐一起，是吗？"严奕面带笑容，语气温柔地问。

沉雪雯受宠若惊，连忙点头，不忘做出委屈的眼神。

"那简单。"严奕笑着，冲剧院门的方向一抬下巴，脸上的笑容陡然消失，声音低而冷厉，"不想坐，那就滚。"

沉雪雯脸色唰地白了，她不可置信地盯着严奕，之前委屈的表情还僵着，显然怎么也没料到，严奕不但没有站在她这边，反而为了区区一个二三线的小明星跟自己翻脸。

看出严奕真动了火气，沉雪雯也不敢再闹了，连忙低头，压着眼底的气恼和对苏荷的恨意，说道："对不起严总，我不敢了。"

严奕却没再看她一眼，直接转向那个工作人员，冷声道："把沉雪雯的名字从名单上划掉，她身体不适，无法出席。"

工作人员愣住，没敢多说什么，低低地应了一声，不敢掺和邢天内部的事情，连忙转身离开。

沉雪雯惊恐地睁大眼："严总，我……"

"闭嘴，我今天不想听见你再说一个字。"严奕抬头，眼神沉戾，"这是你自己要的结果，你自己承担。现在安安静静地给我离开，别逼我发火。"

严奕在苏荷那儿就是个专注坑妹二十年的臭表哥，没什么威严，但对公司艺人或者员工却不同。他这话一出，沉雪雯吓得哆嗦了下，再多的不甘心和悔恨也只能压下去，忍着泪快步离开。

苏荷收回眼，一瞥严奕，玩笑道："啧，严总，怎么这么大火气？"

严奕也瞥回来："我是为了谁？"

苏荷想了想："但我怎么觉得，你这样只会让我得罪她得罪得更狠呢？"

"你得罪她？放心吧，等回了公司，你是什么位置，我会找人提点她几句。"

苏荷原本的笑容顿时僵在脸上："我什么位置？"

严奕古怪地看她一眼，压不住的幸灾乐祸在他眼底冒了个尖。

"你不知道吗？老太太因为你之前被林菡污蔑又被私生粉闯房间的事情搞得

大动肝火，我听说姑父挨了好一通训，按老太太的意思，你这身份，我看是快要藏不住了。”

苏荷那双杏眼都睁圆了，下意识伸手，死死地捏住严奕的手腕。

严奕抽了口冷气：“把你那怪力爪子从我手上拿开，你想捏废了你哥是不是？”

苏荷回神，抽回手，表情严肃，如临大敌：“哥哥，你得帮我啊。”

这声“哥哥”叫得情真意切，可惜晚了。

严奕冷笑了声：“这会儿想起叫哥哥了？你把我那些糗事偷偷捅去公司的时候，怎么没想到呢？”

苏荷难得急了：“那不是你先往别墅寄了那些乱七八糟的东西吗？”

严奕轻哼：“我那是为了你和我妹夫着想，你狼心狗肺，恩将仇报，这会儿想我救你？没门。而且说实话，我也救不了。老太太这次是铁了心，哥哥劝你好好拍完《燃雪》，收收心就准备转管理层吧。”

苏荷一脸的生无可恋，正在她一心绝望地往椅子里瘫的时候，敏锐的第六感突然跳动起来，苏荷循着感觉抬头——大剧院舞台内的角落，一道背影恰隐入台后。

苏荷揉了揉眼。

看出她注意力突然转开，严奕顺着望过去：“怎么了，你看什么呢？”

苏荷回神：“没什么，幻觉，今晚总感觉看见天神了。”

严奕一顿：“商骁是今晚的颁奖嘉宾，你不知道？”

苏荷转头的动作幅度略大，差点扭了脖子：“他不是在国外办全球巡回演唱会吗？什么时候回的国，怎么会成了今晚的颁奖嘉宾？”

严奕：“接下来巡回的两站之间能抽出一点时间，下午刚赶回来的。至于为什么是颁奖嘉宾，以他在乐坛的地位，被邀请有什么好奇怪的？”

“怎么以前没邀请过他？”

“那你错了，主办方几乎是年年邀请，他年年都不同意，今年突然就同意了，原因吗，你猜呢？”严奕低头看向苏荷，笑得促狭。

苏荷心里一哆嗦，下意识扭头看向方才看到背影的舞台一角，喃喃道：“这样说的话，刚刚真的不是我的错觉……”

严奕：“怎么一听他在，你看起来这么惊慌？这可不是平常的你啊，你背着商骁做坏事了？”

苏荷想起自己第一次感觉到目光，是在走红毯时，她的手指刚搭进祁楼的臂弯。

半天没等到反驳，严奕又观察了几秒苏荷的神情，蓦地乐了：“你不会是把骁神绿了吧？”

苏荷气得抬腿想踹他，只是脚尖刚抬起来，恰巧遇上工作人员领着邢天的另一位艺人过来。

那人显然认识严奕，停下来想打招呼，然后就怔住了。他有点错愕地看看苏荷，又看看满面促狭笑容与平日全然不同的严奕。

“严总。”

苏荷连忙放下腿，装作什么都没有发生的样子，笑意无害地站起来，向对方问好：“宁前辈。”

宁朗回神，目光微妙：“苏小姐。”

宁朗的座位在苏荷旁边第二个位置，也就是刚刚被严奕赶走的沉雪雯的另一旁。

严奕扫了苏荷一眼：“刚刚的事不用谢，以后转高层了记得还就好。”

苏荷嫌弃地看他，随即想起什么，压低声音问：“今晚不是电视剧盛典吗，你为什么会在这儿？”

严奕整理西装，顺手抹了一下鬓角：“当然是代表邢天。”

苏荷瞪了他一眼，用只有两人听得见的声音问：“不该来个副总什么的吗，怎么直接推你出来敷衍？”

“敷衍”这个词让严奕的表情僵了下，几秒后，他眉一挑：“要不我让姑父亲自来？”

苏荷：“走走走，你赶紧走。”

严奕留下一声低哼，转身回后排相关从业人员的位置去了。

这声低哼没怎么压，显然被一座之隔的宁朗听见了，他略有诧异地转头望来。苏荷尴尬地笑了笑，朝对方微微颔首。

“苏小姐似乎和严总很熟？”宁朗也淡淡一笑。

苏荷一顿，假笑道：“朋友，朋友。”

“难怪，很少见严总这样和人说笑。”

苏荷正思考怎么接话时，手包里的手机蓦地振动了下，声音不轻，苏荷歉意地冲宁朗示意了下，这才暗松一口气，转过身。

手机屏幕亮起来，是一条信息。发件人是改了几次备注还是改回了原本的“X”的那个人，信息内容更是只有一句话——“第三个了。”

苏荷一蒙，什么第三个？

所有嘉宾和二楼的观众进场落座后，颁奖礼很快开始了。

第一个环节是开场歌舞。

等歌舞结束，主办方邀请的四位嘉宾主持人一齐上台。按照惯例，他们开场都是要拿年内的电视剧或演员玩段子开玩笑的，苏荷与祁楼也未能幸免。或真或假，场内很快响起一片和谐的欢笑声。

热场之后，就是正式的颁奖环节了。嘉宾主持人退场，换了一男一女两位职业主持人上到台前。

男主持人：“今晚可真是星光璀璨，满堂生辉啊。”

女主持人：“可不是，台下全是俊男靓女，我眼睛都晃得睁不开了。”

男主持人：“那你得再坚持坚持。”

女主持人：“嗯？”

男主持人：“因为接下来这位将颁出第一项最佳女配角奖项的神秘来宾，在颜值方面可是极负盛名。”

女主持人：“哦？”

男主持人：“作为他的粉丝，我经常分不清自己到底是更爱他的颜值，还是更爱他的才华。”

女主持人：“可以给一点提示吗？”

男主持人：“当然。作为一位打破过多项纪录的顶尖音乐人，不仅在全球音乐领域获得过无数荣誉，更是被外国媒体朋友起了‘东方神颜’的称号。”

女主持人：“那我知道你说的是谁了。”

话音未落，二楼的观众区在短暂的寂静之后，蓦地掀起一阵惊喜而鼎沸的鼓掌声，浪潮一般，久久才停歇。

女主持人显然并不意外，玩笑着开口道：“看来不止我知道他是谁了，组委会之所以将他的身份藏得这样深而不提前公开，大概就是担心我们的会场无法容纳下他的粉丝吧？”

男主持人提高嗓音：“下面有请颁奖嘉宾——商骁！”

二楼的观众区掀起比方才更震耳欲聋的尖叫声。

苏荷目瞪口呆地坐在座椅里，耳边的鼎沸让她几乎以为自己又梦回演唱会现场。

商骁，以他的咖位，最佳男女主角奖由他来颁也不为过，结果他竟然是最佳女配角的颁奖嘉宾？难道……想到某种可能性，苏荷的心跳骤然加快。

她不由自主地紧盯着台上，身形瘦削修长的男人穿着笔挺的西装，从幕后走出来，光下的肤色冷白，五官清隽绝美，宽肩窄腰长腿，连拿着颁奖卡的手臂屈起的弧度都恰恰好。在他身上，即便是最普通的黑色西装也能穿出冷淡却勾人的味道。

二楼观众席的尖叫声几乎要顶开大剧院的天花板了。

一楼前排近处的明星们互相看看，不少人摇头苦笑。苏荷在鼎沸的喧嚣里，听见后排传来不知是谁的议论声。

“商骁的影响力啊，感觉自己来到了骁神的个人演唱会似的。”

“观众是随机抽选的，又保密了颁奖嘉宾的身份，结果现场仍旧能有这个粉丝量，简直称得上可怕了。”

“更可怕是什么，粉丝只是附加，他能立身完全靠个人音乐天赋和实力，这一点和唱跳选秀出身的完全不同，就连之前演唱会告白那么大的事情竟然对他的粉丝量都没什么打击，说是最后一位全民偶像，还真是名副其实。”

“是因为他那位女友是圈外人吧？如果真落到圈内人身上，粉丝是否接受得了就不好说了。”

“这倒也是。”

苏荷听得心情复杂。某一秒，她心有所感地抬头，恰与台上停住的那人视线对上，冷淡清冽的眸子在她这里微微一顿，便扫向旁边。

苏荷却不由得身形微僵，不知道为什么，刚刚她突然从那人的目光里读出了一点刮骨刀似的凌厉。

她招惹他了？苏荷感觉天降一口巨大的黑锅，兜头就扣了上来，偏那人目光已经转开，她连回一个无辜眼神的机会都没有。

二楼观众区的喧嚣终于平息。

台上那人神色轻淡，声音也是平静悦耳的低沉——

“获得最佳女配角提名的有……”

大屏幕上，包括苏荷饰演的顾亭柔经典镜头选段在内，四位最佳女配角提名者的表演片段接连播放。放完之后，众人的焦点重新聚在商骁身上。

“获奖的是……”

商骁打开手里的颁奖卡，垂眸淡淡一扫。

苏荷情不自禁地屏住呼吸。下一秒，她的视线里，那人抬头，漆黑的眸子中隐熠起星河似的微光。他的唇角极轻地一翘：“苏荷。”

场中一寂，随即响起掌声。

苏荷蒙了两秒，注意到身前的移动镜头定焦到自己身上，才陡然回神。她连忙起身，与她座位相近的宁朗按着西装扣子站起来，低声朝她说着“恭喜”，并伸出手臂。

苏荷再没经验，也知道这是对获奖者的恭喜拥抱，虽然没经历过，但颁奖礼的录播她看过不少。

苏荷脑子木着，全凭本能地和宁朗拥抱。身影相错，陌生的香水气息让苏荷理智暂回，她下意识地瞥向台上。光下那人正垂眼，也望着台下的她，眉眼如画，却清冷得像抹上了一层薄薄的霜雪。

苏荷不由得心头一颤，匆忙结束了这个礼节性的拥抱，她冲宁朗道谢，便转身准备上台。然而宁朗实在太过绅士，他面带微笑地帮苏荷提起曳地长裙的裙摆，目送她上台。

尽管知道这是绅士礼节，但苏荷内心依然十分崩溃，随着宁朗的动作和那些善意的笑声，台上落过来的那束目光，其中包含的情绪几乎快要实质化。苏荷都不知道自己是如何走到那人面前的。

“谢……谢谢骁神。”她伸手去接颁奖卡。

那人递过来，然而苏荷刚握住卡片一角，就见商骁蓦地上前——

被抱进怀里的一瞬，苏荷听见台下媒体的快门声连成欢快的乐章。

第10章

这个拥抱的意味显然不同于方才台下宁朗的那个绅士而疏离的祝贺。这个拥抱是炽热的，不容挣扎也不留余地，像是要将苏荷身上属于别人的气息全部覆盖抹掉。

他们周身的空气足足静滞了数秒，远处二楼的观众区尚无法看清什么，但台上台下的明星嘉宾中，不少人忍不住对视，做起目光交流来。

这个拥抱的感觉，不只是颁奖者向获奖者的祝贺那么简单，更何况紧紧相拥的两人里，其中一个还是圈里以冷淡和疏离而闻名的天神商骁。

望向台上的目光逐渐微妙起来。

苏荷怔在这个拥抱里，大约过去五秒，她才陡然回神。

“骁……”

女孩压到最低的声音带上一丝不自察的颤意。商骁眼底翻涌的墨色在这声之后蓦地一滞，明明已经决意，但只需要听见她一声，他就会不忍心。

须臾后，商骁垂眸，松开了手。

“恭喜。”

他退开半步，让出通往话筒的路线，声音从容平静，低沉悦耳，好像和平常没什么区别。

台下众人目露疑惑，难道方才这个意味莫名的拥抱只是他们想多了？天神只是第一次来这样的颁奖场合，对流程和分寸把握还不够熟悉？

疑惑之中，也有人心知肚明——比如坐在第一排某个位置眉头皱起的祁楼，再比如嘉宾区后排，笑得颇有点幸灾乐祸的严奕。

台上，苏荷无声地吸了口气，不管内心多么慌，但颁奖还是得继续。她强行调动着发木的脑袋转起来，回忆着郭如给她准备的获奖台词。她本来以为这是多此一举，没想到还真是有备无患了。

苏荷走上前，停在话筒前。

“今天能够站在这个地方，对我来说已经是莫大的荣耀，我没想到我还能走上台来。这首先要感谢我的……”

感谢名单非常长。苏荷之前背的时候有些没耐心，但现在她发现了长的好处，尽管像是站在讲台上的老师，内心毫无波动地在念花名册，但它不需要思考，长到足够让她调整呼吸，平复心情。于是，等苏荷背完最后一个感谢名额时，她觉得自己的理智在被那个突如其来的拥抱震惊到九霄云外后，终于归位了。

她的余光，瞥见站在她斜后方的商骁。苏荷握着颁奖卡与奖杯的手微微停顿，然后她听见自己开口了：“最后一个要感谢的是我的偶像，尽管他并不知道，但他的初心促进了我前行，他的卓越激励了我上进，他的存在对我来说是最大的动力。他是我的梦想，也是我的无上荣光。”

话音刚落，台下一片死寂。从官方的客套到突然的真情实感，这个急转弯显然把台下的大多数嘉宾甩出了车道，不少目光真实而错愕地看向苏荷。

在这些复杂的视线里，苏荷回过神来——她刚刚说了什么？当着两万观众和无数同行的面，向距离她不足一米的商骁真情告白了？她错了，她的理智并没有归位，更可能已经火葬了，骨灰都扬了。

所幸台下不愧是来参加电视剧盛典颁奖礼的同行，大家都非常有演技，起初的错愕连两三秒都没维持住，就有大片的鼓掌声海浪一样起伏。

掌声里，刚想松口气的苏荷听见自己身后传来一声极低而微哑的笑——他听懂了，还笑了出来。

苏荷眼神彻底麻木，偏偏还不能下台。按照颁奖礼的惯例，每两个奖项之间由于要宣读颁奖嘉宾，都需要主持人上场，做个简单的承上启下——被承的这些“上”，往往多是无伤大雅的调侃。这一届显然也不例外。

尽管两位主持人被商骁和苏荷方才那五秒的相拥惊得不轻，但还是极好地保持了他们的职业素养。两人面带微笑上台，前后停住。

女主持人笑着说：“今晚能够请到骁神作为颁奖嘉宾，我想组委会一定是很努力了。”

男主持人接话：“没错，相信所有人都很清楚，骁神正忙于自己的全球巡回演唱会，分身乏术。”

女主持人：“是啊，我完全没想到今天的第一位颁奖嘉宾会是骁神。不知道骁神是出于什么原因，才在百忙之中抽空回国，参加这次颁奖礼的呢？”

女主持人的问题中规中矩，标准答案也非常官方而简单，拎起台下的任何一位，相信都能张口就来，对答如流，比如“我对盛典颁奖礼慕名已久，这次恰巧受邀，自然要回国参加”之类。

然而，所有人都听见商骁淡定地开口道：“为了一个人。”

女主持人蒙了。

男主持人连忙救场，以无伤大雅的玩笑口吻接道：“莫非就是骁神的那位圈外神秘女友？”

商骁：“嗯。”默然片刻，他垂了眸，淡淡一笑，“想看她一眼，所以顺便来了。”

苏荷身影一滞。

台上的主持人和台下除了严奕、祁楼的观众自然以为那句“顺便”是与组委会开的玩笑，剧场中响起善意的笑声。

没人注意到笑声里，握着最佳女配角奖杯的女孩脸颊越来越红，乌黑水润的眼瞳却越来越亮。苏荷不愿也不能让别人看见自己的神情，便微微低下头去。

这动作恰好落入男主持人的眼里，想起不能因为颁奖嘉宾而冷落了真正的获奖者，他连忙将话题引到苏荷身上。

“骁神与苏荷应该不是第一次见面吧，两位之前共同参与了综艺合作，对吗？”

苏荷回神点头，拿出最挑不出毛病的客套说辞：“是，商前辈非常照顾后辈。”

男主持人一笑，目光落向商骁：“那骁神在与苏荷的合作中，如何评价这位后辈呢？”

问完后，男主持人心里已经有了标准答案模板，例如苏荷是一位非常努力的后辈，对待工作的态度也十分认真敬业之类。

然而，他看见商骁薄唇微动，说出了干净冷淡的两个字：“很美。”

商骁的目光落到呆住的女孩身上，视线一扫，停在她雪白颈前戴着的宝石项链上，商骁眼底掠过一丝极淡的笑，“这条项链。”

很美，这条项链——把前后两句连起来，观众们齐齐回神，长松了口气，他们中好些人甚至都忘了自己提起这口气的原因是什么，或许是他们潜意识认为想象中的那个可能性实在太低，一旦发展成事实也太过惊悚，所以他们根本不愿多加思考，只当是一个夸赞项链的玩笑。

台上台下，唯独苏荷颊上的嫣色再抹了薄薄一层——怎么还有自己夸自己送的项链好看的人呢？

苏荷之后，其余奖项也陆续有了归属。历时一个多小时后，颁奖礼终于进行到尾声。最后一个环节，是所有获奖者与颁奖嘉宾的集体合影。

人稍多了些，再加上站位不定，舞台上的场面有些嘈杂混乱。

作为最佳女配角的获奖者和颁奖嘉宾，苏荷和商骁理所应当要站在一起。上了台，苏荷强作淡定地挪到商骁身旁——隔了大概半米的身旁。

商骁皱眉：“过来。”

趁着这会儿嘈杂，没人听得到，苏荷小声嘀咕道：“不能再近了，不然我能不能活着见到明天的太阳都是个问题。”

商骁：“那我过去？”

虽然这会儿听不见声音，但是画面却会被台前的镜头拍下来，如果商骁真的明晃晃地走到她身旁然后停住……

想象了一下那个可怕的后果，苏荷心里一哆嗦，只能妥协道：“我过去。”

秉着好汉不吃眼前亏的基本原则，苏荷抬脚往商骁那儿走去，只是她忘了一个问题——“好汉”今天穿的是长裙，还是曳地长裙，此时还被后面的不知道哪个嘉宾一不小心踩到了裙摆。于是，随着“啊”的一声轻呼，苏荷惊慌地往地上摔去。

皱着眉的商骁本能抬手，一把将女孩抱进怀里。

“咔嚓”一声，台下某家媒体的摄像机尽职尽责地拍下了这一幕。

扑在商骁臂弯间的苏荷大脑一空，这是要死的节奏。

事实证明，苏荷所料很准。

颁奖礼的录播未出，但受邀参加的媒体已经争先恐后地将各自的报道和照片放了出来。

当晚，商骁为赶下一场巡演匆匆去往机场，而苏荷尚未离开组委会安排的晚宴，她的大名已经荣登热搜——“苏荷假摔”在最短的时间内，迅速跃居热搜第一。

点进去第一条最热微博，就是苏荷被皱着眉的商骁接进怀里的照片。不知道是有意还是无意，照片裁剪掉了她被人踩住的裙摆。

没到现场也没看到录播的X光自然炸了。

“天神去颁奖礼了？早知道我翻墙都得进去看看！”

“怎么又是苏荷，她有完没完？骁神不过是提携后辈，怎么碰上了这么个狗皮膏药，还赖在骁神的热度上不肯下来了是不是？”

“骁神都有女朋友了她还不死心，什么人品？真恶心！”

“我听我一个去过现场的朋友说，她在领奖的感谢词最后跟天神情真意切地表白了！”

“这热度蹭得够完整！心机也太深了吧？”

“天神都皱眉了，心里得有多厌烦她？苏荷能不能从天神身边滚开！”

除了X光，最关注这件事的自然就是苏荷的后援粉丝“荷叶”了。只可惜比起浸淫粉圈多年的X光，这些新生粉力量实在微小，即便有心替苏荷辩白几句，往往也很快就淹没进X光的海洋里。

只有零星几张照片，所谓真相自然是任凭揣测和装扮的，所有人都在等苏荷解释。只是X光没想到，他们的谩骂让商骁先动了怒。

骁:“人是我抱的。别骂她，来骂我。”

JA娱乐，整栋楼仿佛都能听见总监办公室传出来的何源歇斯底里的咆哮声，策划部的总监助理站在办公室沙发旁，首当其冲，脸色煞白。

他面前不远处，何源还在激愤地唾沫横飞:“在圈内待了这么多年，围魏救赵、祸水东引的事情我看得多了，可我今年真是开了眼，第一次看见有人三番五次围了自己，把祸水往自己身上引！王思言，你说你是不是吃干饭的？不是跟你说了先把他手机没收，谁叫你给他的？现在捅出这么大的娄子，你告诉我谁负责？谁负责！”

总监助理低下头，装作听不见。偌大的JA，大概也就他们总监敢跟王思言这么说话了。

而此时，何源似乎吼累了，气得把手机点开免提，扔到光滑的桌面上。

王思言无奈的声音传出来:“这骁神真要看，我也没办法拦啊，毕竟他才是老板。这事算我对不住，回去我给你们赔罪。”

何源冷笑:“赔罪？公关部老孙的手指头都快戳到我脑门上来了，这么多人搞得焦头烂额，你一句赔罪就完了？我看你就是觉得自己不在公司不需要劳心劳力，所以压根没真拦吧？”

“哪能啊，我是那种人吗？”

“行，我再信你最后一次，不管用什么办法，最后两站巡回演唱会，你给我把骁神的手机收了，网络断掉，国内舆论的事情半点别让他知道。你能做到，我们既往不咎。”

王思言那边突然安静下来，只剩一点细微的噪音传出来。

何源皱起眉，下意识看了一眼手机，确定是信号满格的通话状态，轻哼了声：“干吗？装死？反正这件事你要是搞不定，那你就别怪我撂挑子，你自己回国来处理……”

“你想撂挑子？”手机对面声音一起，低沉冷淡。

何源刚想应声，突然噎住了，差点噎得他翻个白眼。

何源猛地低头，确认了好几遍自己是在和王思言通话，突然想到什么，他脸色一白，心里暗骂了句“狗贼老王”，声音却不自觉地放轻了：“祖、祖宗？”

这前后变脸，让角落里的助理差点笑出了声，连忙伸手捂了回去。

电话对面的人未作理会，但能从声音里听得出平日罕有的严肃：“出了这么大的事情，你不让王思言通知我，反而要隐瞒我？”

何源脸色一苦，不敢狡辩：“这不是祖宗您实在太能搞事情了吗？音乐领域您是行家，可圈内营销方面的事情您真的不懂，大局上来说，多拖一会儿对苏小姐未必就是坏事。”

话刚说完，何源就听见自己办公室角落和电话对面的王思言同时响起刻意的咳嗽声。

不是真咳嗽，是在提醒。提醒什么呢？想了一秒，何源陡然反应过来——他忘了，他们公司的这位祖宗是圈内一等一的奇葩，生平最厌烦的事情，就是何源那套营销炒作投机取巧的理论。

何源脸色微变，连忙补救：“那什么，骁神我不是那个意思，我只是觉得，这会儿粉丝都在气头上，和他们计较真相是没有必要的事情，您不如等公司出来一套完备的公关方案再做应对，还能减少一些麻烦不是？”

“等多久？”

“啊？”

“如果我不露面，你要她等多久？”

“这个……最多二十四小时，到时颁奖礼的录播肯定出了，谣言不攻自破……”

“苏荷是我的妻子，更是我的恋人，你要我眼睁睁地看着她被几十万、几百万的人谩骂指责而不去管？”男人的声音低沉嘶哑到近乎可怖，“何源，你就没有在乎的人？”

何源哑口无言，他听出商骁动了真怒，对于商骁的话，他也确实无法反驳。

网络暴力和匿名恶意一直是互联网下最魔鬼的产物。它是没有眼睛的剔骨利刃，许多时候它不辨善恶，未识真相，却能够假借正义或善良之名，把某个人最珍惜最在乎的那个人撕得支离破碎。虚拟的网络世界里，杀人早已不必见血。

何源沉默许久，叹气道：“骁神，这件事是我最开始选择隐瞒的处理方式错了，我认错。只是也请您谅解，毕竟您是我的老板和我们需要负责的人，利益相关下，即便是苏小姐在天平的另一边，我们也需要优先考虑您的得失。”

商骁沉声：“既然我是老板，那请你记得，优先顺序上，苏荷永远在第一位。这件事的焦点已经拉到了我身上，再次波及她之前我不会再露面。所以你们安心，无论二十四小时后谣言不攻自破，还是要等更久，我不过问，随便你们。”

声音冷冽收尾，手机被扔给王思言。王思言接起来窝回身，把声音压到最低，提醒何源：“我知道你是策划出身，利益衡量是本能。不过，真的不是所有人之间都能拿利益说话，公关方案你想清楚，别再捋虎须了啊。”说完，王思言不敢耽搁，挂断了电话。

车里安静许久，王思言几次小心地瞥向商骁，想要开口说什么，每一次又都咽了回去。

这样反复几回之后，望着窗外夜色出神的男人终于转回身，抬手轻捏了下眉心，声音微倦：“你可以问两句话，其余问题我不想多谈。”

王思言叹气，他比谁都清楚，为了赶回来见苏荷一面，商骁已经超过三十六个小时没有正经休息了。

他斟酌着开口：“X光的年龄阶层分布很广，不少早期粉丝早就已为人父母，但其中还是有许多年轻的粉丝。您是凭作品和乐坛地位说话的，所以和流量爱豆的粉丝不同，他们或许能接受您有圈外女友，但如果真落到圈内哪个女星身上，他们恐怕未必能接受得了。”

商骁一抬眼，眸子漆黑："所以？"

王思言："我就是想确定一下，您真的要公开和苏小姐的事情？"

"嗯。"商骁未迟疑，声音平静地说道，"她很好，不该躲躲藏藏，也没什么见不得光的。"

"哪怕公开这件事，对你和她都可能会造成伤……"王思言的声音蓦地一停，这几秒间他突然想到了国内那场演唱会上的告白，随之浮现的想法太过惊骇，让他的瞳孔都缩了起来。

几十秒后，王思言才找回自己的声音，他咽了口唾沫，颤声问："骁哥，万一，我是说万一被逼到最差的境地，您愿意为苏荷做到哪一步？"

商骁眼帘一掀，淡淡扫了他一眼，好像看穿了王思言的想法，他轻翘了下唇角，垂眼道："我出道似乎很久了。"

王思言快哭了："十年又九个月十三天，可您才二十七岁，完全还有……"

"不用万一，也不用到最差的境地。"

商骁淡淡打断他的话，回眸望向车窗外，眼前浮现起女孩微微泛红的脸蛋，和乌黑盈盈的眼，轻声道："十年对我来说已经足够了。如果他们想以我的名义给她定罪，那我离开就好了。"

第11章

颁奖礼的组委会安排了一场奢侈高档的晚宴，正是苏荷最熟悉且最不耐烦的那种场合。

因为工作需求，作为一个第一次参加盛典的新人，又有着首次提名并获奖的荣誉加身，她显然无法找借口避开晚宴。于是苏荷只能一整晚维持假笑，与圈内的前辈或导演、编剧、制片人之类的相关行业精英们交际应酬。

出于宴会礼仪，所有人的手机都是静音的，所以对于晚宴厅外的世界，尤其是网络世界正如何掀起一场浪峰迭起的舆论盛潮，包括苏荷在内的嘉宾没人知道，和谐的氛围一直持续到晚宴结束。

从剧院的嘉宾通道走出来，苏荷一眼便看见了等在路旁的计安安，正在原地来回走动踱步，似乎是在为什么事情焦急不安。

苏荷隐约有不好的预感，告别同行的其他嘉宾，苏荷拎着长裙的裙摆，轻步走了过去。

“安安？”

“老板，你可终于出来了！”

“出什么事了？”

“说来话长，郭姐吩咐我接到你就赶紧跑路，免得被狗仔盯上，先上车吧，路上我跟你说！”

计安安开的保姆车没入灯火如龙的车流里，在高架桥上绕过几圈，小心确认了车后没有尾随的车辆，摸着方向盘的计安安长松了口气。

“是不是今晚颁奖礼的事情？”后座的苏荷出声问道。

计安安从后视镜看向苏荷：“老板你已经听说了？”

苏荷摇头：“没有，猜到的。今晚发生的事情太多了，如果完全没有动静，那我才会觉得奇怪呢。说说吧，他们都说我什么了？”

计安安翻了个白眼：“一群无良媒体断章取义，只放出你摔进骁神怀里的照片也就算了，还说你假摔，造谣你蹭骁神的热度，更有可笑的，说你耍心机，故意占骁神便宜。他们是不是有病，老板你和骁神是名正言顺法律承认的婚姻关系，什么叫占便宜？”

苏荷听话题跑得越来越偏，不由得莞尔，出声提醒道：“跑歪了。”

“哦……反正他们煽动舆论，今晚这火烧得特别快，我总怀疑有谁在推波助澜。”

苏荷想起晚宴时的暗流涌动，嘴角一勾，懒洋洋地靠进座椅里，望着车窗外飞速而过的灯火，轻笑了声：“我挡了路，又占了位置，看我不爽的哪会只有一个？”

“也是，老板你现在是以第一部上星剧就拿到最佳女配角的强势新人，看不惯你的人只会越来越多。”

“然后呢？”

“然后……X光被那些无良媒体煽动，骂你骂得挺惨的。”

“可以预见。”

计安安小心地从后视镜观察了一下苏荷的神情，始终看不出太多波澜，忍不住有点好奇地问：“老板，你不生气啊？”

苏荷笑了笑："都是跟我一起喊同一个人老公的，设身处地想想，我看到那样的照片和报道也可能会被误导，生她们的气做什么？"

计安安也笑了："你喊的那句老公和她们喊的可不一样。"

"录播明天早上就会出来，等那时候会真相大白的，放心吧。"

车里安静了几秒，苏荷狐疑地从窗外转回头，目光落向前方，问："还发生了什么我不知道的事情吗？"

计安安小心翼翼道："其实郭姐也是和你差不多的意思，准备等录播出来以后，做一波公关，还能固粉。"

"但是？"

"但是……有人没忍住。"

苏荷怔了两秒，随即明白了什么，眼神里一时温情又无奈："他不是刚结束就赶去机场了吗，怎么还有时间操心这些事情？所以呢，他又做什么了？"

"也没什么，就是发了条微博。"

"微博？"

"嗯，不过，我是第一次从骁神微博上零星的那几个字里读出他的情绪来。"

"什么情绪？"

"暴躁。"

如苏荷所猜测的，录播第二天早上便放了出来，合影时她被踩了裙角而摔倒的镜头一目了然，那位不慎犯错的明星也在第一时间转发，并向苏荷道歉。

苏荷的微博账号还在公司那里，很快便按公关计划回复了一条，只是此时，所有人的注意力根本不在苏荷这里，早已全部集中到商骁的微博下面去了。

前一晚商骁发出的吸引火力的微博十分成功，整个晚上过去，讨论热度依旧集中在他的微博上，倒是苏荷这个事件的起因，好像已经被忘得差不多了。

早上，天刚亮，计安安在用人的引领下，小心翼翼地进了玄关，一边换鞋一边问这位已经熟络的用人阿姨："我老板还没起吧？"

用人阿姨摇了摇头。

计安安松了口气："我还担心她为网上的事情烦呢，没醒就好。"

用人阿姨再次摇头："不是没醒，是压根就没睡。"

几分钟后，计安安在二楼客卧外间，看见了在沙发上捧着手机表情严肃的苏荷。

"老板，你在干吗？"

"战斗。"

"战什么斗啊？"

苏荷没抬头，聚精会神地盯着屏幕，手指噼里啪啦地在手机上敲击，几乎要跳出残影来。

"昨晚那条微博，竟然有人在评论区带骁神节奏！"

计安安："所以您现在是熬了一个通宵，开着您的小号，跟水军在骁神的微博评论里battle？"

苏荷严肃否认："什么叫battle？这叫因材施教，循循善诱。"

计安安叹气，走过去，一屁股坐到苏荷对面的沙发上，托着脸往前一趴："老板，我是真服了，今年您自己被骂了多少回，您还数得过来吗？别说熬通宵了，我记得那会儿都没耽误你嗑瓜子。"

苏荷飞快跳动的手指一停，几秒后，她抬起头，乌黑的眼瞳里有淡淡的血丝，表情却是认真的。

"我和他当然不一样。你也知道我被骂过那么多回，可他从出道至今，整整十年没有犯过一丁点错误，更没有任何可以被诟病的黑历史，所以我不允许有人妄想借这个机会肆意抹黑他，把他从神坛上拉下来，就算他们的借口是我也不行。"苏荷一顿，摇头否定了自己的话，眸子里露出凌厉，"不，应该说他们的借口是我，那就更不行了。"

计安安被苏荷的说辞搞得一愣一愣的，听完好几秒，她才心情复杂地竖起拇指："果然是粉圈少女，偶像就是逆鳞。"

苏荷想了想："你闲着也是闲着，来评论区跟我一起战斗好了。"

老板都发话了，计安安只能认命地拿出手机，进入微博以后，她对着主界面愣了两秒，随即连忙切换账号。

“好险。”

苏荷：“怎么了？”

计安安一副心有余悸的模样：“之前按郭姐的吩咐帮你发微博，忘了退出登录，刚刚差点用你的大号去帮你battle。”

苏荷一愣，抬头嘲笑道：“你是想害我吧？”

计安安也后怕，想了想利落地摇头：“等结束后我还是把密码给你，老板你自己来登吧，我真怕我毛手毛脚，哪天上错号搞出大新闻来，还是你比较仔细。”

苏荷忙着“因材施教”，答应得敷衍仓促，显然没把计安安的话往心里去。

经过以苏荷小号“天神在上”为强势战斗力代表的X光的熬夜奋战，根本不用JA的水军下场，那些妄图借此机会抹黑商骁十年荣誉的水军就被一拨搞死了。

攘外之后便是内部问题——天神的超话里分了势均力敌的两派，略微占据优势的一派开始就昨晚X光无理谩骂的事情向苏荷道歉，而另一派仍认为苏荷与商骁的关系不只是相识的前后辈那么简单，而是关系匪浅，苏荷对骁神也意图不明。

但由于商骁前一晚明显因造谣抹黑苏荷的骂声而盛怒的态度，后者这一派也暂时对苏荷舒缓了敌意。这场由颁奖礼掀起的风波，至少从表面上看起来，是暂时平息下去了。

新的一月，《燃雪》开机。商骁结束了全球巡回演唱会的最后一场，启程回国。飞机着陆，商骁一行人从VIP通道顺利离开机场，坐上保姆车。

王思言问：“骁哥，我们直接回别墅还是去公司看看？”

商骁沉默过后，问：“她现在在哪儿？”

王思言一顿，都没问这句话里的她是谁，便娴熟地打开一张与商骁行程表并列的表格，低头一扫，确认自己没记错，抬头说道：“昨天《燃雪》开机，今天应该是内景拍摄，苏荷小姐大概是在剧组所在的影视城里。”

商骁点头：“去影视城。”

与此同时，A市某影视基地内，苏荷的专用化妆间里，计安安正拿着自己刚刚跟场务核对确定过最后一遍的本周拍摄任务，向苏荷汇报。期间，化妆师结束妆发离开，她抽空看了一眼苏荷的化妆效果，然后视线就停住了。

“老板，你皱眉是因为我说得太快了？”

“不是。”苏荷回神，这才注意到镜子里的自己还真是愁眉不展的。

计安安问：“那你烦什么？”

苏荷说：“不知道为什么，从今天早上起来，我心里总有一种非常不安的感觉。”

计安安想了想，促狭地笑：“我知道了，因为骁神今天终于要回国了，你是紧张激动的吧？”

苏荷瞪了她一眼，无奈道：“那我应该紧张激动一周多了才对。”

计安安掏出手机，咕哝道：“老板你就是太多疑了，根本就没什么事情嘛，连网上都很平……”

苏荷见她突然不说话，无声一叹：“说吧，又怎么了？”

空气安静了几十秒，在苏荷又问过一遍后，计安安才从万分的震惊里回过神，脸色都因为过于震惊而发白。

“老……老板……”

“嗯？”

“骁神送你的那条项链……价格……您知道吗？”

苏荷微怔，抬眼一看，计安安的手机屏幕上，一条帖子的标题清晰显眼——“苏荷被包养铁证，颁奖礼上所戴项链值天价六百万！”

帖子里说道：“前几天第一次看颁奖礼录播的时候，听到天神说那条项链漂亮我就注意到了，觉得有点眼熟，结果一直到昨天，我才突然想起来是在哪儿见过它，等我传图放证据！”

下面立刻引来一片回复——

“六百万？不可能吧！确定你没搞错？”

“不信，感觉这个瓜是假瓜。”

“苏荷如果真有这么厉害的大腿，怎么可能今年才借着《呈凤》一个女二号都算不上的角色成名？”

发帖人立刻附图作证：“图上是×国一个档次非常高的拍卖会的拍卖手册，这种册子只提供给一些高级会所的会员，我是前几天从朋友那里看见的！内容是纯英文的，两条项链的对比图你们自己看，我已经把细节全圈出来了。”

有图为证，这下评论炸了——

“真的一模一样……”

“惊得我手里的瓜都掉了。”

“这么说真的是六百万？都能在A市的黄金地段买一套小面积的房子了！”

“在我们这种二线小城市已经可以买别墅了……”

“一套小别墅被人家戴在脖子上了啊……”

“前段时间林菡和她撕，我就说她和公司高层肯定有暧昧关系，偏偏林菡倒霉玩不过，苏荷倒是被洗得清清白白，呵呵，可笑，现在真面目露出来了吧？”

发帖人又发了几张图——

“前面几张是林菡那件事时，放出的她和邢天高层总监的照片，后面是最新的，是颁奖礼当天有人拍下的照片，还是苏荷和邢天的那位严姓高管，就在第一排明目张胆地打情骂俏！有意思的来了，这位严姓高管本身就属于特权阶层，他的姑父是邢天的老总！听说邢天老总名下没有儿子，公司以后很可能就是他的！这样一来，一个不择手段从十八线爬上来的小女星怎么会戴着一条拍卖价六百万的项链，原因一目了然了吧？”

下面立刻跟帖无数——

“好瓜。”

“苏荷可真会挑大腿，这么一个钻石王老五，难怪她爬得那么快，肯定是找到厉害的金主了呗！”

“天神还维护了她好几次，恐怕完全没想到她真面目是这样的吧？心疼天神。”

“也不能怪天神认人不清，苏荷肯定很有心机，她这半年成名一直是靠炒绯闻炒起来的，从开始跟那个三线男星齐闻笙，中间拉上祁楼和林菡，后面干脆抱住天神大腿，更别说她好像还和几个合作过的导演暧昧不清。”

“这么一分析，她真的好可怕。”

后面的跟帖苏荷没来得及看，手机已经被计安安脸色难看地收了回去，不过不看她也猜得到后面会是什么局面。

苏荷眨了眨眼，十足无奈地笑道：“我到底是个什么神奇的招黑体质？再按这个节奏发展下去，微博大概要跟我收热搜栏长期冠名使用的租赁费了。”

计安安却没心情听苏荷自嘲，她眉心拧起个疙瘩，在原地站了两秒，说道：“老板，你先在化妆间等我，我去跟导演说明一下情况，再联系郭姐看看怎么应对，我回来之前你千万别出去！”

说着，计安安拿着手机快步离开化妆间，屋里只剩下苏荷一人。

看着镜子里化着与平日风格不太相近的妆容的自己，苏荷无声地叹气，低头趴在了面前的化妆桌上。虽然料到商骁送自己的定情信物必然是价格昂贵，但她确实没想到，会是从拍卖会上以六百万高价拍到的项链。这种价位的礼物，她只在成人礼那年从父亲奶奶几位长辈那里收到过，如果是商骁的话……

苏荷又叹了声：“怎么感觉把自己卖掉了呢？”

“卖给谁了？”

一个低而沉静的声音突然从身后响起，苏荷吓得一抖，差点从椅子上跳起来。

她才刚刚抬头去看面前的镜子，尚未来得及看清，站在椅子旁的人俯身，从背后轻轻地环抱住她，熟悉的气息萦绕周身。

苏荷回过神，脸红起来，身体却僵着，不知道该做什么回应。房间里安静半晌，那人只眷恋似的抱着她，却没有其他动作。

苏荷犹豫了下，张口道：“骁……”

“现在没有别人。”

“嗯？”

“叫老公。”

苏荷噎住了，脸颊憋得越来越红，不知道安静了多久，才从低垂着的长发里憋出一声紧张而不熟练的“老公”。

那人俯身在她耳旁，听到之后，沉默几秒终于还是忍不住低声笑了。

“嗯。”他应得低而郑重。

极近的距离下，那人嗓音压得微微沙哑，声音里是让人沉溺的性感。

“抱歉，这次离开了很长时间，之后不会了。一个人住在别墅里，无聊吗？”

苏荷摇头：“没关系，当然还是巡演更重要。”

商骁哑然地笑，似乎有点无奈：“这个时候不能说没关系，要说有关系，然后让我补偿你。”

苏荷听得茫然，不等她转头去找那人的眼神，就感觉自己腰间一紧，身体突然被抱起，再定神时，她已经坐在了化妆桌上。

身形修长挺拔的男人近在咫尺，俯身撑着她坐着的化妆桌，眸中熠熠，里面的情绪像星海一样，深邃得溺人，更藏着旁人从未见过的无奈和纵容。

“不是说好了，在我面前别压抑自己，你要学着对我放肆。”

“对、对你放肆？”苏荷忍不住结巴了下。

“就像在别墅餐厅里我们练习过的那样。”

苏荷脸蛋憋得通红，脑子里乱七八糟地胡思乱想。她想，有机会一定要告诉商娴，你哥不谈恋爱则已，一谈起来，溺死人不偿命的情话简直张口就来，她这种“嘴强王者”、行动上的矮子是根本招架不住的。

尽管内心戏多得像刷屏的弹幕，但苏荷还是没按捺住，心底的笼子里慣慣探出一只手，探向她觊觎的神仙果子。

“那……如果有关系，你要怎么补偿我？”

商骁看穿了她眼底的躁动，垂眼，哑声笑道：“随便你做什么。”

苏荷脸一红，有一种心思被看破的赧然，犹豫了0.1秒，她心一横抬起双手，圈住商骁的颈。

“这可是你说的。”

苏荷把商骁压下来，便去吻他微凉的唇，可惜她还没来得及放肆，化妆间的门便被人推开，一道身影快步跑进来——

“老板我跟导演说过了，郭姐让你现在就回公……”

计安安气喘吁吁的声音突然停住，她目瞪口呆地看着化妆桌前被苏荷压下来亲吻的男人。呆了几秒，她嗖地一下原地转身，痛心疾首道："对不起老板，下次不管在哪儿我一定敲门！"

苏荷红着脸松开商骁，不知道是不是一回生二回熟的缘故，没用两秒她就淡定下来，轻咳了声，当什么事情都没发生，更假装没听出来计安安话里让她注意场合的强烈谴责。

"郭姐怎么说？"

计安安索性背对着两人开口："郭姐让你立刻回公司，她说这次的事情在公司内牵连很广，必须严肃郑重地处理妥当。"

苏荷一听"严肃郑重"就有点头疼。

商骁站在她身侧，闻声皱了眉："发生什么事情了？"

苏荷一顿，觉得自己更头疼了。

说明情况后，在商骁的要求下，苏荷只得和他一同回到邢天娱乐。

从地下停车场上到艺人经纪部所在的楼层，出了电梯，苏荷就看到郭如正在前台等着她，难得连郭如都少有地表现出了明显的焦躁情绪。

"郭姐。"苏荷出声。

郭如蓦地停住踱步的脚，扭回头，看见苏荷后眼睛一亮，又看到商骁，郭如下意识地皱起眉："骁神？这毕竟是我们公司内部的事情，骁神您来这边……"

"苏荷的事，就是我的事。"

商骁站在苏荷身侧，说话时眉眼神情都平静。

这让本来已经对苏荷和严奕的关系做出判断的郭如再一次陷入疑惑，如果真是她想象中的三角关系，那苏荷这两条小船，不对，应该是两条豪华游轮，踩得不但很稳，而且还很明目张胆啊？郭如看向苏荷的目光变得古怪起来，不过此时，她实在没有什么时间可以浪费了。

"算了，那你们都一起上来吧！"

苏荷一怔："不是在这层吗？"

提起这个，郭如回头，看向苏荷的眼神更加复杂了："不是，上面下了命令，要所有相关人员去顶层大会议室开会。"

苏荷呆住。毕竟是自己家的公司，一些特殊的事情她还是知道的，比如邢天娱乐的顶层大会议室，平常基本不开，用得最多的场合，大概就是每年的股东大会了。

郭如带头进了电梯："看来因为严奕的缘故，高层对这件事真的很重视，你啊，这回是摊上大事了。"

苏荷内心也这么觉得，生无可恋地往电梯里蹭。

一行四人坐着电梯上了邢天的顶楼，顶楼不是谁都能进的，刚出电梯便遇上了例行阻拦。

郭如发了个信息，经纪部的副总监小跑着出来接人。

副总监领着四人往大会议室后门走，一边走一边目光复杂地观察苏荷，瞥过商骁，看了几秒，他扭头问郭如："这就是你手底下那个艺人？"

"是，邱总。"

"可真是……厉害。"副总监表情有点拧巴。

一行人停在会议室后门外，副总监说："我进去，你们先在外面等着，让你们进你们再进。"

"是，邱总。"

目送对方进门，郭如下意识瞥了一眼门内，然后表情突然僵住了。

站在门边的苏荷注意到郭如的反常，不由得出声问道："郭姐，怎么了？"

郭如的表情因为太过震惊近乎有些狰狞，她深吸一口气，转头道："严奕在里面。"

苏荷点头："他本来就应该在吧？"

"还有一位也在。"

"嗯？"

郭如伸手一指天花板，几乎是一个字一个字从牙缝往外挤："咱们邢天的顶头老总。"

郭如说完，以为自己能等到三人的震惊——哦不，商骁冷淡漠然惯了，她没考虑在内，但她以为自己至少能等到计安安和苏荷的震惊，然而她发现，听她说完苏荷却只是愣住，而计安安也没有太多惊讶，只是眼神古怪地扭头看向苏荷。

郭如觉得有什么地方不大对。

空气僵持几秒，苏荷忏悔地低头："郭姐，进去之前，有件事我得跟您说。"犹豫了下，苏荷走过去，隔着半开的门，伸手一指严奕，"这是我哥。"

苏荷手指慢慢平移，指向主位上气宇轩昂的邢天老总：

"那是我爸。"

第12章

会议室外，长久的沉默后——

郭如："你在跟我开玩笑？"

苏荷："我没有。"

郭如："那就是我在做梦。最近被你搞疯了，真是什么梦都敢做了。"

苏荷："郭姐，你没在做梦。我说的都是真的，不信您可以叫严奕出来对质——我爸就算了，他脾气不好。"

看郭如的脸色维持在天崩地裂和面无表情之间某个微妙的平衡上，苏荷的良心十分不安，她还想再说几句缓和一下气氛，察觉她意图的郭如却慢慢抬手，竖起手掌阻止了。

郭如："让我一个人静静。"说完，郭如目光幽幽地转身，缓缓挪向长廊尽头的落地窗。

计安安不放心地盯着她的背影，嘀咕道："顶楼的落地窗应该打不开吧？我怕郭姐想不开。不行，我还是过去跟着吧，防患于未然。"

苏荷没来得及说什么，计安安已经走了过去，会议室门外只剩下苏荷和商骁两人。

苏荷转回头，无奈地看向商骁："不然你也避一避？"

商骁垂眸望了她片刻，淡淡道："我陪你。"

苏荷回头看了一眼门缝里的会议室，盯了几秒，便忧心忡忡地转回来，倚到墙上。

"我爸真的已经很多年不过问公司的这些小事情了，看来这回我是真的摊上事了。"

商骁一顿，抬手摸了摸她的头顶："别担心，不是还有我在？"

苏荷抬头看他，那张冷白清隽的面孔近在咫尺，眸子里看不出太多情绪，五官也是冷淡勾人。

苏荷突然冒出了个大胆的想法。

"我能不能抱抱你？"

商骁怔了下。

话一出口苏荷也顿住了。虽说顶层没什么员工，但他们此时毕竟是在公司内部，而且一墙之隔的会议室里坐着长辈，还有未知的事等着她，她现在提出这个要求，怎么听怎么色胆包天啊。

苏荷脸上微热，正准备收回前言，却听见面前的人低声笑了，然后开口道："不需要问，你随时可以。"

苏荷抬眼，得寸进尺地小心试探着："那……外套太厚，我能不隔着它抱吗？"

A市已入初冬，商骁今天穿了一件灰色毛呢长款大衣，大衣下是一件笔挺的立领白色衬衫。

商骁闻言，无声地笑着垂了眼："好。"

他抬手解了大衣外套，扯着衣边向两侧拉开。

苏荷眼底洋溢起明媚的笑，上前半步，抬手从大衣内侧环住那人被白色衬衫藏住的精瘦腰身，然后把左耳贴在那人胸前，里面传出沉稳有力的心跳声。

听着这个声音，苏荷觉得这个世界上的所有烦恼和不安都能被它安抚。这样抱着他的时候，她好像什么都不怕了。因为有他在。

严奕皱着眉走出会议室，还未踏上长廊，就停在了原地。

两秒后，他抬手扶额：“我说妹妹，就算你和妹夫情真意切，夫妻情深，也不用非得在会议室门口表现吧？”

苏荷听见声音，有点恋恋不舍地放开手，随后她面无表情地回头：“你站远点。”

严奕：“为什么？”

苏荷：“从今天开始，麻烦你在任何场合都和我保持不小于两米的距离，我不想再和你一起出现在任何一家媒体的大标题上了。”

严奕差点被自家妹妹那丝毫不掩饰嫌弃的语气气歪了鼻子：“我还不想跟你这个黄毛丫……”

商骁抬眼，目光冷淡而清冽。

他是不是被自家妹夫眼神警告，无声威胁了？秉着好汉不吃眼前亏的行事原则，严奕把剩下的话咽了回去，转而整理表情，扫了一眼两人。

“里面的会议暂停，姑父和我都有事要回家一趟，没法继续了。”

苏荷眼睛一亮：“你们忙，不用管我，真的，我们完全可以自己处理。”

严奕冷笑了声，残忍地打破了自家妹妹的侥幸幻想：“你们也得回去。”

苏荷：“既不是逢年过节，也没有长辈寿宴，我们为什么也要回去？”

严奕斜瞥她：“因为家里来了两位长辈，而且是为了你俩的事情来的，你说你们需不需要回去？”

苏荷心里咯噔一下，但还是抱着最后一丝希望，声音微僵地问：“哪两位长辈？”

“还能有哪两位？”严奕目光平移，落到商骁始终波澜不惊的眸子上，一停顿，他表情复杂道，“伯父伯母要去苏家的事情，你没有提前收到通知？”

商骁点头：“刚知道。”

严奕无奈，迈开脚步从两人身旁走过去：“那行，姑父待会儿就出来，你们坐我的车……”

“不。”苏荷毫不犹豫地拒绝了。“以后除了两米的范围限定，我还得避免和你共同处于任何一个密闭空间，以绝后患。”

严奕：“那商骁坐我的车，你蹭姑父的车去吧。记得带钱和手机，免得半路被姑父踹下车，连家都回不去。”

严奕的话虽然说得很欠扁，但道理还是很到位的。既然四人都要回苏家，苏荷又不能跟严奕同车，只能坐苏毅民的专车。

给苏毅民开车的司机算是苏家的老人了，与苏荷自然认识。

看到苏荷上了车，司机愣了下，扭回头打招呼：“荷小姐？你怎么……”

苏荷自诩脸皮不是很薄，但此时也有点不自在，她轻咳了声：“我回家一趟。”

司机心里更古怪了，苏家上下都知道，长房家里的这个独女最近几年在和父亲闹矛盾，连着三年除了给苏老太太问好，过年都不见回家。现在突然要回家也就算了，怎么还直接上了她那个暴躁老爸的车呢？

毕竟是苏家家里的事情，司机也不敢多问，但还是有点纠结，待会儿苏先生见到了，万一要把女儿往车下踹，他是拦还是不拦？

司机正犹豫不决的时候，苏毅民和他的助理走到车旁。助理毕恭毕敬地给苏毅民拉开车门，刚要退回半步就看到了后座上的女孩。

助理一愣：“荷小姐？”

刚要上车的苏毅民也突然停住了。他轻眯起眼，先确认了一遍面前这辆价值昂贵的豪车确实是自己的专车，然后皱起眉，躬身往车里看去。

“你为什么在这儿？”

“我回家啊。”

“那你为什么在这辆车里？”

“蹭车。”

“严奕呢？”

“他和我的绯闻到现在还满天飞，我得离他远点，越远越好。”

“那你自己的车呢？”

“我又没有家里的司机，没人给我开，而且我那车哪有您这辆坐着舒服？”苏荷挺了挺腰，理不直气也壮。

苏毅民一愣，显然没怎么见过苏荷在他面前耍无赖的模样，一时之间竟然还真被唬住了。

“苏先生？”苏毅民不动，其他人自然更不敢动，助理等了两秒，在旁边小心试探地问了句。

苏毅民回过神，到底还是没对女儿的无赖行径指责什么，挥了挥手：“走吧。”说完，便坐进了车内。

助理给他关上车门，快步上了副驾驶座，车这才终于开了出去。

只是刚出地下停车场，司机迟疑地看了后视镜好几回，忍不住出声道：“苏先生，我们的车好像被人跟了。”

安静了几秒后，一左一右各自看着车窗外以保持目光不交流的父女俩，同时慢慢回过头，四目相对。

苏毅民面无表情：“你招来的？”

苏荷眼神无辜：“哪能啊，他们肯定本来就是想跟您的车吧？”

苏毅民：“我半年内没遇过跟我车的，你刚上来一次就遇见了？”

苏荷叹气：“半年没遇过了？唉，那我可真倒霉。不过没事，爸，这是为人子女应该承担的责任，我能扛。”

前座的司机和助理不约而同地拧着眉，扭头确认车门上锁系统出没出故障，免得后座的苏毅民气急了真把闺女踹下车去。

所幸，沉默只是在极度尴尬的气氛里持续了一段时间，到底还是没有发生什么不好处置的局面。

司机在立交桥上多绕了几圈，成功甩掉了车后跟着的尾巴。车里明明有四个人在，却沉默了大半程。

在苏荷认真地考虑要怎么尽量自然地开启话题，还得保证这个话题通向的每个可能的结局里自己都不会被踹下车的时候，她听见身旁的父亲竟然主动开口了——

“那条项链，是谁送你的？”

苏荷偷偷撇嘴，心说那群网友不知道，以您的能力还能查不到吗？明知故问，又是一谈话就端起来的熟悉的长辈架子，做父女就不能真诚些吗？

腹诽归腹诽，苏荷还是很清楚地记得自己的目的是不被中途踹下车，所以她调整了一下语气和表情，十分乖巧地答道：“商骁送的。”

“他倒是舍得。”

苏荷一时吃不透这句话是直叙还是反讽，犹豫了几秒才小声补充道：“那是他送我的生日礼物。”

苏毅民目光一滞。好半晌，他似乎想起了什么，有些迟疑而缓慢地看了身旁一眼——女儿低着头，没说话，表情安安静静的，比在家时瘦了。以前女儿每年的生日，他都不会缺席。

苏毅民原本绷得挺直的腰背和严肃的神色，不自觉地松懈了许多。

前座的司机和助理不约而同地对视一眼，都在对方眼底看到了与自己相同的感慨：不管是有心还是无意，这句话一下子就戳了为人父母的心窝，他们苏小姐还真是妙啊。

车里的气氛果然缓和了许多，苏毅民再开口时，语气也不像之前紧绷了。

“上次你和商骁到家里，你奶奶问过你们的情况，你说你们没有谈恋爱，这事你还记得吧？”

苏荷心虚道：“嗯……”

“那怎么转眼他就送了你一条这么贵的项链？”

苏荷犹豫了下，实话实说道：“那时候确实没谈，不过后来，事情发生了一点……”苏荷伸手，食指拇指轻捏半寸的空气，“小小的变化。”

“变化？什么变化？”

苏荷心说您又明知故问了，偏偏她今天注定处于弱势，不能拆穿更不能硬杠，只能低下脑袋老实交代：“就是……一边工作一边顺便谈了个恋爱。”

苏毅民沉默几秒，瞥了苏荷一眼，眼神带着复杂又隐含嫌弃的情绪。

苏荷接收成功，茫然无辜地回视他。

苏毅民皱着眉问："你强迫他的？"

苏荷忍无可忍地恼羞出声："爸！您说什么……"话没说完，已经满脸通红。

苏毅民似乎也觉得自己有点理亏，本想板起脸斥责，但还是压了回去，转而不豫地看向苏荷："上次你们走了以后，你奶奶让我查了那件事——《呈凤》剧组的杀青宴上，你自己干了什么好事，闹得圈里多少人都听见了风声，你还不承认？"

苏荷憋了憋，说道："那是因为喝醉了。"

"那《燃雪》试镜现场也是喝醉了？"

苏荷惊恐地差点贴到门上，声音微抖："爸，你怎么连那件事都知道了？"

苏毅民气得想踹她："我不但知道，我还清楚人家剧本里原来根本就没有那段！你说说你哪点像个小姑娘家？"

苏荷欲哭无泪地说："那是个意外，但是您和奶奶也不能这么八卦啊，还拿公司特权八卦，这多犯规啊……"

苏毅民："如果不是我们帮你压下来，你以为你能瞒到现在？"

苏荷憋了憋，说："谢谢爸。"

苏毅民看了她一眼，忍了忍，没忍住："所以真不是你强迫商家那小子的？"

苏荷都要哭了："我要是胆子那么大，早就做了，哪还会等到现在？我和商骁真的是自由恋爱……"想起婚姻事实，她又小声补充，"婚内的自由恋爱。"

"那你们谁先告白的？"

苏荷被这个问题一噎，挣扎着抬头："这个重要吗？"

苏毅民皱眉："当然重要，在见到商骁父母前，这些问题你都给我交代清楚！更何况本来就是你先对那小子有意思，如果还是你先告白的，那你们以后的夫妻生活里你还要不要主动权了？"

苏荷一噎，最后只能认命地低声说："如果不算醉酒那次，他先告白的。"

"演唱会上？"

"嗯……"

"你俩这事情眼看是瞒不久了，公布以后怎么办，你想过吗？"

苏荷实话实说："没敢想。"

苏毅民气得想翻白眼："没敢想？你倒是敢先搬去他别墅里住了！"

苏荷可怜巴巴的："那不是我住的公寓被狗仔围了嘛。"

苏毅民一噎，空气凝滞几秒，他叹气道："你出去够久了，回家吧。"

苏荷愕然抬眼。

驾驶座和副驾驶座上的司机、助理再次意外地对视一眼——这三年内，苏家关于长房父女不和的事情已经讨论过太多了，结局更是被设想了无数种，唯独没人想过，苏毅民竟然会是最先让步的那一个。

苏荷更意外了，心神大动而近乎恍惚，她茫然不解地盯着苏毅民，实在想不通到底是因为什么才会让一贯固执强势的父亲突然松了口。

长久的沉默让苏毅民难得感觉到了尴尬，他拧起眉，回头瞥了一眼自己的女儿："怎么，难道你还不想回？"

苏荷下意识地张口："好不容易住进他那里，确实不太想。"

助理在副驾驶座通过后视镜疯狂给苏荷使眼色。

在苏毅民发火的前一秒，苏荷回过神，眼角一弯："不过等到爸你松口让我回家更不容易。我都一个人过三个除夕夜了，冷冷清清的，只能关着灯坐在地板上数外面的烟花，哪有家里热闹？"

苏毅民一愣，原本到了嘴边的训斥不由自主地咽了回去，女儿轻轻松松的一句话，却让他眼前仿佛浮起了画面来。

好一会儿，他闷着气扭过头："苏家小辈里数你性子最拧，活该吃点苦头。"

"是，是。"苏荷故意拖长语调，嫣然笑着，"那还不是像了老爸你吗？"

质感极佳的暗色车窗上，映着邢天老总的老脸一红，最后他还是哼了一声，就再不吭声了。

入了冬，天气转冷，苏老太太换了宅子，搬去了A市远郊西山的地段，仍是清清静静的半山腰，只是这处宅子在后院引了温泉，即便是室外也并不寒冷。在干冷的冬天，这儿实在是个再舒适不过的去处。

因为想着之后可能还要离开，司机只将车停到了露天的停车区。

助理给苏毅民开了车门，苏毅民先下了车。

苏荷刚要跟下去，就听车里的司机叹道：“苏先生跟荷小姐能和好，真是太好了。”

苏荷一怔，莞尔道：“我也觉得。”

“荷小姐这些年在外面一定吃了很多苦，其实苏先生又哪里舍得呢，只是……”司机叹了一声，有些无奈地从后视镜看了苏荷一眼，“如果荷小姐能早些像今天一样，那苏先生肯定早就心软了。这几年，您又何必呢？”

苏荷停住。给苏毅民开车的司机是家里的老人，在苏家有十几年的时间了，苏荷自然知道他说这话并无恶意，是对晚辈的无奈和心疼。

沉默几秒后，苏荷轻笑道：“是啊，其实我也知道也许只要我退一步就好了。”

“既然这样，荷小姐那时候为什么不肯退一步呢？”

她望向车外，尽管是初冬，今天却是难得的好天气，蓝天白云，晴空万里，一丝阴霾都瞧不见。

她仰头看了几秒，突然轻声道：“因为太狼狈了啊。”

“荷小姐……”

“在云端的时候，退一万步也没有什么不可以，因为不管退去哪里，我身后总有人站着，可是那时候……”苏荷轻眨了下眼，散掉眼底涌上来的酸涩，声音也更轻了，“那时候我身后一个人都没有，越是一无所有的境地，越是没办法放弃自己仅有的东西，那时候对我来说，仅有的不能放弃的东西大概就是那点坚持了。”

司机默然，许久后，叹气道：“那荷小姐后悔吗？”

苏荷想了想：“应该后悔过吧……”

在那些一个人过的节日里，只有凉掉的外卖、冷清的月牙、满城不属于自己的温暖灯火，还有一室清寂的昏黑。她抱着膝盖坐在冰凉的地板上，倚着坚硬的床，哼着跑调的歌。自己起床做饭，祝自己节日快乐，再自己用餐，洗漱，抱着自己一个人入睡……怎么会完全没有后悔过呢？

“荷小姐那么喜欢商家的那位大少爷，所以苏先生才会生气，荷小姐为了那位大少爷吃了这么多苦……”

苏荷却突然笑了起来，眼睛都弯成了月牙。

司机愣了下，不解地回头看向苏荷，显然不懂她为什么笑。

“齐叔，其实我爸和奶奶还有你们都搞错了一件事情。”

“嗯？”

“我不是为了商骁吃这么多苦的，我是为了得到他。”

“这……这不一样吗？”

“当然不一样了。”苏荷摇了摇手指，笑道，“为了他，是牺牲和不计得失，为了得到他却是为了我自己。想要得到什么，总是要付出代价的，这不是世上最浅显的道理吗？”

司机怔了怔，才问她：“那荷小姐付出了这么多，值得吗？”

“当然值得，他值得。”

苏荷抬头，看向车外。

从宅子院落里，那人似乎是见了进去的苏毅民而闻讯赶来。他站住身，视线一扫便看见了车里的苏荷，眼神很快便温和下来，连眉眼间的那点冷淡都退去了。他迈开长腿，向着还未下车的女孩走来。

司机也看到了，愣了几秒，下意识地张口道：“原来商家这位大少爷，在荷小姐面前竟然是这个模样的……”

苏荷忍不住笑了，开心得像个抱住了自己最想要的那罐糖的小孩。

她用力地点了点头：“把‘天神’拉下神坛真难啊，不过总算拉下来了。拉下来了，就是我的了。”

终于又听出以前那个苏家荷小姐的乖张俏皮，司机摇头笑了。

几句话里，商骁已经走到车旁，扶着车门微微俯身。

“在聊什么，这么开心？”

苏荷眨了眨眼，实话实说：“在聊你是我的。”

商骁一怔，须臾后，他垂眸，眼神无奈且纵容：“嗯，是你的，你一个人的。”

他俯身，趁苏荷不备，把她打横抱进了怀里。

苏荷在他的话和动作里愣了好几秒，等商骁走到了院门外，她才突然回过神：“我自己走就可以了！”

商骁收紧手臂，压住她的挣扎。

“这片宅子前院的入口是修在温泉上的鹅卵石小路，你穿着细跟鞋，不怕跌进去吗？”

进了院门便有许多或认识或面生的用人，那些饱含错愕惊讶的眼神中，苏荷脸蛋通红，脑袋也像进了糨糊似的。听了商骁的话，她迷糊了两秒，下意识地小声反驳：“我会游泳……”

商骁一停，不由得莞尔：“几位长辈都在里面等了，改天再看你游泳。”

被这句话提醒，苏荷终于回过神——会游泳？她刚刚是不是脑子进水了？

从进门，给长辈们问好，到落座，苏荷紧张得心跳加快了许多。

不提苏老太太和父亲，单是商家的两位长辈，她名义上的公公婆婆，就坐在对面，这已经让苏荷有点呼吸不畅了。

落座之后，她正觉得手脚微凉，却突然感觉指尖一紧，下意识低头去看，却是商骁将她的手轻攥进了掌心。

苏荷扭头去看自己身旁，那人仍是那张冷淡清隽的侧颜，眼帘半垂，从之前问好到此时落座，眉眼间看不出丝毫情绪变化，更看不出来他现在正在她手心轻轻描字——

别怕，有我在。

终于察觉那人在写什么，苏荷不由得心里一软，又有些想笑，因为这个，她心里的那些紧张还真烟消云散了。

苏老太太没有急着开口，晚辈自然不敢先说话，房间里安静下来。这样沉默了十几秒，苏老太太终于扶着拐杖，轻轻拍了拍。

“小苏荷，知道今天为什么让你们过来吗？”

苏荷没想到自己被第一个点了名，闻言下意识地心虚道：“大概知道……”

苏荷在心里已经酝酿起老太太可能的问话和自己该怎么回答，然后却听见安静的室内，苏老太太突然意味深长地问："我听家里人说，刚刚进门，是商骁抱你进来的？"

苏荷一呆。

而长桌对面，商家的两位父母惊讶地抬头，看向了商骁。

第13章

苏荷怎么也没想到，苏老太太出口的第一个问题竟然是这个。她下意识地抬头看向主位，却并没有和老太太的视线撞上——问题是朝着她来的，苏老太太的目光却直直地落在商骁身上。

长桌对面的商家父母也一样，表情里多了几分意外，显然他们也没想到，这个从小便谨礼自守的长子竟然会做出这样的举动来。

直到此时，苏荷才恍然明白苏老太太的意图——她第一句话便把两人关系变化的重心压到了商骁那里，只要商骁先开口，那么之后这场谈话无论方向和结果如何，接受指责或者承受压力的都不会是她了。真是老太太的护短风格啊。

苏荷犹豫了下，她悄悄地在桌下伸出脚尖，轻轻钩了钩商骁的腿。

自认为十分隐秘地做完这些动作，苏荷竭力装作自然地转过头，想给商骁一点目光暗示。只是不等她发出提醒，突然脚踝一紧，被那人压在了长腿与椅子腿之间。几乎同时，她的手被那人从桌下握住，指腹在她的掌心划下轻得叫人发痒的力道。

“别闹。”

苏荷很想跟商骁有眼神沟通的机会，可惜那人除了在桌下握住她，目光一直在几位长辈那里，声音也很平静。

“前院的石路湿滑，是我执意要抱她进来的。如果有逾矩的地方，请奶奶见谅。”

苏荷心道你这样说，奶奶可是想怎么拿捏你就怎么拿捏你了啊。

苏老太太神色不变，视线平移，落到苏荷身上：“是这样吗？”

苏荷迟疑了下，小心开口道：“其实也不全是……”

“嗯？”苏老太太声音极轻，一抬眼皮。

苏荷：“没错，是这样。”

说完她回头看了一眼身旁的商骁，目光无辜。不是她不仗义，实在是老太太积威深重，她不敢。

警告过自己同样有护短毛病的孙女，苏老太太的视线再次落到商骁身上，声音沉静：“上次你们一起回家，我和毅民问过你们的情况，那时候你说你们没恋爱，只是误会，没错吧？”

苏荷在旁边坐着，替商骁无辜——那话分明是她说的。

感觉到苏荷有点蠢蠢欲动，商骁不动声色地收紧指节，将她的手完全包进掌心，同时垂眼，低声应了苏老太太的话。

“最近这段时间闹出来的风风雨雨，桩桩件件都把小苏荷往风口浪尖上推，今天你父母也在这里，当着几位长辈，这件事你是不是得给我们一个解释？”

“是。”商骁应声抬眼，声音平静，“我正在追求苏荷。”

空气一寂。

苏老太太一顿，这和她从苏毅民那里得到的消息显然有很大的出入。苏老太太皱起眉，不动声色地瞥了一眼苏毅民。苏毅民一僵，随即刻意地露出些微恼怒，甩锅地瞪向苏荷。

苏荷无辜地眨了眨眼，回头看向身旁的商骁。商骁垂眸，安抚地捏了捏她的指尖，无声莞尔。

坐在对面的商家父母表情更加微妙了——实在是太明显的一条“食物链”，来之前他们怎么也没想到，自己那个二十年一如既往冷淡的长子竟然真的有被一个女孩俘获得如此彻底的一天。

商盛辉终于忍不住轻咳了声，开口道：“你和苏荷已经成婚三年，怎么这时候说起追求的事情了？”

商骁一顿，黑眸深邃：“本来就该如此，是我晚了三年，理应补上。”他转向主位的苏老太太，低下头，“请您准许。”

苏老太太的眼底终于露出满意的神情，只是她面上并未流露太多。

“之前我就说过，你们小辈的事情，只要不出格，我们这些做长辈的不会插手干预。你要追求小苏荷也是一样的道理。她同意，我们不会阻止。她不同意，我们也不会替你说情。你可懂？”

商骁眼神微动：“我知道了，奶奶。”

苏老太太点了点头：“感情上的事情我们不过问，但礼节名义上，两家长辈总是要插手的。我听家里人提起，小苏荷最近因为你的缘故，在网上很受牵连。造谣生非的，我们一时之间可以帮她压下去，但长久总是不行的。对这个，你有什么想法？”

听到这儿，苏荷终于忍不住了，她挺直腰，语气严肃：“奶奶，这件事我们之前商议过，只是我现在在圈内还缺一份代表作，想等《燃雪》拍摄结束后再考虑公布的事情。”

“那要等到什么时候？”

苏荷犹豫了下：“短的话，五六个月，长的话……”

不等她说完，苏老太太皱了眉，语气稍重：“今天上午的谣言我已经听说了，我们帮你压得了一时，压不了永远，再者，就算真的压下去了，那些流言就能消失，那些人就不会再议论了？”

苏荷还想再开口，苏老太太的目光已经移开，落到商骁那里去了：“你也和小苏荷一个想法？”

商骁沉默须臾，说道：“我不确保，但我会无条件支持她的选择。”

苏老太太皱眉："我不想听虚话。"

商骁抬眸："无论她做出哪种选择，将来要面对什么样的结果，我都不会让她遇到最坏的情况，我会站在她前面的。"

苏老太太笑了一下，眼神却带着些微隐怒："你拿什么保证？论影响力，或许没有人比得过你，但舆论不是影响力能决定的。即便是苏家，毅民手里攥着邢天，同样都不能！真到了那种地步，谁来承担后果？"

苏老太太蓦地敲了拐杖，似乎这番谈话激起了她心底某段压抑的往事，以致老人家罕见地脸色都变了。

苏毅民目光一沉，放在桌边的手无意识地攥紧。长桌对面，商家夫妇似乎也想起了什么，神情微变，对视一眼，最终没有开口。

连商骁都若有所察，唯独苏荷茫然四顾，不懂气氛为何突然沉了下去。

大约半分钟的安静后，商骁开口道："我知道您所担心的，但我不会让最坏的事情发生——在那之前，我可以阻止。"

苏老太太脸色难看："我问你怎么做！"

"隐退。"

房间里骤然一寂，所有人的目光同时聚向开口的商骁。

唯独商骁眼神平静，他轻轻握紧苏荷的手："最坏的结果出现之前，我会宣布隐退。"

余下的话他没有说，也不必说。即便再不关注娱乐圈，如苏老太太这般年纪的长辈，也非常清楚商骁如今在圈内是怎样的地位。

苏老太太方才的话并未作假，单论影响力，他或许不足以使所有粉丝都听取他的所有说法，但隐退不同。如今他在圈内是巅峰，个人发展正值鼎盛时期，往前踏出的每一步都是新的纪录。如果他真在这个时候隐退，即便有天大的舆论风波，也足以被完全荡平。

这就是他的凭仗，能无条件支持苏荷的任何选择，保证她绝不面临最坏结果的凭仗——连苏老太太都无法反驳。

"不行……我不同意。"

安静许久的房间内，最先开口的却是苏荷。她的声音带着自己都没有察觉的战栗，她从商骁那儿抽回手，指尖紧紧地攥进掌心。苏荷抬头看向商骁，嘴唇被她咬得发白，瞳孔轻轻缩起，眼睛一眨不眨地望着商骁。

“我绝对不同意，事情不会发展到那样的地步，任何情况下我都无法接受你因为我而选择隐退！”她的呼吸急促起来，“音乐是你最喜欢的，这么多年你只喜欢它只在乎它，我知道它对你有多重要！如果因为我而放弃它，那我宁可……”

“苏荷。”

苏荷越来越急的声音被商骁打断，她有些失焦的眼抬起，不等找到那人的目光，商骁便抬手安抚地揉了揉她的发顶，低叹一声，似乎还藏着点无奈的笑：

“对，它对我来说确实很重要。”

“那你……”

“但你才最重要。对于我来说，只有你是绝对不能失去的。”

苏荷一怔，下意识反驳：“但是事情怎么会发展到需要你隐退的地步？”

商骁抬眼，看向苏老太太，沉声问：“那件事，奶奶还准备瞒她多久？”

话音刚落，房间里便寂静下来，连苏老太太都沉默了。

这次的沉默显然不同寻常，苏荷茫然地看着商骁，又转头望向主位上的苏老太太。

“奶奶，他说的那件事，是什么事？和我有关吗？”

苏老太太没有急着开口，抚着手里的拐杖，垂着眼在主位上沉默地坐了很久，才缓缓出声：“毅民，你是她的父亲，这件事应该由你来告诉她。”

苏荷心神恍惚，顺着苏老太太的目光看向苏毅民。直到此时，苏荷才发现父亲脸上不知道什么时候露出了十分痛苦的情绪。并不夸张，却很深刻，好像那情绪已经埋藏在他心底太多年，此时被掀开，连带着那些经年的旧伤也一起被揭了出来。

这一瞬，苏荷若有所悟——在她的记忆里，能让父亲如此痛苦的，大概只有她那位早逝的母亲了。

“也罢。”苏老太太轻敲了下手里的拐杖，“小苏荷，你随我来。”

苏荷迟疑地望了父亲一眼，最终还是上前站到老太太身旁，扶着她离开了这个房间。

出去后并未走远，顺着院落里的小径绕了几圈，祖孙俩便到了一处单独的小楼前。小楼里专门负责清扫的用人看到苏老太太和苏荷，迟疑地张了张口。

老太太摆了摆手："你做自己的事情去，不需要在意我们。"

用人点头，拎起花洒转身走了。

苏荷在苏老太太的示意下，进到一楼尽头的房间里。

老太太在她身后开口了："我年轻时身上落下毛病，上了年纪，受不得寒也经不起暑，劳着两代晚辈都随我一年四季地换居处。苏家的多处宅子，风格与设计各异，唯独有一点相同。"

苏荷回头看向老太太，目光摇动。

老太太点头，拍了拍手边的立柜。柜子看起来年代久远，和房间里的其他摆件一样，更像是二十世纪末的玩意。

"就是这个房间。无论苏家搬迁到哪一处，是如何的模样，唯独不变的就是这个房间。"苏老太太合了合眼，叹道，"这房间里的一切摆件，看了太多太多遍，也太多太多年，如今我闭着眼睛都能记住它们每一处的模样……说到底，我们亏欠她太多了。"

苏荷抚在墙上画框边沿的指尖微微一颤："这里是……我母亲的房间？"

"是啊，这是她的房间。这个房间，一动不动，一成不变，已经陪了我二十多年……"

苏老太太的身影轻晃了下，然后走到立柜前，打开最上面的抽屉。里面空荡荡的，只躺着一个旧式相框，相框里的黑白照片上，年轻的女人穿着二十世纪末风格的衣衫，望着镜头，巧笑嫣然。

苏老太太无意识地伸出手指轻轻抚过女人的笑脸，指腹微微地颤。

"邢嫣，是你母亲的名字。"

苏荷的视线在房间里转过几圈，最后走到老太太身旁，顺着老太太的手看向照片。

“我知道，我听家里的人提起过。”

老太太拿起相框，递给苏荷：“你小时候总缠着要看，我不让他们给你看，后来你长大了，不知道怎么也不再提这件事了，真的不好奇吗？”

苏荷迟疑了下，接过来，道：“因为以前每次提，我爸看起来都很痛苦，所以时间一久，我也就不再提了。”说着，苏荷对着相框里漂亮的年轻女人歉意地笑了下，“而且，大概因为母亲过世太早的缘故，我对她没有什么印象，所以……对她的感情不及对您和我爸。”

老太太叹了声：“是啊，她走那年，你还不到两岁。后来，家里所有和她有关的东西都被收到了这个房间里，你就更记不得她了。”

苏荷没有说话，只是望向照片里的女人的目光逐渐疑惑起来。迟疑之后，苏荷还是忍不住抬头问道：“奶奶，这个相片里的人……”

“你看着有点眼熟，是吗？”

验证了某个猜测，苏荷的瞳孔轻缩了下。她下意识地低头，再去以目光描摹那张消逝在岁月里的脸，越来越多的熟悉和记忆里的那张面孔重合，苏荷渐渐睁大了眼睛。

“她是舒雅，二十世纪末国内最年轻的影后，但是后来……”苏老太太幽幽地叹声，“因为几桩莫须有的丑闻，被吸血蚂蟥一样的无良记者群起而攻之，最后因为抑郁症自杀离世。舒雅是你母亲的艺名。”

苏荷脸色煞白：“可是你们以前告诉我她是因病去世的！”

“当然是病。”苏老太太重重地敲了敲拐杖，“她生下你之后便患上了产后抑郁，又碰上那些疯子一样没有人性的败类记者！是他们硬生生把生病的她逼到悬崖边上。舆论是这个世界上最可怕的东西！它能够践踏世间所有法律和力量，把一个人撕得粉碎！”

老太太脸都涨红了，声音也嘶哑起来，那双有些浑浊的眼睛里刻着深沉痛苦的恨意，沉淀纠缠，最后只剩下悔恨和怅然。

“偏偏它又是最容易被误导的，法不责众，就算他们用自己的言语杀了一个活生生的人，只需要在她死后自欺欺人地假惺惺忏悔悼念几句，便能忘了自己扔进井里的那块石头，把自己的一切罪孽抹去……”

苏荷僵硬地站在原地，目光战栗地看着那张照片，她的脑海乱成一团，张了张口，却不知道该说什么，能说什么。

许久后，老太太终于平静下来，重新按住手里的拐杖，低声叹道："我知道你一直不理解你父亲为什么因为你要进娱乐圈就大发雷霆，甚至不惜以赶你离开苏家来威胁你，这就是原因。"

苏荷的眼睫颤了下。

"苏荷，你到底知不知道什么叫人言可畏啊？！"——她还能清晰地记起，父亲说这句话时的震怒和颤抖，那些她从前不知道也不理解的情绪，在此时如同散开的薄雾，一切都无比清晰，于是连痛意也感同身受。

"对不起……奶奶，我真的不知道……"苏荷低下头去，声音有些哽咽。

苏老太太叹了口气，拍了拍她的后脑勺："怎么能怪你呢，小苏荷？一开始就是我和你父亲不让他们告诉你的。这世间险恶，做长辈的，总想把孩子护在温室里，不想让你们受到一丁点委屈。只是我们谁都没想到，你还是和你的母亲走上了同一条路……"苏老太太慢慢露出温和而无奈的笑，"你的那部戏，所有你的镜头，我从头到尾看了好几遍，有时候觉得在你的身上好像能看见你母亲的影子……血缘啊，真是一种神奇的东西，就算我们瞒着，和她相像的那些，仍旧流在你的骨血里。"

苏荷紧紧地握着手里的相框，视线里女人嫣然的笑被泪水模糊了。

苏老太太拍拍她的肩，带着安抚的意味："很快就是你的第二个本命年了。商骁说得对，这些事情也该让你知道了。告诉你没有别的意思，奶奶上了年纪，无所谓了，但是希望你别误会你的父亲。我们都是惊弓之鸟，越是手握资本和权力，越是不敢妄动。你母亲的事情给你父亲留下了太深的阴影，在你的事情上，他难免过于苛刻，你要理解他。"

苏荷压住哽咽，点头道："我知道了，奶奶。"

临近中午，商家父母与商骁、苏荷都留在苏家用餐。

苏宴也过来了，看自己堂姐夫的目光像是在看阶级敌人。只不过碍于商家两位长辈在，他难得按捺着性子，没有明显地表现出敌意来。

餐后，几位长辈到茶室小聚，只剩苏荷和商骁、苏宴单独在客厅时，苏宴终于忍不住了。

落座前，他毫不犹豫地蹭到苏荷身旁，把苏荷旁边唯一的空位占住，然后充满敌意地瞪向商骁。

苏荷莞尔，伸手一揉男孩的头发："小萝卜头，不准欺负我的人，知不知道？"

在姐姐面前，苏家这个最毛躁也最叫人头疼的小魔王一贯尿得很。苏宴被揉得没脾气，瘪了瘪嘴："我是怕他欺负你。姐姐你别怕，这是在家里，有我在呢，他不敢欺负你的！"说着，苏宴挺起单薄的小胸膛，拍了拍。

苏荷被他逗得发笑，不由得抬头望向商骁。那人站在沙发旁，眉眼沉静，长身玉立，似有所察地转回头，对上她的目光。

苏荷伸手，把苏宴抱起来坐到自己腿上，然后拍了拍身旁空出来的位置，笑了笑，嫣然漂亮。

"过来坐。"

苏宴差点被气成河豚，但坐在苏荷腿上，他的两条小短腿离地面有二十厘米左右的距离，再被苏荷一箍，就更没有挣扎反抗的余地了，于是只能气呼呼地瞪着自己的敌人。

商骁盯了苏宴两秒，眼神微晃。须臾后，他按下眼底微躁的情绪，走到苏荷身旁坐下。坐下后的第一件事，就是把苏宴从苏荷腿上拎下来，放到两人之间。

苏宴一蒙，回过神就要炸毛，苏荷却在此时笑着把他按住了。她抬手指了指商骁，问道："谁跟你说他会欺负我的？"

苏宴气鼓鼓的："你看他冷冰冰的，像个大冰块一样！肯定对你不好！而且姐姐你那么矮，他比你高两个头呢，你肯定打不过他！"

苏荷一愣，又好气又好笑，伸手按着苏宴的小脑袋一通蹂躏："好你个小萝卜头，自己还没长够一米三呢，竟开始嫌弃姐姐矮了。"

苏宴被揉得委屈极了，抱着头嘟囔："我没……没说你矮……"

“那谁矮？”

“我，我矮。”

“这还差不多。”

闹够了，看着苏宴鸡窝似的脑袋，苏荷满意地收手。

但苏宴显然还不死心，又凑到苏荷身旁小声嘀咕：“姐姐，我新姐夫呢，你什么时候带他回来？”

苏荷一蒙：“什么新姐……”突然想起这件事的由来，苏荷哭笑不得，想了想又刻意板起脸，“小孩子不准胡说，你哪有新姐夫？”

苏宴不满意地瘪瘪嘴巴。

苏荷想了想，压低脑袋和苏宴凑在一起：“你喜欢祁楼吗？姐姐可以帮你要他的签名呀。”

这次，不等苏宴开口，凑在一起的脑袋上面，响起男人低沉平静的声音：“不行。”

苏荷无辜抬眼，第一时间甩锅给面前的小萝卜头：“苏宴喜欢，而且只是要个签名。”

商骁垂眼：“我帮他要。”

苏宴回神，看看左又看看右，好像受了莫大的委屈，扭过头指着商骁跟苏荷控诉：“你看他那么凶，祁楼总是笑着的！他以后肯定会欺负你的，祁楼不会，姐姐你为什么不喜欢祁楼？”

苏荷被这番童言无忌弄得一怔，几秒后才忍不住笑了：“他才不会欺负我呢，而且……”苏荷伸手指了指商骁，对苏宴轻声道，“祁楼对每一个人都会笑，可是他只对我笑哦。”

苏宴狐疑而充满敌意地看向商骁，审视几秒后，才扭头问苏荷：“真的吗？”

“当然，我会骗你吗？”苏荷眨了眨眼，“只有我欺负他，没有他欺负我。”

原本只是将信将疑的苏宴，闻言立刻撇嘴了：“我才不信呢。奶奶说了，姐姐在姐夫面前是只纸老虎，就算凶一会儿很快也会㞞回去的。”

苏荷笑容一滞。几秒后，她脸颊泛红，恼羞成怒地拎起沙发上的小萝卜头往院里走——

“我才不在家多久，你这小鬼就开始无法无天了？出来给我做引体向上。我告诉你，要是被我发现你这段日子偷懒，那你的屁股可就要遭殃了。”

苏家这处宅子的后院有一片露天塑胶场地，紧靠着主楼，是专门给苏宴做室外活动用的。

商骁和苏荷并肩坐在场地边的长椅上，不远处，苏宴正在苦大仇深地做着引体向上，用苏荷的话说，这是帮助小萝卜头尽快拔高。

看了一会儿，苏荷的注意力忍不住飘去了商骁那儿。她斟酌了几秒，开口道：“上午我和奶奶不在的时候，我爸有没有跟你聊什么？”

商骁倚在长椅靠背上，闻言垂眸：“嗯。”

苏荷好奇：“他都说什么了？”

“关于你的，很多。”

苏荷：“那有没有跟你提什么要求？”

商骁抬眼，眸子漆黑平静：“有，但都是我应该做的事情。”

苏荷一时捉摸不透这句话，正思索着，突然听见商骁又开口了：“但有一件事，我拒绝了。”

苏荷惊讶地抬头：“你还会拒绝？他提什么过分的要求了吗？”

商骁未言，午后温柔的暖阳下，他湛黑的眸子里像是蕴含着微晃的光。须臾后，他垂了眸。

“他说要你回苏家住，我拒绝了。”

商骁重新抬眼，搁在长椅靠背上的手臂微抬，抚过女孩的长发。

“你想回去住？”

苏荷脑子里还混乱着，正要开口，就被那人截走了声音：“不要走，好吗？”

商骁压低声音，带上好听的哑然，他微微向前倾身，那张冷白清隽的面孔在苏荷的眼底一点点拉近放大。

“如果你想家，我可以经常陪你回来看望奶奶……”

在苏荷几乎要合上眼时，耳边突然响起一声："姐姐，我做完了！"

小萝卜头蹦蹦跳跳地过来了。

她哭笑不得地抬眼，随后一怔——那双近在咫尺的最熟悉不过的黑眸里，第一次浮现了少见的躁郁情绪。转过头，呆了两秒，苏荷接住扑过来的苏宴，看着男孩得逞的小魔王笑容，她忍不住扑哧一声笑了出来。

与此同时，塑胶场紧邻的主楼二楼。

坐在阳光房内，除了已经午休的老太太，三位长辈正喝着茶，看着楼下发生的这一幕。

三人都若有所感，最终是骆晓君先开了口。她望着楼下两大一小的场面，淡淡一笑："乍一看，还真像是一家三口。"

商盛辉点头，苏毅民则犹豫了下，微微摇头："苏荷年纪还小，急不得。"

尽管这样说，他望着楼下的目光依然是让人陌生的慈祥。

窗外楼下，苏荷终于止住笑，眉眼却仍弯得月牙一样。

苏宴非常得意，不过他还是有些怕这位不言不笑的姐夫，所以得意了一会儿他就扭头去跟苏荷邀功："姐姐你看，我就说他会欺负你的！"

苏荷好笑地问："这就是欺负？"

苏宴用力地点头："当然了！所以你得离他远点才行！"

苏荷莞尔，伸手揉了揉他的头发，不跟这个小鬼计较。

苏宴趁苏荷没注意，扭过头冲商骁吐舌头做鬼脸。他本以为这个姐夫一定又像以前一样，什么反应都没有，冷冷淡淡的，看他的目光像是看石头。

然而苏宴发现自己错了——和他对视两秒，商骁单手搭着椅背倚坐在那儿，默然片刻，竟轻勾了下唇角。那笑非常冷淡，冰雪似的温度，衬上那双漆黑的眸子，看得苏宴情不自禁地哆嗦了一下。

那人薄唇微动："苏荷。"

苏荷茫然回眸，对上一张冷淡勾人的面孔，那双眸子望着她，专注深情，薄笑隐熠其中，白净修长的手掌伸向她。

被那人蛊惑，苏荷鬼使神差地搭上指尖，然后手指被蓦然攥紧，向前一拉，她被拉进他的怀里。

呆了几秒，苏荷错愕抬眼："商……"

余音未尽，她的视线里，男人指节修长，慢条斯理地拽松领带，再扯开大衣内白色衬衫的领扣，垂眸，一笑艳杀。

"不是要欺负我吗？"

几秒后，二楼。

"噗咳咳咳咳——"

呛了茶水的三位长辈差点把肺咳出来。

第14章

再回到客厅时苏荷发现，坐在单人沙发上的老爸看向她和商骁的目光非常不善，还黑着脸。

另一旁，商家的两位长辈虽然面上仍是和善的微笑，但看向商骁的目光也隐隐闪着微妙，像是发现了新大陆一样。

苏荷做贼心虚，下意识回头去看商骁的白色衬衫领口有没有沾上口红之类不该出现的痕迹，所幸没有。她松了口气，转回来，只当此时令她觉得诡异的气氛是自己刚刚做了“坏事”而疑神疑鬼的错觉。

等老太太午休起了，晚辈们做了告别，便前后离开了苏家。

商家长辈乘自家的车先走，临上车前，骆晓君似乎想起了什么事情，转头看向过来送别的商骁和苏荷。

“戴家的那个小女儿，你们还有印象吗？”

原本乖巧站着的苏荷身影一顿。

商骁皱眉：“戴家的小女儿？”

苏荷回过神，在他耳边小声提醒道："戴诗茜，当初跟你同一个音乐学院的那个。"

骆晓君点点头："是她。她上个月刚从国外回来，前几天领着未婚夫上门拜访我们，还问起你们的事情。你们小辈以后总是一个社交场上的，关系别闹得太僵。两边长辈帮你们安排，这个月抽出时间，和他们吃顿便饭吧。"

骆晓君都开口了，商骁和苏荷自然只能应着。目送两位长辈上车离开，苏荷松了口气，并未吱声，只是眼神垮了下来。

王思言早就安排了JA的车来接，两人前后上了保姆车，并排落座，车开了出去。

苏荷正心思沉沉地想着事情，突然听见耳边商骁问她："戴诗茜是谁？你听到她的名字之后，似乎有些不高兴？"

苏荷噎了两秒，抬头道："你真不记得她了？"

"我应该记得？"

苏荷无意识地鼓了鼓嘴巴。这个动作有点孩子气，只有在极度烦躁的时候她才会无意识地这样做，原本好看凌厉的五官也会被这一点小习惯染上俏皮可爱的味道。

商骁眼底掠过一点极淡的笑意，抬手捏了下女孩的脸颊。

"不要生闷气。"

"我没有。"

苏荷被捏回了神，脸皮薄得很，有点不好意思就红了两颊。只是很快，她眼里亮起光，不同于平日的明艳，此时更像只被踩了地盘的小老虎磨起爪尖时颇具攻击性的模样。

"她跟你同校，比你低两届，唱歌特别好听，各种乐器都很擅长，算是圈里有名的才女了。而且你在音乐学院那会儿，你们学校都说……"苏荷顿住。

"说什么？"

苏荷憋了憋，伸手扒拉一下额前的头发，视线飘开了，在心里对着空气不甘心地挠了好几爪后，她才嘀咕道："说你们郎才女貌，天生一对。"

商骁怔了两秒，再看女孩从父母离开后就有点闷不住恼想炸毛的模样，哪里能不懂她是为了什么，商骁低笑了声。

苏荷："你还笑？"

她忍不住想往上扑，把那张漂亮冷淡的脸挠花了才好，只是到底记得驾驶座和副驾驶座还有两个竭力降低存在感的外人在，苏荷忍了忍，把冲动压了回去。

商骁却看穿了，伸手钩住女孩垂在座椅扶手旁的指尖："过来。"

苏荷狐疑地看了他一眼，犹豫了0.1秒，在对方的主动示意下，苏荷没能忍住，起身猫着腰蹭了过去。

这辆保姆车的真皮座椅算是宽敞，但单人座里想容下两个人并排坐显然是不可能的。托某人一贯无底线纵容的福，苏荷指尖攀上那人的袖口，几乎是驾轻就熟地便窝进了他怀里。

商骁放任女孩在怀里不知道是委屈还是借着委屈揩油地蹭了两下，他低下头，抱紧女孩。

"只因为他们传言的那一句话？"

苏荷从他怀里抬头，脸蛋微绷："这句话还不够吗？"

"我是你的。"

苏荷脸一热，装没听到："所有人都说，你们两个是音乐学院最杰出的学生。"

"我是你的。"

"他们还说你们是学校真正的金童玉女，都有极好的音乐天赋，站在一起像是天造地设。"

商骁哑然一笑，垂了眼，俯身向前，吻了吻女孩的耳垂，然后退开一点距离，声音低哑，近在咫尺，像是轻叩在耳膜上。

"可我已经是你的了，苏荷。"

到底还是承不住这么近距离下的低音炮，苏荷低下头，露在长发间的耳垂红通通的，手指攥紧了男人的衣襟。

"你这是犯规……"

"那有用吗？"

沉默半晌，车里终于响起女孩闷哑的声音:“有用。”

商骁垂眸望着怀里的人，哑然失笑:“如果你不想见她，那我们就不去了。”

苏荷差点一口答应了，只是理智回过神，她蔫蔫地趴下去:“不行，都已经答应了，再说不去会显得太小气，我可不想给你母亲留下那样的印象。”

商骁默然两秒，莞尔道:“有我在。”

苏荷在心底叹气，就是有你在，我才不放心。

《燃雪》的拍摄正式开始后，苏荷和商骁的行程重叠便多了许多。网上相关的帖子被删除，那些还未来得及掀起的议论也被暂时压了下去。一切恢复平静，但又让苏荷有点不安。此时的平静，在苏荷看来更像是暴风雨来临前的宁静，预示着之后更大的风浪。

在她担心的事情发生前，骆晓君提起的与戴家小女儿戴诗茜和她未婚夫的会餐先来了。

晚餐安排在A市一间高级西餐厅。由于商骁和苏荷的特殊情况，骆晓君提前预约了包场，餐厅的侍者也换上了值得信任的专业人员。因此，即便是看着商骁与苏荷一同出现在餐厅内，迎接的侍者也是连微笑都保持得丝毫不变。

在对方的接引下，商骁和苏荷走到整间餐厅的最佳位置。戴诗茜与她的未婚夫已经到了。

“商先生，苏小姐。”戴诗茜起身，笑意盈盈地给两人介绍，“这是我的未婚夫，卢彦清。”

商骁和苏荷回了问候。

不知道是不是苏荷的敌对心理作祟，她只觉得戴诗茜的目光甫一触及自己身旁的商骁时，蓦地亮了一下，随后她真挚了许多的笑容更让苏荷心里不爽。但苏家多年教养出来的社交礼仪仍是要守的，苏荷只能按捺不发，装作没察觉什么，坐进商骁给她拉开的高背椅。

落座之后便是苏荷最厌烦的客套环节，明明多年未见，关系更接近于陌生人，偏要一副至交好友的模样，状似熟稔地谈那些虚泛的东西。

在这一方面，四人表现得很是泾渭分明——不同于侃侃而谈的对面两人，商骁与苏荷寡言少语，只做礼节性的回应，不过两人一个是天性冷淡，另一个则是懒得搭理。

不知道是不是察觉了这一点，戴诗茜的未婚夫卢彦清主动将话题移到了两人身上。

“我和诗茜是年初订婚的，不知道商先生和苏小姐是什么时候定下的婚约？”

提及这个，苏荷手里的刀叉一停，莞尔一笑：“三年前。”

卢彦清很惊讶：“那么早就订婚了？我记得诗茜说过，苏小姐还比诗茜小一岁呢。”

戴诗茜闻言笑了起来：“彦清，你可别搞错了。苏小姐和商先生三年前因为一些特殊原因，是结婚而不是订婚。”

“啊？真是抱歉，我回国不久，对于两位的情况不太了解，差点闹了笑话。”

苏荷目光闪了下：“没什么，毕竟并非熟识，不了解也正常，卢先生不必放在心上。”

卢彦清好奇地问：“三年前，苏小姐应该刚满二十岁吧？是什么原因让两位那么早就成婚了？这情况在我身边还从未有过呢。”

苏荷一顿，刚准备简言带过，就听对面的戴诗茜轻声笑道：“你这个问题可是问到点子上了。真说起来，这个故事得算是圈里的一桩小传奇呢，只不过知道的人不多就是了。”

“嗯？怎么说？”

戴诗茜：“商先生其实是我大学时的学长，只是他和我们这些普通学生不同，在校时已经是得过许多教授盛誉的风云人物了。后来，学长第一张专辑便一曲成名，未及毕业就提前离开学校，并未完成大学学业。三年前，他接到国际最顶尖音乐学院的邀请，于是想选择出国进修。”

说到这儿，戴诗茜微笑一停，抬眼望向对面，似乎想从商骁那儿获得什么回应。只可惜，商骁自始至终神色冷淡，视线根本没在她身上停留过哪怕一秒。

戴诗茜眼底笑意微滞。

卢彦清又问："那和苏小姐有什么关系？"

戴诗茜收回视线："刚刚忘记说了，学长选音乐这条路其实家里并不支持，后来他想要出国进修，商家两位长辈自然不会同意，于是摆在学长面前的只有两条路——事业自由或者婚姻自由。学长自然选了前者，所以……"戴诗茜没有说完，到此停住了声音。

卢彦清像是对微妙起来的气氛毫无所觉，甚至笑了起来："原来如此。不过商先生应当算是幸运的了，有这样卓绝的天赋，又恰好与喜好相合，最重要的是，生在像我们这样的家庭，多数人的婚姻和事业往往都不是自己能够决定的，商先生至少还能选择其中一个。"

戴诗茜笑着接话："当然。学长的天赋在我们学校也是从未有过的，直到今天还有教授喜欢在课堂上说起学长曾经在校时的创纪录事件呢。"

卢彦清玩笑道："不愧是天神。"

戴诗茜推了卢彦清一下，轻笑道："你还要谢谢苏荷小姐才对。如果不是当时我在国外，接到消息时已经晚了，那按两家的关系，先提出与学长联姻的很可能就是我了。"说着，她微微一笑，抬眼看向对面的苏荷。

苏荷手里的刀叉再次停住——这次应该不是她多想，毕竟戴诗茜眼底挑衅的情绪已经毫不掩藏地表露出来了。

苏荷若有所察，看向身侧，果然见商骁神色冷淡地坐在那儿，对戴诗茜一番煞费苦心的演说毫无反应。苏荷都想笑了，连忙撇开脸，去拿桌上的红酒杯掩饰笑意，只是她刚摸到高脚杯，指尖就被一只修长白皙的手覆住了。

苏荷呆了下，抬眸，却见方才对戴诗茜全然淡漠的男人此刻正俯身过来。

商骁垂着漆黑的眸子，安静又无奈地看她："今晚不是在家里，你这点酒量，不要喝了。"

苏荷无辜地眨了下眼："我可以的。"

商骁不言语，只按着她的指尖望着她。

苏荷从那双漆黑的眸子里看不出什么，但她知道如果换成郭如此时在这儿，大概会气极了张口就是一句"你可以个屁"撑回来。

苏荷被自己想象的画面逗得想笑，转过头回忆了下之前侍者拿软布扶着红酒瓶口倒酒时，瓶身上掠过的标识，还有层叠细密的馥郁酒香。

苏荷眼睛微亮，迟疑几秒，她转回头，可怜巴巴地看向商骁，空闲的手抬起来，竖起一根纤细葱白的食指。

“一点点，我保证。”

商骁垂眼，无奈地压低声音：“你的保证不会有用。”

苏荷的表情更无辜了。

商骁和她对视几秒，最终还是妥协地松开手，收回时，他再习惯不过地抬手在女孩头顶轻揉了下：“那待会儿就算要疯，至少忍到回家。那时候随你闹，好吗？”

苏荷眼睛一亮，点头如啄米。

与之相对的，是戴诗茜微微发青的脸色。

等商骁坐正身子，戴诗茜已经调整好神情，宛然笑着对商骁说：“学长从前在学校冷淡得出名，没想到结婚以后对苏小姐这样体贴，不知道要叫学校里多少女生悔青了肠子，懊恼以前没有像苏小姐一样追着学长呢。”

商骁眼神一沉，掀起眼帘，神情冷淡如冰雪：“戴小姐，有件事情你说错了。”

戴诗茜一愣：“什么？”

商骁：“卢先生不必感谢我妻子。因为三年前，如果向商家提出联姻的不是她，那么其他任何人，我都不可能同意。”——你也一样。

戴诗茜听出了那毫不客气的潜台词，手里的刀叉捏得紧绷，指尖苍白得失了血色，眼神里也藏着不可置信。过了几秒，她才终于回神，仓促地掩饰住自己的失态。

她身旁的卢彦清却好像对自己未婚妻的情绪变化毫无所觉，连眼神都不曾改变过。

苏荷抿了一口红酒，品过酒香后，却又觉得这样的场景让珍贵窖藏的红酒也变得索然无味。悲哀的同时，她又有些庆幸。毕竟是社交场上的交道，又都背负着几家间绵延了几代人的交情，所以交锋至多点到即止，不会完全撕了对方的面子。

在那个显然过于敏感的话题结束后，四人很快恢复到生疏客套的寒暄。生疏没关系，至少不会冒犯。

又煎熬了个把小时，这顿晚餐终于在四人的默契中宣告结束。唯一的遗留问题是，桌上整瓶的红酒，商骁一滴未沾，卢彦清浅酌了一杯，余下的大半瓶进了两位女士的杯子。有人是全靠酒杯挡一些自己不喜欢的话题，有人则更像是借酒浇愁。

于是，两边分离时，女士们眼神微醺，视线交集处却是电光石火，不过没能交集多久。

苏荷起身时身形轻晃了下，她下意识地扶住桌边，声音轻软："哎呀……好像醉了。"

对面刚要离座的两人一顿。戴诗茜脸上露出嘲弄的表情，卢彦清平静了一整晚的眼底倒是起了一点兴味，他看向商骁："苏小姐好像有点醉了，需要我帮两位……"

"不必。"商骁垂眸，目光格外冷淡地看了他一眼，"失陪了。"

商骁走到苏荷身旁，扶住女孩的肩，犹豫了下最终还是在女孩的一声轻呼里，俯身将人抱了起来，大步离开了。

望着两人的背影，戴诗茜眼底纠缠着复杂又嫉妒的情绪，最后凝成一声冷哼："传闻苏家的这个女儿最是得长辈娇惯，今天看了果然是不识礼数，竟然连商骁都被她带的……"

卢彦清微笑着，看都未看她："最先挑衅的不是你吗？"

戴诗茜语塞。

卢彦清："我倒是觉得圈里有这么一对，才算有点意思。"

路上折腾了半个小时，苏荷和商骁终于回到别墅。

临下车前，JA的司机忧心忡忡地问："骁神，要不要我帮您？"

"没关系。"商骁把在车里昏睡的女孩抱下车，"明早推迟一个小时再来。"

司机："好的。"

趁着夜色，商骁抱着女孩踏上别墅门前的台阶，然后把人放下来，拿钥匙和密码解了门锁。

房门"嘀"的一声，靠在他怀里的女孩却醒了，眼睛倏然睁开，像是被按下了某个按钮一样。

"到家了？"

如果不是借着门前的感应灯看出女孩乌黑的眼里焦点未定，商骁大概都要被她蒙骗过去，以为她真的清醒了。

"嗯，到了。"

"那……我可以胡闹了吗？"女孩低着头，认认真真地轻声问。

喝醉了还一本正经地努力绷着脸的模样，实在可爱。商骁不禁莞尔："外面冷，别受凉了。先进门。"

"哦……"尾音被拖成长调。

女孩两步迈进门内，商骁刚踏入半个身子，就见面前的女孩突然转过来，"砰"的一声闷响，商骁猝不及防地被苏荷压在了敞开的门上。

商骁没有动。女孩踮着脚尖凑上来，呼吸里带着轻软的酒香，跟着，商骁的唇上一疼。

"你……又去勾搭坏女人……"像小老虎似的，女孩嗓子喑哑着咕哝道。

商骁放任她折腾了一会儿，等她退开才抬手蹭了下唇角，再垂手时白皙的指节上有一抹艳丽的血色。

他垂眼，轻笑了声，纵容到了极处："又？"

女孩似乎是被酒意催得累了，靠在他身前，声音轻而低软，有道不尽的委屈："你大三的时候，就……你们一起在台上……"

商骁回忆了下，仍旧对戴诗茜全无印象，只在苏荷不满的声音里，记起那年偷偷溜去他学校的小姑娘，站在台下无数的人里，眼巴巴地望着自己。现在回忆起来，"星河溺我"这一句，分明是她说反了，她的眼睛里才像是藏着星星。

那时候和他同台的人里，原来有戴诗茜吗？

商骁不在意地挥散这个念头，扶住快要站不稳的女孩，低声安抚："我没有，以后也不会。"

苏荷沉默了，就在商骁几乎以为她已经睡过去的时候，才听见她轻声开口道："你会不会……讨厌我？"

商骁一怔："为什么我会讨厌你？"

"因为我特别容易吃醋嫉妒……可我希望你能知道，那不是因为我心眼小，只是因为我已经偷偷地看了你那么久，嫉妒难过了那么久，现在终于能名正言顺了，我恨不得全世界都知道你是我的……我一个人的……"闷了几秒，苏荷的声音更低了，"好吧，我还是心眼小……但我只对你心眼小。"

夜风从他们身旁吹拂而过，风里带来夜色深处遥远的歌声，还有不知何处而来的欢言笑语，而这几盏浅黄的灯下，却格外安静。

很久以后，苏荷只听到一声低低的喟叹："苏荷……"

第二天一早，苏荷是被自己的电话铃声吵醒的。她头昏脑涨地摸过手机，刚接通电话，就听到对面歇斯底里的喊声——

"老板你昨晚都干了什么？你们同居的事情被曝光了！"

苏荷茫然而缓慢地眨了下眼睛，麻木的脑袋在"昨晚""同居""曝光"这几个字眼上做了长久的沉思和停顿，然后抬起头的苏荷惊恐地抱住怀里的被子，目光呆滞地扫视着自己此时此刻所在的房间。

眼前陌生的一切吓掉了她手里的手机，她从床边弹起，落到地毯上，顺着地毯望过去，深海一样的蓝色壁纸，冷淡风格的室内设计，浅灰色的被子，还带着一点淡淡的清香——被子上的熏香绝对不是负责她房间的用人阿姨惯用的那种，更像是她偶尔在商骁的衣衫上闻到的。

苏荷心里一哆嗦，她为什么会在商骁的房间？她昨晚又做什么了？不等苏荷从乱成一团麻的思绪里捋出线头，主卧的房门被敲了下，随即被推开，一身黑色居家服的商骁走了进来。

"醒了？"

他声音平静，像是什么都没发生一样端着木制托盘走了进来。

如果不是苏荷耳边还回响着计安安刚刚在电话里咆哮的声音，她大概要以为自己像那些小说里的女主人公一样，一个失忆就穿越到几年后的老夫老妻生活里了。苏荷一边想着，一边慢吞吞地抱紧被子，想了想还是朝着走来的商骁露出一个乖巧的笑容。

“我昨晚……”

等那人走到近处，苏荷才看见商骁被一身黑色缎面的家居服衬得冷白而修长的颈上，分明落着几处或深或浅的淡红印痕，格外扎眼，像是在昭示着苏荷昨晚犯下的累累罪行。

声音和笑容一起夭折，细思几秒，苏荷的目光越发惊恐，扭头看向身旁的床，倒是看不出什么太明显的痕迹，所以她昨晚到底是做了什么还是没能做什么？

在苏荷深陷怀疑人生的情绪中时，商骁已经停在床边，把手里的托盘放到床头柜上。

“家里的阿姨给你熬的解酒汤，先喝了再下楼吃早餐。”

这人好像什么都没发生过似的云淡风轻的模样，让苏荷属实想不通，如果不是那几处印痕实在太过扎眼，苏荷觉得自己都快被他迷惑了。

默然几秒，苏荷抱着被子轻声问：“我昨晚怎么没回自己房间？”

商骁起身的动作一停，须臾后，他垂眼，眸子里染着似笑非笑的轻浅情绪：“断片儿了？”

苏荷心虚地挪开眼，竭力避开她的犯罪痕迹：“好像……是有一点。”

“你昨晚说没有见过我房间是什么模样，所以要进来看。”

商骁侧身坐到床边，把手里的汤碗递给苏荷，苏荷心虚地接过来。

“那我有没有做什么不该做的事情？”

商骁想了想，摇头道：“没有。”

如果不是他领口的红痕实在扎眼，那这番话的可信度大概还能再高一点……苏荷的目光向上，落到商骁脸上，他的唇上还能看出一点被咬破的痕迹。

苏荷蔫了下去，低下头，咕嘟咕嘟地把解酒汤喝掉，皱着眉心说：“明明做了很多……下次我再犯错，你就把我关进小黑屋好了，不要惯着我。”

商骁眼神微停，不动声色地抬起手腕要接那只碗。苏荷犹豫了下，递给他，却被对方连手一起握住，按在床边。商骁顺势前倾，俯身吻掉女孩嘴角那点酸甜的解酒汤。

苏荷一怔，茫然地眨了下眼。

商骁一停，直回身，垂眸望着她：“这是‘不该做的事情’吗？”

苏荷下意识地摇摇头。

商骁莞尔，抬手揉乱她的长发：“那你有什么内疚的？”

“可是咬破了……”

“没关系。”

“会疼的。”

“那下一次对我温柔点？”

苏荷莫名红了脸颊，沉默几秒，小声嘀咕道：“商骁，你这样会把我惯坏的，以后我总欺负你怎么办？”

“那就随你欺负。”

初冬的阳光溜进落地窗，恼人得叫人脸颊发烫。

手机被商骁收缴，等到吃过早餐，苏荷才终于把手机拿了回来。

商骁将手机递还给她，问：“邢天和JA那边已经在做公关方案了，你现在看不会有任何帮助，即便这样也还是要看吗？”

苏荷点头：“我总得知道我把事情闹到什么地步了才……”

话没说完，苏荷一不小心咬了自己的舌尖，疼得眼里瞬时就起了一层水雾，却顾不上，慌忙定睛去看自己打开的微博热搜界面，前三条都是火爆状态——“商骁同居女友曝光”“商骁与神秘女友别墅前热吻”“苏荷和商骁”。

苏荷心里一抖，点进第一条，热门微博的配图是九宫格。大约因为夜间远距离拍摄的缘故，照片并不清晰，但借着门廊的灯光，仍能看出前面几张照片里，被踮着脚尖的女孩推在门上亲吻的男人正是商骁。后面几张则是局部的放大图，有男人被女孩按着手肘，攀着臂膀压在门上的被动姿态，也有他垂着的左手手腕上露出的那条串着玉珠的黑色手绳。

评论区里疯了一片。

“我可以！放开他让我来！”

“我已经知道他有女朋友了，为什么还要放这种虐狗照片出来再杀我一遍？”

“竟然已经同居了呜呜呜，我最后一点自我安慰的希望也破灭了……”

“天神会被压在门上亲？这些照片确定不是后期做的？”

“感觉照片里的天神根本不主动啊，都是他女朋友主动的，说不定天神对他女朋友感情不深呢……”

“上面的姐妹醒醒，别做梦了，天神是什么性格，从出道起不管跟谁站在一起，永远是莫挨我的冷淡脸，更别说是被人压在门上亲了，那宠溺劲都快从照片里溢出来了好吗？！”

“姐妹别说了，让我安静地哭。”

“我好嫉妒！我不管！只要没人站出来承认，我就当照片里的那个女人是我！就是我亲的！”

“楼上的姐妹但凡吃一粒花生米，也不至于醉成这样。”

“难道只有我一个人觉得这个照片里的女人背影有点眼熟？”

“你不是一个人，但是我不敢说……”

“我刚刚找来苏荷的一张剧照比对了下，这也太像了吧……”

“十八线麻烦别来蹭热度，都蹭成二线了还不够？没完没了是吧？”

“抱走荷荷，我们不约！”

起初质疑的声音并不高，但随着时间推移，越来越多的网友开始注意到苏荷和商骁的神秘女友在身形、背影和侧脸上的相似度，而一众营销号也纷纷开始做细节对比图。于是，原本在第三位的“苏荷和商骁”很快便跳居热搜第一。

热门微博下，X光和近段时间以来逐渐初具规模的“荷叶”撕得不可开交。苏荷的粉丝基本都在为苏荷的实力和作品正名，顺便骂那些说苏荷蹭热度的。而X光，一部分在怒骂苏荷仗着商骁照顾不断蹭热度，还有一部分怀疑照片里的神秘女友就是苏荷，剩下的一部分在真相不定，不发表意见的佛系心态下，为商骁的新专辑《镣铐》做宣传。

直至一篇热门文章冲进众人的视线，好巧不巧，这篇文章的作者正是不久之前为林菡事件洒上最后一把土的那篇文章的作者。林菡事件之后，这位作者已经很有公信力，他的文章一出，顿时把许多人的焦点都拉了过去——

“致X光和荷叶：

“是爱蒙蔽了你们看清真相的眼。

“今早一醒来就发现微博首页被天神和他的神秘女友还有苏荷的消息刷了屏。关注的人太多，博主也忍不住看了起来，你们也知道，博主这里别的没有，圈里的八卦资料却是随手收集，闲着没事翻了翻这两位的资料册，还真被博主发现了一点不得了的东西。既然要说这两人，那自然得从他们的交集捋起。远的不说，就从天神归国开始。

“首先，X光都清楚，天神在圈里是出了名的冷淡，跟任何男星女星同台都是无差别的面无表情对待，而他的第一次实质性绯闻，就是归国时在机场，与林菡有了长达十秒的对视。从两人之后的交集来看，天神对林菡应该是只有恶感没有好感，按道理不可能会跟她在机场有十秒钟的对视，那她有什么特别的呢？

“博主认为，她对于骁神来说最大的特别之处，就是和苏荷长得相似。换句话说，骁神之所以在机场和林菡有长达十秒的对视，因此闹出了他生涯里的第一桩绯闻，完全是因为林菡和苏荷长得相似！

“另外，与今天这桩新闻类似的事情以前就发生过，只是可能大多数人已经忘了——早在骁神归国之初，就有人拍下了骁神与神秘女子在会所私会的照片。只不过那几张照片比这回的还要模糊不清。但即便是这样，大家应该也记得，当时第一时间被怀疑的就是林菡。现在我们知道了，林菡是个错误答案，那你们觉得正确答案是谁呢？

“其次，从未接过任何影视剧角色的骁神，今年竟然在发新专辑的百忙之中客串了一部古装剧《呈凤》。这部剧里苏荷饰演女配角。从未参加过任何综艺，哪怕只是特邀嘉宾的骁神，今年还在百忙之中参与了《穿越，异世界！》的录制。

这部综艺里苏荷是固定嘉宾之一。从未接受过颁奖礼邀请的骁神，今年颁了一个奖，获奖的人刚好是苏荷。这可真是巧啊。

“还有，骁神那颗天神之痣旁边的咬痕，我想应该没有人能忘记吧？那件事之后，所有的舆论都指向了与骁神合作拍摄MV的国外女星，然而新专辑已经出了，MV你们也看到了，里面压根没有什么合作的女星。博主通过个人渠道，得知事发那天晚上，刚好是《呈凤》剧组的杀青宴，宴会后似乎发生了一点很了不得的事情，只不过对于这件事，《呈凤》剧组上下守口如瓶，没人肯说那晚的事情。我觉得有点微妙，你们觉得呢？

“最后，骁神的微博冷冷清清了多少年，最近却格外热闹，从点赞林菡不如苏荷漂亮的微博，到转发“来抱”为苏荷撑腰，更有前不久的冲冠一怒，这么算起来，骁神的微博简直可以换个名字了，就叫‘苏荷粉丝应援团团长’怎么样？

“综上，虽然两方团队从未否认两人相识，一直只说是颇有渊源的前后辈关系，但是博主整理完这一年来两人间的无数巧合之后，是不太相信这个说法的，你们信吗？”

这篇文章一出，如同火上浇油，舆论瞬间炸开了锅，下面的评论分成了泾渭分明的两派。

一派坚信苏荷就是商骁的神秘女友，另一派则以全文揣测，毫无证据为由怒骂博主蹭热度，更有人开始怀疑这个博主上次打击林菡，这次却力捧苏荷，分明就是苏荷团队的营销号。

一时之间众说纷纭，偏偏谁都拿不出坚决有力的证据，于是苏荷与商骁的话题热度，连续两日在全网高居不下。

苏荷被困在了商骁的别墅里。

同居的照片曝光，自然说明已经有多家媒体盯上了这里，外面不知道有多少人正守着所有出入口。苏荷此时如果离开，那和不打自招基本没什么区别。所幸《燃雪》里她的戏份拍摄已经告一段落，剧组给她准了特殊假期，于是她只能藏在别墅里。

苏荷无聊又忐忑地度过一整天后，计安安装作商骁身边的工作人员，进到别墅。

苏荷抱着抱枕，仰在沙发里生无可恋地哼哼："连窗帘都不敢拉开，我感觉自己快要长毛了。"

计安安抱着胳膊站在沙发后，冷笑了声："老板你说这得怪谁？和你说了多少遍，就你那一滴倒的酒量，能不碰酒就千万别碰，你可倒好，喝高了也就算了，还直接把人推在门上亲。"

"停，这个话题跳过去，不要再勾起我那晚的羞耻回忆了……"

苏荷把自己翻了一面，脸埋进沙发里，露出来的耳朵泛着红。

计安安毫不留情地嘲笑她："老板，这会儿您还羞耻什么呢？全国网民都看见了。骁神这两天唇角有块伤，又是您干的吧？"

苏荷选择装死。

计安安没再捉弄苏荷，拎着包坐到苏荷身旁，把包里的平板电脑翻出来，叹了声气："幸亏郭姐知道你是老总的宝贝闺女了，不然闹出这么大的事情，郭姐非撕了你不可。"

苏荷负罪感深重地抬头，小声问："公司里怎么样了？"

"您猜呢？"计安安瞥了她一眼，"经纪部、公关部、行政部，几个部门忙得颠三倒四。牵扯到天神，又是头一回这么严重的情况，虽然老板你还没升一线，但是已经有超一线的影响力了啊。"

苏荷蔫蔫地埋下脸："辛苦他们了。"

"辛苦的不只是他们，还有你可怜巴巴的小助理，我。"计安安趴过来，指着自己的下眼睑，"你瞧瞧我这黑眼圈，都快掉到膝盖上了。从昨天早上闹出事情来，你的微博就没消停过，我负责删评论删得手腕都快犯腱鞘炎了，觉也睡不安稳。"

苏荷良心不安地刚准备宽慰两句，就听计安安郑重地开口道："不过我想好了，我这也算是跟着元老级别的人物了，只要老板你以后大火起来，我负责抱大腿就行。"

苏荷笑着推开她。

计安安翻着苏荷微博下的评论："不过老板，有件事得恭喜你。"

苏荷茫然地抬眼。

计安安："你和骁神有CP粉了，人数还不少呢。我听说好些人是看了那个同人文跑来的，粉头就是之前给你和骁神写同人文的流年。不过他们目前比较惨，左边X光，右边荷叶，两头挨骂。"

"流年？"

"对啊，老板你把她忘了？就是《冷酷天神的十八线小娇妻》的作者。"

苏荷磨了磨牙："你别提那个标题，一个字都别提。"

计安安促狭地笑着，还没等她说话，手里的平板电脑突然响了一声。

计安安皱眉道："啊……"

苏荷："怎么了？"

计安安："它这两天日夜操劳，没电了。"

苏荷："辛苦了。"

计安安目光一扫，瞥见苏荷随手扔在茶几上的手机，便拿了过来。

"老板，我先用下你手机啊，删一删评论。"

"用吧。"苏荷仰在沙发里，有气无力地回答她。

计安安拿苏荷的手机点开微博，再登录苏荷的大号，然后便抱着苏荷的手机窝在沙发里开始删评论和恶意私信，她已经锻炼得炉火纯青宠辱不惊，删起那些恶意辱骂的私信时眼睛都不眨一下。

敬业地工作了半个小时，计安安才从沙发上起身："老板，我用一下你洗手间啊。"

苏荷应声，窝在沙发里坐了几分钟，手中拿着的《我与地坛》不记得看完了多少遍，合上书收到一旁的书架里，才发现计安安还没出来。

百无聊赖之下，苏荷拿起茶几上的手机，打开的刚好是热搜界面，苏荷下意识滑了一下，界面刷新。她原本只是随意一瞥，下一秒视线却定格了，不同于最近两天高居不下的她和商骁的关系话题，此时的热搜第一俨然变了——"商骁入选年度国际乐坛十大影响力人物之一”。

苏荷的瞳孔猛地一缩，手机差点滑到地上。她不由得屏住呼吸，慌忙点进热搜，以最快的速度把热门微博飞速浏览了一遍。

下一秒，苏荷激动地跳起来，赤着足跑到洗手间外：“安安！安安！”

计安安在洗手间里吓了一跳：“怎么了？又出事了吗？”

“天神入选了！那个国际音乐人的最高荣誉！他今年终于入选了，我真的要疯了！”

计安安长松一口气，随即没好气地说：“我还以为又出什么大事了，差点被你吓得掉进马桶里……”

“这当然是大事！”隔着房门都挡不住苏荷激动得快要跳上天的雀跃，“这可是音乐人的最高荣誉！而且他绝对是破年龄纪录入选的！前几年被提名两次，明明他这些年的国际获奖纪录和影响力早已足够,但每一次都因为年龄被拒之门外，今年终于入选了！”

计安安沉默几秒，挠了挠头：“听起来好像确实很牛，不过我对这方面真的不了解，老板你想从我这儿找共鸣是没可能了。”

被浇了一头冷水的苏荷嫌弃地撇撇嘴：“算了，跟你说这个太没成就感了，我要去骁神的微博看看，那里一定全是能理解我这种亢奋的同好！”

计安安一听自己可以脱离苦海，立刻松了口气：“去吧去吧。”

等门外的脚步声远了，计安安回过神，表情有点疑惑：“咦，怎么觉得我好像忘了什么很重要的事情？”

与此同时，回到沙发上的苏荷兴奋地返回微博首页，下拉刷新——果然，最新的一条微博就是商骁发布的官方而简洁的入选消息。

苏荷想都没想就冲进评论区，和无数疯狂的X光一同尖叫留评：“老公最棒！我爱你！”

第15章

兴奋地发完评论，苏荷犹自抱着手机窝在沙发里，傻笑着看其他粉丝对商骁的狂热吹捧，顺便挨个给他们点赞，只是刷着刷着，评论区的风向突然开始诡异起来——

“我眼花了？”

“我好像在评论区看见了什么了不得的东西？”

“这是什么操作，秀了我一脸？”

“我还以为是个高仿号，点进去才发现并不是，是原主……”

“想红想疯了系列？”

“豁出去开着大号跑来告白蹭热度？这位小姐姐可真是蹭热度界最不要脸的人物了。”

“心疼天神，到底是倒了什么霉运才惹来这么个能搞事的后辈？”

“呵呵！还说不是蹭热度？我看这次她粉丝怎么洗！”

“本来那篇文章我都信了，现在才发现我还是太天真了。要是真的正牌女友，这会儿恐怕躲都躲不及，结果这位秀啊！跑天神微博下面告白，这是把蹭热度贯彻到底了？”

“见过不要脸，没见过这么不要脸的，别喊我们天神老公好吗？X光里没有这样心机的粉丝！”

“今日份的迷惑行为大赏。”

评论区越往下翻，苏荷越看得胆战心惊。僵了几秒，她小心翼翼地退出评论区，缓缓点开微博下方的“我”界面，然后目光上移——头像，是她的自拍。微博昵称，苏荷，加V认证。

上错号了！苏荷眼前一黑，险些当场去世。

此时，洗手间的门从里面推开，计安安一边擦着手上的水珠一边走了出来。临近沙发时，她身形一停，迟疑地问：“老板，你表情怎么这么奇怪，像让雷劈了似的？”

苏荷回过神，缓缓转过头：“我刚刚犯了一个，小小的，错误。”

计安安擦手的动作一僵，几秒后，她的嘴角抽了抽：“你又干什么了？”

苏荷想了想，慢吞吞地起身把茶几上所有沉重尖锐的物品挪到远离计安安的地方，然后双手放到膝盖上，面带微笑，眼神和表情都很乖巧。

“你不是用我的手机上了我的微博大号吗？”

计安安心底浮起不祥的预感：“然后？”

“然后我刚刚去他微博下发评论，但是忘了你登的是大号，所以也就忘记要切换成小号了。”

计安安感觉胸口里那口气有点提不上来，但还是抱着最后一丝希望，声音哆哆嗦嗦地问：“你发……发了什么？”

苏荷把手机举到计安安面前。

几秒后，商骁的别墅二楼响起一声哀号：“老板！你杀了我吧！”

“祖宗，你还是杀了我吧！”

JA娱乐，天神小队的专用会议室内。

王思言是被商骁一通内线电话叫来的，刚推开会议室门，就见不远处的地板上，何源正哭号着跪坐在地，抱着坐在主位上那人的腿。

何源丝毫没被王思言的进门打断，嘴里还在号："同居的热度才刚刚消了一点！入选十大影响力人物的新闻眼看就要把这事压平了！结果苏小姐评论一发，又给搞大了啊！祖宗！您再不阻止一下我们就真的没法活了！"

这声势惊人，王思言心惊胆战地看了一眼主位上商骁的神情，然后连忙关上了身后会议室的门，可不能让这动静传出去，堂堂一个部门总监抱着骁神的腿哭得要断气了似的，真的传出去，实在丢不起这人。

王思言关上门以后，在门前犹豫了两秒，还是抬脚往里走了几步："骁哥，您找我是……"

话没说完，何源又压着他的声音号了一嗓子："祖宗！您求求那位小祖宗，务必让她收了神通吧！这种时候哪有这么玩自爆的？"

商骁皱着眉，显然被烦得不轻，见王思言进来，他示意了下："让人把他弄出去。"

王思言也被吵得脑仁疼，依言照办。又几分钟的鬼哭狼嚎后，何源到底还是被公司的安保人员拎小鸡似的拎了出去。

会议室的门一合，世界总算安静了。

商骁捏了捏眉心："告诉保安，以后没有我的允许，这一层不准何源上来。"

王思言苦笑了下，答应了："不过骁哥，苏小姐今天发的这个评论确实是捅了马蜂窝，以前传闻再多，毕竟没有切实证据，可今天的这个评论……尤其是正赶上同居和入选的风口浪尖，想息事宁人很困难。"

商骁抬眼："她发什么了？"

王思言一噎："您还不知道？"

商骁想起方才何源的鬼哭狼嚎，不由得皱眉道："何源冲进来就开始号，我根本没来得及看。"

王思言哭笑不得，摸出手机打开微博，搁在商骁面前的会议桌上："您看看吧。有个词何总没说错，这是真的自爆，而且估计是史无前例。如果不是我已经知道苏小姐是什么家世背景，大概都要以为她是真的迫不及待想宣布两位的婚讯，顺便抱着您蹭热度了。”

说完，王思言小心地观察着商骁的反应，心里估摸着，就算他这一次不动明面上的怒，但暗火总是要生的。

然而王思言怎么都没想到，商骁垂眼看了两秒，不但没生气，竟然还笑了。

王思言简直怀疑是自己的眼睛出了问题：“骁神，您笑什么？这可不是闹着玩的，您最好还是跟苏小姐确认一下，会不会是她公司有人故意要……”

“不用确认，应该是她上错号了。”

商骁垂眸，眼前仿佛浮现出女孩发现弄错以后呆若木鸡的表情，不由得莞尔。

茫然看着商骁的王思言莫名感觉自己好像突然被塞了一嘴狗粮。

“上、上错号？”

“商娴说过，苏荷有一个微博小号，我去看过，里面……”商骁又扫了一眼那条评论，唇角不自禁地翘了下，“里面的多数微博，都是这个语气。”

不是错觉，果然是狗粮。然后王思言便见商骁拿手机拨了个号码出去，随即抬到耳边，似乎心情很好的模样。

王思言：“骁哥，你不是说不用确认吗？”

商骁：“嗯，不是确认。”

王思言：“那您这是……”

商骁莞尔，眼帘一垂：“安慰她一下。”

邢天和JA公司上下才是最需要安慰的吧！您去安慰罪魁祸首干吗呀？

电话接通，对面沉默两秒，响起一个生无可恋的声音：“骁、骁神。”

“刚刚不是还叫老公吗？”

反应过来商骁说的“刚刚”是指微博上的评论，苏荷恨不得磕自己一脸血：“我、我就是上错号了，真的没想到会用大号发出去。”

“我知道。”

“哎？你怎么知道？”

“猜到的。”

“哦……”苏荷气若游丝地哼哼两声，小声开口问，“那……王哥他们还好吗？”

商骁眼底掠过极淡的笑意：“还活着。”

苏荷：“这件事过去以后，我一定去JA给他们负荆请罪。”

商骁哑然笑道：“他们可能短时间内不太想看见你。”

苏荷：“那这件事你们准备怎么处理？邢天那边，不知道是我爸还是我哥交代下去了什么，口风特别严，没人肯告诉我。”

“JA会配合邢天的安排。”商骁稍作停顿，声音放低了些，“别担心，我不会让你有事的。”

“我才不是担心我自己。”苏荷小声嘀咕，语气有些懊恼，“等了这么多年，你好不容易入选十大影响力人物，结果……现在肯定被我们的热搜抢走一半热度了，网上说我蹭热度一点都没说错……”

商骁闻言皱眉，沉默几秒后，开口道：“今晚我回家之前，你不许上网了。我会让家里的阿姨收走你的手机，打开信号屏蔽器——不许反抗，听话。”

苏荷还想挣扎一下，便听见电话对面的男人放低了声音：“何源他们也有要求。”

苏荷：“他们要求什么？”

“要我求你。”那人轻笑一声，声音冷淡又勾人，“今天不许上网，求你了好吗——小祖宗？”

压得低哑的声音缓缓道出最后三个字，捶得苏荷浑身酥麻，当场缴械投降。

苏荷的一条告白评论，成功把热度稍降的两人话题再次推到了风口浪尖，而且这一次更加来势汹汹，因为苏荷肆无忌惮的蹭热度和告白行为，彻底惹怒了X光。

而JA和邢天的团队，这一次却十分默契地没有做出任何回应，大家纷纷猜测两边到底是在蓄力什么大招。

网上关于两人到底是恋人还是只是单方面蹭热度的问题分为了两派，在苏荷发评论后的两天里吵得不可开交。第三天的中午，之前发过文章的那位博主再次出现，他的新文章又一次引爆微博——

“致仍然执迷不悟的X光和荷叶：

“求锤得锤，你们要的证据来了。

“博主前几天发过的文章，想必大家还有印象。文章发布以后，面对许多X光和荷叶关于我没有拿出切实证据的攻讦，博主深刻反思了自己的问题，并决心改正。

“先说说博主是怎么发现实证的。上篇文章提到过，骁神参加了综艺《穿越，异世界！》，考虑到这是一档无剧本、嘉宾自由度极高的综艺，博主心生灵感，或许可以从中发现一些被忽略的蛛丝马迹。功夫不负有心人，博主带着实证图片回来了。

“如果是X光或者荷叶，那你们应该对这几张图片有印象。这是综艺第二期《红玫瑰与枪》中，舞女和少帅在夜市交换定情信物的地方。舞女从少帅那里收到的项链藏着密报，所以给了特写镜头作为伏笔，但大家可能不记得，舞女还在这里‘勒索’夜市摊主，得到了一样东西作为回礼，送给了少帅。就是下面这个十分模糊并且没给特写的图，后一张是放大做了技术填补和还原处理的图片。

“X光们仔细看一看，有没有觉得这个串了一颗珠子的手绳，长得令人咬牙切齿地眼熟呢？还没想起来没关系，博主这里还有图片，是各家媒体在天神演唱会前后拍摄的，天神手上有一根从未离身的黑色手绳，后来更是在演唱会上向自己的神秘女友告白，并亲吻了这条手绳。十分巧合啊！这条手绳上面竟然也串着一颗玉珠！下面，让我们看看这两条手绳的细节对比图，后面的话不用我多说了，见仁见智，你们评判吧。”

文章一出，十分钟不到，评论区就被闻讯赶来的网友挤爆了。

“真的证实了！”

“所以，那条评论不是蹭热度，而是真的‘出柜’，呸，公开？”

“被博主一提醒，我突然想起来了，苏荷之前被曝包养，你们难道不觉得那条六百万的宝石项链特别像综艺里那一条吗？”

“楼上真相了，我也想说这个！”

“这……天神送她一条六百万的项链，她就回送一个路边摊？还是勒索节目组的……”

“听起来这对CP有点萌？”

“其实我觉得这对挺配的，不懂为什么网上那么多人骂她。既然是真的谈恋爱，就根本不存在蹭热度的说法，骂她的那些人会道歉吗？”

“这还不简单，因为眼红，总有人自己得不到，就嫉妒其他得到的人。”

“洗地的和CP粉一起滚好吗？”

手绳的图一出，苏荷与商骁的恋情彻底坐实。不过有前段时间纷纭的猜测做铺垫，除了部分X光和荷叶，网友对这个消息的反应得到了缓冲。不管态度如何，大家都开始等待一个官宣。

然而当天下午，有几家风评极差的团队放出了一则标题劲爆的新闻——《曝苏荷与邢天多名高层有染，脚踏数条船》，新闻里配图无数，除了最早苏荷与严奕的照片，还加上了另一位被圈出来的人物——邢天老总苏毅民。

照片里是邢天的地下停车场，正是当初苏荷回苏家前偷偷溜进苏毅民专车的场景。

短暂的震惊之后，全网彻底疯了。

“有毒吧这个女人？那是天神啊！你不要他就给我，但是别糟蹋他好不好？”

“这简直是世纪罕见的贱，连天神都绿，她是疯了吗？”

“你们别急着骂啊，不觉得这个邢天老总刚好跟苏荷同姓有点巧吗？”

“洗地的麻烦滚远一点！”

“哈哈哈，怎么，要来造谣说那个十八线了三年的糊咖是邢天老总的亲戚？你自己说这话自己信吗？我看是跟着干爹改了姓还差不多！”

“这种货色麻烦全网封杀！”

“苏荷滚出娱乐圈！”

爆料一出，短短十几分钟，微博连续崩溃多次，苏荷的所有社交平台账号下更是惨遭屠版，全网一致痛骂，甚至连线下的居民区、学校这样的公众场合，都能听到激愤的X光实名谩骂，沸反盈天。然而就在微博恢复的第一分钟，两条微博更新几乎同时出现——

邢天娱乐老总："@苏荷，这是我闺女，亲的。"

骁："@苏荷，这是我老婆，再骂拉黑。"

死寂十秒，全网炸裂。

苏毅民与商骁的两条微博发出去，几分钟内便刷新了热搜——"苏荷邢天娱乐千金，天神妻子"冲上第一。在这两条微博导致平台再次崩溃之前，几乎每一位微博用户的首页都被无数条问号刷了屏，全网震惊。而这一系列事件的中心人物——苏荷，此时正安安分分地待在商骁的别墅。

别墅内仍旧开着信号屏蔽器，为免其他人骚扰，她的手机也被商骁收走了。在这个情况下，外面满城风雨，大概只有苏荷自己毫不知情了，但这并没有完全阻断她的信息源。

傍晚时分，别墅的门铃响起。过了片刻，书房里的内线电话接了进来，用人阿姨在电话里向苏荷汇报："苏小姐，商娴小姐来了。"

"商娴？她自己一个人来的？"

"是的，商娴小姐说在楼下客厅等您。"

"我知道了，这就下去。"

苏荷挂断电话，摸着下巴猜测了一番商娴的来意，但什么都没想到，索性把手里的书插上书签搁到一旁，赤着雪白的脚丫跳下沙发椅，出了书房的门下楼去了。

苏荷下到客厅时，商娴正坐在背对着她的单人沙发上，聚精会神地捧着手机看着什么。苏荷眼神一闪，嘴角轻翘起来，刻意把原本就极轻的脚步放到毫无声响，悄悄地接近商娴。

"呼——"苏荷嗖地一下趴到商娴耳边吹了口气。

商娴吓得几乎从沙发上跳起来，转头发现是苏荷，气得咬牙切齿："苏荷！"

苏荷早就挺直了腰，此时一脸无辜地背着手站在宽大的沙发后："怎么了？"

和苏荷发小兼死党多年，商娴最清楚苏荷骨子里藏着的那点劣根性，装起无辜来比谁都溜，想逼她承认根本没可能。

“走起路来跟鬼似的。”商娴一停，侧身往沙发后狐疑地看了一眼，“你是不是又赤着脚踩地板呢？”

苏荷笑了起来，当没听到商娴的揭底，绕到沙发前坐下，捧起桌上的水杯：“你今天怎么过来了？”

“少转移话题，我非得跟我哥打小报告，让他把你这个坏毛病拧过来不可。”说完，商娴板着脸坐到苏荷身旁，正经不到三秒，又凑了过去，“我听说，你这两天跟我哥玩起囚禁来了？”

“咳咳咳——”苏荷刚喝了一口的水差点呛出来，好一会儿才平息了咳嗽，鼻尖都咳得红了。

“你听谁造的谣？”

商娴笑话她：“这有什么不好意思承认的，难道我哥没有给你开信号屏蔽，没有没收你的手机还不准你这两天出门？”

苏荷哑然几秒，无奈地说：“那还不是因为我前两天闯祸了？”

“啧，你也知道那是闯祸啊。”

“网上现在怎么样？还闹得很厉害？”

“岂止是很厉害，我看各大社交平台的程序员都快要跟你和我哥不共戴天了。”说完，商娴观察了下苏荷的表情，见苏荷皱起眉，便扑哧一声笑了出来，“行啦，别担心，算是解决了。”

苏荷惊讶又疑惑地扭过头：“怎么可能？”

“怎么不可能？”一边反问，商娴一边将来之前就准备好的手机递到苏荷面前，“你自己看吧。”

苏荷好奇地接过来。

商娴在她旁边笑：“不得不说，伯父和我哥这一波操作可太牛了。”

商娴说话的同时，苏荷看清了手机上的界面，那是商娴提前截好的图，第一张里的两条微博让她的呼吸都停了两秒。几秒后，苏荷才目光呆滞地抬起头，看向商娴。

商娴幸灾乐祸地笑:“没错，我刚刚看到消息的时候也是这个反应。重磅炸弹啊，还是同时放了两个。娱乐圈里经济力和影响力最牛的男人都站在你身后了，苏大明星，恭喜，你以后在圈里都可以横着走了。”

“呸，我是螃蟹吗？”

苏荷全凭本能地荸回去一句，但目光仍落在手机上，显然对这个消息消化困难。

商娴:“你别看着这一张发呆，我还截了评论区的图，好玩的都在后面呢。”

苏荷显然对这个人的信用持怀疑态度，但她还是往下翻了翻，果然是评论区的热评截图。

“这难道就是传说中的不红就要回家继承千亩良田万贯家产吗？”

“别闹，邢天娱乐随便拿出来一个分公司，市值都不止千亩良田万贯家产了。”

“这不是干爹，这是亲爹啊！所以之前新闻里的那个严姓高层，据说是未来的钻石王老五，其实根本就是苏荷的表哥吧？”

“邢天老总是她亲爸爸，天神是她亲老公……这圈子里还能找到比苏荷更人生赢家的吗？行吧，柠檬树上柠檬果，柠檬树下只有我。”

“不就是要膝盖吗？拿去！”

“这已经不是一出生就站在终点线上，这是一出生就站在领奖台上了啊！”

“我之前还骂过小姐姐……我错了，要不是小姐姐不计较，在座的各位账号恐怕早就没了，感谢小姐姐高抬贵手。”

“我来替苏荷补台词，‘我需要抱大腿吗？我就是圈里最粗的大腿’！”

“这么说起来，苏荷默默无名了整整三年，还真是半点都没靠家里的资源，这半年来也是凭借自己的演技和综艺感起来的。大佬收下我的膝盖！”

“路转粉！”

苏荷翻完最后一张截图，表情复杂地把手机还给商娴。

商娴用肩膀撞了她一下，笑道:“怎么样，开心吗？终于不用挨骂了，还狠狠吸了一波粉。要不是知道你在这方面的心态有多佛，我肯定以为是你的团队特意搞出来的炒作了。”

苏荷叹气:“不用挨骂确实挺好，但你哥那边我还是不放心。他粉丝这会儿都还蒙着，等之后反应过来，他们还不知道要怎么折腾。”

“这个我倒是可以想象。”商娴拍了拍她的肩，幸灾乐祸地笑道,“肯定劝我哥早日擦清眼睛和你离婚。”

苏荷一阵无语。

“所以啊，你得知道你这正宫之位下面还有无数小妖精惦记着呢，以前天神在神坛上，没人指望他下来，现在他已经下来了，肯定有人会想为什么可以是苏荷，就不能是我呢？”商娴说完，拍拍苏荷的肩,“道阻且长，担心不？”

苏荷懒洋洋地瞥她:“你想说什么？”

商娴冲她勾了勾手指:“我给你支个招，彻底断了那些想上位的小妖精的念头，你想不想听？”

“你能有什么好点子？”苏荷撇嘴，满眼嫌弃，但安静了几秒，她还是趴了过去,“什么点子？我勉强听听。”

商娴不和她计较:“你和我哥还在分房住？”

苏荷一噎:“是啊。”

“还没上‘本垒’？”

“本什么垒？”

“哎呀这种事情你不能害羞，不然你等我哥那个冰山开窍，不得等到地老天荒去？”商娴趴到苏荷耳朵边，奸诈地笑道,“其实，这个方法我早就跟你说过了，最近你不是被骂得特别惨吗？趁此良机，你装装可怜，等我哥心一软就找机会上啊！一次不行两次，两次不行每天，产假给我们天神安排上啊！你如果实在太㞞，那我可以帮你打听一下偏方什么的。”

几秒后，客厅里终于响起恼羞成怒的女声:“商娴你闭嘴！”

商骁回到别墅时夜色已深，商娴也已经离开多时。

出来迎接的用人接过他的长大衣，说:“商先生，商娴小姐傍晚的时候来过家里。”

商骁抬眼，声音还沾染着外面冬雪的凉意："她来做什么？"

"商娴小姐过来，应该只是陪苏小姐聊聊天的。"用人动作一顿，眼神犹豫之后还是轻声开口了，"苏小姐这几天在家里无事可做，您又忙公司的事情，她可能会觉得无趣，在家里也不怎么笑了，总是皱着眉的模样，看起来叫人怪心疼的……"

商骁沉默了。

用人不由得有些后悔，明知商骁就是这样一个冷淡的性子，自己又何必去提，还招惹得雇主不愉快。

"抱歉，商先生，是我多嘴……"

"没有，谢谢。"

用人一愣，错愕地抬头看向商骁，那人眉眼间难掩倦色，眸子里却是认真而沉静的黑。

"以后对她，如果我还有疏忽的地方，请务必提醒我。"

用人的眼神不由得松了下来，带上宽慰的笑意："好的，商先生，我记得了。"

商骁点头。

用人返身回客厅时，路过单人沙发，见沙发里窝着身睡着的女孩一副毫无所觉的模样，有些无奈地笑了："苏小姐，苏小姐？"

沙发里的女孩揉着眼翻了翻身，睡梦里的声音低低软软的："我再睡……一小会儿……"

用人正要开口，商骁从玄关进来，低声拦住她："别喊她。"

用人转回头解释道："是苏小姐说您回来以后，万一她睡过去了，让我叫醒她的。"

商骁怔了下，这一瞬他想起了以前的一些事情，眼神松散了些，又过了几秒，才回神道："没关系，我来照顾。"

"好的，先生。"

用人离开后的客厅安静下来。

商骁在原地站了几秒，迈开腿走上前，到了单人沙发旁，驻足，微俯下身——

方才女孩被用人喊得翻身后，原本盖在身上的毯子顺着肩膀滑了下去。虽然别墅供暖极好，但毕竟已经入冬，只这片刻的工夫，沙发里的女孩已经无意识地缩起身子来了。

商骁将羊毛毯拉上来，盖到女孩肩颈的位置，只是收手前，指腹却不慎擦过女孩的锁骨。商骁动作一停，眼里的情绪深了深。

他刚想起身，却见原本呼吸轻软的女孩突然毫无征兆地睁开了眼，带着十足的睡意，目光却警惕起来，甚至她的手已经抓住了他还没来得及离开她锁骨多远的手指。

四目相对，几秒后，苏荷瞳孔的警觉慢慢变成一点茫然。

“骁……”女孩的声音浸着初醒的蒙昽和喑哑。

“嗯。”

空气安静几秒，苏荷眼底终于散开睡意，重回清醒，她连忙松开那人的手，嗖地一下坐直了身:“我睡着了吗？”

商骁哑然，眼底抹上一点极淡的笑:“嗯。”

“现在几点了？”苏荷一边掩饰尴尬地问着，一边转回头去看客厅的立柱钟表，看清时间，她愣了愣,“你这个时间才回来，是公司里很忙吗？”

“还好。”商骁抬手，轻揉了下她的长发,“以后不用等我回家，困了就回房睡觉。”

苏荷点头应了:“对了，商娴今天下午来过。”

“我听家里阿姨说了。”

苏荷犹豫了下，诚实地开口道:“她告诉我微博上的事情了……”苏荷一顿，抬眼看向商骁,“我爸那边还好说，他只是公司高层，可是你发那样的话，会不会对你不太好？”

“可能会，可能不会。”

苏荷闻言急了:“啊？那……”

“但我不在乎。”

苏荷一怔。

商骁无声一叹，双手撑到沙发两侧的扶手上，微微俯身，漆黑的眸子一眨不眨地擒住苏荷的眼瞳："等我回家，为我担心，什么事情都先想到我，不要这样，苏荷。"

苏荷眼神微滞，跟着又一暗："这样会让你觉得被束缚吗……"

商骁无奈，再次轻叹了声，他抬起左手点了下女孩的额头，把人推得往后微仰了下，于是那双失落的眸子和他对上。

"那我再加一条，不许多想。"

苏荷茫然地看着他。

"以前让你总是追着我的脚步，是我的疏忽。以后我会慢慢帮你改掉这个坏习惯，让你的注意力回到你自己身上。"商骁的食指再次在她额头上轻轻地点了一下，"还记得我在演唱会上是怎么说的吗？"

提起那段记忆，苏荷脸颊微红，眼神也忍不住飘开了。

"这十年给了他们，而余下的一生我只想给你一个人。"商骁莞尔，轻勾了下唇，指腹顺着女孩的额头掠下去，蹭了下女孩的鼻尖，"这句话不是玩笑，是认真的。以后我的目光会永远落在你身上，所以你不需要始终追着我的脚步，因为我会一直站在你身旁。你会成为我的世界中心，所以与你无关的那些，我不会在乎。"

苏荷眼底情绪摇晃，须臾后，她轻声问："如果，已经改不掉了，那怎么办？"

商骁微怔，蹭过女孩鼻尖的指尖无意识地滑了下去，落到女孩的嘴唇上。苏荷一呆，完全是出于本能，轻吮了下那人的手指，然后两个人都僵住了。

几秒后，苏荷的理智回笼，震惊于自己的胆大包天，脑子飞快地转起来想找个补救借口，然后却惊奇地发现，面前的人冷白的肤色上竟然泛起了一点可疑的红。

这是……脸红了？虽然不明显，但是永远一副冷淡模样的天神也会脸红？

苏荷这一瞬间感觉像是发现了新大陆，骨子里深埋的劣根性在此刻破土而出，又有商骁前面的那番话灌溉她的胆量，一点莫名的兴奋感在她心底悄然而生。

苏荷眼神闪动，商骁却已起身，眼帘一垂便藏住了那些躁动的情绪，声音微哑道:“时间不早了，回房睡觉吧。”

话音刚落，苏荷大着胆子踢开身上的羊毛毯，翘起雪白的脚丫:“我举报我自己，我又没穿拖鞋。”

声音不大,但理直气壮,怎么看那无辜的眼神下都像是藏着不怀好意的蔫坏。

商骁垂着眼,细长密卷的眼睫被光描了影,在冷白的肤色上拓下淡淡的阴影。

见他不说话，苏荷心里有点㞞:“那我自己回房吧……”

话音刚落，商骁哑然失笑，挺拔的腰身折下来，手臂一抬，抱起了沙发上的女孩。

“地上凉，不许赤足。”

“哦……”答应声里藏着得逞后的小开心。

商骁这才动身把女孩抱去了二楼的客卧，在柔软的大床上把人搁下，商骁直起身。

“晚安。”说完，转身欲离开，只是很快停住——商骁侧身回眸，他束进长裤的白衬衫被一只白皙的手拽出了一小截，手的主人跪坐在床上，眼神无害又无辜地看着他。

“我想亲亲你。”

商骁眼神微晃:“不行。”

苏荷一呆:“之前明明是你说……”

“今晚特例。”

“哪、哪里特例？”

商骁无奈垂眼，哑声笑着，望来的眸子里藏着隐熠的星光:

“你现在做什么，我会把控不住。”

第16章

如果不是还有最后一线理智勉强牵着，苏荷觉得等他说完，自己大概会忍不住扑上去。但就算理智还在，她攥着雪白衬衫一角的手指也不自觉地慢慢收紧。

“其实……”她低下头，听见自己的声音里藏着蠢蠢欲动的试探，“也不用把控什么……”

话到一半，她感觉到头顶望下来的目光，存在感实在太盛，苏荷不自在地转开眼。

卧室里重归安静，只是这安静不同寻常，明明窗外早是入冬，洁白的碎雪在冷寂的夜色里飘零，但一窗之隔的室内，安静与沉默却是灼热的，像是泥泞却温暖的沼泽，勾着人挣扎不得地向下沉沦。

苏荷心里慌得很，不知道过了多久，耳边终于有了动静。

“不行。”声音压得低而沙哑，透着无奈和纵容，似乎又更深地藏着别的什么情绪。

苏荷茫然地抬头：“为、为什么不行？”

背着光，那人垂眼望着她，眼底浸着一点无奈的笑："我还没准备好。"

苏荷一噎，瞬间从那种羞赧的情绪中被拖了出来——这难道不该是她的台词吗？

似乎看穿了女孩的心思，商骁哑然一笑，微俯下身，视线压到和苏荷平齐的高度，然后抬起左手搁到女孩的头顶。

"不是你想的那个意思。"

苏荷心里冒出一点没着落的烦躁，无意识地鼓了鼓嘴巴，小声问："那是什么意思？"

商骁停顿了下，须臾后，眼帘一扫，垂了下去，漆黑的眸子被遮住。

"和你在一起之前，对于爱和性，我都很陌生，所以，我不知道自己会有什么样的反应。"

那人手掌轻压着的长发下，苏荷脸颊蓦地一红，这是什么虎狼之词？！

看着脸红到要冒气的女孩，商骁垂眸莞尔："我不想伤到你，苏荷。所以耐心一点，我们未来的路还很长，你急什么？"

跪坐在床上的苏荷快要跳起来了，向后一仰坐到床上，手脚并用地往后退："我才没有急呢！"

见女孩脸红得要滴血似的，商骁直起身："嗯，你没有，是我有。"

苏荷退到另一边的床角，对着商骁漆黑的眼，心虚地转开通红的脸蛋，小声地嘀咕："而且，我才没那么弱呢。"

"还有一个很重要的客观原因。"

苏荷好奇地抬头。

商骁看了一眼腕表："今天我接到通知，明天中午《燃雪》还剩最后一场戏，不能迟到。"

这几天和外界全然断了联系的苏荷还真不知道这回事，她茫然地点了点头："那我要用手机联系安安，还有信号屏蔽器，"苏荷皱了下鼻尖，"我终于要出狱了。"

"手机待会儿让阿姨给你送过来。邢天那边你不必联系了，明天和我一起去剧组。”

苏荷一惊：“哎？”才刚公开就这么高调吗？

“早点休息，晚安。”

“哦……晚安。”

商骁离开了苏荷的房间。没一会儿，苏荷的手机被用人阿姨送了进来。

看着手机上满格的信号，苏荷如蒙大赦地接了过去，只是等阿姨一走，房间里只剩下她一个人的时候，苏荷却不自觉地想起了今晚发生过的事情和对话。怎么想怎么羞耻啊。苏荷把自己卷进被子里，无声地踢着腿又滚了好几圈，一直折腾累了才埋进柔软的枕头里。雪白的枕布上，柔软的发丝像水藻一样松散地铺着，女孩白皙的俏脸透着欲滴的嫣红，乌黑的眼瞳里也是莹润的水色。停了半分钟，她扑到另一旁，拿起手机啪嗒啪嗒地敲着，一边红着脸，一边自言自语地嘀咕着什么。

一分钟后，A市的另一个方向，一栋几十层的高级公寓内。铺满了夜色的落地窗内，床头柜上的手机一亮，同时传出“叮咚”一声轻响。

薄被下，散着长发的商娴推了推男生，无奈地说：“薄屹，让我看一下消息。”

身形修长的男生动作一僵，须臾后，他喉咙里发出一声闷闷不乐的低哑呜咽，像只被抢了食的不满的狗。但再不满，也只能眼神凶狠又憋闷地爬起身，退到床头。

商娴拿过手机，一打开便见信息里，备注着“渎神少女苏小荷”的聊天框内发来一个抓狂的表情，紧随其后还有一句话：“你哥真的像个性冷淡一样！”

商娴乐了，回道：“怎么，白天嘴上说着不要，结果晚上就付诸行动了？”

苏荷：“我行动了，但是失败了。”

商娴忍住笑：“真的不需要偏方？”

苏荷：“不要！我一定可以凭着我的毅力成功的！”

苏荷：“我还想取个经……”

商娴一愣：“取什么经？”

苏荷：“你和你家薄狗子是怎么在一起的？”

商娴回头，身后的床头，男生半倚半坐在那儿，一条腿懒洋洋地伸着，另一条屈起，搭着手臂。身形修长，肌肉薄而漂亮有力。松散凌乱的黑色碎发间，一张没什么表情的俊脸，眼神似乎有点凶，更多的则是百无聊赖，薄薄的唇间衔着一根烟。

商娴欣赏了两秒，笑容突然停住——等等，烟？

下一秒，随着男生嗷呜一声，火热的卧室成了更火热的“家暴现场”。

“你竟然敢抽烟了？”

“没点上啊。”

“没点也不行！”

“咦，你结束了？”

“别转移话题！”

“哦，那我们继续吧。”

“薄屹你放……”

于是，商娴的最后一条回复一直拖延到第二天中午，苏荷才终于收到。

商娴：“薄屹根本不用撩。”

苏荷：“你在炫耀。”

商娴：“屁！姐姐我今天腰都快断了！”

苏荷：“你就是在炫耀。”

商娴：“我等着你下不来床的那天！”

苏荷轻蔑地一笑，手指跳跃着打字：“哦，那我也等着，我才不像你那么弱呢。”

《燃雪》的拍摄接近尾声。按剧本来说，其实男女主角的戏份已经结束，只是编剧，也就是原作者代表剧组，和苏荷、商骁进行了简单的商议，希望能在原著改编的剧本上增添一小部分原创剧情。这也是应广大书粉的要求，《燃雪》的剧情主线十分励志，但感情主线却基本上是以虐为主——男主角秦淮身世坎坷，性格淡漠，和女主角的感情最初只是始于金钱交易。而女主角仇景虽然出身名门，但自幼接触伪善和明争暗斗里透出的狞恶人性，让她习惯用颓懒散漫的外表来掩饰自己。《燃雪》的题记——“雪何以燃？以光。”雪不只是指秦淮冰冷的外表，更是指仇景藏在太多层伪装下连自己都找不到的心。

因为这样的设定，秦淮和仇景在相识相知的过程中，难免经历太多来自他们自身或者外界的阻隔。虽说结局是好的，但中间的酸苦实在太多，所以书粉都希望能在剧版里增加一个幸福的小番外。

由于呼声太高，编剧动了心，就这件事来与两位主演商量。苏荷对这部剧寄予厚望，这类能够丰富剧情和人设的选择她自然不会拒绝，于是两人都答应下来，这才有了不在原计划里的最后一场戏。

“这是我改过最后一遍的定稿剧本，你们看一下。”

编剧把两份薄薄的剧本递给苏荷和商骁，然后就趴到了桌上。

经过这段时间跟组，两人和编剧已经很熟，言谈之间也轻松玩笑起来。

苏荷看到编剧那副没精打采的模样，忍不住笑着问：“乔姐，您昨天是通宵改剧本了吗？黑眼圈快拖到下巴上了。”

编剧打了个哈欠，回了个玩笑：“哪能呀？我这不是被你俩的事情惊到了，尤其一想到邢天的千金在我们剧组里给我演女主角，太激动了，一晚上没睡着。”

苏荷无奈莞尔。

“不过没想到你们竟然今天就来了，我和导演还以为前两天的事情一闹，这场拍摄必须延后了呢。”编剧示意了下场外，“你们进来前没被娱记蹲到？”

苏荷倚在桌上，撑住下巴，叹了声气：“反正已经公开了，拍就拍吧。制片人不可能不想借这波宣传吧？”

编剧笑了：“不愧是邢天千金啊，你倒是深谙套路。我听说的消息是，制片正在和邢天洽谈，如果谈妥了，确实应该会拿你俩的恋情做一波宣发推广。”

苏荷毫不意外，点头道：“嗯，所以就当预热了。”

编剧今天主动提起这个，本来是试探两位主演的口风，从苏荷这里得到偏向正面的回答，编剧松了口气，跟着又有点紧绷起来。她谨慎地转头，看向商骁：“那骁神怎么说？”

正垂着眼看剧本的商骁一停，抬眸望向身旁的苏荷。

苏荷无辜地眨了眨眼，随即恍然，扭头看向编剧，灿烂一笑：“他听我的。”

商骁平静道："嗯。"

这猝不及防的一大口狗粮啊。

新增的原创剧情，是由几个生活琐碎的长镜头组成的。情绪难度不高，只是偏于细腻，换了其他演员说不定就会显得用力太过或者偏于匠气，但在苏荷和商骁这里，基本每个长镜头都是一条过的。编剧和导演乐得合不拢嘴。

导演一边看着监视器的回放，一边跟身旁的编剧笑道："幸亏这两人真是一对，不然恐怕没有这么好的效果。"

编剧："不只是情侣的原因，苏荷个人表现力实在卓绝，是个专业演员，所以仇景和她无缝契合。骁神虽然不是演技十分精湛的专业演员，但胜在秦淮这个角色本身和他的性格契合度非常高，天时地利人和全占了，我现在对这部剧越来越有信心了。"

导演思考几秒，突然咂了咂嘴，笑道："就是不知道拍出来后，会不会被他们粉丝当成两人的恋爱史？"

编剧一愣，想了想两个角色的设定和背景，不由得失笑："还真有这个可能。"

"那你记得给他们提个醒。"

"嗯，回头我找邢天那边跟组的负责人说一下。"

"好。"

编剧和导演乐了一下午，在傍晚时却乐极生悲了。原因无他，新增剧情卡在了最后一个长镜头上。这段长镜头的剧情说起来十分简单，是仇景与秦淮婚后生活中的一段日常，讲的是秦淮在书房里接了一通公事电话，只不过电话另一头是他曾经的女上司，而且曾对秦淮有那么一点非分之想。

仇景醋性大发，她知道秦淮是在处理公事，不好强硬阻断，于是思来想去，她坏心眼地换上睡衣坐到了打电话的那人怀里捣乱，最后被忍无可忍的秦淮挂了电话按到书桌上。

这段长镜头并不难，然而之前一直一遍过的苏荷和商骁偏偏在这段长镜头卡住了，NG无数遍仍感觉不对，导演头发都几乎揪秃了："你们不是夫妻吗？这就是夫妻情趣而已，怎么就拍不出来那种感觉呢！”

又NG半个小时后，导演疯了，整个摄影棚都能听得到她的咆哮声：“给我回家练！”

同一段戏重新拍摄超过一定次数后，越是往后越是状态不对，对这一点导演显然很清楚，于是她十分暴躁地把两位主演赶了回去。

被嫌弃的天神夫妻回了别墅。

苏荷一直愁眉不展，被用人请下楼吃晚餐时，她还皱着眉，视线焦点发散，似乎还沉浸在那段怎么也过不去的长镜头里，直到被揉了下脑袋，苏荷茫然抬眼。

“在想什么？”

苏荷皱起眉：“在想我们的那场戏，明天再拍不出来，我就该去导演门外请罪了。”

商骁一停：“不是你的问题。”

苏荷认真地说：“是我的问题。我一直进不去状态，每次情绪断点和崩掉的地方，都是在还根本没进到秦淮戏份的位置，所以确实是我一个人的问题，跟你没关系。”

检讨完，苏荷更有点食欲不振了，她放下碗筷，起身蔫蔫地说：“我先去拨一通求助电话。”

“商娴？”

“嗯……”

苏荷走上楼梯。上到一半，她突然想起什么，转回头趴在木制的扶手上，眼神可怜巴巴地看向商骁：“你今晚有时间陪我试戏吗？”

以苏荷潜在的劣根性来说，外表越是无辜的时候，往往越是劣根性作祟的巅峰期，此时这种眼神，基本是已经挖好个巨大的坑了。

商骁垂眸，莞尔道：“可以。”

“那晚餐后你去书房等我？”

“好。”

苏荷眼睛一亮，只是很快便压了下去，步子轻快地转身上楼了。

几分钟后，客卧内，跷着脚丫趴在床上，苏荷拿着的手机里传出商娴愉悦的笑声："就这啊，你入不了那段戏的原因还不简单？"

苏荷丧气地趴下去："你少站着说话不腰疼，哪里简单了？"

"很明显，你就是没带入那种吃醋的情绪里。《燃雪》的剧本我前不久看过，秦淮的设定比起我哥惨太多了吧？初期和仇景哪里是谈恋爱，根本就是被包养好吗？"

苏荷纠正："是金钱交易。"

商娴："金钱交易，一个出钱，一个出色相，这不就是包养吗？毕业后白手起家那段就更严重了，所以秦淮被人制约的地方太多了，相对的，仇景的潜在情敌也就多了很多。"

"能有X光多吗？"

"你少偷换概念，这不一样。秦淮会和他那个女上司为公事通电话，发生羁绊，但另一方面，你很清楚我哥绝对不会。在他接触到的圈子里，不管是娱乐圈还是社交圈，只要他不愿做的事情，没有人能胁迫他，所以你根本就构设不出那种嫉妒的情景和心理，对吧？"

苏荷认真想了想："好像是这个原因。"

"所以说到底，还是你跟我哥作为夫妻太过亲密熟悉了。饰演夫妻这种角色，本身是夫妻确实在多数情况下是有利的，但在个别情况下，还不如跟不熟悉的陌生演员搭档，至少不会因为与现实生活的混淆而迟迟无法入戏。"商娴一顿，到底还是忍不住闷声笑了。"哈哈哈，我已经能够想象你们今天在剧组NG无数遍亲密戏，还要被围观的尴尬了，这也太惨了。"

苏荷一脸冷漠："都拍到最后一个镜头了，总不可能换演员。你幸灾乐祸还不如给我出个主意？"

商娴："这还不简单？既然假想敌做不到，那给你一个真情敌不就好了？"

苏荷心底生出不好的预感。

商娴清了清嗓子："我家跟戴家可是世交关系，给我哥打个电话这点小忙，我想戴家小姐应该还是会帮的，不用谢我。"说完，啪嗒一声，电话挂了。

苏荷茫然地看着手机界面，呆了几秒，陡然回过神——戴诗茜!

苏荷眼神里同时掠过惊异和懊恼的情绪，她扔下手机跳下床就飞快地跑出门，一路向顶楼的书房跑去。

两分钟后，苏荷终于停到书房门前。顾不得敲门，她砰的一声推开面前的双开门，目光急急地落向左侧——书桌后没人，座机电话也安安静静地搁在那儿。

苏荷匀下来的呼吸声不解地翘了个尾音，同时也松了口气，看来商娴只是跟她开个玩笑，没有真的……这个想法还未落下，苏荷的目光下意识地在书房里转过半圈，不经意落向右侧的沙发。

坐在复古的欧式长沙发上，商骁单手拿着手机，似乎被她进门的声音惊得微怔。此时回神，他低声和手机对面的人说了什么，大概是在解释。

这电话都没经过家里座机，直接打到手机上来了！苏荷顿时感觉四肢百骸里流淌着的血全都换成了山西老陈醋。她皱着脸走过去，房门在她身后自动关合，因为无人推阻，发出“砰”的一声低闷的动静。

沙发上的商骁再次察觉，他抬起眼，望向走来的女孩，只是在他张口要说什么的时候，那双漆黑的眸子恰巧瞥到地面上——书房沙发这边的地板上铺着乌黑色的长毛地毯，女孩分明赤着雪白的足，除此之外，身上也只是套了件薄薄的长衬衫。

商骁皱起眉，他抬起手，掩了下手机的收音位置:“不是说过了，不许赤足？”

苏荷的目光一动不动地盯在他掩住手机的手上，那些翻涌的醋意汇聚到心房，像是被商骁的眼神、语气和动作煮沸了，咕噜咕噜地在她的心底冒着泡。苏荷吸了吸鼻子，压住涌上来的酸涩，终于停到商骁身前。

“你挂电话。”

女孩的声音低低闷闷的，又压着点细微的躁郁情绪。商骁微怔，随即想到什么，他压低声音:“待会儿再陪你试戏，我……”

“不要。”

苏荷却突然打断他的声音，同时再次扬起头来，眼神乌黑晶亮又凶巴巴的，像只被捋了虎须的小老虎，只是眼圈微红，弱了点气势。

见商骁迟疑,“小老虎”彻底恼了，磨了磨牙:“你真不挂电话吗？”

商骁无奈地放下掩住手机的手,侧身对电话里说道:“抱歉,我这边临时有事,明天再给您……”

话音未落,怀里一沉,商骁难得错愕抬眼,正要开口,却对上女孩泛红的眼圈,商骁一怔。

他未反抗，苏荷却没给他回神的余地，借力便把沙发上的男人按到侧旁柔软宽厚的扶手上，屈起的膝盖抵着他，压了下去，呼吸停到近在咫尺的距离，四目相对。

苏荷眼神暗了暗，低头泄愤似的用力在那人的唇上咬了一口，好看的唇形再次染上星点的血迹。苏荷抬起眸，眼神里迟疑地浮起心疼的情绪:“你……”

“先让我挂断电话，好吗？”商骁无奈地问。

这时候还想着电话！苏荷眼底的那点心疼顿时拧成醋劲，语气凶狠又委屈:“现在晚了，不许挂！让她听着好了！”

商骁一怔，两秒后，他撇开脸，哑然失笑。

苏荷更恼了:“你以为我跟你开玩笑吗？我说真的，我……”

“我看你真是翅膀硬了！一个女孩子家，怎么什么话都敢说？明天给我回家反省！”

一个熟悉的暴躁声音突然响起，苏荷身形陡然僵住——真奇怪啊，她怎么会在商骁的书房里听见她那暴躁老爸的声音呢？

恰在此时，一声“咔嗒”的挂断电话音响起，想到某种可能，苏荷颤巍巍地抬眼，目光落向商骁手里的手机，亮起的界面上正显示着“通话结束”的字样，上方，来电备注“伯父”。她刚刚当着老爸的面都说了什么虎狼之词？

好像听到她的心声,被压在沙发上的男人低笑了声,清隽冷白的面孔转回来,两人目光交接。那双漆黑的眸子更加深邃，平日的冷淡如冰雪消融，只余下清浅的笑意。

“你刚刚说什么？”

第17章

苏荷回神，嗖地一下站起来："我什么都没说……你听错了。"

商骁坐起身，理好褶皱的白衬衫，然后一抬手，抓住从沙发上坐起来就想跑的女孩："去哪儿？"

苏荷听见那人在她身后问，声音是她熟悉的冷淡清冽，只是此时染上一点沙哑，透出几分戏谑的笑意。

苏荷脸颊更烫了，白皙柔软的耳朵都泛起红："我、我突然想起还有点事情，我先回房间了……"

"不试戏了？"

苏荷一噎，随即垂头丧气地小声嘀咕起来："这不是试过了吗……果然我就不该相信娴哥，全憋着一肚子坏心眼。"

商骁微微挑眉："商娴告诉你，谁会给我打电话？"

苏荷无意识地鼓了鼓嘴："戴诗茜。"

商骁哑然失笑。

苏荷心里更羞恼了，刚想把手腕拯救回来离开这个注定装满了她羞耻回忆的书房，便感觉一股力传来，还未回神，重心一落，她已经坐进了那人怀里。

呼吸蓦地拉近，差点吻到那人脸上，苏荷怔住。虽然眼下的时机不太对，但她心里却不由得感慨，圈里多数明星都是禁不住细看的，偏这人不同，越是近的距离，越是漂亮得挑不出瑕疵。苏荷的心跳无意识加快，在安静的书房内，有些担心会被商骁听见。

受了蛊惑一样，她眼帘微微合下，一点点靠近那人好看的薄唇，唇角渗着一点血珠，昭示着她方才的累累罪行。

“你可以躲开哦……”她的声音压到最轻，不知道是不是私心不想让对方听见这提醒。

商骁哑然地笑，并未动作。

苏荷松了口气，心安理得地凑上去，吻到了那微微扬起的唇角上，渗着血珠的伤被她轻吮了下。苏荷刚降温的脸颊再次红起来，可能是她的私心作祟，总觉得血的味道都是甜的。

她退开一点，轻声说：“对不起……”

“对不起什么？”那人垂眸看她，声音里隐着笑意。

“我又把你嘴唇咬破了……”苏荷心虚地低头。

空气安静几秒，她听见那人轻叹了声：“你很在乎戴诗茜？”

苏荷沉默两秒，点了点头。

“为什么？”

“因为她说得对。”

苏荷停了几秒，才抬起头看向商骁：“商家和戴家的关系比和苏家更亲近些，如果当时是她先提了联姻，那你可能就不是我的了。”

商骁无奈地笑：“为什么相信她，却不相信我？”

苏荷茫然地抬眸。

商骁：“我不是也说过，联姻的事情，因为是你所以我才会同意，除了你，其他任何人都不行。”

苏荷一顿:“我以为你那时候那样说，只是在维护我……”

“我从不说谎,苏荷。”商骁叹声,抬手托住女孩纤细的后颈,轻吻了下她的唇,“商家之外，只有你对我而言是特殊并且唯一的，你永远不需要担心别人。”

苏荷脸颊微烫，明明把人压到沙发上放狠话的事都做得出来，偏偏这时候她却想找条地缝钻进去猫起来。苏荷偏开脸，避开呼吸交集，理智稍归，终于想起正经事来。

“你怎么会和我爸在通电话？”

这个乌龙怎么想怎么透着不可思议，商骁竟然和她老爸通电话，还是在自己不知情的情况下，又恰好赶上商娴的捉弄……等等，商娴?

下一秒，苏荷恍然，抬头看向商骁，果然听他说道:“伯父刚刚突然来电话，似乎是商娴以我的名义向他发了信息，需要和他商谈事情。”

苏荷磨了磨牙:“商娴……”

商骁莞尔，揉了揉她的长发:“商娴那边我会处理。一周内，叫她哭着来找你认错，好吗？”

苏荷一呆,僵了两秒,她慢吞吞地转头,看向商骁。男人仍是神情淡淡的模样,眼神也平静，只染着一点薄凉的笑意。苏荷不自觉地轻抖了下。

商骁察觉，问她:“怎么了？”

苏荷小声嘀咕:“以前商娴跟我说，你和商彦兄弟俩是商家最可怕的大小狐狸，从小就智商碾压她，折腾起人来特别要命，还说她被你俩从小欺负到大，那会儿我一直没信她，觉得商彦还有可能，你肯定不会做这些。”苏荷一顿，偷偷瞄了商骁一眼,“现在看起来，怎么觉得她说的未必是假的……”

商骁想了想，平静地答道:“我没有主动欺负过她。”

这个“主动”怎么听怎么耐人寻味啊……

苏荷犹豫了下:“娴哥被你们衬得好惨，你别欺负她了。”

“不是她先欺负你的吗？”

“除了我爸那里不太好解释，她也是为了我……”苏荷说着一顿,“对了，商娴以你的名义，要和我爸谈的是什么事情？”

商骁："补办婚礼。"

第二天，在《燃雪》剧组完成最后一段长镜头的补拍后，苏荷和商骁谢绝了杀青宴的邀请，一同回了苏家。

苏毅民在他们到苏家时正坐在茶室里，脸色铁青。一见苏荷敲门进来，苏毅民沉着脸，张口就要斥责，只是下一秒又憋了回去——苏荷身后，商骁随着进门。

苏毅民这一放一收，脸色憋得通红，噎了半天才在两人的问好之后粗声粗气地问商骁："你怎么也跟来了？"

商骁神色平静："我担心您责骂她，所以才一起来的。"

苏毅民气得想翻白眼："你倒是诚实！"

商骁颔首，算是接了这句"表扬"。

苏毅民视线一斜，看到此时自动站到商骁身后的苏荷，正一脸无辜地望着自己。这副惫懒状态看得苏毅民顿时气不打一处来，但当着商骁的面，他到底没直接冲苏荷去，而是一转头瞪向站在前面的商骁。

"你是觉得你在苏家有多大的面子，我会看在你的分上就不怪她了？"

商骁垂着眼，声音平静沉稳："不敢。昨天的事情有别的隐情，不该怪苏荷，您如果要责怪她，我会解释给您听。"

苏毅民噎了下，他很确定，不管自己要说什么，面前的这商家长子都能拿出一个足够漂亮的说辞来堵他的话。所以就算说了，除了自己落个不是，背上故意为难女婿的名声，不会有任何结果。这样一想，苏毅民顿时气恼又讪讪地瞪了苏荷一眼。

苏荷这会儿非常识时务，乖巧地低下头，做出一副虔诚认错的模样："对不起，爸，我以后不会胡闹了。"

知女莫若父，苏毅民闻言冷笑了声："你说话要是算话，还能养出这副惫懒的性格来？"

原本垂眸站着的商骁闻言皱了眉，他抬起视线，和苏父的目光对上，认真地说："苏荷的性格很好。"

秀恩爱都要秀到他脸上来了，苏毅民一方面挺得意自己这个一贯冷淡的女婿对女儿好，另一方面又担心苏荷被惯坏了，莫名有点吃味，总觉得有人抢了自己的位置似的。在这种复杂的心情下，苏毅民跟自己拧巴了几个回合，才终于坐下，伸手指了指和自己隔着茶海相对的两个位置。

“行了，来都来了，坐下吧。”

苏荷和商骁依次落座。

苏毅民不紧不慢地按洗茶、冲泡的顺序，给两人斟出两杯热茶。等两人双手接过，他才将公道杯放回固定位置。

“既然你们一起过来了，那昨晚……”想起什么的老父亲脸色一晦，恼怒地瞪了苏荷一眼，然后清了清嗓子带过去，“昨晚我和商骁商谈的那件事，刚好今天一起说说吧。”

刚准备乖巧低头做认错状的苏荷一僵，连忙抬眼：“我觉得补办婚礼没有太大的必要……”

话音一落，被苏毅民瞪了一眼：“为什么没有必要？”

苏荷缩了缩，小声嘀咕：“领证都三年了，这会儿补什么婚礼啊？我肯定会被像个人偶娃娃似的折腾，酒席上还要跟那么多不认识的长辈、同辈、晚辈假笑，一定很累……”

苏毅民眉毛一竖：“我到底是怎么把你惯出这个性格的？”

苏荷停顿了下，认真地想了想，才点头说：“大概是放养吧。”

苏毅民僵住身形。

“而且其实不是您惯的，您千万别自责。因为您基本不管我，所以都是奶奶惯的。”苏荷一停，眨了眨眼，“要不，您去找她算账？”

苏毅民：“你是仗着商骁今天在这儿，觉得自己有撑腰的了，是不是？”

苏荷不好意思地看了商骁一眼，微微歪了上身，贴近那人一点，小声问：“我爸待会儿要是抽我，你能帮我挡着吗？”

商骁无奈地看她。

隔着一座茶海，安静的房间里再小的声音也达不到悄悄话的效果，苏毅民听得一清二楚，恼怒地看着两人。

苏荷的眼神更无辜了："你真不给我挡啊？"

思及在长辈面前应有的礼仪风范，商骁忍了忍，最后还是没忍住，伸手在女孩的头顶轻揉了下："给你挡。"

苏荷顿时明媚地笑起来。

可怜茶海对面的老父亲，眼睛都快被这不孝女闪瞎了。那种复杂的心情再次浮到苏毅民的心头，像是两片拨不开的乌云沉闷地压在头顶。苏毅民无声地吸了口气，压住火，祭出了撒手锏。

"补办婚礼这件事没得商量。之所以跟你们谈，只是想参考你们的个人建议，既然没有，我会和亲家商定这件事，你们两个就不要管了。"

一听这话，苏荷顿时蔫了。

之后，三人又进行了长辈与晚辈之间的例行问答，等坐了约莫半个小时，苏荷和商骁起身告别。

临出门前，苏毅民拉住女儿，皱着眉低声道："昨晚那种话不准再让我听见第二次。你一个女孩子家，跟男人说那种话，万一叫人听见要怎么看你？"

苏荷一顿，偷偷撇嘴："他是我老公，又不是别的男人。"

"是你丈夫也不行。"苏毅民不自觉地提高音量，"女孩子要矜持点，不然被人看轻了怎么办？"

"您这是封建观念，老古板。"苏荷吐了吐舌头。

苏毅民气极："是我封建吗？这是你的问题，哪个男人不像我这样想？"

苏荷眨了眨眼，表情很骄傲："商骁就不这样，他跟您可不一样。"

苏毅民一听这话，原本总感觉被抢了宝贝闺女的复杂心情更沸腾了："他那是哄你，心底肯定也是这样想！"

苏荷偷偷撇嘴，眼睛转了转，眸光一亮，嬉皮笑脸地对苏毅民说："才不是呢，您看着吧。"

说完，不等苏毅民反应，苏荷探头趴到门前，果然见商骁正安静地站在长廊对面等她。

苏荷嘴角一翘，眼睛弯了起来："骁。"

商骁抬眸，侧身望回来。

苏荷一个助跑，起跳，直接树袋熊似的挂到了男人身上。

商骁被她带过来的冲力一压，向后退了半步，单手抵住墙，稳住身形，另一只手则本能地抱住苏荷。

商骁垂眸："怎么了？"

"我想亲亲你。"女孩眼睛弯得像月牙一样漂亮。

商骁不抬头都能感觉到隔着长廊，站在门内的苏老父亲虎视眈眈地瞪着这里的威压。

他哑然地笑，低声提醒："伯父在看你。"

苏荷咕哝："那我想亲你一下，你不让吗？"

商骁单手托住她，声音无奈又纵容："随你。"

苏荷得逞后，听见身后的脚步声，自觉收敛地跳下来，一回头，苏毅民正瞪着她。

老父亲的威压持续几秒，转向商骁，苏毅民十分不赞同地开口："她这些坏习惯你不能纵容，真这么发展下去，还不得让她无法无天了？"

商骁沉默了，那张冷淡清隽的面孔上难得露出点情绪，皱眉低声道："她这些不是坏习惯，更不是错，只是性格不同，请您不要以这些不同归咎于她。"

苏荷趴在商骁身后，附和地连连点头，俨然和面前的年轻漂亮的男人一条心了。于是忍了一下午，苏毅民那种被抢了宝贝闺女，还养得比自己好的心态终于到达峰值，他恼了——

"你就惯着她吧！"

商骁一停，平静地点头："苏荷是我的妻子。只要是对她无害的事情，以后我都会尽我所能地惯着她。"

苏毅民愣住。

苏荷见势不好，匆忙告别，拉着商骁在她那位暴躁老爸彻底暴走之前跑了。

两人离开后，苏毅民又在长廊上站了很久，久到玻璃窗外的太阳渐渐落了，红色的余晖在雪白的瓷砖上镀了一层灿烂的金色。他慢慢转身，踩着那些金色，走进庭院，又进到那栋两层的小楼里，停在那扇古朴的门前，伸手去拉门把手。推了一下，却没能推开。

苏毅民苦笑了声，慢慢靠到门上，声音低了下去："女儿还是长大了，舒雅。到最后，果然还是只剩你陪着我啦……"

时间安静而漫长，长廊尽头的窗外，夕阳悄然落下。

《燃雪》杀青官宣，单是男女主演就引爆了网络。只是临上线前，剧组并没有顺应市场习惯放出预告片，而是提前放了一支片头曲。片头曲的MV剪辑了剧内苏荷与商骁的对手戏镜头，一个清冷淡漠偶有隐忍，一个颓懒散漫又妩媚凌厉，极具碰撞感的无数镜头更是惹得许多路人网友和CP粉尖叫不已。

在MV的最后一个镜头里，男人坐在宽背沙发椅内，光从侧方打下，那张清隽的面孔被光影切割成亮暗两部分，冷淡清漠犹如神祇。唯独的不同，是他垂眸望着怀里，笑容神秘妩媚的女人勾着他的颈，仰起下巴，像是要去舔吻他的唇。画面定格，两个字缓缓浮现——《渎神》。

MV一出，全网沸腾。

苏荷的微博和超话里安静了没几天，再次被《渎神》曝出带来的风波席卷。"苏荷渎神"在第一时间冲上热搜前排，点进去的每一条微博下，随处可见X光的刷屏和哀号。

"我的天神哇！"

"老公！你快把那个女人从身上扔下去！别让她靠你那么近啊！"

"评论区即将乱葬岗。"

"渎神！我可以！让我来！"

"渎神啊！这不是姐妹们最想对天神做的事情吗？大家都是粉丝凭什么她可以，我们不可以？姐妹们给我冲啊！"

X光在微博疯狂暴走一段时间后，相关热搜的评论区却突然冒出了一部分不太和谐的评论——

“你们有人看过《燃雪》的原著吗？感觉选角有点微妙哦。”

“终于有姐妹说出我的心声了！”

“是说苏荷和天神很像《燃雪》男女主角的原型吗？其实我也觉得特别像！尤其是苏荷和仇景一样巨有钱！”

“别乱说话啊姐妹，真那样的话那天神最开始岂不是被苏荷强迫……”

“说起来，苏荷不是给天神最开始写宣传的柠檬糖吗？细思恐极。”

“细思恐极个头啊，十年前苏荷才几岁，只是追星而已，能做什么？”

“呵呵，那时候是追星，现在就不一定了吧？说不定当初借家里扶持天神，现在反过来拿当初的事情要挟强迫他呢。”

“没错，天神对苏荷感觉并不主动，说不定就是因为根本没爱，被某个只手遮天的千金小姐强迫的呗。”

原本只是少数人毫无根据的猜测，经过一下午的发酵，开始甚嚣尘上，蔓延成灾。

因为这类言论不仅涉及污蔑苏荷利用特权，更侮辱和否认了商骁的实力，所以X光的正式粉丝群里全员恼火，开始自发组织粉丝肃清反扑，为两人正名。尽管谣言很快被X光淹没，但舆论显然已经在不少网友心里埋下了怀疑的种子。

此后，与苏荷和商骁相关，无论是恋情还是《燃雪》宣传的微博下，总能看到时不时冒出来冷嘲热讽两人并非真爱的言论。这件事被两人的公关团队郑重讨论之后，最终还是提到了商骁面前。

“事情就是这样。”王思言站在商骁的办公室内，头疼地说，“因为主要是部分粉丝在闹，有苏小姐的背景镇着，目前没有营销号敢下场，所以我们反而不好做针对性的澄清公告。”

商骁翻看完整理出来的报告，没有和王思言说话，而是抬头看向办公桌对面的沙发。

“要看吗？”

“不用不用，我哥已经拿着类似的东西跟我耳提面命好几遍了。”这样说着，苏荷还是放下手里的书，从沙发上起身走过来，“剧组那边之前提醒过我，说有可能出现这种情况，我原本以为是他们想多了，没想到……”

苏荷停到商骁身旁，背着手弯下腰，凑到他旁边，看了看那本敞开的文件夹。几秒后，苏荷莞尔一笑：“竟然真的有人觉得是我把你潜规则了？”

王思言跟JA其他人一样，对于苏荷出现在商骁的办公室里这件事已经习以为常。事实上，看着网上那些甚嚣尘上的无真爱言论，再看看现实里这对时不时就塞他们一嘴狗粮的夫妻，天神小队的人总有一种顺着网线把那些人揪过来，再把狗粮拍在他们脸上的冲动。

王思言在心底叹了口气，抬头道：“骁哥，苏小姐，经过团队会议，我们认为还是不要采取直接发澄清公告的方式。”

苏荷点头道：“确实不适合，只会徒惹话题。”她一顿，玩笑着问，“天神小队有什么好办法吗？”

自从苏荷知道商骁团队的外号后，就时常这样称呼。王思言被她打趣惯了，从容回话道：“原本是想为两位安排一期恋爱综艺，但档期合适且嘉宾空缺的节目实在寥寥无几，而且那些小节目……”王思言迟疑地看向苏荷，苦笑了下，“以骁哥和苏小姐现在的热度，去了更像是扶贫。”

苏荷眨眨眼，笑了：“骁神去什么综艺都像扶贫。”

商骁无奈地抬眼，站在他椅旁的女孩正笑弯了眼睛，背手站在从窗外铺进来的光里，她身后落地窗的边界模糊了，只见湛蓝的天空和远处的云絮，面前的女孩像是一次眨眼，就会消失在云里。

商骁眼神晃了下，情不自禁地抬起手，拦腰把人抱进怀里。

苏荷一怔。

商骁回神，发觉自己的失态，但他神情未变，倒像是很自然似的，伸手环过坐在怀里的女孩，继续翻看桌上的文件夹，连眼神都和刚刚没什么区别，只是怀里多了个茫然的小姑娘。

站在门旁的王思言吸了一半的冷气硬生生压成一声轻咳，赶忙扭开脸，装作自己什么都没看见，加快语速，只想赶紧汇报完赶紧离开。

“新的意见是邢天娱乐里分属苏小姐的团队负责人提出的，他说最后一期的

《穿越，异世界！》将会采取直播的方式播出，不会像之前一样裁剪两位的戏份，效果将更为直观自然。”

这个消息终于拉回了办公桌后两人的注意力。

坐在商骁怀里的苏荷最先反应过来，好奇地转过头：“最后一期是直播的方式？我怎么不记得合同里有写？”

王思言挠了挠头：“按照贵司行政部总监严总的说法，似乎是两个合作公司临时商议决定的，其余嘉宾也已经达成协议。”

苏荷眯起眼：“我哥肯定是为了澄清谣言，可吴导竟然同意了？”

她身侧响起好听的低沉声音：“吴颂是无商不奸，有利益驱动，他一定会利用好最后一期的机会。”

王思言苦笑着点头：“没错，我听说这个处理方案其实是吴导主动提出的。利用骁哥和苏小姐的恋情为节目组最后一期造势，吴导大概是求之不得。”

苏荷想了想，突然笑起来，似乎是被勾起了什么回忆：“那他还真是很有胆量啊。”

王思言：“苏小姐的意思是……”

苏荷揶揄地笑：“王哥你没有跟过之前的录制，所以不懂你家老板到底有多能搞事。”

王思言叹气：“您要是这样说，那我就非常懂了。不只是我，天神小队全体都亲身经……”

声音在办公桌后那人淡淡的一瞥里，蓦地消音。几秒后，王思言回归严肃：“会议情况汇报结束。骁哥，苏小姐，我先下去了。”

“王哥再见呀。”

听着传出来的声音，王思言关上办公室的门，转回身，他抬手擦了擦汗，长松一口气，嘀嘀咕咕地往电梯间走——

“别再见了，见一回可太夭寿了，下回汇报还是让老何来吧……”

晚餐后，别墅顶楼的书房内，复古长沙发里，笔记本电脑放在矮桌上，商骁坐在沙发最外侧，处理着邮箱里的邮件。

或许是因为在办公，所以即便是在家里，他依旧是一身熨帖的衬衫长裤，未系领带，但衬衫扣子一丝不苟地系到最上面一颗，连锁骨都被笔挺的白色立领遮掩得十分严密。倒是落地灯柔软的光线里，修长冷白的颈上那颗淡色的小痣露在衣领的边缘，看起来更扎眼了。

一切严肃得可以直接把书房换成办公室，都毫无违和感——如果不是那裤线笔挺的西装长裤上还搁着一颗小脑袋的话。

处理完一部分邮件，商骁捏了下眉心，垂手从矮桌上拿起一个三角形状的眼镜盒。取出眼镜前，他视线一瞥，掠过苏荷手里的平板电脑界面。

商骁动作微停，皱眉问："怎么刷起微博了？"

苏荷原本正对着屏幕忍着笑，闻言视线往正上方一抬，道："安安今天晚上刚把新的微博密码给我，我就登上来看一看。自从上次忘记换号，我的微博就被拿去交给公司工作人员处理了，我都没机会摸，而且就这么一会儿工夫，已经攒了许多X光的私信。"

商骁垂手，将眼镜搁到一旁，转而要去拿苏荷手里的平板电脑："不要看了。"

苏荷一怔，随即了然，笑道："我不会因为他们的私信生气，相反，我今天才发现这些黑粉实在是太好玩了。"说着，她骨碌一下爬起身，坐在沙发上，忍着笑翻微博里的新私信读给商骁，"你听这个，'苏小姐，希望你尊重我们天神，不要再潜规则他，不要逼迫他做不喜欢的事情，更不要虐待他！如果再被我们发现诸如咬痣之类的痕迹，我们一定会提起诉讼，为天神维权的！'"

苏荷忍到念完，终于忍不住，几乎要笑出眼泪来："哈哈哈，万一哪天我真被X光以虐待的名义送进派出所，你一定记得去捞我。"

商骁皱眉，随即又无奈地松开，伸手过去，揉乱了女孩的长发："好笑吗？"

苏荷被他揉得只能努力忍回笑，只是眼角泛出一点泪花，鼻头也红通通的。

"而且还有其他的呢，比如以长辈语气告诉我强扭的瓜不甜，劝我们早早分手，还有要跟我赌离婚时间的，你要看吗？"

视线里的女孩眼睛晶亮，并不是假装坚强。看穿这一点，商骁难得生出点无力的情绪，伸手轻蹭了下女孩的鼻尖："心怎么那么大？"

苏荷眨眨眼，语气轻快："因为我不在乎他们呀。只有在乎的人才能伤害我，其他人没有资格的。"苏荷抱着平板电脑，坐在他身旁，漂亮的脸蛋微微仰着，眼睛弯得像月牙，"就像你说的那样，苏家以外，我只在乎你。"

商骁一怔，须臾后，眼帘一垂，遮住了漆黑的眼，却没藏住淡淡的笑。

"不会变吗？"

"当然不……"

"会"字未出，苏荷面前的阴影陡然扩大，她被那人单手抵住，跟着便压下一个炽热的吻，力度深重，情绪汹涌——苏荷第一次在商骁的吻里感受到明显的渴求，逼着她沉沦，诱着她堕落，凶狠得像是要把她完全吞掉。

在苏荷感觉几乎要窒息的时候，身后的矮桌上传来一声手机铃响，撕开了两人间的气氛。

苏荷慌乱回神，下意识地攥着手轻捶了捶商骁的肩。半合的眼帘下，一点隐晦的光划过幽暗的眸子，几秒后，商骁缓缓压住情绪，起身把女孩也拉了起来。

"抱歉，我失态了。"

苏荷脑袋有点空白，茫然地看了商骁几秒，总感觉面前这人像是变了个人似的——或者说，像是有什么东西撕开了那个冷淡沉静的壳，从里面跑了出来。陌生又熟悉，更让人悸动不已。可面前神色平静，连扣子都一丝不苟地系到最上面的一颗，确实是她熟悉的那个商骁。错觉吗？

"没、没关系。"苏荷顾不得多想，转身拿起矮桌上的手机，低头看了一眼，"是商娴……我先去接一下电话？"

商骁点头，见女孩起身，他似乎想到什么，问："刚刚，没弄伤你吧？"

苏荷怔了下，随即反应过来，商骁是指她方才那个以坐着的姿势直接向后下腰的动作。

苏荷莞尔一笑："我之前能进圈可全靠的舞蹈功底，如果连这点柔韧度都没有，那怎么行呢？"

商骁眼神微闪，没说什么，目送女孩离开书房，单手压到另一只手腕的脉搏上，等那急剧的搏动慢慢恢复正常，商骁无声地一叹，垂回手。差点失控啊……

商骁的目光重新扫向笔记本电脑，中途他的视线在女孩留下的平板电脑上停住。上面是苏荷的微博界面，显示有一条新的私信——发信人昵称，流年。

第18章

商骁停了一下，短暂的思索后，他去取眼镜的手途中换了目标，转而拿起苏荷的平板电脑，点开那个名叫“流年”的账号发来的私信，入眼便是一串消息——

“大大你好！你还记得我吗？我是那个在天神粉丝群里向你请教怎么写同人文的作者流年呀！万万没想到原来大大你就是苏荷，难怪我之前总觉得你们很相像呢！上次还以为自己搞错了，没想到竟然是真的！而且我应该算第一批CP粉对吧？

“其实在第二期综艺《红玫瑰与枪》之后我就着手准备写第三篇文啦，不过后来因为演唱会上的事情，我担心大大你不喜欢，所以第一时间封笔不写了！结果知道大大你就是苏荷以后，我立刻重新动笔，第三篇文现在已经完成啦！这是链接，如果大大方便的话，随时都可以过去看！觉得有什么问题的话，我也会第一时间改正的！”

商骁看了几秒，皱起眉，只觉得这几段话每一个字他都认识，但其中的个别名词却无法解读，让他无法读懂这番话的意思。沉默两秒，商骁转向手边的笔记本电脑，打开搜索引擎，键入“同人文”三个字，新页面迅速跳出。那些五颜六色的配图和举例，像是在他面前打开了一扇通往新世界的大门。

看了五分钟，商骁关掉界面，重新拿起苏荷的平板电脑，在那条私信下回复了一个邮箱地址：“你可以发到这里。”

对面几乎是秒回：“大大你竟然真的回复我了，而且这么快！我太激动了！好的没问题！我现在就去发！大大你稍等！对了大大，这是你的邮箱吗？那以后写了新的同人文，我是不是可以继续发给大大你了？”

商骁眼神微闪，修长的指节在平板电脑上起伏律动：“可以。”

“谢谢大大！我会努力继续写下去的！已经发了，请大大查收。”

几乎是随着这条消息的到达，商骁面前的电脑发出“叮咚”一声轻响，“您有新邮件”的提示出现在桌面右下角。商骁晃动鼠标，点进去——加粗标题很醒目，《商骁×苏荷同人系列文三：〈霸道少帅的邪魅卧底小娇妻〉》。

苏荷拿着手机，顺着别墅顶楼的长廊跑到尽头的露台上，胸膛里的心跳还在咚咚地响。她做了个深呼吸，带着夜色和雪的凉意从鼻腔灌进身体，沸腾的大脑和心脏这才平息下来。

苏荷接起电话。两边同时沉默几秒，商娴狐疑地出声：“这个时间点了，接电话这么晚……你不会已经住进我哥房间里了吧？”

苏荷心虚道：“你别胡说，我刚刚是在书房，看书太入迷，手机调了静音一时没注意到而已。”

“是吗？”

“当然了。你这个时间不陪着你家薄狗子，打电话骚扰我干吗？”

商娴嫌弃地说：“你还好意思说，我白天突然被我爸妈拎回家，还以为是什么大事呢，结果竟然是问我关于你和我哥的婚礼有没有什么建议。你俩够仗义啊，眼看下个月都要补办婚礼了，竟然没有一个人跟我提起过？”

苏荷吓了一跳：“下个月？”

商娴："怎么，你这个当事人还不知道吗？"沉默一秒，她小声嘀咕道，"不会是两家长辈要给你们惊喜，被我提前说破了吧？不对啊，要真是那样，我妈肯定会暗示我不要告诉你的。"

苏荷头疼地拍了拍额头："补办婚礼的事情我确实知道，但不知道他们把时间定得这么急，而且我不太想折腾，你知道的。"

"难怪不问你们，跑来问我了。"商娴了然道，"既然这样，你有什么意见，我装作是我的建议帮你提交上去。"

苏荷想了想，语气郑重地说："一切从简。"

商娴："商苏两家长子长女的婚礼还想一切从简？你去做梦吧，那样更快。看来你是提供不了什么有效建议了，那等这边一切确定下来后，我再通知你好了。就这样，不打扰你忙碌'读书'的漫漫长夜了，我先……"

"等等。"

已经准备挂电话的商娴停住。

喊住了人，苏荷自己却犹豫起来，支支吾吾了几秒没说出话。

商娴茫然道："我在你身上可很多年没有见识过不好意思开口这种级别的事情了，到底发生什么了？难道你真搬进我哥房间了？"

苏荷噎了一下，想否认，出口前又改了口："好像，就差一点。"

商娴的声音明显兴奋起来："你对我哥做什么了？灌醉了吗，还是霸王硬上弓了？"

苏荷："如果真是那样，那我就不觉得古怪了。"

商娴一愣："古怪？"

苏荷慢吞吞地点头，眼神里茫然而探究："你哥今晚有那么一小段的时间，好像突然变了个人一样，我从来没见过那样的他。"

电话对面突然沉默了，苏荷起初不察，完全沉浸在自己的思绪里，又过了半分钟，她才突然回神，茫然地拿下手机看了一眼。

"咦，娴哥，你还在吗？"

"在……"

“那你怎么突然不说话了？”

“没什么，只是被你的话勾起了一点不堪回首的惨痛回忆。”商娴叹了声，斟酌了几秒，才语重心长地说，“等以后你就会明白了，没开过荤的男人，闻到送到他嘴边的肉味时其实都是一样的。”商娴一顿，习惯性嘲讽自己的哥哥，“更何况那个憋了那么久的老男人，和送到嘴边的心上人一个屋檐下住了这么久，再冷淡也快忍成魔了吧？这么一想，突然觉得有点同情你。”商娴幸灾乐祸地笑，“而且说起来，我哥冷淡了这么多年，恐怕连安全措施都不知道吧？”

苏荷白皙的脸迅速涨红，张口刚想反驳，突然感觉熟悉的热度从背后笼上来。与此同时，夜风里压得低哑冷淡的嗓音隔着手机，贴到她耳畔——

“我确实不知道，你有意见吗？”

商娴：“苏荷你害我！”

压着尾声，电话啪嗒一下挂断了。

苏荷无辜且茫然，毕竟她也不知道这人是什么时候来的。又过了几秒，反应过来刚刚的对话，苏荷脸上更红了几分，没敢回头，只心虚地问：“你怎么过来了？”

“家里的阿姨说你自己一个人跑到了露台上。”

商骁一边说着，一边皱起眉。顺着他的视线往下，初冬的露台上，女孩只穿着一件显得有些单薄的长毛衣。商骁抬起手腕，拎起带来的柔软毛毯，裹住女孩全身，然后躬身搂住纤细的小腿，把苏荷打横抱进怀里，转身离开了露台。

“再这样不知冷热地跑出来，就让家里的阿姨轮流看着你，一周不许出门。”

苏荷立刻摇头，围紧毛毯，只露出鼻尖以上的半张脸，眼瞳乌黑有光，眼神乖巧。

“不敢了，真的。”

商骁垂眸望了她两秒，重新抬眼看向前方，目光无波无澜，只是那张冷淡清隽的面孔上，慢慢露出一点浅淡的笑。

时间变得很慢很慢，回去的长廊变得很长很长。灯光渐渐深了又浅，女孩窝在柔软的毛毯和那人坚实的胸膛间，呼吸轻下来。

“你听见了多少啊……”

“听见什么？”

“就……我和商娴说的……”

“最后一句。”

“哦，那就好……商娴说你会忍得很辛苦，其实你不用忍的，反正我们早就领证了……你、你笑什么？”

“我还欠你一件事，在那之前，辛苦也是我应得的。”

“什么事情？”

“婚礼，还有誓词。”

交叠的影子消失在长廊拐角，尽头的露台上，几片雪花被夜风吹进窗。

或许是因为苏荷和商骁的官方团队没有正式公开澄清，网上关于两人无真爱的言论甚嚣尘上，零散聚集，终于来了一波小高潮——微博问答下，一条“商骁和苏荷什么时候离婚”的问题被无数个回答顶成了热门，并因此上了热搜。不同于之前的零散言论，这次是把非议摆到了面上，所有人都开始等待两边官方团队的回应。

邢天娱乐的行政部总监办公室，苏荷原本是就《燃雪》的宣传相关工作来找严奕的，没想到却在严奕的办公室里等到了微博热搜。

严奕坐在办公桌后，脸苦得像苦瓜，半点没了在下属面前的意气风发，他敲着桌面：“自从接手你，我怀疑自己已经老了二十岁。”

苏荷叹气：“那我岂不是太对不住我未来的嫂子了？”

严奕说不过她，换回正题：“《燃雪》一上线就有大爆的预兆，你算是地位稳固了，不用担心舆论对你的发展造成太大的影响。至于夫妻感情这种事，让官方回应太给他们脸了，没必要，你自己想想，发条微博吧。”

苏荷托着脸：“还要发微博吗？”

“当然了，已经上热搜了，你再不回，他们真要以为你心虚了。”

苏荷撇嘴：“我就算回了，想认为我心虚的那些人还是会认为我心虚。”

严奕想了想："也对……呸，少跑题，发一条微博还能累着你吗？"

苏荷眨了眨眼："那我随便发，惹出事情来你可别怪我。"

严奕冷笑了声："做梦，发之前先给我看一眼。"

几分钟后，"商骁和苏荷什么时候离婚"的问题下，一条新的回答被顶上来——

苏荷："别等了，他说他离不开我。"

全网死寂几秒，苏荷的评论区炸了。坐在严奕办公室的沙发里，苏荷笑得像只皮皮虾。

严奕复杂又无奈地看着她："这话真是商骁说的？"

苏荷乐不可支："你觉得可能吗？"

严奕盯了她两秒，摇头叹气道："之前姑父说我还不信，现在算是看出来他到底把你惯成什么样了。"

苏荷笑弯了眼："我们是夫妻啊，他惯我，我也惯他。"

严奕瞥她一眼，收回视线看向评论区——

"脸呢？"

"哈哈哈，这自说自话也太可怜太可笑了吧？天神自己没说这种话，你冒出来装他的口吻，关键还装得一点不像……啧啧，豪门大小姐都这么惨吗？"

"支持小姐姐！就是要这样！打肿他们的脸！"

"就是，人家夫妻恋爱结婚关你们什么事，哪来那么多红眼病死死盯着咒别人离婚的？没听说过那句话吗？熊猫死了你也做不成国宝！"

"苏荷小姐，麻烦要点脸成吗？这话怎么可能是天神说出来的？您是不是脑补太多了？这是病啊，得治。"

"可笑，谁眼红她了？我们就是看不惯她糟蹋我们天神而已，除了家世和脸蛋，她还有什么？她配和天神结婚？"

"哇，这评论区可真是酸啊。"

严奕一边看，一边皱眉，过了几秒，他终于忍不住抬头问："你以你们夫妻间的默契猜测一下，商骁会是什么反应？"

苏荷想了想，莞尔一笑："这种时候，他一贯是用最冷淡的表情做最秀的操作。所以我猜，应该是回复一个字吧？"

几乎是话音刚落，严奕那边刷出了一条新微博——

商骁："嗯。//@苏荷：别等了，他说他离不开我。"

这狗粮吃得他心服口服，只是不等严奕对苏荷说什么，他的主页又有一条新微博跳了出来。

商骁："书籍分享——《霸道少帅的邪魅卧底小娇妻》。"

严奕看完商骁的这两条微博直接掀起的热搜和相关超话下的腥风血雨，悻悻地收起手机，低声咕哝："谁以后再敢在公司的高层会议上提出要把商骁挖来那天，我就把这微博摔到提议者的脸上去。"说完，他抬头看见苏荷，嘴角不由得抽了抽，补充道，"你们这对夫妻，果然没有一个能让人省心。"

苏荷茫然不解："发生什么了吗？"

"你自己看微博就知道了。"

苏荷不解地拿过手机登录微博，几十秒后，苏荷悚然一惊——

"他怎么也发现了这个？"

严奕嘴角再次抽搐了下："你给我解释解释，什么叫'也'？"

苏荷抹了一把脸："往事不堪回首，还是别提了。"说完把手机放回包里，起身往外走，"哥，我先去JA一趟。"

严奕一愣："现在去JA？中午公司就要派车送你去《穿越》节目组录最后一期直播了，你赶得回来吗？"

"我和商骁一起直接从JA走。"

严奕："你是不是忘了你到底是谁家的艺人了？"

"就是因为记得，所以要为公司省资源嘛。我这样的小咖哪能用那么郑重的阵仗？跟三年前一样就好啦。"

有一个记仇的妹妹真是件令人头疼的事情。

苏荷在门前停住，回眸一笑："所以没什么事情就别找我了，一定有事的话，漂流瓶联系吧。"

女孩眼角一弯，笑着做了个拜拜的手势，出门走了。

最后一期综艺开始录制，据说因为场地特殊的需求，节目组专程包机，带着一众嘉宾飞往M市。除了裘宸翔与柯瑜因行程问题不在A市，两人需要单独前往M市，其余四位嘉宾在通往M市的飞机上聚首。

苏荷与商骁同行，两人最先到达。之后来的嘉宾是祁楼，他一进机舱内看见两人，愣了下，表情就很快调整正常，笑着走过来，打了招呼，然后坐到和两人隔着过道的位置。

没过多久，夏诗意也上来了，一看见苏荷眼睛就亮了起来："苏荷你太过分了！那么大的事情我竟然是从热搜上知道的，你说你该当何……哎？骁神在啊。"

扑到一半，夏诗意才注意到坐在苏荷里侧的商骁，不由得讪讪地停住身。

商骁朝她颔首示意。

虽然一起录了不少期节目，但除了苏荷之外的人在商骁面前还是有些拘谨，夏诗意犹豫了下，没敢造次，拎着自己的小包坐到了苏荷前面的位置。磨蹭了几秒，她还是没忍住，扒着自己的座椅外侧，在苏荷面前探出脑袋来。

"荷荷，网上说的都是真的吗？"

苏荷抬头，莞尔道："你是说哪部分？"

"就……你真的是邢天老总的女儿？还和……"夏诗意不自觉地放轻了声音，"还和骁神已经领证了？"

苏荷哭笑不得："这些不是他俩亲口承认的吗，你还不信？"

夏诗意嘀咕道："我就是觉得不可思议嘛，哪有人好好的千金大小姐不当，跑进圈里来遭罪受累，还不依靠家里的关系，如果我是你，肯定早就开着游艇环游世界去了。"

苏荷佯装叹气："说来话长，还是不提了。"

夏诗意自然不会做窥探隐私的事情，闻言眨了下眼睛，换了话题。

一路闲谈，飞机在M市落地。节目组提前安排好的车辆隐秘高效地把嘉宾接到录制场地，只是在开进那片占地广袤的基地大门前，车停了下来。车里的嘉宾在节目组工作人员的安排下，前后下车，站在一起。

夏诗意凑到苏荷耳边，不安地说:“怎么感觉那么像第一期的录制？”

苏荷点头:“是有点像。”她一边说着，一边下意识地看向商骁，却发现商骁正望着基地紧闭的门，眼神里藏着若有所思的情绪。

难得见商骁如此，苏荷走过去:“怎么了？”

商骁收回视线:“我应该来过这里。”

“应该？”

“七八年前来拍摄MV，只是这个基地的外观似乎做过改建，所以没直接认出来。”

苏荷眼睛一亮:“那说不定里面还没变，你之前来的时候，里面是什么……”

话未说完，最后两位嘉宾的车到了。柯瑜和裘宸翔一下车便被工作人员带了过来，节目组开始给嘉宾分发佩戴直播录制的装备。直到编导站出来，苏荷都没能再找到和商骁交流的机会。

编导:“感谢几位嘉宾这一季以来的支持和配合，我们的节目已经顺利进行到了最后一期。这期比较特殊，是以直播的形式呈现给观众，为此再次感谢你们的配合。”编导示意了下自己身后的摄像机位，转回头来，继续道，“这一期的主题名为《深渊》，除此之外还有个副主题。”六个嘉宾一起望过来，编导面带神秘微笑，“副主题很简单，《论演员的自我修养》。”

这个主题搭配这个副主题，听起来就不是很简单的样子。刚想完抬头，苏荷就发现其余人的目光聚集到了自己和裘宸翔身上。

苏荷怔了两秒，很快反应过来——在场的六位嘉宾里，商骁自不必提，祁楼、柯瑜和夏诗意三人都是选秀偶像出身，六人中正经能称得上是演员的，只有裘宸翔和苏荷。

苏荷突然感受到了来自节目组的莫大恶意。

编导自然也注意到了，解释道:“不要误会，这个副主题没有针对哪一位，我们的意思是，在座的每一位都是目标。”说完编导一拍手，“好了，提示到此为止。下面请六位嘉宾戴上头套，依序入场，具体规则将在嘉宾们到达指定位置后放出。”

随着陪伴了一季的熟悉的黑西服大汉的身影出现，六人眼前一黑，踏上了前途未卜的道路。

被罩在头套下，苏荷起初还能听到柯瑜或者夏诗意的声音，随着不知道走了多久，进入某个建筑内部后，苏荷明显察觉到身边的其他声音消失了，她心里一抖。

“快……快到了吗？”

黑西服老哥的声音稳得不行：“快了。”

苏荷松了口气，直到她把这句话听过三遍，才终于发现她那口气还是松得太早了。

“大哥，我们这期的第一项任务难道是竞走、马拉松吗？”苏荷颤着声问，“我怎么感觉自己走了快二十分钟，而且还一直在下楼梯……”

大哥沉默两秒，似乎是看了一眼时间，然后才有点不好意思地说：“你没感觉错。”

苏荷：“这不是直播吗？观众会等哭的。”

“没事，直播还没开始，而且其他嘉宾应该早就到了。”

所以被折腾得半死的只有她一个？

然而，无论苏荷怎样试图套话，大哥都不肯再开口了。又走了五六分钟，苏荷终于听见犹如天籁的一声“到了”，她下意识地伸出手，摸到了一个微凉的质地坚硬的东西，撑住身，做了几个深呼吸，感觉腿软得像面条。

苏荷玩笑道：“我能就地坐下吗？”

没想到这次的回答毫不犹豫：“按照节目组要求，坐下不可以，要躺下。”

苏荷几乎怀疑自己耳朵是不是出问题了，然后她的头套被摘下来——面前是一个偌大的房间，昏暗的灯火里只隐约看得到四根粗壮的石柱撑在角落，其他的视野都被淹没在黑暗里。她手边摸到的是一张摆放在几层台阶上的硕大石床，床上铺满了雪白的花瓣，那白色在昏暗的灯火下被衬得近乎诡异。

苏荷心里哆嗦了下，唯一能让她有一点慰藉的，就是不远处扛着摄像机的摄像小哥了。

苏荷沉默了两秒，问:“我是要躺到这上面吗？”

黑西装大哥严肃地点头，从口袋里掏出一张卡片——

“下面宣读《深渊》的第一环任务。六位嘉宾将会分为三组，每组两人，共同行动。为了公平分组，将会随机抽取三位嘉宾带到三个不同的神秘地点，进行封印，其余三位嘉宾身份自由。自由的嘉宾拥有三十分钟时间，只需找到其中一位被困嘉宾，并就地寻找线索，按照指示解除封印，即可与被困嘉宾组成一队。祝诸位旅途愉快。”

苏荷听完问道:“所以我是被困的其中一个？”

“是的。”

“按照你之前的说法，其余人在我疯狂下行的过程中，很可能已经成组了？”

对方犹豫了下，点头道:“有可能。”

苏荷:“那如果超出三十分钟，没有人找到我，怎么办？”

“余下的嘉宾自动随机成组。”

苏荷转身往台阶上的石床走，咕哝道:“蒙着眼睛走了将近半小时，就算自由嘉宾速度再快恐怕也来不及，而且这么久一直在下行，就算地狱也快下到十八层了吧？”苏荷认命地躺在那张铺满雪白花瓣的床上，合上眼，“希望一觉醒来，节目已经录完了。”

直播的画面此时正给到苏荷的镜头，她的声音被一字不差地收进直播，弹幕里一片欢乐。

“这也太安详了吧，哈哈哈！”

“节目组:做你的大头梦！”

“苏荷参加综艺的理想状态——混吃等死，还能白领工资不干活，美滋滋。”

“哈哈哈，这就是传闻里对除了演戏和天神以外的任何事情都提不起兴趣的咸鱼荷吗？”

“这是个地下宫殿吧？感觉真的好深……本来我还觉得阴森森的，怎么到她这儿突然跑偏到睡美人的路子了？”

“切换到天神了！老公好帅！”

“楼上注意，人家老婆刚躺下呢。”

直播已经切换到商骁那里，只见不同于其他两位自由嘉宾的小心翼翼，商骁在这座地下宫殿里看起来毫不生涩，速度极快。他熟练快速地通过这条石头楼梯下行，每到一个楼层就快速绕入检查，连他身后的摄像师都几乎跟不上他的速度。直到第三分钟，商骁在其中一个楼层看到被绑在石柱上的夏诗意。

夏诗意一看到商骁，眼睛顿时亮起希望的光芒。

“骁……”“神”字未出，只见那人朝她一颔首，然后头也不回地转身下楼梯了。

摄像师明显愣在原地，夏诗意同样呆住。

弹幕里死寂两秒后，一片爆笑——

“哈哈哈，诗意宝贝对不起，你出糗的情况我一般不笑，除非忍不住。”

“哈哈哈，我笑出猪叫！”

“这是什么绝世直男？”

“天神没有感情，没有人性。”

“神之蔑视。”

“傻的都在笑，聪明如我已经吞两斤狗粮了。”

“真狗粮啊，本来我还在奇怪骁神赶这么急做什么，现在才看出来，他明显是猜到苏荷也被封印了，怕被人抢先了吧？”

“翻译一出，笑到一半的我顿时被狗粮噎住了……”

“难怪，第一次见天神做事这么急，这狗粮好吃。”

或许是导演组也察觉了这一点，又或许是其他嘉宾那里实在没有什么值得关注的进度，直播镜头在商骁这里停留了很久，并且成功地拍下了某一层，他在被塞进柜子的柯瑜可怜巴巴的注视下，淡定地把柜门重新合上的过程。在观众几乎要笑断气的时候，商骁终于抵达最后一层。

昏暗的灯火里，踏入底层的商骁在望见石床旁的摄像师后，紧皱的眉终于松了。他唇角微微勾了下，像是安心，又像是松了口气，垂眸平复了呼吸后才走了过去。

一直努力跟上商骁速度的摄像师成功拍下了这个镜头。

于是“哈哈哈哈”和“绝世美颜”的弹幕突然消失，变成——

“如果这都不算爱……”

“这一笑，我真是心都化了。”

“说他们不是真爱的打脸吗？这种眼神不是真爱，你真爱一个我看看。”

“谁以后再敢跟我说他俩不是真爱，我就把这个眼神截图呼到他脸上！”

“疾奔下十八层地狱也得找到你，呜呜呜，妈妈，这是什么绝世神仙CP？”

“这对我嗑定了，谁都别拦我！”

苏荷是真的睡过去了。她坚决不同意是自己心大，一定是灯光太暗的缘故，所以当这一层原本昏暗的灯火突然明亮起来，视野里的黑暗全数被驱散时，苏荷本能地从浅睡里醒来。正上方多了一张熟悉的面孔。

苏荷一怔，随即惊喜道：“骁？”

商骁无奈地望着她：“怎么在这种地方都能睡着，不怕着凉吗？”

苏荷欢喜地坐起身：“我们也太有缘了吧？竟然刚好是你第一个找到我？”

商骁抬手，摘掉她长发间沾上的一片花瓣，眉眼深邃温柔：“嗯，刚好。”

“天啊，我死了！”

“刚好什么啊？他为了你十八层地狱都跑遍了！”

“不不不，不是刚好，是除了你，其他人他看都不看一眼地离开了！”

“这一床花瓣，解封仪式不会是《婚礼进行曲》什么的吧？”

“很有可能哦！”

苏荷既没有预知能力，也看不到直播弹幕，自然不知道真相是什么，她只为两人奇妙的缘分心里幼稚地欢喜了好一会儿，才突然想起来封印的事。

“带我来的人说解封方法在那张卡片上，是给来解救我的人的。”苏荷示意了下石床一角，一张描着金色花纹的白色卡片搁在雪白的花瓣上，她坐在床边，无奈地晃了晃小腿，“他还说解封之前，我不能下这张床。”

商骁闻言，抬手取过卡片，须臾后，眉微挑。

苏荷观察着他的神情，问：“上面说什么了？”

商骁沉默，几秒后，他慢慢从石床边退开。

苏荷一怔:“你怎么……”

话音未落，面前的男人单膝跪下，托起她的手，轻轻地吻在她的指尖上——

“我的一切属于您，我的主人。”

第19章

“主、主人？”苏荷惊吓过度，僵坐在石床上。

与此同时，地下宫殿的每个楼层响起机械的系统播报声：“最后一组嘉宾组队完成,《深渊》剧本第二环节开启。踏过血与泥泞的长路，封印千年的魔王已从长眠中苏醒。当沉沦于无尽地狱的宫殿重现，死亡与绝望终将降临人间。地宫封印解除，倒计时十二小时开始——”

苏荷在震惊里消化完这些消息，大脑急转，她身上的相关物品全部被节目组拿走，苏荷第一时间扑向摄像师小哥——

“现在几点？”

小哥吓得本能地躲开，镜头画面都晃花了：“十一点十五！”

还在考虑要不要上去借手表的苏荷被人从后安抚地托住肩背，顿时像只被命运捏住了后颈的猫。苏荷僵了两秒，听见身后那人无奈地笑：“每一层都有钟表。”

苏荷顺着他的示意看去，还真是。

苏荷轻咳了声：“我就是觉得这个时间有点重要，所以问一问。”

“重要？”

苏荷在脑内飞快地组织措辞，回眸一笑：“你没听到刚刚播报里说的吗？肯定是你唤醒了我这个被封印千年的魔王，按道理你应该是我的爱人的设定，所以这可是我们跨越千年的重逢，难道不重要？”

此时直播间里的弹幕也很嗨——

“吹，你继续吹。”

“别人我都不服，就服小姐姐这张口就来的本事！”

“哇！你是不是就用这样的花言巧语把我们天神的心骗走了？！”

“说撩就撩，必然渣女！”

“这两个人同框也太甜了吧！”

可惜苏荷还没得到撩完的回应，突然被不知道从哪里冒出来的繁复宫装打扮的女佣包围了。

“魔王陛下，您该更衣了。”

苏荷尚未来得及回头看一眼商骁的情况，便被她们簇拥着带进了偏殿。一番折腾后，女佣如潮水一般退去，摄像师小哥被允许进到偏殿，然后殿门砰然紧闭。

走到门前的苏荷一蒙，和摄像师大眼对小眼看了两秒，苏荷迟疑了下：“门……这是被锁上了？”

摄像师小哥在方才因为惊吓过度而犯错给苏荷报了时间，被耳机内的导演警告后，此时完全开启装死模式。

苏荷寂寞地叹气：“难怪刚刚那条播报听起来说了好些东西，其实有用的信息基本没有……所以这是故意把我们分开，让我们先发掘个人身份什么的，在找到关键信息之前，我根本出不了这个房间？”

苏荷的目光瞥向摄像师，看出小哥是不会给自己透露信息了，只得认命地在房间里转起来——这是个十分普通的更衣室，角落里有一个非常漂亮的衣柜，柜门敞开，里面空荡荡的。事实上它挂过一件繁复华丽的复古宫装裙，而裙子此时就穿在苏荷身上。除此之外，没什么值得注意的。

房间的另一侧是休息区，深色的地毯上有两张向同一侧倾斜的单人软椅，软椅上铺着厚重的毛毯，看起来也没有什么值得……苏荷转开的视线突然停住，重新转回视线，抬脚走了过去，到其中一个沙发前，苏荷停住，弯下腰伸手摸向毯子，毯子下扶手的位置隐约露出了什么东西的一角。

等再直起身，苏荷的手里多了一本厚重的书。它的外壳非常坚硬陈旧，苏荷屈起手指在外壳上敲了敲，竟然听见了金属一样的回声。只不过这本书的边角用分不清质地的皮革裹住，上面有经年磨损的痕迹。书的中央横着一条皮带扣似的东西，苏荷犹豫了下，不确定要不要打开。

摄像师把镜头拉近。在导演间那块最大的屏幕上，只见女孩把书举到光下，认认真真翻来覆去地观察了好几遍，才小声嘀咕道："节目组应该不会在这种东西上斥巨资，做一个类似《妖怪们的妖怪书》那样会咬人的怪家伙吧？"

直播恰好到苏荷这里，弹幕一片迷惑——

"妖怪们的什么玩意？那是什么稀奇古怪的东西？"

"哪位大佬翻译一下，听不懂。"

"骨灰哈迷来了！《妖怪们的妖怪书》是《哈利·波特》里那本会咬人的怪兽书，霍格沃茨魔法学校三年级的保护神奇动物课程的课本，看起来很凶但是抚摸一下书脊就会安静下来！"

"我想起来了，《哈利·波特与阿兹卡班的囚徒》里面有，会咬人，还钻进了床底，被哈利用鞋子引出来的！"

"哈哈哈，苏荷想太多了吧，书长了嘴巴？怎么可能！"

苏荷自然不知道弹幕里对自己的吐槽，在小心翼翼地观察之后，确定应该没什么陷阱，她才放下心，打开了那个皮带扣。大约三指宽的皮带扣解开后，古书上原本被遮挡的部分露出一排字迹——《魔王起居注》。

苏荷迟疑了下，还是把封皮翻开，发现这并不是一本书，而是一个挖空内里，看似是古书的盒子。随着苏荷打开盒盖，一只纸片做的"烈焰红唇"伸展到半空，一开一合地机械动作起来。与此同时，盒子里被固定的平板电脑亮起，开始播放一段由机械背景音解说的带噪点的黑白录影。

"很久很久以前，诞生了一位魔王。她生而拥有一座地下宫殿，宫殿里每一层都沉睡着无数的白骨士兵。在她诞生并睁开眼的那一日，地宫随她浮现，白骨士兵像是潮水遮蔽了天日，人间迎来了无尽的黑暗、死亡与绝望。魔王骄奢淫逸，贪婪无度，劫掠了世间最华美的财宝和最英俊的男子藏进她的宫殿，放任她的白骨士兵在人间肆虐作乱，不管不问。人类无数次想要趁地宫空荡偷袭魔王，然而每一次的刺杀都被魔王的贴身侍卫长消解——他是魔王最忠心的仆人，曾起誓将自己的一切献给魔王，更是地宫最无畏的强者，没有人能在他面前进入魔王的地下宫殿。然而人类始终是有神庇佑的，他们之中诞生了最智慧的王子，王子率领军队剿灭了所有的白骨士兵，最终兵临地宫之前。在王子即将杀掉魔王的时候，魔王的贴身侍卫长以自己的生命为代价，将魔王救下，并把她和地宫一起封印进地底。临死之前，侍卫长躺在魔王的怀里，向她承诺——蛰伏千年，地宫的旗帜终将竖起，届时他会归来，唤醒沉睡的魔王，让白骨大军带着绝望与死亡，重临人间……”

固定在盒子里的平板电脑暗下去，苏荷回神，皱眉道：“所以，我和商骁是这期的BOSS，等着其余四人里的王子带着他的军队来剿灭？怎么听怎么觉得反派不可能有好下场啊。”

正在此时，平板电脑的屏幕上亮度一跳，再次有声音和几行字浮现：“魔王陛下，恭贺您重新醒来。地宫即将现世，您只需要坚持住最后的十二个小时，当积蓄千年力量的地宫重临人间，将无人阻挡您的威名。但在这十二个小时内，刚刚苏醒的您力量无法恢复，只能依靠侍卫长和地宫阵法机关的守护，人类王子和他的队员现在正试图闯过那些机关，如果他们到达最底层，您将面临再次沉睡的危险。现在，您有两个选择——奋起反抗，毁灭世界；混吃等死，坐享魔生。您有三分钟的考虑时……”

还没说完，苏荷就伸手点向其中一个：“这种事情还需要考虑吗？我选第二个。”

机械的播报声似乎被噎了一下，过了几秒才慢吞吞地说：“您的新剧本《混吃等死》已下发，请查收。”

苏荷面露惊讶：“这还有剧本呢？等等，副主题叫《论演员的自我修养》，不会说的就是这个吧？”

安静的偏殿里，除了装死的摄像小哥，自然没人能回答她。很快，平板电脑上界面一闪，模拟的画面果真像小剧本一样摊开。苏荷看着上面的墨水字迹读了出来：“第一场，去忠心耿耿的侍卫长房间表示一下对他的慰问。”

话音刚落，偏殿紧闭的门砰然打开。苏荷眼睛亮了起来，合上盖子，抱着盒子就往外走，背影欢快地几乎要蹦跳起来——

“老公，我来啦。”

苏荷找过地宫最底层的每一个房间，除了一个上锁的房间没能进去，把其余的翻遍了才终于在尽头找到侍卫长的寝居室。

房间里，商骁穿着一身复古风格的西式佩剑装，外套线条利落漂亮，袖口与领扣的位置绣着金色的纹路，下身笔挺的长裤皮靴更添了几分凌厉。苏荷看得呆了几秒，回过神，连忙进门。

她绕着商骁转了两圈，停下来感慨道：“这是侍卫服吗？你怎么把侍卫服穿得这么好看？我们把这套也跟节目组买下来好不好？”

商骁微怔，随即无奈地垂眼，抬手点了点她领口的微型麦克风。苏荷一下子反应过来这会儿还在直播，本能地伸手去捂，然而已经晚了。

直播的弹幕欢乐一片——

“哈哈哈哈，我听到了什么？”

“谁来解释一下这个‘也’是怎么回事？你们夫妻俩都做过什么？”

“啧啧，这么个夸法过分了，苏荷这是要在直播里巩固自己天神第一吹的位置啊！”

“又是一嘴狗粮……”

“苏荷好可爱，明明那么咸鱼却只为天神活泼起来！”

“之前不是有采访问苏荷最喜欢的两件事是什么，她说演戏和天神。”

苏荷可以猜到直播的观众肯定要奚落自己一番，不由得脸颊微红，脑海里飞快地考虑着转移话题，视线在这个同样十分干净简洁的房间里一飘，很快就被床旁柜子上的一个小娃娃吸引了。

“这是什么？”苏荷走过去，好奇地拿起来，放在手心端详。

这只娃娃并不大，圆头圆脑的，脑袋和身体就像两个椭圆形的球接在一起，质地似乎介于木制和陶制之间，因为油彩抹得太重，一时分辨不出来。

苏荷盯着它看了两秒，越看越觉得眼熟，又端详片刻，恍然大悟：“它身上穿的是跟你一样的侍卫装，它就是你吗？”

商骁走到她身旁，闻言点头道：“喜欢吗？”

苏荷看了看手里同样穿着黑底金边的侍卫装的小胖娃，脸上洋溢着笑，眼睛都弯成了月牙，可爱极了，她诚实地点点头：“喜欢。”

“那送你了。”

“哎？可是它在你的房间里，难道不是跟我这个盒子一样，是象征你身份的东西吗？”

商骁点头：“是。”

苏荷把它递给商骁：“那你不能送我，万一之后任务里用得到……”

“我的任务就是保护你。”商骁一停，垂眸笑了，牵起女孩递来娃娃的手，再次轻吻她的指尖，眼帘微掀，漆黑的眸子里熠熠地亮，“而且我说过，我的一切都属于你，我的主人。”

苏荷觉得指尖像是被烙铁轻轻烫了一下似的，那种灼热感一直顺着手指传到心房，她面颊上的红晕染开，却强撑着说道：“那我可能要给你拖后腿了。”苏荷抱紧怀里的盒子和小娃娃，眼神游移，“刚刚这本起居注问我选毁灭世界还是混吃等死，我选了混吃等死。”

商骁一怔，不由得失笑：“不愧是你。”

苏荷心虚，撇开视线，道：“我平常不这样，还不是因为之前蒙着眼进来的时候走的路太长了……”

几乎是话音刚落，整个地宫底层的灯火蓦地暗了几个亮度。与此同时，房间门外的女佣恭敬地出声道：“魔王陛下，您该就寝了。”

苏荷一怔，心知这是剧情，即便有点不舍得也只能“哦”了一声。

商骁走在她身侧："我送你过去。"

苏荷刚想愉快地点头，就听见女佣低着头道："侍卫长大人，您只有在魔王陛下传唤您服侍时才能去陛下的寝宫。"

两人一顿。

苏荷试探地问："那我现在传唤可以吗？"

"不可以。"

考虑到在直播，苏荷还是按捺住给节目组捣乱的心思，一个人随着女佣回去了。几乎在她刚坐上铺满白色花瓣的石床，苏荷怀里的盒子"咚咚"响了两声，像是提醒她打开自己。

苏荷怔了下，自言自语道："原来又是要我们各自走剧情才让我们分开的吗？"

一边说着，苏荷一边打开盒子，然后看见平板电脑上浮现出一句话："第二场，传唤侍卫长服侍。"

苏荷忍无可忍地扭头看向摄像小哥，控诉地晃了晃手里的娃娃："这是木偶戏耍着我们玩吗，既然要来，那刚刚我问的时候干吗不让？"

镜头对面的导演组自然高冷而沉默。

又过了片刻，方才的女佣领来了一身侍卫装的商骁。

苏荷晃着小腿坐在石床边，欣赏着那道修长挺拔的身影在地宫底层的灯火明暗间走来。灯下，她的眼睛望着那人时像是藏着光，乌黑晶亮。

弹幕顿时酸成了柠檬海——

"配音：我老公真帅！"

"行行行，知道那是你老公了，快别看了，再看你就要把人吃掉了。"

"哈哈哈，追星少女的眼神！看见苏荷的目光仿佛看见了自己！"

"有点喜欢她了……"

等商骁停到石阶下，苏荷情不自禁地要站起来，只是女佣的声音先响了起来："请侍卫长服侍陛下褪衣脱靴。"

苏荷茫然地扭头："这么逼真的吗？而且这么麻烦的外裙我不是才刚穿上？"

女佣装没听到。

苏荷又转回来，把小腿和脚往回收，同时尴尬地笑道："我自己来……"

话没说完，石阶下的男人已经上前，单膝跪在阶上，同时挽起繁复的宫装长裙，托起女孩裙下的白色绑带长靴。

商骁抬眼："还记得这期的副主题吗？"

苏荷沉默两秒，眨了眨眼，低声说："我当然记得……可是对着你跟对着别人又不一样。"

商骁眼神微晃了下。须臾，他垂眼，骨节分明而漂亮干净的手轻轻起伏，把白色长靴上的绑带慢慢解开，同时低声道："服侍主人是侍卫长的职责，而且……你是不是忘了醉酒那几次，是谁带你回家的？"脱下长靴，商骁抬眸，眼底带笑。

听懂了他的潜台词，苏荷的脸顿时红到了白皙的脖子上，她心虚地挪开眼，心道原来商骁已经帮她收拾过不止一次了吗？

等终于褪下繁复的外裙，苏荷穿着纯白的棉质内裙坐在石床上，期待地看向女佣："我可以睡觉了吗？"

这还真是把混吃等死贯彻到底了。

不等女佣回答，放在手边的起居注盒子再次咚咚地响起来，苏荷拿起盒子打开，机械的声音响起："陛下，您一千年前掠夺的随宫殿一同沉睡的男子们也已经醒来，请您挑选今晚侍寝的那位。"说完，平板电脑上出现一幅宫廷画。

苏荷失笑道："怎么可能，我一定对天神矢志不……咦，长得还挺好看。"

话音刚落，弹幕里立刻被满屏的"哈哈哈"覆盖。

"哈哈哈哈，我已经笑疯了，天神还在呢小姐姐，你瞎说什么大实话！"

"哈哈哈，孩子才做选择，而我都要！"

"小姐姐的求生欲急速下线，您的死亡Flag已立起！"

"天神的死亡凝视……"

尽管看不到弹幕里的提醒，但求生本能还是让苏荷在第一时间回神，连忙清了清嗓子："这个……好看归好看，但侍寝还是算了……"

"有多好看？"石阶下，垂眸站着的男人出声问道，淡淡抬眼，漆黑的眸子里闪着危险的情绪。

苏荷想都没想，斩钉截铁道："没你好看！"说完这句，怕还不够，苏荷坐在石床上一脸严肃道，"真是的，我的宫殿里怎么可能有侍寝这种东西呢？"

那几乎溢于言表的求生欲让旁边的女佣差点没忍住笑，但职业素养使然，很快她还是板起脸，道："魔王陛下，您一定是沉睡太久所以忘记了，起居注里有记载的。"

女佣说完，苏荷抱着的盒子里，机械的声音再次没有感情地念起之前的话："魔王骄奢淫逸，贪婪无度，劫掠了世间最华美的财宝和英俊的男子们藏进她的宫殿，放任她的白骨士兵们在人间肆虐作乱，不管不问。"

英俊的男子，还"们"？所以这是一早就挖好了坑等着她跳？

苏荷表情严肃地看向商骁："和我没关系，一千年前的那个干的。"

商骁还未开口，旁边的女佣低着头说："陛下，您是地宫的王，这儿的一切都属于您，您无须也不应当向奥拓维侍卫长解释，他只是您的仆人之一而已。"

苏荷一怔："奥拓维？"她看向商骁，"这是你这个身份的名字吗？"

商骁没有开口，女佣接话道："这是您赐予他的名字，陛下。"

盒子里的机械声再次响起："起居注里有关于陛下与奥拓维侍卫长的记载，陛下要听吗？"

苏荷一怔，立即点头道："听。"

盒子里响起沙啦沙啦的声音，平板电脑上开始放映黑白色的噪点很重的画面。画面中央，穿着魔王服饰的女人坐在纱幔遮挡的王座上，在一群看不清脸的宫廷装男子的簇拥下喝酒享乐。

直到纱幔外一个女仆小心地跪下，禀报道："陛下，人类的大军已经攻到地宫外，奥拓维侍卫长浴血奋战，受伤太重，恐怕无法……"

"少废话！"

纱幔里飞出来一只纯金的酒杯，狠狠地掷在地上，魔王妩媚动听又冷冽的声音传出来："我只要他服侍我就寝！他是我的仆人！就算重伤，爬也要爬来服侍我！"

“是，陛下。”

画面切换，身形修长的侍卫长佩着长剑走入殿内，雪白的披风被鲜血染得通红。他每前进一步，似乎都会牵动伤口，在灯火的辉映下，长廊上已经画下一条血染的路。他最终缓缓停住，在王座的石阶下，单膝跪地，以手抚胸，垂首道：“陛下。”

其他人不知道何时已经退了，只有魔王一个人坐在王座上，眼神慵懒地望下来，看着他那样跪着，看着血滴在地上汇成浅浅的一摊，魔王低声笑了。

“他们都以为是我救下了你，其实不是，那时候父皇和母后还在，我偷偷打开地宫溜去了人间，所有人都嫌我肮脏丑陋，说我身上沾染着从地底血河里爬出来的肮脏气息，所有人都想杀了我，是你救了我，奥拓维。那时候你还是个人类的小孩，有着柔软的发和金色的眼，还不及现在身高的一半，但你护着肮脏的我挡在那些大人面前，后来，你为了哄我开心，像现在这样单膝跪在我面前，告诉我你会为我献上你的一切。”

魔王扶着座椅慢慢起身，缅怀的笑容渐渐冷了下来，她慢慢歪了歪脑袋：“可是为什么呢，奥拓维？你为什么要为我献上自己的一切？连父皇和母后都把我看作最无能卑贱的败笔，我从那些比我优秀无数倍的兄弟姐妹里厮杀出来，只有你，从开始到最后，只有你一直站在我的身边。”

她走下台阶，拖着曳地的长裙，裙摆铺在台阶上，像一朵绽开的玫瑰，花丛与荆棘绕过她白皙的锁骨，血一样的艳丽盛放在她玫瑰色的眼瞳内。她俯身，轻轻托起面前跪着的男人的脸，葱白的指尖缓慢温柔地抚摸过他俊美的溅着血痕的面孔。

“你爱我吗，奥拓维？”

那双深邃的眼被垂下的眼帘遮住，跪在地上的人唇角轻勾，笑意温和，声音清冽冷淡：“我的一切属于您，我的主人。”

魔王蓦地扬手，狠狠地甩了他一耳光，她转身回到王座，薄肩与声音一起战栗——

“还好你记得，你只是个仆人，是最卑贱的人类！凭你也想爬上我的位置？

你不配！”

在魔王声嘶力竭的尾音里，画面暗了下来。

苏荷回神，嘴角抽了抽，开始扳着手指总结：“所以是侍卫长救了我，我让他成了我的仆人，然后我骄奢淫逸，抢了一堆男子养在宫里。侍卫长为我浴血奋战，伤重得要死了，我还逼他来服侍我而且还要羞辱他？真是渣得明明白白啊。”苏荷绝望地抬头看向镜头，“这确定叫《魔王起居注》而不是《渣女起居注》吗？”

自然没人给她回应，女佣面无表情不为所动，一派“您是陛下，这是理所应当”的淡定。

苏荷叹气：“好吧，那我准备睡了，侍卫长大人也可以回……”

“陛下，您又忘了一件事情。”

女佣抬手，清脆地拍了拍巴掌，几个女仆打扮的用人端着红酒、醒酒器和酒杯排队进来。

苏荷眼神逐渐呆滞：“这是要做什么？”

女佣淡定地看向石阶下站着的商骁：“陛下每晚睡前都需要饮一杯红酒才能安睡。侍卫长大人，请您为陛下试酒。”

苏荷不禁在内心质问导演组，地球是不是盛不下你们了，你们是准备上天吗？

事实上，不止苏荷心里炸了，弹幕同样在安静之后陡然掀起浪潮——

“导演组你们想干吗？天神不是滴酒不沾吗，这是所有人都知道的事情吧？”

“导演组搞事哦！”

“放开我们天神！”

“咦，只有我一个人很期待吗？”

“激动！想看天神尝酒！”

“你们就这么想看天神破忌吗姐妹们？怎么能这样！好吧我也想……”

“啊！拿起来了！天神他真的把杯子拿起来了！”

几分钟后，与直播同步，继“天神我的主人”，又有一条“天神喝红酒”冲上微博热搜前排。

地下宫殿的就寝时间显然不是按照正常作息来的。苏荷独自趴在石床上，一盏一盏地数那些昏暗的灯火，心里很清楚眼下更像是剧情前的冷却时间。按道理，另外四位勇士现在应该正在地下宫殿的上面几层费尽心思地攻克关卡，努力向魔王所在的最底层进发，而她大概需要等到他们带来的某个契机，才能触发新的剧情。

这么一想，苏荷顿时觉得眼下的无聊是十分值得珍惜的幸福，她正经地调整好姿势准备睡一觉，然而她的醒悟来得略晚——还未选好最适合的入眠姿势，苏荷突然听见被自己放在床头的盒子传来“咚咚”的两声轻响。

“好想扔掉啊。”苏荷诚恳地感慨完，还是无奈地坐起身，把盒子拿起来打开，平板电脑上显示着一行字迹：“第三环，为了千年后的再次归来，请混吃等死的魔王陛下重新封藏地宫的命石。”

混吃等死的魔王？苏荷感觉这个盒子在嘲讽她。

“地宫的命石？”苏荷茫然地读了一遍，“这是什么东西？怎么不记得我听说过？”

“陛下——”

一个声音突然从殿外的长廊上一路传进来，带着焦急和紧迫。

苏荷听出是之前的那位女佣，刚惊讶地抬起头，就见对方奔到石阶下跪了下去：“陛下，不好了，人类已经攻到地宫的倒数第三层了！”

苏荷下意识地扭头看了一眼这层的钟表，还有一半多的时间。深知这应该和自己选择“混吃等死”有关，苏荷心虚地轻咳了声，站起身：“我知道了。”

“陛下，为今之计，还请您立刻封藏地宫命石。只要命石尚在，您就永远不会陨落，就算再沉睡千年，仍有卷土重来的一天！”

苏荷意外地看她：“你知道命石在哪儿？”

“当然，地宫的每一个人都知道。只是地宫现世时命石会是最完美的形态，这种形态下没有人有资格接近它，除了您——地宫的主人。只有您的血脉能够让它温驯归顺，只有这样才能将它封藏，让地宫重新沉入地底，进入安眠，等待再一次的归来！”

苏荷听得心情复杂。

“陛下，时间不多了！请您尽快……”

“我就问一个问题哦。”

女佣说到一半的台词被打断，不解地抬头看向苏荷。

苏荷一本正经地说：“其实之前我就觉得很奇怪，这个盒子告诉我，人类王子带领着他的队员向地宫最底层进发，一旦被他们穿过重重关卡到达这一层，那我可能会面临再次沉睡的危险——是再次沉睡，而不是死？”

“当然，只要命石还在，您就不会陨落。”

苏荷无意识地敲了敲手里的盒子：“命石在，我就不会死，可我想带着地宫沉睡，还要把命石封藏？”

“没错。”

“哪里没错？有错啊。”苏荷站起身，从石阶上走下来，“很明显还有第三个选择，可这个选择对应的结果却没人说，如果他们到达最下面这一层，而我并没有封藏命石，会发生什么？”

女佣蓦地愣住：“这……以前没有发生过这样的事情，所以我也不知道。”

苏荷眼睛亮了起来：“那我还真想试试了，看到底是导演组的疏漏，还是另有结果。”

直播选镜到苏荷这里，弹幕再次欢乐起来——

“苏荷：都让让，我要搞事了！”

“苏荷这里跟祁楼他们的画风差太多了吧，这么一对比，这边简直岁月静好，祁楼他们好惨！”

“他们是体力活，这边是脑力活。”

“话说苏荷这个问题很有逻辑啊！”

“哈哈哈，就是太有逻辑了，我估计导演组应该是疏漏了，此时他们内心大概有一万句骂人的话吧。”

“导演组：来来来，你来！”

“这届节目组可太不容易了。”

导演组的表情苏荷看不到，女佣的表情她却是看得很清楚——看起来像是在思考要不要用强制手段把她拎过去，然后就听见女佣开口问:“陛下，就算您不在乎自己，难道也不在乎侍卫长大人吗？他与您不同，命石只能保证您的生命，却无法保证他的生命，如果命石无法带动地宫重新沉入地底，那么为您立下赫赫战功的侍卫长大人，那些人类是绝对不会放过他的。”

苏荷沉默两秒，转向镜头，语气严肃地开口道:“我不是因为私心，也不是舍不得天神，我就是觉得给节目组添麻烦是不好的行为，所以还是按照剧情走吧，麻烦带路。”

弹幕里又酸了——

“好的，又是一嘴狗粮。”

“我妈问我为什么一边看直播一边汪汪地叫……”

“天神第一吹兼天神第一护！”

“呜呜呜，我好酸！”

被领到地方，苏荷才发现所谓的命石和搁着命石的柱子连在一起看，就像一盏落地灯，唯一的区别大概是这个落地灯的灯泡，啊不，命石是可以取下来的。

命石脱离柱子，便从方才散发光芒的样子变成了一颗普通的水晶球，光源显然在搁着命石的柱子里。苏荷心情复杂地瞥了它一眼。

女佣大约是察觉了她的心理活动，十分坦然自若地在旁边为这颗命石找补:“陛下您看，只有被您取下来，命石才会温驯，等待下一次力量积蓄。”

苏荷无奈，毕竟这个节目还有一半是自己家公司投资的，假装相信好了，于是问她:“我要把它放到哪里才算是封藏了？”

“请您跟我来。”

女佣领着苏荷走到地宫最底层尽头那个一直上锁的房间外，拿出一把钥匙，打开了门。

“陛下，封藏点就在这个房间。”

苏荷却望着女佣收回钥匙的手，若有所思。

“陛下？”

苏荷抬头问她：“这个房间的钥匙，都有谁有？”

女佣愣了下，低头道：“只有我这里有。能够在千年以前得到陛下的信任，是我的荣幸。”

“这样吗？”苏荷眼神一闪，不知道想到了什么，嘴角轻勾了下，“原来是这样啊……”

面对苏荷高深莫测地好像发现了什么的模样，女佣想要开口问，最终还是咽了回去，跟着苏荷走进这个打开门的房间。

几秒后，在女佣的指引下，苏荷站在了房间仅有的一张桌子前，桌子上搁了一个密码箱。

苏荷终于维持不住几秒前的高人姿态，嘴角的笑容一僵，扭头看向身旁的女佣：“你不会要告诉我，让我把这个关乎整个地宫生死的命石放在这个密码箱里就算是完成你们说的‘封藏’了吧？”

女佣眼睛都不眨一下，说道：“当然，这可是世界上最安全的地方。而且箱子里刻下了法阵，只要命石封藏在内一个小时后，法阵就会开启，地宫将沉入地底，等待再一次的重临人间。”

苏荷叹气，转回头，一边弯下腰准备把手里的水晶球放进箱子，一边感慨道：“这还真是我听过的最一本正经的胡说八道了。”说着，苏荷就要去按密码箱上的开门按钮。

女佣一惊：“等等，苏小姐！”

苏荷怔了下，怎么连自己的真实名字都叫出来了？然而下一秒，她就知道了——只见面前的密码箱的门竟然随着按钮按下毫无征兆地突然弹开。苏荷出于受惊，本能地倒退一步，手里一滑——“砰，咔嚓！”

镜头里外，一片死一样的安静，持续了几十秒后——

“哈哈哈哈，我笑死在这个节目里了！”

“楼下警报都被我笑响了，哈哈哈！”

“命石碎了！它竟然碎了！”

“哈哈哈，完了完了，全地宫共沉沦，这可太尴尬了！”

“苏荷：我就问问节目组，这个结果你们料到了吗？没想到吧？”

“笑死我了，这个直播是不是到此结束了啊？”

“人类一方突然获得胜利？”

现场呆住的三人里，闯了祸的苏荷第一时间反应过来，想都没想，嗖地一下挡在镜头前，面带微笑：“刚刚只是你们的一个错觉，你们什么都没看见，地宫的命石怎么可能摔一下就碎呢？等我给你们施展一个魔法……”

苏荷一边挡着，一边在背后疯狂给女佣打手势，让对方去找一个替代品来。

这么一会儿的缓冲，整个导演组回过神，导播间里一阵暴动，所有的节目组人员全部调动起来，疯狂寻找替代品。其他嘉宾隐约有所察觉，但都不知道发生了什么事，至于直播的弹幕，基本都已经笑得滚到床底下去了。

在全节目组的努力下，新的水晶球很快被找来，苏荷像什么都没有发生一样，以“魔法复原”为借口，糊弄过了这个问题，但这并没有阻止“水晶球碎了”和“论一个演员的基本素养”在短短几分钟内，手拉手冲上了微博热搜。

回归录制现场，女佣和摄像小哥满头虚汗，即兴表演了三分钟的苏荷却是异常淡定，她把新的水晶球放进密码箱，扣紧弹出来的罪魁祸首的门，只有按在门上隐隐发白的指尖能看出她此时的内心显然并不平静。

苏荷一边在心里估量着自己会受到多少网友的热情嘲笑，一边转向女佣，问：“这就可以了吧？”

女佣小心翼翼地提醒她：“陛下，还需要一个密码。”

都是魔王的命石了，封藏起来还需要密码，这件事节目组真的不觉得有问题吗？

苏荷在心里叹气，面上仍保持微笑：“什么密码呢？”

“四个数字即可。”

“四个数字？”苏荷想了想，问，“现在几点？”

“14:52。”

苏荷又想了想，问：“那魔王的生日是哪天？”

女佣沉默了两秒，答道：“二月二十九日。”

“设定好了。”苏荷在没有让任何人看到的地方完成了密码设定，转头问，“现在可以了吧？”

女佣点点头。

正在此时，房门内突然冲进来一个惊慌的女仆——

“不好了陛下！那些人类就要打到这一层来了！”

苏荷默然。

她身旁的女佣却突然拉起她的手：“陛下，您千万不要将设定的密码告诉任何人，这一个小时内，一旦密码箱打开，命石被取出来，您就会变成任人宰割的状态，到了那时候，地宫就真的完了！”说完，女佣提起剑，拎起裙摆大步向外走去，“随我去拦截那些人类！”

苏荷站在原地，等那些身影都消失在门口，她才慢慢低下头，她的手心里，有一个被塞进来的纸团。苏荷眼神微闪了下，随即开玩笑地自言自语道：“节目组能不能有点新意？”

纸条打开，上面只有一行潦草的小字——“侍卫长不可信任”。

看清这行字，弹幕里惊讶一片，然而镜头内的女孩看起来却丝毫不意外。不知道是信了还是没信，她把纸团重新叠好，收了起来，然后无比淡定地走了出去。

长廊内非常安静，灯火明暗间，一片片金属甲胄反射出刺眼的光。之前的女佣和地宫其他的仆人倒在这些人类军队的脚旁，而他们的前面，是除了苏荷之外的五位嘉宾，分散着站在同一边。为首的不是别人，正是那位对魔王陛下最忠心耿耿的侍卫长大人。

四目相对，孤身站在这一边的苏荷突然觉得有点冷，她弯眼笑了笑，明媚漂亮：“喂，奥拓维，你不是起誓过会将自己的一切全部献给我吗？”

一身侍卫服的男人站在光影的分割线上，那张清隽的面孔被打磨出凌厉的弧度，再也看不出之前的半点温和，连眼神里都只剩下冰凉的冷淡。

“那是奥拓维说的，和我无关。”

苏荷垂眼，目光微微暗下来。

站在对面的男人见到女孩的反应，几乎是本能地皱眉，下意识往前踏出一步。而他身后，淡笑不语的裘宸翔突然早有预料似的抬手，扯住了他的衣角。

“王子殿下，魔王有着蛊惑人心的力量，您不可以离她太近。”

话音刚落，前一秒还很沮丧的女孩此时已经轻笑起来：“你们太过分了吧，这么多人欺负我一个弱女子？”

昏暗的光下，女孩眼波流转间多了点迷惑人的神采。

裘宸翔淡淡一笑，转移了话题：“魔王陛下怎么会是普通的弱女子呢？而且，看来您对殿下的背叛似乎并不意外，难道您早就猜到了？”

苏荷摇了摇头：“没有猜到，只是觉得不太对。魔王养了无数男子，都那么渣了，侍卫长最后竟然还以自己的生命为代价救下了她，兢兢业业地继续转世来找她，这怎么想都不合逻辑吧？”苏荷一顿，继续道，“而且无论是起居注，还是地宫里的人的言行，都在不止一次地告诉我，一千年前的魔王殿下对于这位为自己出生入死的侍卫长并不信任。”苏荷转向商骁，莞尔一笑，“对不对？”

商骁未语。从那个时常温柔微笑的侍卫长角色中脱离出来，此时这个属于人类王子的冷淡一面，倒是让其他人找到了他自身的现实感。

沉默之后，商骁走上前：“答案我早就告诉你了。”他停在她身前，“那只娃娃还在吗？”

苏荷一怔，还是打开了抱在怀里的盒子，拿出了那只弯眼笑着的小侍卫长。

商骁伸手接过，用力一按，“咔嚓”一声轻响，那个娃娃从中间裂开一条缝隙。

苏荷瞳孔一缩：“别……”

余下的声音却自动咽了回去，因为等男人再摊开手，她才发现对方并不是捏碎了那个娃娃，而是娃娃本身在上衣与裤子之间就有一条细微的接缝——这是个小套娃。黑色的侍卫服内，里面小了一号，穿着白色王子装，面无表情的小娃娃露了出来。

苏荷眼底露出意外又惊喜的情绪，伸手拿过两个娃娃，本能地低呼道：“好可爱！”

商骁眼底掠过无奈，只是很快便按捺下来，神色恢复冷淡。

苏荷也无缝转进戏里，小心翼翼地将两只大小不同的娃娃一起收进起居注的盒子里，然后才抬头问他：“但我还是不太明白，为什么你费尽心思和手段在我身边那么多年？明明你有很多机会置我于死地才对。”苏荷一顿，又说道，“一千年前，魔王应该就发现了这一点，她同样不明白，就算是借她的手杀掉了那些远比她优秀的兄弟姐妹，但在那之后，他为什么不杀了她？她不明白这一点，所以才会那样试探侍卫长。”

面前的男人冷淡地抬眼道：“你比她聪明，应该猜到了。”

苏荷僵了下。

商骁慢慢从她肩旁擦身而过，冷漠地侧眼，道：“你为什么在拖延时间，我就是为什么在你身边蛰伏了这么多年。”

苏荷猛地伸手抓住他的衣角，面上撑起灿烂的笑，只是声音里带着战栗：“你……你不会知道密码的！我只是随便设了一串数字而已！”

“是吗？”

男人停住身，下一秒，他微微侧转回来，抬手轻柔地托起女孩的下巴，垂眼望着她，面上的笑好像从前那样温柔，什么都没变过，唯独那双眸子漆黑，深不见底，透着森寒漠然的冷淡。他声音低沉，如情人间的呢喃。

“那你怕什么呢，我的主人？”

苏荷的瞳孔蓦地一缩。下一秒，趁她心神松动，那人挣脱开被她攥着的衣角，转身进到她身后的房间内。苏荷蓦地回神，惊慌地跑了进去。

商骁停在那只密码箱前，单膝微屈，俯身下去，在密码盘上轻轻拨弄起来。

“你说得对，如果你真的是随便设置了一串数字，那么这一次我确实只能空手而归，但……你真的只是随便设置的吗？”

咔嗒，第一个表盘红点转到数字一。

“事实上，一千年前你确实是谨慎过的，所以即便那时我尽了全力，到最后也只能得到一个让地宫再次进入沉睡的结果。”

咔嗒，第二个表盘红点转到数字一。

“而这一次，你输了，因为你没有守住自己的心。”

咔嗒，第三个表盘红点转到数字一。

“明知道不应该，但你还是没忍住……”

咔嗒，第四个表盘红点转到数字五，继而按钮被直起身的男人按了下去，“砰”的一声轻响，密码箱的门弹开，水晶球露出，封藏一小时的倒计时永远停了下来。而那人扶着金属箱门，转回身，望着脸色苍白的女孩，唇角一勾，眼神冷淡。

“你还是没忍住把密码设成了我们相隔千年重逢后，我唤醒你的那个时间。你最大的错误，就是不该爱上一个仆人，我的主人。”

第20章

“所以你救了我，只是为了彻底杀了我，再断掉地宫的传承，让它永远不可能重现世间……”

女孩抬眸，露出一个惨淡的笑容。那人没有回答，眼神冷淡。

女孩莞尔笑了：“人类的王子都像你这样冷漠吗，奥拓维？那现在命石已经在你手里了，随时都可以毁掉地宫，你准备如何处置我呢，奥拓维？我死了之后，你又会怎样？”

那人垂眸望着她，平静开口道：“我要你死，而我会荣归王座。”

“用我的血铺垫你回去的路吗？听起来也不错，只是没想到，原来你这么恨我。”

“恨你的不是殿下，而是殿下的所有子民。”温和的声音在苏荷身后响起，裘宸翔笑意淡淡地靠在门上，“你不会被立即处死，魔王陛下。你会被关进最肮脏的地牢，等待着人类子民的审判，然后他们会在地宫前最炙热的阳光下竖起十字架，将罪恶的魔王捆绑在十字架上，用最滚烫的火焰将你罪恶的身躯烧成灰烬——这将是殿下回归，登上王座的最佳祭礼。没有了命石的庇佑，死亡于你将是永夜，不再是一场会醒来的长眠，再也不会有人等在一千年后守着你醒来了。对于这样的结局，你还满意吗，魔王陛下？”

苏荷沉默了两秒，抬起头，没有看裘宸翔，只望着房间中央的那个人，望了几秒，她轻笑了声：“我很期待。”

裘宸翔笑容一冷，变作面无表情的模样，扭头看向身后的士兵：“把她押进地牢。”

“是！”

穿着金属甲胄的两名士兵应声上前，一左一右站到苏荷身旁，伸手就要钳制住苏荷的手臂。

“等等。”

那个熟悉的冷淡声音在此时响起，叫停了几人的动作。

裘宸翔目光一闪，显然有超乎预料的事情发生了，但他很快反应过来，侧着往前跨出几步，恰巧拦在商骁面前：“殿下，您应该去准备登基仪式了。在审判和祭礼开始之前，您最好离这位魔王远一点。”

商骁却未看他，转身绕过裘宸翔，直接走到苏荷面前，停住身，垂眸看向面前的女孩。四目相接，空气安静了几秒，商骁突然俯身，将女孩直接打横抱了起来。

“殿下！”旁边的两个士兵急了，说好的剧情可不是这么发展的啊！

裘宸翔也笑着阻止：“这不合适，殿下。她是魔王，而您是带领人类剿灭魔族的王子，如果让子民看到您和这个魔王在一起，会对您的名誉产生危害的。”

商骁皱起眉，目光冷淡地扫过来，丝毫不为所动。

裘宸翔有些头疼地笑起来：“如果您坚持，至少给我们一个理由。”

商骁抱紧怀里的女孩：“她是我的主人，到死都是。除了我，没有人能够碰她，即便是要把她送上死亡，也该由我亲自来做。”说完，男人抱着女孩转身离开。

裘宸翔在原地站了几秒，笑着摇了摇头，看向身后的两个士兵：“殿下还真是任性，不过我们毕竟只是下属和子民，也不能阻止他，是不是？”

两个士兵木然几秒，僵硬地点了点头。

弹幕在经历冷冻期一样的安静后，到此时才终于活跃起来。

“这演得也太逼真了，我差点以为自己在看一部感天动地相爱相杀的西方幻想剧！”

“尤其是裘宸翔！影帝不愧是影帝，他那个语气神态拿捏得绝了，一开口我就瞬间被带进戏里了！”

“苏荷也是！自身和角色性格融合得好完美，之前那些细节的小动作和小表情简直杀我！”

“我差点都觉得天神和苏荷是真的相爱相杀了！密码箱被打开那里，苏荷的那个眼神看得我真的揪心！这就是真的演员修养啊！”

在暗无天日的地下宫殿里待了几个小时，苏荷终于可以重新见光，唯一不那么舒心的一点就是录制还没结束，再加上地下宫殿的几条长廊都非常逼仄，公主抱极为不便，所以她是被某人托在臂弯里，像抱小孩一样抱上来的。一路上偶遇的其他嘉宾或者临时群演的表情古怪得让苏荷想找条砖缝钻进去。煎熬持续到苏荷被抱进地上一层的一个房间里，商骁停到最里端的床前，把女孩放了上去。

房间里除了跟拍的两位摄像小哥，就没有其他人了。两位小哥似乎为这计划之外的相处有些尴尬和复杂，他们眼神交流了一下，各自选定站位，尽量不打扰两位主角地进行拍摄取镜。

比起地宫底层的石床，这里的床榻虽然没有白色花瓣，但实在舒适了太多，苏荷一坐上去就想往后倒，不过镜头还在，她努力忍住了。

“奥拓维，这里是哪里？”

商骁身影一停，即便这里没有别人，但苏荷还在角色里，他也就陪着演下去。

“我的临时行宫。”

苏荷的小脑袋转过几圈，说：“果然比地底让人舒服多了。”

商骁垂眸，勾起她身后的长发，束发的带子不知道什么时候松垮下来，懒懒地趴在女孩的发间，发带顶端有一个粉色的多瓣小花苞，乖巧地藏在女孩的长发里，若隐若现。商骁指腹一挑，将这条缀着小花苞的发带钩出来，展平在掌间。

苏荷感觉到异样，回身仰起头，问："怎么了？"

"发带开了。"

苏荷好奇地看向他掌心，见那条浅色的发带安静地平躺在他手里："还真是，那我自己……"

苏荷的指尖还没来得及碰到商骁的掌心，那条发带却已被拿开。

"松开也好。"

苏荷茫然不解地抬头看向商骁，却只得到了被揉乱长发的回应。

"准备就寝吧，我的主人。"

商骁单膝跪到床前，轻而缓慢地解开女孩长靴的绑带，再一一将两只长靴脱离，再次起身，把脱了靴的女孩抱进床榻中央柔软的被间，放下之后，为她掩好被角。

在他直起身前，陷进床被间的女孩睁大眼睛看向他，声音轻柔："这是你最后一次服侍我了，是吗，奥拓维？"

"不，我会亲自把你送到火堆的十字架上，那将是我最后一次服侍你。"

女孩黯然地垂下眼，声音也变轻了："原来真实的奥拓维一直都是这样冷冰冰的啊。"她侧过身，打开放在旁边的盒子，把那只大一些的笑眯眯的侍卫娃娃拿出来，放在手心端详几秒，合上眼，慢慢把它抱进怀里，轻声呢喃，"奥拓维，不要叫醒我啦，让我在梦里离开吧。在梦里，我应该还会看到那个会笑的奥拓维，对吗……"

男人没有说话，在原地站了几秒，终于有了动作——他抬手放下床榻上束起的帘子，一层一层，直至最外面的遮光帘也被放下来，床上女孩的身影被彻底遮掩。

房间的门被叩响，片刻后，裘宸翔走了进来。

榻上的布帘紧闭，里面什么也看不出来，裘宸翔扫了一眼，便将目光落到卧榻对面的桌椅前。他走过去，微低下头："殿下，祭礼和登基仪式即将开始，子民已经在外面等您了。"

“嗯。”坐在桌旁的男人声音平静而冷淡。

裘宸翔作礼，转身准备离开，只是在出门前，他似乎因为什么犹豫了下，跟着便停下脚步，说道：“殿下，有一件事情，我冒昧想要向您征询答案。”

商骁抬眼望过去，没说同意也没有拒绝。

裘宸翔面带温和的笑容，恭敬地转回身：“按照我收到的情报与信息，殿下似乎在军队攻入地宫之前就已经掌握了能够压制命石的力量，您为何没有行动呢？”

对面一片安静，裘宸翔像是没有察觉，仍是笑着问：“难不成殿下是陪在魔王身边太多年，对她动了恻隐之心？”裘宸翔似笑非笑地往布帘紧闭的床榻上看了一眼，又转回来，恭敬地朝着商骁俯身，“但是殿下，请您别忘了，她终归是那个骄奢淫逸的魔王，只要她存在一天，有一丁点重新归来的可能，那人间就将永无宁日。即便您有过心软，也请您务必以子民为重，他们只有仰仗您的庇护才能安然于世。”

长久的沉默之后，男人终于有了反应，他掀起眼帘，目光冰冷清冽：“在今日之前，我从未获得过掌控地宫的力量，你的那些情报是错误的。”

裘宸翔眼神一闪，抚胸行礼：“原来是这样，冒昧误解殿下，请您恕罪。”

男人不在意，甚至都没有往他的方向看一眼，只站起身，道：“你提醒我的那些也没有必要。子民和她之间，孰轻孰重，我一直分得很清楚。吩咐下去，祭礼开始。如你们所愿，我会亲手把她送上灰飞烟灭之路。”

裘宸翔微笑着俯身：“是，陛下。”说完转身离开了。

而这个画面，引起了弹幕的集体抗议——

“我拒绝！一人血书要求换结局！”

“我不相信！天神对苏荷那么温柔那么好，怎么可能舍得杀她！”

“呜呜呜，我最恨这个为了天下负了你的梗了！渣男！”

“醒醒啊楼上的姐妹，你还是个X光呢，你在骂的是天神啊。”

“魔王都说从开始到最后只有他站在她身边了，他背叛陛下也就算了，竟然还要亲手杀她？怎么可以这样！”

“咦？这是什么情况，不是直播吗？怎么像突然切进电影里了一样？”

“哇，这就是地宫崩毁吗？这段特效好酷炫！”

“这就类似于游戏通关，到了其中一个结局，开始放结局剧情了。”

“原来如此……”

在弹幕的遮蔽下，播放的确实不再是几位嘉宾的直播画面，而是经过特效处理的结局之一——焚魔祭礼和登基仪式。

在无数子民的簇拥下，人类王子身披甲胄与披肩，一步一步跨上焚魔祭礼的石筑高台。直至上到最后一级，炙热的烈日仿佛就悬在他的头顶，他霍然转身，面向高台之下如蝼蚁般的子民，无声振臂，将象征着魔族地宫所有权力与力量的命石抛向高空，拔出长剑，凌空一斩。在无数子民山呼海啸一般的呼声里，地宫命石在长剑的一击下骤然粉碎。

与此同时，他们身后的地宫轰然振动起来，巍峨的身影在滚滚烟尘中摇晃，每一寸地面都随之震颤，传来的声音犹如这座庞然大物最不甘的嘶吼与怒啸，但挣扎再多也是于事无补。

雄壮的高台之下，那些子民满面涨红，高举着自己的双手，即便崩塌的地宫带来的振动让许多人身形摇晃，他们也丝毫不知畏惧地亢奋地望着高台上的那道身影，那是他们屠尽魔宫的殿下，此刻更成了他们信仰的无所不能的神灵。

呼声回荡在天地间，拥有这一切荣耀的男人，面孔上却没有任何表情，他提着长剑，慢慢转身，几步之外，风声在悬崖一样的绝处呼啸而过。只是那风是炙热的，是火炭一样的温度，能轻易灼烧焚毁世上的任何东西，自然也包括那个已经没了命石庇佑的魔王。

王子上前一步，这一方的天都被高台下的火海映得通红。在他视线平齐的地方，十字架上高高地绑着一个披头散发伤痕累累的女人，她低垂着头，不知道是不是昏死了过去。

那些越发亢奋的声音逐渐汇聚，变成同一句话——“杀了她！杀了她！”

人类是一种很记仇的生物，即便面前的魔王是在千年之前作恶的，即便在场的人与她没有任何渊源，但对这个威胁到他们生存，让他们感到不安的异类，每个人都情真意切地希望她去死，最好一丁点灰烬都不要剩下。

在呼声里，王子原本就冷淡的侧颜更加冰冷而没有情绪了，他望着那道身影，缓缓抬起剑尖，随着他的动作，炙热的火海突然翻滚而起，如同一条火龙一飞冲天，吞到十字架顶端。轰隆一声，十字架终于倒塌，与被火舌吞没的女人一并跌进一望无际的烫红了人眼的火海，融化了她的身躯和容颜。

更高的呼啸声在天地间掀起来，高台下的子民仿佛陷入疯狂，手舞足蹈，狂啸欢呼，魔王的死亡，仿佛成了他们的一场彻夜狂欢。不知过了多久，一切慢慢平复下来。

焚魔祭礼完成，魔王死得灰烬都不剩，高台下的子民等待着登基仪式的开始，然而直到此时，他们才发现从十字架倒塌之后，他们的王子保持着举剑的姿势，再无动作。

一些不安的议论声逐渐响起。高台下，有士兵犹豫着是否要上去查看。就在此时，那道人影终于有了动作，却不是走下台阶，他手里一松，长剑蓦地落到地上，清脆的与石面撞击的声音在天地间清晰地传开，然后他面无表情地上前一步，走到高台边沿，垂下眼，望着那片已经燃烧殆尽的火海。

“什么都不剩了啊。”

他低低地说，像是在轻叹。这句话传进高台下每个人的耳朵里，天地间突然变得十分安静，风声都像在哀鸣。

每个人的心里都萌生出一种不好的预感，在他们的视线里，高台上的那个身影缓缓压下，向着火海，慢慢单膝跪在了高台边缘，合上眼。

“这是最后一次服侍您了，我的主人。您之前问我的问题，我说了谎，这是身为一个仆人绝不应该做的事情，非常抱歉。”

高台下的民众骚动起来，惊慌不安的情绪像瘟疫一样蔓延，那个单膝跪地的身影映进他们眼里，平静冷淡的声音传入他们每一个人的耳中——

“你问奥拓维想要什么，他自己又会如何。他说他要你死，而他荣登王座。他说谎了，他要你死，而他自己……主死仆从。”

声音落下，天地一寂，随后，在无数的惊呼里，单膝跪地的身影向前俯身，犹如叩首，而后落进了无边的火海里，淹没殆尽。

画面慢慢暗下去，像是有民众的遥远的叹息声隐约响起——

“多可惜啊，一定是被蛊惑了。”

“殿下毕竟在魔王身边待了那么多年，这也是难免的。”

“太遗憾了。”

“是啊，屠了魔王的英雄，最后却为魔王殉了情……”

画面彻底变黑，正中缓缓浮现出一行白色的字迹：“当你凝视深渊时，深渊也在凝视你；与恶龙缠斗过久，自身也将变为恶龙。——尼采。”

这句话出现后，又逐渐没入黑暗，定格几秒，在所有人都以为一切已经结束时，画面突然再次跳出一句话，与方才的白色不同，这一次的话是鲜红的，仿佛有血从字上缓缓淌下：“可谁是深渊，谁又是恶龙？”

字的下方，一行小字缓缓浮现——“节目组提醒，前方高能。”

弹幕沉寂几秒便炸了——

“吓死老子了！这不是悲剧爱情吗？怎么搞的灵异恐怖起来了？”

“节目组你们是不是最后一期就彻底放飞自我了？骗了我们这么多眼泪还敢继续‘前方高能’？”

“节目组你们很缺刀片对吗？论箱寄的那种！”

“这话……怎么感觉很有深意？谁是深渊谁是恶龙，不是魔王还能是谁？”

画面陡然亮起，镜头飞速掠过，像是穿越过无数层似曾相识的华丽地宫，最后蓦地停住——昏暗里，灯火亮起，面前偌大的宫廷一切完好无损，纹丝未变，仍是开场时苏荷所到的地宫最底层。停滞两秒，镜头蓦地推进，停在垂着纱幔的石床前。床上，穿着雪白裙子的魔王仰躺在血红色的花瓣上，安静地合着眼。镜头外的床榻边，响起一个低哑而带笑的声音：“我从不是为了他们。”

一道身影出现在镜头的边缘，他穿着人类王子的服饰，慢慢走上台阶，然后坐到床旁，背对着镜头，眼神与表情都无法看见，只能看到他慢慢踩到石上，单膝跪在魔王雪白的裙间，一只手撑在她的发旁，指节上钩着一条缀着淡粉色花苞的发带，另一只手轻轻抬起，抚过女孩白皙的脸，缓慢而深情，一直落到她锁骨上方，下一秒，只听刺啦一声，雪白色的衣裙碎落在空中。

那道身影俯下，带着笑声："只有这样，你才将完全、永远地属于我，我的主人。"

死寂的地下宫殿里，放在石床边名为《魔王起居注》的盒子轻晃了下，从空中跌落下来，砰的一声砸在地上，里面的东西都摔了出来——第一个，是一个穿着侍卫服饰的笑眯眯的大娃娃。第二个是一个表情冷漠的王子装的小娃娃，它顺着石阶滚下来，弹起又落下，最后摔到了石阶下的地面上。或许是摔得太重，它从中间裂开，一只更小的娃娃掉了出来，穿着一身染得血红的王子装，脸对着镜头，那张和前两个娃娃一样的脸上，露出一副病娇的微笑。

停在这个微笑里，镜头黑了下去，弹幕俨然已经疯了。

"我这一身鸡皮疙瘩！"

"我的天，我疯了！"

"摄像师不要停！我要看后续！"

"求求节目组，别黑屏啊！"

"简直了，三层套娃！绝地反转！打死我都没想到天神那个冷淡的壳子里还藏了个病娇？"

"你们说现实里的天神不会也……想想就好带感！"

"所以之前杀了魔王的兄弟姐妹根本不是为了子民，就是为了独占他的主人吗？只有我能够得到你、独占你什么的……"

"谁再敢说天神和苏荷不配，先问我手里的屠狗刀！"

而此时的直播现场，镜头撤离后，石床上的商骁接过片场助理递来的薄毯，盖到了苏荷身上。

刚睁开眼的苏荷一怔，莞尔笑道："里面又不是没衣服，不用这么小心吧？"

商骁眼神微深："只是撕碎的布条挂在身上就不可以，里面穿了衣服也不行。"说完，他皱起眉，"所以最开始我就反对这个动作设计。"

"可是那样才符合侍卫长套娃最内核的人设嘛。"

苏荷笑着坐起身，从旁边拿起那只个头最小的娃娃，袖珍得只有她半根手指长，苏荷笑弯了眼，把它举起来在商骁面前晃了晃。

“虽然表情很古怪，但五官做得真的很像你。不行，我一定要跟吴导把这三个娃娃要来摆在家里才行。”苏荷说着，已经挪到石床边。

商骁站在石床旁，见女孩细长的腿垂到床边，再自然不过地单膝跪下，拿起一旁的长靴。

苏荷看得一怔，随即脸红了，脚趾往回缩：“节目都录完了，我自己来，而且大家在看呢。”

商骁动作一停，淡定地跪在石阶上转身，视线在空气里一扫——原本望着这边的工作人员有一个算一个，纷纷转开目光，或是轻咳或是佯装交谈，场面一时非常和谐。

商骁转回来，托住女孩纤细的脚踝，安抚地捏了捏，给她开始套长靴：“好了，现在没人看了。”

挣扎不过，苏荷只能红着脸任商骁帮自己把长靴套上，眼神赧然地往旁边飘。这一飘，很快就撞到了角落里倚着墙抱着手臂看热闹的夏诗意。

两人目光对上，夏诗意笑嘻嘻地抬起手冲苏荷无声地打了个招呼，她十足促狭的表情让苏荷更加无地自容。等商骁帮她束好长靴上的绑带，苏荷就迫不及待地拎起裙角跑了。

“我有事和夏诗意聊！”话音刚落，人已经没了。

商骁无奈起身，垂眸望向跑下台阶的女孩。

苏荷跑到夏诗意身旁，拉起人躲进旁边的偏殿里。

看着她红通通的脸，夏诗意打趣道：“你们都是夫妻了，干吗还觉得不好意思？”

苏荷转回来：“虽然是夫妻，但被那么多人盯着……换你试试，你肯定比我还㞞。”

“哎呀，我也想换我试试，但我哪有你那样的桃花运？迷得天神眼睛都不眨地只盯着你。”

苏荷难得被调侃得又羞又恼，几乎要忍不住挠她。

“好了好了，不开你玩笑了，我过来找你是有正事的。”夏诗意笑着说，“导演组让我来问问你和骁神，剧组晚上安排了一场庆功宴，你们能来吗？”

“庆功宴？”苏荷一听就有些想拒绝。

看穿了她的意图，夏诗意又补充说：“虽然说是庆功宴，但不会有乱七八糟的人，应该只有导演组和嘉宾组，最多加上邢天的严总——哦对，我听说他是你表哥？”

苏荷一边思索一边点头。

夏诗意感慨道：“那你长得这么好看肯定是妈妈那一系的家族遗传吧？”

苏荷一顿，轻眯起眼，抬头问：“怎么，你对他有想法？”

夏诗意一噎，脸红道：“你少栽赃我。”

苏荷难得抓了个反击的机会，笑得更是揶揄：“这可是你自己主动招的，如果你对他没兴趣，怎么会主动问起他的事情？”

“我没有问……就是顺口提了一下而已。哎呀，不跟你说了，我还得去补妆呢。那庆功宴的两个名额，我就替你和骁神报上去了哦！”话音刚落，夏诗意已经跑没了影。

苏荷原本想要阻止的话咽了回去，落回手，迟疑地想了想：“好像今晚本来也没什么安排……”

“什么安排？”

沉思的苏荷听见声音惊了一下，抬眸就见商骁不知道什么时候进来了，此时正站在她面前，方才的话显然也是他问的。

苏荷把庆功宴的事情说了，随即征询道：“直接拒绝好像不太合适，毕竟颂宇和邢天两边的工作人员都和我们有点渊源。”

“如果想去，那我陪你。”

“其实我没有特别想去。”

“但是？”

苏荷眉眼弯成漂亮的月牙，笑着往前跳了一步，伸手抱住商骁的腰，仰起脸来看着他：“但是听到你说‘我陪你’这三个字，我就很开心。”

商骁眼神里的情绪柔软地沉淀下去，抬腕托住女孩，低声道："不许喝酒。"

到了节目组预订的会所的地下停车场，苏荷的心情十分复杂。因为节目组订的不是其他地方，恰好就是苏荷唯一一次按经纪人要求出来应酬酒局，然后被商骁抓包的地方。

"一定是吴导故意搞我……"进电梯时，苏荷还一个人低着头嘀嘀咕咕。

声音不偏不倚被商骁听了去，他唇角轻翘了下，抬手揉了揉女孩的长发："嗯，以后离他远点。"

苏荷郑重点头，同时语气严肃又认真地提醒商骁："还有我哥，我哥也不是好人，你也要离他远点。"

正在上升的电梯里，离得最近的严奕停下与站在里侧的祁楼的交谈，嘴角抽了抽，目光不善地转过来，问："苏荷，你是当我聋了还是死了？"

苏荷只差朝他做鬼脸了："我是说事实而已，难道你觉得自己算好人？"

严奕还真的想了想，才说："比起好人这种称号，我还是站对立面吧。"

苏荷嫌弃地瞥了他一眼，轻轻碰了下另一旁站着的夏诗意，压低声音说："看到没，这已经无药可救了，所以你千万不要被他的皮囊骗了。"

夏诗意脸红了，一副快要忍不住又按捺着自己小淑女形象的纠结模样，看得苏荷心情大好。

"叮"的一声，电梯在顶层停下。

女士优先，苏荷与夏诗意并肩走在前面，提前被打过招呼的迎宾这次没有半点阻拦的意思，恭恭敬敬地让开了通道。只是刚进长廊几步，迎面走来的几个穿着短裙、妆容略浓的女人拉走了她们的视线。

夏诗意原本只是目光不经意地从那几人身上扫过，眼神却同她的步伐一起僵住。呆看了两秒，夏诗意连忙伸手拽了拽苏荷的袖口，声音压到最轻："荷荷，你快看对面走过来的第二个，那是林菡吗？"

苏荷一怔，抬眸看到那个熟悉又陌生的女人，不由得也怔住了。

等她再回神时，几人已经近在眼前，走在中间的林菡显然也注意到了苏荷和夏诗意，她略有倦色的眼睛里顿时掠起复杂而带有敌意的情绪。

苏荷几乎以为对方又会像以前一样，上来先挑衅她几句时，林菡的目光突然在她身后的几人那儿僵了一下。几秒后，她立刻低下头，避开目光，随着那几个张望的女人快步走过去，进了后面的一个包厢。

苏荷茫然地回头，然后她望见了祁楼。苏荷很清楚地记得，祁楼一直对林菡毫无感觉，只是他在所有女人面前都会维持最基本的礼节和风度，所以当初在《呈凤》剧组这两人没有过明面上的摩擦。只是让苏荷有点意外，祁楼此时看向林菡的目光似乎不是全然的厌恶，疏远之外，好像还多了一点别的什么……

“我简直以为自己看错人了！那竟然真的是林菡？我之前就听经纪人说她退圈以后混得很不好，没想到竟然是真的。”

苏荷的注意力被夏诗意拉回来，她陪着夏诗意继续往前走，边走边笑了下，心情有些复杂：“是啊，确实没想到……”

“虽然说她以前在圈里名声不好，但毕竟也是红过一时的小花旦，怎么会自甘堕落，到这种高级会所来陪客人喝酒？”夏诗意斟酌着用词，表情惊讶又感慨。

苏荷对夏诗意的家庭背景略有了解，和祁楼一样，夏诗意的父辈多是艺术世家出身，便也养了个看似淑女实则小恶魔的心性。但她生在优越的家庭，作为独生女一直被保护得很好，所以对于圈内那些苟且的事情所知不多也是常态。

苏荷心底叹了声气，眉眼一弯，笑意清浅地带过这个话题：“应该就是前面那个房间了，我们过去吧？”

“哦哦，好。”

吴颂预约的依旧是顶层的VIP豪华包厢，长排落地窗，半个区的夜景都能收入眼底。

苏荷、商骁与严奕他们先到了包厢，其他几个受邀的节目组工作人员要稍晚些。这场庆功宴是偏私人的宴请和犒劳，不需要严格的宴会礼仪，几人进了布置好的包厢，便各自结对散落在房间的各个角落。

商骁被严奕拿大舅哥的身份拐去了导演组那边，圈里想结识他的人不在少数，有严奕这个大舅哥搭线，那个角落俨然成了包厢里最热闹的地方。

夏诗意站在苏荷身旁，手里拿着一杯调色漂亮的鸡尾酒，一边心不在焉地和苏荷聊着圈里的事情，一边瞥向那个角落。

苏荷终于忍不住笑了："你对我表嫂这个位置就这么虎视眈眈啊？"

夏诗意猝然回神，连忙撇开视线，脸上一红，拿起酒杯往唇边送："你胡、胡说什么呢，我才没有看他。"

"我胡说？那个方向，除了一堆中年大叔，就只剩下我哥和我老公了。不是看我哥，难不成你在考虑给我戴绿帽？"苏荷莞尔地笑，"而且，你如果没有心虚得眼神乱飘，可能还更佐证你自己的话。"

夏诗意见说不过她，终于还是妥协了："好啦，我承认，我确实对严奕挺有好感的。"

苏荷"嗯"了一声，尾音微微拖长，抱着手臂侧转身，望向那个角落，端详几秒，苏荷笑着收回视线："怎么瞧怎么觉得他都是衣冠禽兽，你到底看上他哪一点了？"

夏诗意撇嘴："那是你对你哥有刻板印象。"

苏荷一噎，玩笑着叹气："你要是知道他从小到大做了多少迫害我的混蛋事，你就知道我对他不止有刻板印象，已经快有刻骨的怨愤了。"

夏诗意眼睛却亮了："真的？那你说给我听听。"

初陷相思的女人果然可怕，这副眼神看起来是恨不得把严奕从还穿着纸尿裤的年龄开始八卦揭底了啊。左右这场庆功宴还未正式开始，苏荷也觉得无聊，索性准备跟夏诗意唠一唠。

女人之间，从小到大都有一种很轻松就能结下深厚友谊的方法——手拉手去卫生间。趁着庆功宴的人还未到齐，苏荷与夏诗意放下手里的酒杯，前后从包厢溜了出去。

苏荷一边跟夏诗意说着自己和严奕的那些童年趣事，一边往长廊另一头的洗手间走去。毕竟是私密性极高的高级会所，这一层又是VIP区域，铺着昂贵地毯的长廊上鲜有人影，长廊两边的水晶壁灯亮着幽静的光。

某个故事的间隙，苏荷稍作停顿，刚要再开口，前面的拐角突然传来一声清脆的耳光声。苏荷和夏诗意愣住，不约而同地停下脚，扭头看向对方。

一个粗野的明显带着酒气的辱骂声含混地传了过来——

“你就是个婊子，还、还跟我拿乔，跟……跟我这儿立牌坊？”声音一落，又是一记耳光。

“老子告诉你……这是你的福气，你还以为自己是当红小花旦呢……我呸！你就是个破鞋！我肯看你一眼都是抬举你！”紧随其后，一阵拳打脚踢声和女人的呜咽声隐隐约约传过来。

苏荷的脸色冷下来：“诗意，你先回包厢，待会儿我去找你。”

夏诗意还是第一次撞见这种情况，即便没看到现场也足够让她脸色发白了，一听苏荷的话，她更是紧张起来：“你准备怎么做？你别……别冲动啊。”

苏荷露出一个短暂的笑，水晶壁灯下她背着光的眼神黝黑而凌厉：“别担心，我在家里接受过训练，‘垃圾回收’是我的特长之一。”

“真的吗？那你等等我，我这就叫人过来。”

“不用……”

苏荷没来得及说完，夏诗意已经快步往包厢方向跑回去了。

苏荷没顾得上去追，前方不远处的拐角，骂骂咧咧和踢打的声音越来越大，而挣扎和呜咽声却逐渐弱了下去。苏荷的眼神终于降到冰点，她向前迈开步子，同时脚跟后抬，两只高跟鞋被她直接扒下来，拎着系带，苏荷面无表情地快步走过去。

一拐过长廊，看清墙角被醉醺醺的男人撕扯着头发，穿着皮鞋凶狠地踢着而蜷缩起来的女人，苏荷心头的怒意彻底压不住了。她跨步上前，一甩裙摆，撩腿拧身，借着空中劈落直接将男人一脚踢了出去。

像是一摊猪肉撞到墙上，挺着啤酒肚的男人在地上闷了好几秒才慢慢呻吟着骂骂咧咧地抬起头：“谁！谁踢、踢老子的？”

不同于之前的低声咒骂，这一嗓子喊得杀猪似的，震得半条长廊都有了动静。

几秒后，他们不远处的包厢门打开，有人探出头，第一眼先看见了地上蜷缩的女人，并没有什么惊讶，等望见扶着墙想站起身的中年男人，那人才惊呼出声："哎哟，林总！您这是怎么了！"

那人一边说着，一边向门内招呼了什么，然后快步跑向中年男人。包厢里的嬉笑声停了下来，陆续有几个人跑了出来。

在几人的搀扶下，地上那个大腹便便的中年男人才终于费力地爬起来，或许是挨了这一踢醒了酒，眼神都清明不少，语气却更加凶狠了。

"这两个贱人！刚刚是不是你踢的我？"

苏荷正背对着他们，蹲在地毯上检查林菡的伤情——没错，那个头发散乱、脸上泛着多处乌青，蜷缩在地上如同虾米一样佝偻的女人，正是不久前和她们擦肩而过的林菡。

确定林菡没有什么危险，苏荷也没去扶她，直接转身起来。脱了高跟鞋，参加晚宴的曳地长裙一直拖到地面，随着苏荷迈步走过去，雪色的脚踝在地毯与裙摆之间若隐若现，而她本就骨相美艳的五官，此时更露出凛然的冰雪似的温度。

苏荷唇角一扯，却没表情："贱人叫谁？"

"当然是叫……你敢骂老子！你信不信老子抽……"

"林总！"暴躁的中年男人突然被身旁的人拽住，那人费力地扯了扯满面通红的中年男人，说，"这小姑娘长得有点眼熟啊？"

"我管她眼熟不眼熟！老子今天就是要弄……"

话没说完，砰的一声——所有人都没想到，那个看起来瘦弱的女孩竟然直接走到他们面前，在谁都没有反应过来的时候，蓦地抬手钳住了中年男人粗壮肥腻的脖子，狠狠摁到了他身后的墙上。那一声闷响就是他的头撞出来的声音。

其余人回过神，不少人已经认出苏荷，但还是下意识想要把她拉开，然而每一只伸出去的手都僵住了。

"再动一下试试？"

苏荷的左手纹丝不动地摁着中年人的脖子，憋得他喘不过气来满面通红地扒拉，方才脱下来的高跟鞋中的一只，被她倒着拎在右手上，尖细的鞋跟离中年人的脸不过咫尺距离。

这一下若是砸实在了，最轻也得是个头破血流的下场，所有人都投鼠忌器地收回动作。

苏荷这才稍敛了怒意，在中年人无法发出声音的眼神告饶下，她用力到发僵的指节稍微松了些，然后厌恶地甩开手，退回两步。

中年人如获大赦，捂着脖子蹲跪到地上，咳得撕心裂肺。

“对……对……对不住……”出口的第一句话让苏荷意外地皱了眉，她低头看下去，视线对上一张谄媚、扭曲而讨好的笑容。

“我……我没认出苏小姐来，是我瞎了眼……”

苏荷听得表情在愤怒和厌恶间变换了好几遍，她知道此时再说什么都是仗着苏家的势在压人，而对方也一定会把谄媚和讨好贯彻到底，苏荷心里复杂又无力。

“我脚滑，不小心推了你一下，你也骂了我，我们两清。出了这个地方，谁也没见过谁。”说完，苏荷懒得再理他，扭头走到不知何时慢慢艰难坐起身的林菡旁边。

她犹豫了下，最后还是皱着眉弯腰问道：“你……还能起来吗？”

林菡咬了咬苍白的唇，无声地点头。不知道是因为屈辱还是别的情绪，她始终没看苏荷的眼。

苏荷也不在意，搭了一只手扶林菡起来，然后在身后那些无言的目光里，把人带到了拐角另一旁的长廊。不远处有个休息区，苏荷把人搀扶过去。

等林菡抽着冷气坐下后，两人之间的沉默让苏荷有些莫名的尴尬。

“你……为什么要帮我？”最先打破沉默的，是在沙发一边蜷着身体的林菡。

苏荷眼神微动，声音平静冷淡：“你别误会，我刚刚救人和是不是你没有任何关系。我只是看不过那样的垃圾对一个无法反抗的孱弱者拳打脚踢，这是我做人的原则，和你没关系，也不需要你的谢意。”

事实上，按两人过往的恩怨，苏荷更有一种转身直接离开的冲动，但看着沙发上林菡一副随时可能倒地没命的虚弱模样，她还是按捺住了这种冲动。

苏荷沉默几秒，出声问道：“你，还好吧？”

林菡一僵，几秒后，她笑了起来，声音嘶哑得有点难听，笑到一半，不知道是不是牵到了伤口，又压着胸腹低声咳嗽起来。咳完之后，她才慢慢吐出一口浊气，眼底露出讥讽而冰冷的笑意。

“死不了。”

“你确定？”苏荷皱眉观察着她的模样，“虽然我和你结仇不少，但还不至于对一条人命不管不顾，所以你没必要在我面前逞……”

“苏荷。”林菡突然打断她的声音，散乱得像杂草一样的长发里，她低着头，喉咙间逸出嘶哑的笑，“你哪儿来的那么多无处安放的善良和同情心？”

苏荷皱眉：“我对你不会有同情，也没什么善良，这只是基本人性。”

“基本人性？”林菡笑得更夸张了，声音也哑然无力，“所以你这种人才叫人嫉恨得咬牙切齿——在那样完美的家庭环境下长大，即便经历什么波折，也不会扭曲你们的认知和心理，你们的人性标准多么崇高又伟大……”林菡猛地抬起头，眼底布满血丝，苍白的脖子上青筋绽起，“而像我这样的人！为了活下去，我能把自己和别人的尊严踩在脚底往上爬，这才是我的人性！和你说的那种垃圾没有任何区别！”

面对林菡发疯一样的歇斯底里，苏荷的表情反而越发平静下来。等到林菡喘着粗气再次咳嗽着佝偻了身体，苏荷眼底才有情绪的火光跃动一下，她没什么表情，好像也不在意，只是随口问：“既然这样，那你安安静静地爬就是了，干吗还要说出来？说给完全没兴趣的我听，还是说给你自己听？”

林菡咳嗽着的身影僵了下。

苏荷自言自语似的嘀咕着：“我其实真的懒得和你费口舌，我们之间仇很深，你搞了我好几次我还没正经和你算过账，这些你也知道。但是人性是双刃剑，有好处就有坏处，比如现在的坏处，可能就是我动了点恻隐之心，想多嘴一句。”苏荷提了提裙角，微微蹲下身，“既然你真的什么都可以不要地往上爬，干吗还要拒绝那个垃圾？你要是不拒绝，也不会遭这么一通罪。”

林菡没说话，散乱的长发下，那只苍白的渗着血迹的手，无意识地抓紧了自己的衣服。

苏荷见她不开口，也懒得自找没趣，而且观察了这么一段时间，已经确定林菡没什么大问题了，她便撑着膝盖站直起身，准备离开。

就在她要转身的时候，突然听见身后传来一声自嘲的笑："如果有得选择，谁不想在光下活着？"

苏荷一愣，正对上林菡复杂的眼神。

"三年前我就嫉妒你，不是因为知道你的背景，只是看得出来你是从什么样的家庭里长大的孩子——良好的教育，积极的心性，美好的品德，那是我最缺少、最向往也最不可能得到的东西。多可笑，有些人、有些东西你逃了一辈子，但他们给你的影响早就刻进了骨子里，像影子一样，一辈子也逃不掉，改不了。所以我嫉妒你，苏荷，嫉妒你拥有很多，更嫉妒你配得上它们，我看见你的时候总感觉像是看见了一面镜子，镜子里的那个人……一无是处。我讨厌你，因为你是我最想成为而无法成为的人。"

说完，林菡慢慢直起身，手臂往后撑进沙发里，仰头看着苏荷，也看着苏荷头顶晃眼的灯。

看了几秒，林菡面无表情地笑了笑："不过现在我才知道我们之间的差距到底有多大，你活着的那个地方是天堂，是童话世界，而我这里，就是个没有光的人间炼狱。"

苏荷眼神一跳，但又无法反驳。她听说过许多关于林菡的家庭传闻，深知那是一个她没有知情权就没有发言权的陌生世界。苏荷想了想，换了个问题："那你都在炼狱里待了那么多年了，是什么让你产生了渴望，想走到光下？"

林菡的眼神一颤。

只可惜苏荷这次没等到她的回答——长廊上，商骁和祁楼快步跑了过来。难能在那张冷淡又没情绪的俊脸上看见焦急和担忧，苏荷顿时什么问题也不想问了，只是转身前，她敏感地捕捉到林菡在见到祁楼时熟悉的突然回避，苏荷想了想，觉得这里面有很多她不知道的故事。

苏荷溜回商骁身旁，把林菡交给祁楼处理："楼哥，这边麻烦你了？"

祁楼眼神一闪，点了点头，于是苏荷毫无负罪感地拉着商骁跑路了。

两人没有立即回到包厢，走着走着，便进了长廊的露台。窗帘将灯光掩在身后，昏暗的视线里连面前人的轮廓都模糊了。

安静几秒，苏荷轻笑了声："你怎么了？好像和平常不太一样……"

商骁沉默几秒，慢慢放松微僵的身子，抱住女孩，微凉的夜风拂过两人身旁。

"不要再一个人做很危险的事情了。"

苏荷怔了怔，才反应过来他说的是什么，不由得弯眼道："在高级会所对付一个醉得站不稳的人，其实不算什么危险的事情。"

"算。"男人低沉的声音带上一点轻微的鼻音。

苏荷等了两秒，没等到其他声音，不由得意外又好笑："好吧，那是我错了，我认错。"

"怎么罚你？"

这次苏荷着实怔了，要不是被抱得太紧，她几乎要忍不住把人拉开来看一看，抱着她的真的是商骁吗？

"你今晚到底怎么了？"

沉默很久，苏荷听见男人埋首在她颈旁，声音低闷："喝醉了。"

第21章

听见商骁的回答，苏荷第一反应是严奕那张奸佞的嘴脸——毫无疑问，商骁会破例碰酒还被灌醉，绝对跟这位大舅哥脱不开关系。第二反应，就是心底偷偷爬上来的那点隐秘的兴奋，她醉酒的笑话被商骁看见几次了，现在终于轮到他喝醉撞进她手里，那还不是想怎么折腾就怎么折……咳，苏荷深刻反省了一下自己的思想纯洁性。

“是不是严奕灌的你？”苏荷轻声问。

等了好一会儿，她的长发间才传来一声低低闷闷的“嗯”。因为带着微醺的鼻音，所以听起来有点委屈。苏荷忍俊不禁，又有些心疼。

她抱紧商骁，叹了声气，咕哝道：“坐电梯的时候不是告诉你了，严奕心眼坏着呢，从小到大数他折腾我最厉害，你今晚就不该理他的。”

夜风里安静半晌，那人突然说道：“可你只有这一个哥哥。”

苏荷一愣，笑道：“他跟你一样，对我可没什么兄妹情。更何况我们只是表兄妹，还不及你和商娴的血缘关系。”

难得见商骁醉酒，以后未必还有机会，苏荷自然忍不住想方设法地逗他。她眼睛转了转，趴在那人怀里坏笑着套话："今晚宴会上，我看你对他的耐心比对商娴都高了，说实话，你是不是另有所图？"

男人沉默几秒，仍是低声闷闷道："嗯。"

"嗯？"苏荷讶异地抬起头，往后一步从男人怀里退出来，"你还真的另有所图啊？"

从雪白的纱帘里透出来的光，为男人清隽的五官拓下立体的阴影，凌厉而漂亮的眉慢半拍地皱起来，似乎在为怀里的温度突然离开而不满。他不甘心地盯了女孩两秒，见她仍没有回到自己怀里，这才放弃，小扇子一样的睫毛随着眼帘垂下去，半遮住了漆黑的眸子。

"要和严奕搞好关系。"声音平直且轻，表情像平日一样冷淡，但又因为慢吞吞而多了点呆。

苏荷顿时酸了："你和我搞关系都没这么用心。"忍着醋意，苏荷追问他，"你干吗要和严奕搞好关系？"

"他是你……唯一的哥哥。"

得，又回来了。

苏荷莞尔失笑："我们天神喝醉以后就成了复读机，是吗？"

商骁仍垂着眼，声音也呆得平静："不是。"

苏荷笑着绕他："那他是我唯一的哥哥，和你的另有所图有什么关系？"

"他是你，唯一的哥哥……"商骁轻声道，"如果有一天我不在，那他会照顾好你。"

苏荷一怔。

醉到乖巧的男人还在认真地下结论，用那张冷淡的脸说着最呆萌的话："所以，要和严奕搞好关系。"

回过神，苏荷眼波晃起来，笑了："你也考虑得太长远了。"

"你不喜欢吗？"

一直低垂着眼的男人听见这句话，好像被触动了某个开关，抬眼看向苏荷，微皱起眉，声音又低了下去，好像有点丧气。

“可我连我们八十岁以后，去哪里养老都想过了。”

苏荷愣在这句话里。这一瞬间，热意猝不及防地涌进眼眶，搅着无法言喻的情绪，她从来不知道自己这么细腻敏感，有一天竟然会因为一句话就差点掉下眼泪来。平常沉默寡言的商骁第一次像个孩子一样失落又认真地跟她说“以后”，这个画面她想她一辈子都忘不了。

苏荷眨了眨眼，把那点潮意从眼睛里压下去，往前踏出一步，伸手环住男人精瘦的腰，耳朵贴到他的胸膛上，听着里面让自己心安的心跳，苏荷唇角轻翘：“谁说我不喜欢了？我很喜欢啊。”

男人似乎呆了下，然后立刻抬起手臂也抱住她，本能地低下头，轻轻亲吻女孩的鬓角，同时皱着眉低声道：“王思言说……女孩喜欢惊喜和心动，我如果一直寡淡无趣，总有一天你会厌烦的。”

苏荷窝在他怀里轻“呸”了声，凶巴巴地说：“他胡说八道。天神最帅，哪里寡淡无趣了，我永远喜欢！”

“真的？”

“当然是真的！”

“那……不要变，好吗，苏荷？”

苏荷怔了下，这句话是她第二次从他这里听到，只是此时她才知道，原来这句话后藏着的不安，从来不比她少——是她忘了，他们都是第一次喜欢上一个人，所以都是一样的小心翼翼，如履薄冰。只是他拥抱了她所有的不安，却只把自己的不安藏起来，藏到藏不住的时候，才会露出一丁点来给她看。

苏荷又眨了眨眼，抱紧商骁，怀疑今晚会所的哪个角落被偷偷扔了催泪弹。

“你问我多少遍都不会变。我喜欢你，只喜欢你，只会喜欢你。”说完，趁眼泪真的掉下来以前，苏荷飞快地转移话题，“好了，现在轮到你回答我。我们八十岁以后，你都想过去什么地方养老？”

商骁慢动作地眨了下眼，那些已经在脑海里回溯过无数遍的美丽角落变成了一个个名字——

“波兰的塔特拉公园，绿草如茵的Gasienicowa山谷里有尖顶的牧羊人小屋；挪威的诺尔兰郡，Hamnoy村的夜空有最美的极光；希腊的安德罗斯岛，它在南爱琴海群岛的最北端，有澄澈的阳光和海；还有新西兰的教堂湾，意大利多洛米蒂山的日落，卡斯泰卢乔的亚平宁山下的农庄……”

苏荷靠在他怀里听他一一细数，只觉得拂过身旁，连年末的夜风都是温柔的凉。

庆功宴还没开始，嘉宾就先失踪过半。被严奕找到以后，苏荷才从他那里得知，祁楼竟然说都未说一声就带着林菡离开了——严奕专门让会所里的人调取了监控才确定的这一点。

商骁醉酒，显然再留下也无用，便由滴酒未沾的严奕开车把两人送往别墅。

路上，严奕提起祁楼就皱眉：“以前听圈里说他虽然浪荡了点，但至少是个识大局知大体的，哪想到竟然能做出这么不靠谱的事情来？”

苏荷想了想祁楼和林菡之间不太寻常的样子，最终还是没评价什么，随口应道：“可能有急事吧。”

严奕不满：“有急事也不能不说一声就走人。”

苏荷的视线落回车里，斜着瞥他：“要不然把人叫回来给你负荆请罪？”

严奕一噎：“你为一个外人撑你哥啊？祁楼跟你还有什么关系不成？”

后座里，艰难地屈着长腿倚在苏荷肩上昏昏欲睡的男人动了动，慢慢睁开眼，声音低哑：“祁楼？不许……见他。”

“不见不见，当然不见。”苏荷连忙侧回身安抚他。

等商骁重新安睡，苏荷松了口气，转回来，正见严奕从后视镜里促狭地笑着看她：“这还得多谢我啊苏荷，不然你恐怕见都见不着商骁的这一面吧？啧，就冲JA和邢天的竞争，再冲他既是JA的老板又是JA的门面和台柱这一点，我作为竞争对手公司的行政总监就该给他拍下来传到网上才对。”

“你尽管拍，小心仅有的一点非X光都被他的醉后照哄得转了阵营。”

“还真有可能。长得好还有才华就是可以为所欲为，把他放在JA实在太伤神了，你说我如果拿你的合同要挟商骁把经纪约转到邢天，成功率有多高？”

“你能不能做个人？”苏荷想到商骁竟然寄希望于这么一个哥哥能在他不在的时候照顾自己，就有一种翻白眼的冲动。她望着后视镜，冷笑道：“你还有脸提？刚刚还问我为什么撑你，商骁滴酒不沾却被你灌成这样，你自己却一口没喝，我只撑你，没拉着你切磋已经是顾及我们仅剩的那一丁点兄妹情了。”

严奕正色道：“话怎么能这么说呢？不是灌酒，我是帮你试验一下他的酒量，好让你有个数。再说了，第一次喝醉是在我们面前，总比在外人面前好吧？”

苏荷被他忽悠得差点点头，思绪一转才反应过来：“要不是你明知道他不碰酒，谁敢给他灌？”

严奕笑了：“那可就是你甩锅给我了，我记得逼着商骁喝酒这事，是你带头的吧？”

提起往事，苏荷登时心虚理亏，不自在地轻咳了声：“所以，他的酒量大概如何？”

一提这个，严奕乐了：“你俩可真是夫妻啊，我本来以为你就够酒量小的了，万万没想到妹夫还不如你呢。”

苏荷开始认真考虑起来，婚礼那天要不要把婚宴的一部分香槟换成稀释果汁。

相较于苏荷在内的大多数人来说，醉酒之后的商骁在绝大多数时候都是十分乖巧的。比如，到了别墅外，他丝毫不需要严奕帮忙，在车停时就自动醒来，然后沉默安静地下了车，甚至还记得给另一旁呆住的苏荷拉开车门。

严奕靠着驾驶座的车窗笑话苏荷：“没见过这么乖巧的吧？”

即便苏荷心里再想收拾严奕，此时也不得不认同地点头，酒精果然是一种神奇的存在。

严奕：“人我送到了，今晚的事情不许再记仇了啊。”

苏荷冷淡一哼。

兄妹俩从小就常常跟斗鸡似的，对这种相处模式再熟悉不过，加上严奕理亏在先，他好脾气地笑笑，转向苏荷身旁表情冷淡，垂眸站着的商骁。

严奕挥了挥手："妹夫，改天再见啊。"

商骁沉默两秒，抬眼平静地接道："表哥再见。"

严奕吓得胳膊一滑，错手按在了喇叭上，一声锐利的鸣笛顿时撕破了安静的夜色。

回过神，车里车外的两人震惊地看了看商骁，又对视一眼。

严奕："这是醒了吗？"

苏荷："你看他这表情和眼神，像是醒了吗？"

严奕："像啊，妹夫平常不就是这个表情吗？跟谁都面无表情。"

苏荷："他要是真醒了，会这么乖地喊你表哥？"

"也是，感觉我回到家今晚得做噩梦。"严奕心有余悸道，"赶紧带回去吧，让阿姨多灌几碗解酒汤。"

苏荷闹心地瞪了他几秒："改天再跟你算账。"说完，她转回头去哄商骁进别墅。

事实证明，商骁醉酒后确实是有违常理地乖巧，苏荷把他带回别墅几乎没费什么力气。他进门到了玄关，脱了大衣递给阿姨，一套流程更是标准得能拍下来做模板教程。如果不是别墅外那惊悚的一句"表哥再见"还时不时在苏荷耳边回荡，她大概真要以为商骁已经醒酒了。

"小姐，先生这是……"从商骁那里接过外套的阿姨显然从商骁那双漆黑但找不着焦点的眸子里看出了不对劲，很是惊讶地问苏荷。

苏荷头疼地苦笑道："喝醉了。"

"啊？先生不是不碰酒吗？"

"一点意外。"苏荷无奈地说，"以后不会了。麻烦你煮一份解酒汤，这边我来照顾就好。"

阿姨应下，转身去厨房准备了。

而在两人交流的过程里，商骁一动不动，安安静静地站在原地，只除了……苏荷一低头，看见男人修长好看的手指攥着她脱下外套后露在身后的裙子束带。

她茫然地抬头，对上那张平静淡定得看不出任何波澜的脸。这是什么节奏？

很快苏荷就知道答案了。

商骁在醉酒之后确实听话得堪称乖巧，唯独在一件事上非常固执——当神志被酒精冲到爪哇国以后，他就只凭本能地不许苏荷离开他的视野范围，而且交涉无用。

苏荷只能绝望地带着一只比自己大一号的拖油瓶，去自己住着的客卧里搬来洗漱装备送到主卧的洗手间，然后她又向男人艰难地证明了卫生间只有一个门，她没办法消失或者破墙而出后，才终于得以关门躲进去沐浴。

等苏荷穿着睡衣，披着湿漉漉的长发从浴室出来。斜对面的沙发上，那人神色冷淡地坐在那儿，清隽的面孔上毫无情绪，腰背挺直，目视前方，除了漂亮的黑眸看不见什么焦点，一切好像都很正常。

被商骁的这副模样逗得发笑，苏荷终于还是没忍住，翻出手机偷偷给商骁拍了一张照片。然而这串动作似乎把那人飘远的魂拉了回来，商骁转头看向她，沉默几秒后慢慢抬起手，修长的五指平展着伸向苏荷，面色冷淡，声音却低哑而柔软——

“老婆。”

苏荷第一次被这样当面叫，瞬时蒙在了原地。

见她停身，男人的眼底露出一点委屈，却仍是那张冷淡清隽又正经的脸：“抱抱。”

《穿越》的最后一期《深渊》以直播的方式和出人意料的反转，在受众群体里掀起了空前的议论热度。直至直播结束的第二天中午，微博上的相关热搜话题仍旧占据着几条，而在前一日直播时更是创下了相关热搜数量的纪录。

借着这期综艺，苏荷在圈里多了一个被叫得最广泛的外号——魔王，而商骁和苏荷则被戏称为“天神魔王CP”，简称“神魔CP”，受到了许多粉丝的热烈追捧。他们在《深渊》里的无数镜头被做成情侣头像和桌面背景，在网上流传，无真爱的谣言不攻自破，两人的国民好感度空前地高，连带着热度和影响力也上到了各自的巅峰，成了圈内一加一大于二的典例。

就在大多数人以为，苏荷和商骁势必会趁着问鼎最高热度的势头，互利共赢地继续进行下去时，JA娱乐公司宣布了一个石破天惊的消息——天神将在出道十周年的新闻发布会上，正式宣布退圈。

消息一出，立时引爆整个娱乐圈，全网X光几乎陷入疯魔状态。

当天，新闻发布会召开的酒店里，除了受邀媒体，闻讯赶来的小媒体把大堂挤得水泄不通，酒店出动了安保团队才勉强平复下来。而在发布会现场的小型宴客厅内，主席台上的座席尚空时，台下提前入场的媒体记者已经迫不及待地互相交流起来。显然这个消息即便对于他们这些在新闻界见惯风浪的人来说，也是个重磅炸弹。

直到发言人陆续入场，场内才终于安静下来。

JA的官方发言人读着新闻通稿的时候，所有记者的目光却都落在另一个方向——坐在主席台中央的两个位置，苏荷和商骁挨得很近，而且时不时地在低声交流着什么。

于是，等到记者提问环节，第一个站出来的记者最先质询的竟然是苏荷，大家也就并不意外了。

“苏小姐，我注意到您全程都在与骁神交流，请问您是参与了骁神退圈相关的决定吗？”

苏荷有点意外第一个被问到的竟然是自己，愣了一下后，她扶住面前的小型麦克风，低下头，认真而诚恳地答道：“不是，我只是告诉他我第一次参加这种大型发布会，有点紧张。他告诉我没关系，记者朋友会冲着他去的——显然他错了。”

轻轻松松一个太极推回去，苏荷倚进座位，听着那些还算给面子的笑声，感觉到会场的气氛轻松了些，她偷偷转向商骁。

主席台的桌下，商骁握住她的手掌，和那次在苏家一样，在女孩掌心力度极轻地写字——“有我在，不用紧张。”

苏荷察觉出来，无声莞尔。关于方才的问题，她说出口的答案都是真的，只是还有一部分没说，比如这句话才是商骁对她说的第一句，而他的“有我在”，对她来说好像永远都是魔法，可以准确地安抚住她。

第二个提问的记者很快站起来——

“商骁先生，我想请问，外界对于您选择在巅峰时期退圈的决定，大多都是不理解不赞同的态度，您在这个时候选择急流勇退，是否出于一种只愿维持于巅峰的世故考虑，或者有什么更重要的决定因素呢？”这个记者说到最后一句时，明显将目光往苏荷身上落去。

相较于前一个看似犀利的问题，显然后一问才是真正的杀招。

商骁皱眉，看了一眼另一侧的王思言。

王思言正皱着眉，此时若有所察，歉意地低声道：“漏网之鱼，没筛选出去……不过这种级别的消息出现这样的记者也正常，不然还是让发言人来？”

商骁摇头，侧回身，拉过麦克风，冷淡清冽的视线在场中扫了一圈，然后才开口道：“我知道这是你们真正想问的问题，也知道你们之中部分人想要将问题的答案引导去的那个方向，但这个决定是我独自完成的，没有任何人或组织干预我的主观意向。”

立刻有记者接上：“那您做这个决定难道就没有受到苏小姐的影响？”

商骁眉眼一凛，转头看向那个不经允许就贸然提问的记者。对方原本还有些沾沾自喜自己抢到了机会，被商骁目光一扫，顿时僵在了原地。

王思言警告道：“请记者朋友们遵守基本职业道德，按照提问顺序发言，避免引导性言论。对于非顺序内的私自提问，我方拥有不做回答的权利。”

说完，他想继续按名单提问时，却听见那个冷淡低沉的男声响了起来——

“这个问题我会正面回答，直到你问不出为止，因为我不允许我的妻子受我的影响，成为任何一家媒体攻讦的对象。”他的目光一动不动地盯着那个脸色微白的记者，眼神近乎冰冷，“你问我的决定有没有受到她的影响，面对终此一生都会与我一起走下去的妻子，没有什么人比她更重要，今后我们人生中的每一个决定都会与彼此相关，受彼此影响，因为我们是夫妻，更因为她是我想不浪费一生中的每一天，去保护和拥有的爱人。”

那个记者哑口无言，提问机会给到其他人。

在看出商骁的坚决态度后，在场的媒体都有了自己的衡量，毕竟谁都不想得罪圈内影响力第一的天神，更没人想开罪苏荷背后的邢天娱乐。

下一个被允许提问的记者小心地斟酌着用词开口道："骁神，您出道十年，歌曲获奖无数、粉丝量和影响力都是现象级的圈内第一，今年更是取得了国际乐坛音乐人的最高荣誉奖，在这个时候选择退圈，十年陪伴戛然而止，是否考虑到许多粉丝会无法接受的问题呢？"

声音一落，只听场中某个角落，有个始终压抑自己情绪的记者突然发出一声哽咽。周围的人纷纷望过去，那个记者有些慌乱地低下头，却藏不住显然哭过的眼睛。

主席台上，苏荷的眼神里露出不忍，她身旁的人却很平静："如果是X光，那应该会记得，十年前的第一场演唱会结束前我就说过，'我为我的音乐梦想而来，我能给你们的只有我自己的音乐。音乐上，我将尽我所能，而音乐之外，我什么都不做保证'，即便在十年后的今天，我依然是这个态度。"

场内又安静许久，有记者默默举手，站起来提出新的问题："那您在退圈之后会选择怎样的路，方便透露吗？"

商骁目光微停，须臾后，他垂眸，唇角微勾，罕见地在镜头前露出一个极淡的笑容："其实退圈这个说法我并不认同，准确来说，应该是退居幕后。"

记者们的好奇心顿时被调动起来，然而主持人却直接宣布发布会到此结束，安排安保队伍在第一时间护送苏荷和商骁离开。

各家媒体争先恐后地发布成稿，有的在出新闻发布会现场之前早就定稿，发布会上的内容很快呈现在所有热切关注这件事的人面前。而众人讨论的热度，更是直接被带到了那个未解之谜上——所谓退居幕后，离开舞台的商骁到底何去何从？

JA任凭这个话题发酵，热度持续了将近一周。在众说纷纭时，所有人的注意力成功从部分无良媒体想要将商骁退圈的原因，恶意引导向苏荷身上转移，JA娱乐官博的编辑发了一条十分俏皮的微博："@骁，这是我老板，他一直在。"

全网再次震惊。

“天神是JA的幕后老板？什么时候的事情，为什么我完全不知道？”

“难怪JA能留住商骁这尊金佛十年，原来就是他自己的公司！”

“想起之前恶意揣测商骁被苏荷包养的那些人，我就问一句，脸疼吗键盘侠们？”

“所以天神和魔王，这是真门当户对啊！”

“其实我听一位客户说过，名流圈里不少人现在都知道了，商骁和苏荷最开始似乎是家族联姻，所以商骁的真实背景……JA对他来说更像是闹着玩一样。如果我听到的全是真的，那X光真的没必要埋怨，你们根本不知道他为了音乐到底放弃了多少。”

“闻到了惊天八卦的味道！交八卦不杀！”

经过几天几夜的奋斗，网友们终于得窥冰山一角——商家在各行业的产业占额被发掘出一小部分，而这一小部分也足以惊掉吃瓜网友手里的瓜了。

一位X光戏称：“这么多年，我一直以为自己粉的是个明明可以靠脸蛋却偏偏要靠令人绝望的实力，来碾压实力派和偶像派的双绝，万万没想到等天神要退圈了我才知道，他其实是个明明可以靠家世一辈子生活在云端，但偏偏要跳进泥潭靠自己往上爬，还真的走到了最高点。这么多年，委屈你了天神。”

这一条微博迅速被顶到超话第一，刚从伤心欲绝里脱身又被商骁的背景砸蒙的X光终于回过神来，在 种诡异而复杂的情绪里纷纷排队玩起了“这么多年委屈你了”“天神可太委屈了”的段子。

而在电视剧《燃雪》和综艺《穿越》大爆以后，苏荷的粉丝队伍“荷叶”也壮大到了空前的程度。他们之中很快就有人敏感地发现了问题——

“商骁和荷荷是联姻的话，荷荷还做了那么多年的X光都没得到回应，怎么想都是我宝贝女儿被欺负了啊！”

“感化天神那样的大冰山一定很辛苦，心疼呜呜呜……”

“难怪看《穿越》的前几期，总感觉荷荷在天神面前束手束脚的，原来是这样！气死妈妈了，荷荷别留情冲上去咬他！”

诸多言论闹得网上喧嚣时，苏荷发了两张照片出来，是她和商骁外景拍摄的婚纱照。

第一张是在一片花田里，穿着婚纱的女孩提着洁白的裙边，和一身黑色西装的男人相对而立。女孩白皙漂亮的脸蛋透着红扑扑的嫣色，她踮起脚尖，轻闭着眼睛吻在那人淡色的小痣上。

而第二张，穿着婚纱的女孩仍旧站在花田里，只是这一次，一身笔挺西装的男人单膝跪在她的面前，轻吻她的指尖，而她微弯下腰，单手拎着男人的领带，娇俏漂亮的脸蛋上洋溢着恣意的笑。两张照片之下，各有两段字迹不同的留语。

一段娟秀得体，又带着俏皮张扬——

“喜欢上一个对的人，大概就是把自己弄丢了，再找回来的过程。”

“你曾是我的梦想，而今亦是我独有的无上荣光。”

另一段沉着平静，唯有笔触落点藏了锋芒——

“有幸遇见你，你是我在世上所有的欲求与渴望。”

“若耄耋期颐，白发苍苍，我仍想和你牵手、拥抱、亲吻，就像已经走过的一生一样。”

番外一

苏荷和商骁在花田里拍摄出来的婚纱照一天之间传遍了网络，更因为背景、人物、采光等诸多方面的完美无瑕，一度被网友称为“婚纱照模板”。然而只有两位当事人才知道，他们的婚纱照其实是被骗去拍摄基地拍出来的。

彼时正值商骁在新闻发布会上宣布退圈转入幕后，网上各种舆论和小道消息爆炸，苏荷作为风暴中心的一员同样焦头烂额，再加上《燃雪》口碑爆棚，各种片约合同雪花似的向她涌来，如今有刑天老总亲闺女的身份在，公司里除了严奕没人敢在苏荷的事情上拍板，于是连挑剧本的任务都落到她自己肩上。

陀螺似的忙了几天后，她突然接到商娴的电话。

“你和薄屹要拍婚纱照了？”听她说完来意，苏荷惊讶地问。

商娴：“嗯，就今天。你知道的，我在国外读的大学，所以在国内没什么同龄朋友，因此这种时候，只能把苏大明星从百忙中拉出来了。”

“可是薄屹不是还没到法定婚龄吗，你们急什么？”

对面似乎噎了一下，过了几秒，苏荷才听见商娴咬牙切齿地说：“等他到了法定结婚年龄再拍婚纱照的话，我都高龄二十七了，能有现在拍出来的满满的胶原蛋白吗？”

苏荷失笑，一边合上面前的文件夹一边笑着应道：“那你把地点发给我，我这就赶过去。”

“请你来当然得准备妥当，车已经停到邢天楼下了，司机等很久了。”

听商娴的语气如此温柔亲切，苏荷莫名感觉前方已经挖好了坑，但死党间的这种邀请当然不可能拒绝，她没有多想什么，去公司配给她的休息间换好衣服就下楼了。

行程太长，车内空调暖得周身舒适，苏荷前一天晚上因为看剧本而失眠，统共没睡几个小时，上车不多时就抵挡不住困意，睡了过去。中途，她隐隐约约察觉有人上车，但困意正盛，苏荷连身在何地都忘了，只觉得上来之后坐到她旁边的那人气息再熟悉不过，睡梦里便不自觉地靠了过去。

等苏荷再睁开眼，窗外照进来的光灿烂明媚，太阳当空悬，已是正午时分，载她来的车不知停下有多久了。

苏荷慢吞吞地眨了眨眼，神志和意识渐渐回归，突然想起自己这趟出行的目的，惊呼了声，连忙坐直起身：“现在是什么时……”

话没说完，她看清了自己身前半倚着的“抱枕”，余下的话不由得咽了回去。

正在休息的男人被她起身的动作惊醒，此时正睁开眼看向她，漆黑的眸子里倦意消散了些，男人唇角微翘起来：“醒了？”

苏荷回神，惊讶地问：“你不是出差了，怎么在这儿？商娴也让你来给她的婚纱照选景？”说完苏荷便在心里否认了，以商骁和商娴的塑料兄妹情，这种事情八百辈子也不可能发生。

苏荷心里被坑了的预感顿时更加明显。果然，只见商骁微挑起眉：“伯父那边来电话，说你想来这边散散心，让我陪你一起。”

不等苏荷捋清这天大的出入到底是什么情况，车门已经开了，商娴那张灿烂的、明显带着幸灾乐祸情绪的笑脸出现在她的视线里。

“哟，我们的睡美人终于醒了？快和你的‘专属抱枕’一起下车吧，大家都等好一会儿了。”

苏荷轻眯起眼：“你又坑我是不是？”

“注意措辞，什么叫坑？而且冤有头债有主，今天的事情是两边的长辈商议好的，我最多是个负责传话的，黑锅不要扔给我，我不背哦。”

“所以你们不辞辛劳专门骗我们过来，是想做什么？”

“我不是跟你说了？拍婚纱照啊。”商娴笑得像只狐狸，“只不过不是我和薄屹，而是你和我哥。”

贼船已上，再想跑也来不及了。

婚纱是一个国际奢侈品牌的高级定制款，准备了三件不同的款式。商娴作为两家父母钦定的参谋小队长，帮苏荷选定了其中一件更适合外景拍摄的，便拉着邢天送来的国内最专业的摄影队伍在这片拍摄基地开始拍摄。

听说是苏荷和商骁拍婚纱照，基地里不少工作人员闻讯赶来围观。

众目睽睽之下，苏荷动作有些僵，被公司里的导演笑话：“苏小姐，得拿出您专业演员的职业素养，可不能剧本都拍得顺当，被几组婚纱照毁了一世英名啊。”

苏荷有些不好意思：“第一次拍婚纱照，不太适应。”

商娴一听，乐了，从监控器后面露出脑袋：“那没事，多拍几次就好了。想换男主角跟我说，我帮你联系伯父安排。”

苏荷一噎，刚想孛回去，就见面前的男人淡淡抬眼，声音平静：“薄屹今年还想和你回商家过年吗？”

空气一寂。苏荷扭头看过去，便见商娴不知什么时候躲到仪器后面，装模作样地和导演分析镜头构图去了。

苏荷莞尔，转回来给商骁比了个大拇指：“长兄果然就是厉害啊。”

商骁垂眸，无声地叹了口气，抬起手本想习惯地揉揉女孩的长发，一看戴好的洁白头纱只好作罢，轻捏了捏女孩的下巴，然后俯身亲了下。

“别总被商娴欺负，知道吗？”

明显感觉到角落里不少的手机和镜头都端了起来，苏荷脸一红，然后抬起头，表情无辜又无害："反正有你在，就算她欺负我，你也能帮我欺负回去，对吧？"

商骁想了想："她以后敢欺负你，记得告诉我。"

"好！"镜头前的女孩答应的声音清亮极了。

不远处的商娴面无表情地磨着牙，平常和她互掐起来半斤八两，到商骁面前却成了被她欺负的小可怜，见色忘义说的一定就是苏荷这样的。商娴心里飞快地琢磨着报复办法，直到看见导演的本子上安排的拍摄画面时，她眼睛一亮。

几分钟后，结束一组镜头的两位主角改换场地，去了基地的温室花田。

商娴和导演说了什么后，快步走到苏荷身旁，表情一本正经："导演说这个婚纱照要出彩，表情和动作还是得丰富点。下一组换下风格，苏大明星你记得强势一点啊。"

"圣旨"扔下，商娴不给呆住的苏荷反应时间，快步溜了回去。

直到导演催促，苏荷才回过神，茫然地看向商骁："婚纱照要怎么强势？"

商骁目光微闪，须臾后，他哑然一笑："还记得魔王陛下和她的侍卫长吗？"

商骁左腿后撤，牵起女孩的手，单膝跪在花田里，而后他抬起眼，漆黑的眸子在光下熠熠地亮。

"我的一切属于你，我的主人。"

熟悉的台词勾起苏荷的回忆，她眼神轻晃，红唇一勾，这一刻，女孩的笑容漂亮得恣意而明艳。苏荷笑着俯身，纤细的手指钩起男人胸前的领带，攥住领结下端向前一扯，呼吸蓦地拉近，红唇微微开合，声音喑哑，眼神与语气都是妩媚，却又带着命令一般的强势和不容拒绝。

"吻我。"

商骁垂眸，一点笑意掠过眼底。

"遵命，我的主人。"

他抬起身，以单膝下跪的姿势轻吻上女孩的红唇，黑眸里深邃的情绪慢慢沉淀下去。

《燃雪》的女主角仇景是个烟瘾很重的角色，戏里有不少吞云吐雾的镜头，导演又苛求烟雾里那种或是迷离或是沧桑的眼神，基本每次都要求苏荷完整地拍完一根烟的镜头。

保持这样的节奏拍摄完整部剧后，苏荷原本抽烟的坏习惯就更有些压不住了，但商骁不喜烟味，这是家里所有人都知道的，所以苏荷被剧本难住而眉头紧锁的时候，一贯是趁商骁不在，跑到二楼的露台上抽烟解闷，然后在他回家前冲澡洗掉身上的烟味。

不巧的是，有一天她被提前回家的商骁逮住了。

那天是个下午，凉风习习，苏荷趴在二楼露台的白玉围栏上，细长的手指间夹着一根女士香烟，微蹙着眉，面上却带着笑，和旁边借着长梯修剪花木的园艺工人在寻常交谈。

中途提及香烟，园艺工人扶着梯子，站在和露台差不多高度的位置，笑着说："小姐还是要小心些，万一被先生看见，指不定要怎么训您呢。"

闻言，苏荷莞尔地笑："不会的，我每次吸烟都趁他不在家，躲得很远，还没有一次被……"

话未说完，身后突然传来一个些微阴沉的男声："每次是几次？"

苏荷吓得手一抖，烟灰没落进水晶烟灰缸，而是抖进下面的花坛去了。她连忙转身，背靠围栏，眼见那人从长长的窗帘后走进来，一身尚未来得及脱下的长大衣，显然是在一楼玄关那儿就猜到了什么，连外套都没脱便直接上来了。

苏荷顿时非常心虚，可惜手里的香烟忘了扔，毁尸灭迹是来不及了，她只能尽可能地往身后藏，同时撑起无辜的笑。

"你怎么这么早回来了？"

商骁没开口，俊朗的眉眼间情绪格外阴沉。他迈着那双被笔直的西装裤衬得更加挺拔修长的腿，几步便走到了站着的女孩身前。停住之后，他垂眼凝视苏荷，漆黑的眸子里波澜不惊，但气势格外沉。

苏荷被他盯得笑容逐渐僵硬："呃，我们……"

"后面藏着什么？"

"没、没藏什么啊，哈哈哈……"

“那手伸出来。”

“真的，真没什么……”

“你身后在冒烟，没藏东西，是你的狐狸尾巴烧着了？”男人眼神冷淡地看她。

旁边传来扑哧一声轻笑，苏荷尴尬地扭头，看了一眼不远处放下捂住嘴的手，认真修剪花木，努力用肢体动作和表情表达“与我无关”的园艺工人。

苏荷叹气，蔫蔫地低下头，把藏在背后的已经烧出一小截烟灰的香烟拿出来。

商骁接过去，皱着眉看，又过了几秒，他重新抬眼，问：“经常躲在这里抽烟？”

苏荷不答。

“我在问你话，苏荷。”

苏荷极少见他以这样强势的态度和自己说话，一时有些委屈：“也……没几次。”

“没几次是几次？”

“六、六七次吧……”

“嗯？”

“最多不超过十次……应该。”

周身安静，明明是在室外，但空气和风都像是被男人的低气压冻住了似的。苏荷闷闷地低着头，不敢看他，只是越低头越难堪，心里的委屈也咕嘟咕嘟地冒起泡来。

不知这死寂持续了多久，才听见男人沉声问：“知不知道尼古丁折寿？”

苏荷一噎，那点不甘和委屈到底没忍住，在此时冒了个尖，她小声反驳道：“又不折你的。”

话一出口，苏荷就后悔了，慌忙抬眼，果然见男人的表情阴沉下来，眼神更是冰冷得骇人。

苏荷原本几乎要脱口的道歉在这样的眼神下滞住，几秒后，她咬着牙有些倔地扬起下巴：“我本来就这样，你又不是第一次知道。”

商骁沉声道：“可这个对你有害。偶尔可以，这么频繁绝对不行。”

苏荷被他凶得厉害，委屈地憋气，眼圈微红地转开脸，恰巧看见表情尴尬的园艺工人，她心里更尴尬委屈了。

“就对我自己有害，跟你没关系……”

“你真不改？”男人声音冷硬。

“不改！”苏荷梗着脖子转回来。

“好。”商骁深吸了口气，捏起女孩的手腕，把香烟塞回去，“你抽，就在这儿，当着我的面，把这根抽完。”

苏荷僵了好几秒，才慢慢回过神，指尖微颤：“抽就抽！”说完，她抬起手腕，用力地吸了一口燃着的香烟。

香烟刚离开，她突然被面前的人钳住手，扣住下巴，俯身吻下来——一口香烟硬是被商骁渡走了一半。

苏荷蒙在原地，那人吻过后便错开身抱紧她，狼狈地低声咳起来。等了好久还未平复，他一边咳着，一边声音沙哑地在她耳边威胁，语气还是那样让她陌生的冷硬：“既然不改，以后一口香烟必须给我一半。一起折寿，要死也一起。”

苏荷眼圈通红，这一次却不是因为委屈，她伸手回抱住他，靠在他胸膛前小声地说：“我错了，我改。”

那天商骁终究是咳了半晚才恢复，而那天之后，戏里戏外，苏荷再也没碰过香烟。

苏荷在家里干净的地板上总喜欢赤足走，无论冬夏，是从小就养成的坏习惯，来了商骁这儿也不自觉地犯。

直到有一次，JA的天神小队来一楼的活动室团建，顺便开会。

那天苏荷午睡刚醒，赤着白皙的脚丫走到一楼，发现商骁不在，便问了问用人阿姨。

正在准备红茶的阿姨不察，说商骁在活动室，却忘了提醒她天神小队的成员也来了。

于是苏荷全无防备地过去拧开门把手，一边用尚带睡意的声音叫着“老公”，一边揉着还没睡醒的眼睛走进门。午觉之后太过迟钝，进门许久，她才突然惊觉活动室里全是目瞪口呆的天神小队成员。

两方对视，空气里弥漫着死一样的寂静。一方是衣冠整齐地围坐在会议桌旁的JA员工，另一方是午睡刚醒，长发散乱，只穿着长长的白衬衫还赤着脚的老板娘。每一方都觉得自己离死不远了。

苏荷回神，僵笑着扭头往外走："不好意思，梦游，梦游。你们继续。"

最淡定的还是主位上的商骁。他推开椅子站起身，绕过长桌，没几步便在门口追上了溜出去的女孩，把人拎着后衣领拉住，问道："怎么又没有穿拖鞋，地上不凉吗？"

苏荷宛如一只被命运捏住后颈肉的猫，一脸的生无可恋："我回去就穿。"

商骁皱眉，没有迟疑地回身看了一眼依旧安静的室内："你们继续。会议记录做好，我两分钟后回来。"话音刚落，他转回来，"我送你回房间。"

"不用，你忙你的会议，我自己回去就行。"

"再踩着冰凉的地板回去？"

商骁没有给苏荷拒绝的机会，俯身把女孩横抱进怀里，迈开长腿往楼梯走去。

苏荷一声惊呼，下意识捏住商骁的衬衫，错开视线的瞬间，她看到门后的会议桌旁，天神小队的成员纷纷投来意味深长的目光。

直到两人走后好一会儿，安静的活动室内，众人才慢慢回神，表情微妙地互相对视一眼。

番外二

商家和苏家对商骁和苏荷的婚礼十分重视。商议两人婚礼的相关事宜时，据苏荷的“小密探”苏宴及时汇报，单是敲定日期这一项议程，就折腾了三场以上的紧急家庭会议。而有一点毋庸置疑，那就是由于苏荷不配合的消极态度，任何婚礼相关的会议都把她和商骁摒除在外。

于是直到年底，在外地赶通告的苏荷突然发现自己的行程被清空出一周的时间后，她打电话到严奕那里，这才得知婚礼操办的具体时间和地点等相关事宜。

这件事上苏荷早就丧失了话语权，第二天一早，她便无可反抗地被苏家安排私人飞机和专车接去了婚礼举办的城市。

商苏两家之前开了几场胜似辩论会的会议，否决了无数个国外婚礼圣地后，最终将两人的婚礼举办地敲定在了国内季风型气候的海滨城市G市。

商骁宣布退圈后就停止了一切通告活动，除了JA的内部事务，他的日程比起苏荷那排得满满的行程表来说，实在算得上清闲，所以在苏荷抵达之前，商骁早她一天被父母一通电话叫到了G市。苏荷抵达机场当天，自然是他去接机。

“你这哪是来接机的？完全是来给我增加工作量和负担的啊，妹夫！”

严奕坐在副驾驶座里，头疼地扭回头看车内正在摘墨镜、口罩和连衣帽的苏荷和商骁。

“你从一退圈就销声匿迹，现在外面的媒体都在到处捉你的蛛丝马迹，一点小火花都够他们兴奋半年，看见真人的话能冲上来把你活吞了。万一真被哪家媒体曝光，耽误了婚礼，我还不得被苏家那位老祖宗还有我姑父扒掉两层皮？”

商骁未言，苏荷却上前拍了拍严奕的肩，笑容无害：“欲戴王冠，必承其重。谁让你现在是我的御用经纪人，更是我爸最看好的接班人呢，对不对哥哥？”

严奕冷笑了声：“你少拿这个压我，要不是你和商骁撂挑子，这份苦活会轮到我身上？你知不知道我的心愿是领着我的股东分红在东南亚随便哪个小岛上混吃等死？结果现在却要为了你这个惹事精加麻烦精跑东跑西做牛做马。”

苏荷皱眉道：“哥，做人怎么能这么颓废？我们要永远有向上的精神和不屈的毅……”

“你的意思是我可以打电话告诉姑父，他的宝贝闺女不再固执己见，已经做好接手家族事业的准备了？”

苏荷的笑容停住，两秒后，像是什么都没听见、什么都没说一样，淡定自若地扭头去找商骁：“骁，你看今天的阳光真好啊，多灿烂，你说是不是？”

今年年底刚凭《燃雪》获得新晋最佳女主角的苏荷，临场发挥的演技实在是浮夸得让严奕无法直视。严奕面无表情地把目光往上一跳，移到了被他的妹妹抱住手臂的男人身上——这位在圈内销声匿迹半年，让无数媒体快要掘地三尺的天神，此时仍是那副不变的冷淡神颜，唯独垂眸望着身旁女孩的眼神，与看其他任何人时都不相同，像是融了的冰或是化开的雪，消解出春水般的柔软和溺人。不行，这个眼神更无法直视，闪得他想戴墨镜。

严奕心情复杂地扭回头，抱臂对着前方的道路毫无感情地开口：“婚礼是明早开始，你们今天没有行程安排，可以私下活动，但是切记千万别被路人发现再拍了照片传到网上。婚礼筹备这么麻烦的事情，你俩应该也不想因为被媒体毁掉不得不再来一次吧？”

苏荷回头道："活动范围有多大？"

一听就是要搞事的前奏，严奕毫不犹豫道："不许离开市区。"

苏荷失望了："那还有什么好玩的……"

严奕冷笑："嫌不好玩就回酒店等着，海景花园酒店被包场了三天，那里最安全。"

苏荷撇嘴。

严奕想了想，说："不过这里毕竟是音乐之都，说起来，市郊的音乐艺术学院还差一点成了妹夫的母校吧？"

苏荷眨了眨眼，这个从出了机场她就一直躲着的话题还是被严奕提起来了。

G市的音乐艺术学院，身为音乐之都里最被音乐人推崇尊敬的高等学府，也是国内音乐学院的最高殿堂，还是商骁一切荣誉的起点——这所学院，近些年来的光辉荣耀里最浓墨重彩的一笔，便是由苏荷身旁这位肄业的学子涂抹上去的。

无论过去还是现在，人们都对当初商骁选择肄业离开的决定感到遗憾。最大的区别是，过去，他们为商骁放弃这样一座音乐殿堂感到遗憾。现在，他们为学院失去这样一位乐坛鬼才而感到遗憾。

苏荷正想着，突然听见严奕开口道："哦对，今年拿到国际十大影响力音乐人之一的荣誉后，妹夫被正式列为G市音乐艺术学院的荣誉校友了。"

"中途放弃的肄业学生也能算校友？"苏荷嘴角抽了抽，"这不是要赖皮吗？"

"严格意义上确实不算，但如果我是在任校长，肯定也会这么做。毕竟特例嘛，总是为最独特的那部分人存在的。"严奕一顿，继续道，"不过，传课授业的教授们在，说是荣誉校友也不为过。怎么样，妹夫应该想回去看看教授们吧？小苏荷你不陪着？"

苏荷一怔，扭头看向商骁："我把这个忘了……那一定是要回去的。"

商骁垂眸看她："回国后我去拜访过，这次不去也没关系。"

严奕意外道："小苏荷不想去吗，我都没看出来呢，为什么？"

"毕竟是婚礼，对方又是你的导师，我们亲自去送邀请函也是应该的……"苏荷忍了几秒，还是没忍住，转回头凶巴巴地盯着严奕，"不要用'小苏荷'来称呼我。”

“可是苏老太太也这样称呼你。”

“奶奶这样喊我听起来很慈爱，但你这样喊我，我只会觉得浑身鸡皮疙瘩都起来了！”

“哦？那可真是太好了，小苏荷。”

她果然是跟自己的这个表哥命里互克吧？

年关已过，正是学生们休假的时间。校舍仍旧开放，不乏学生留校，但毕竟只是少数。平日里熙熙攘攘的校园冷清了许多，校园内最宽阔的主干大道上都罕见人影——这显然也是严奕提议让苏荷和商骁过来的主要原因。

音乐学院选址在市郊，环境安静，设施齐全，所以和学生们不同，做音乐和研究的教授们这个时间往往还是在校内。

提前确定好要去拜访的丘教授的情况，商骁和苏荷戴上口罩、帽子，一起下车步行离开了停车区。

苏荷压了压帽檐：“我有点紧张。既然是你的恩师，那他在音乐方面造诣一定很高，而且一定很喜欢音乐天赋棒的晚辈……”

“所以？”

“我刚好是那种没有任何音乐天赋的，他万一不喜欢我怎么办？”

商骁似乎有些无奈，他停下来，转头看了苏荷几秒，才莞尔地低头笑了：“不要想那么多，不要太在意别人的想法。”

苏荷小声咕哝：“我没有在意别人，我只是在意那些对你重要的人……”

“可你才是最重要的。”

苏荷一愣，抬头看向商骁。

商骁握紧女孩的手，重新迈开腿，声音平静地牵着苏荷沿着长路向前：“所以你只需要在意自己就够了，苏荷。因为对我来说，没有人比你更重要，能记住吗？”

苏荷回神，眉眼一弯，笑容明媚灿烂：“好，我记得了。”

商骁与苏荷是在丘教授的办公室见到对方的。进去前还有一位研究生在里面，所以两人等了几分钟，待对方离开后，商骁才摘了口罩上前叩门。

“请进。”门内传来应声。

商骁回头看向苏荷，朝她伸出手，等苏荷的指尖搭上来，他才推门走了进去。

“老师，好久不见。”

“商骁？”

办公桌后，抬起头的丘教授不可置信地扶了扶眼镜，随后压抑不住满面的笑容站起身，绕过办公桌快步上前。

开口时，丘教授的语气里带着亲近的嗔怪：“你怎么突然来了，连招呼都不打一声？”

“临时被通知的行程，刚好在这边，所以特意来拜访您。”

“原来如此。”丘教授笑着又和商骁寒暄了两句，目光不由得落向落后商骁半步站着的苏荷身上，“这位……”

商骁察觉，侧过身，介绍道：“这是我的妻子，苏荷。”

苏荷心里紧张，面上没露出来，只攥紧指尖，带起笑容微微躬身：“丘教授您好，晚辈苏荷，初次见面……”

话未说完，却听见那位教授突然笑了起来：“原来你就是苏荷，那我们可不是初次见面了，至少我不是第一次看见你。”

苏荷一愣，快速思索之后，她不确定地开口问：“您是说，电视剧里……”

“那倒不是，我知道商骁的妻子是个演员，但你们年轻人的那些剧我不太看。我见过你是在现实里，而且就在这个学校，怎么，你忘了？”

苏荷表情茫然，商骁同样有些不解：“老师，您是不是认错人了？苏荷并不是我们学校的学生。”

“我当然知道她不是。”丘教授笑了笑，“让我想想，是哪年的事情来着……算起来，过去至少有七八年了吧？”

“啊——”苏荷突然惊呼出声，睁大眼睛看向对方，“那年我在楼外遇见的老师就是您？您就是他的教授？难怪那时候您对他那么熟悉！”

丘教授笑而不语。

商骁的目光在苏荷与丘教授之间来回一转，几秒后，他有所猜测，看向苏荷："你来这儿找过我？为什么我不知道？"

苏荷知道这件事是藏不住了，有点懊恼又无奈，早在商骁看过来前她就低下脑袋，小声咕哝道："因为是偷偷来的……而且不凑巧，你那天很忙，都没有时间跟你打个招呼，所以隔着很远看了一眼就溜回去了。"

商骁可以想象那时的情况，有些无奈又心疼，他微微垂眼，看向教授："老师您又是怎么见到她的？"

丘教授笑得眼睛都眯起来了，看见女孩偷偷抬头看了自己一眼，又连忙不好意思地低下去，就知道她是想起那天下午了。丘教授想了想，没拆穿，只说了一句实话："我那天真是把这辈子能听到的关于你的夸奖都听了一遍，你这是娶了自己的头号粉丝回家啊！"

苏荷松了口气，又不好意思地红了脸，她实在受不住商骁望来的探询目光："丘教授，你们师生慢慢叙旧，我不好打扰，先到外面去走一走。"说着，苏荷冲丘教授点了点头，逃跑似的离开了办公室。

等办公室的门关合，丘教授收回目光，合不拢嘴地笑了起来。

商骁无奈地看着自己的恩师，其实和苏荷来时的猜测不同，他的这位恩师从表到里，实在是与严谨刻板这种词沾不上半点关系，考虑到丘教授的高龄，倒是"老顽童"大概更适合他一点。

果然，刚笑完，丘教授就忍不住打趣他："以前你还在我手下当学生的时候，院里总有些教授惦记着给他们的女儿、侄女、外甥女找托付，那会儿我跟他们说，商骁这学生我看透了，今后注定是一辈子孤独终老的，没想到啊，你现在不但结婚了，娶回来的还是这样一个活泼跳脱，看起来和你的音乐世界格格不入的小姑娘。"

商骁垂眸一笑，是那种极少露出来，情绪十分明显并不压抑掩藏的笑意。

丘教授盯着他看了两秒，突然也笑了，像是释然又像是感慨："之前听他们说起来，我还不相信呢。我说就我那个榆木脑袋的学生，能喜欢上什么小姑娘？

后来传得多了，我就开始担心，你不会是真没拧过家里，被逼着娶了个自己不喜欢的女孩吧……”

商骁摇头，低声道：“老师，我喜欢她。在这个世界上，除了她和音乐，再没有什么人或事能让我有这样的情绪和渴望。”

“我看得出来，当时我还专门叫我儿子从网上找来你参加的那个什么综艺看了呢。”丘教授欣慰地笑了，抬手拍了拍商骁的肩，“第一期我就看了，也是从第一期里你看她的眼神我就知道了，你自己没见过吧，那种执着和痴迷，也只有在你接触音乐的时候才见过。”

“那么明显吗？”商骁好像并不意外，淡笑着垂眼。

丘教授撇嘴：“当然明显了。你是我的学生，这世上没几个人比我更了解你，任谁看见在自己身旁待了三年永远一座冰山似的学生，突然用那样情绪丰满的目光看小姑娘，都猜得到你是栽得有多彻底了。”丘教授一顿，又说，“不过这个小姑娘不同，我知道的，你喜欢她也是应该。”

“当年您遇见她……”

“你可不要问，问了我也不会说给你听的。”丘教授又露出老顽童一样的表情。

商骁无奈。

丘教授说：“不过，我之前就有一个问题想问问你。”

“您说。”

教授的神色里难得多了点正经：“当年我就说过，只要你有心，未来在音乐上的成就不可估量，事实也证明如此。我能看得出来，你并不是外界恶意揣测的所谓江郎才尽的情况，甚至可以说还远未触及你自己的瓶颈，我说的没错吧？”

商骁停了两秒，微微点头。

丘教授的眼神严肃了些：“既然这样，你明明还有更远的路可以走，为什么在这个时候突然放弃？不要告诉我是你做了井底之蛙，觉得拿到国内第一人的成绩就可以停下来享受舒适和荣耀了。你应该很清楚，这个世界上的许多角落，每天都在出现新的声音，在这个时候放弃，是连你当初的梦想也一起扔掉了。”

商骁沉默片刻，抬头道：“老师，您知道不是如此，不必用这样的话来激我。”

丘教授严肃的表情一停，几秒后尴尬地挠了挠头："露馅了吗？还不是我家那个臭小子给我出的主意，他说那么多媒体苦心孤诣也套不出你退圈的原因，我不下点猛药肯定不行。果然这小子出的都是馊主意，才刚说完就被你拆穿了，也太不靠谱了。"

商骁无奈道："您是我的老师，我不与媒体透露，但不会故意欺瞒您。"

丘教授轻咳了声，熟练地掩饰住自己演技败露的尴尬："所以你是怎么想的，不妨跟我说说。"

"音乐我不想放弃，也不会放弃。只是和以前不同，我不会再选择公之于众的方式。"

"你是说……"

"老师，您也看得出来，只要在这个圈子里一天，很多事情就注定身不由己，音乐之外的东西甚至比音乐本身更具有决定性，这是极讽刺的事情。过去我没有到达现在的高度，必须借助这样的外物，但现在我已经不需要了，我有机会也有能力做纯粹的音乐，不想再被那些浮名和利禄打扰。"

丘教授听完，没有急着开口，又沉默很久他才说："你说得很对，但这好像并不是根本原因？因为我太了解你了，商骁，浮名利禄对别人可能还有干扰，但对你从来就没用。"

商骁一怔，默然几秒，莞尔失笑："您说得对。"

"所以，还是因为苏荷，对吗？"

"苏荷啊……"商骁低垂了眼，声音极轻，像是笑又像是在思念和回忆，连轻声念起她的名字时，眉眼都格外温柔溺人，"您别看她平常好像永远没心没肺的样子，但我不在意的许多东西她都在意，无论诋毁或者褒奖。其实她心眼很小，心思很细，也很容易吃醋，只是她知道我喜欢音乐，所以她都忍着，从来不提。"商骁抬头，那张素来冷淡的清隽面孔上露出只为一个人存在的温和的笑，"老师，我怎么可能舍得让她总是忍着呢？"

"所以你就索性离开，让所有人都再瞧不见你，忘了你，你继续做一个人的音乐，这样不会太孤独吗？"

“有她在，我怎么会孤独？”

丘教授慢慢叹一声气，有些复杂：“果然，你这样性格的年轻人，跟你的音乐一样，纯粹又极端，爱着她，所以自己的一切都能给她……”

“是。”

商骁望着自己无名指上的婚戒，低声笑了，温柔无尽。

“如果她想要我只属于她，那我便只属于她。”

虽然对商骁和丘教授的说辞是“出去走一走”，但苏荷并没离开多远，只顺着办公室的长廊向外走了一段距离，有些无聊地趴在走廊的窗沿上。玻璃外阳光晴朗，被道路和建筑切成一个个大小不同的方块里，人影稀疏零落。

“真无聊啊……”

苏荷悄悄嘀咕了声，把搁在窗台上被凉得有些冰的手抬起来弯出弧形，然后将手放到嘴边轻轻呵气。一点暖意从指缝间漏出来，飘到近处的玻璃上，留下一片白白的薄薄的雾气。

苏荷看着这片椭圆形的雾气呆了两秒，伸过去一根食指，在冰凉的窗玻璃上轻轻写起字来——商……骁……

等指尖随着最后一笔向上一翘，划进空气里，心满意足写完的苏荷才突然反应过来，她怎么无意识就把那人的名字写到窗上，还顺手画了个心形圈起来了？简直像个小学生一样。

苏荷腹诽着，脸颊微红，做贼心虚地踮脚过去再次呵气，把自己刚刚留下的罪证盖了过去。落回脚后，苏荷正心虚地准备离开罪证现场，就听到不远处的楼梯口，有高跟鞋的声音“咔嗒咔嗒”地走上来。

鞋跟敲击地面的清脆声音在安静的长廊上十分明显，苏荷连忙戴好口罩，转身面向窗外以免被看见正脸。严奕说得对，要是在这时候被人认出来耽误了婚礼就太要命了，她绝对不想把筹备的折磨再来第二遍。

“苏小姐？”一个疑惑的女声在苏荷身后响起。

苏荷心里咯噔一下，下意识地思考自己到底哪里露了马脚，竟然这样也能被认出来。只是理智回归后灵光一现，下一秒苏荷反应过来，身后的那个声音，分明是她听过的。

苏荷想起声音的主人的脸，表情复杂地扭回头，四目交接，苏荷一顿，伸手摘掉口罩。

“戴小姐，真巧。”

站在苏荷面前的不是别人，正是与商家世交的戴家小姐，戴诗茜。

戴诗茜眼神闪烁，笑着开口道：“也算不上巧，毕竟我和彦清是接了两位的婚礼邀请才来的，这儿又是我的母校，我回来看看顺便拜访一下我的导师也是理所应当。”

苏荷笑容微停：“你的……导师？”

戴诗茜微微一笑：“怎么，苏小姐还不知道吗？我有幸与商骁学长同为丘教授的学生，只不过商骁学长是丘教授的关门弟子，而我只是个有幸能得教授指点的普通学生而已。”

果然，她那种不能到这个学校来的预感是正确的。

戴诗茜：“既然苏小姐在这里，想必商骁学长就在丘教授的办公室里了？”

“嗯……”苏荷应得很不情愿，但也没办法。

戴诗茜微笑地说：“既然这样，那我刚好趁这个机会进去问候一下学长。苏小姐，再会。”说完，戴诗茜朝苏荷一点头，便擦肩而过，径直向丘教授的办公室走去。

苏荷想拦也找不到理由，想跟进去又有之前为了脱身出来而找的借口拦着，正在她心里天人交战的时候，刚关上没多久的办公室的门再次被打开。

门内，以戴诗茜僵住的笑脸为背景，商骁眼神冷淡又平静地放下拉开门的手，抬眼望向苏荷：“散完步了？”

苏荷蓦地回神，眼睛一亮，飞快地点头。

商骁朝她伸手：“那就进来陪我坐一会儿。”

苏荷压着快要笑出来的坏心眼，脚步轻盈地走过去，跟着商骁再次进到办公室内。经过戴诗茜身旁时，她能感觉到对方目光中几乎要实质化地戳在自己身上的敌意。

苏荷宛若不察，非常有礼貌地停了一下，笑容无害："戴小姐，我们的再会来得这样快，还真是很有缘了。"

戴诗茜皮笑肉不笑地颔首。

坐在沙发上的丘教授一脸看破不说破的慈祥笑容，招呼着三人过去落座。

又陪了半个小时左右，商骁和苏荷接到严奕的电话，这才放下婚礼邀请函，起身告辞。

两人走后没多久，一直显得有些心不在焉的戴诗茜也表现出退意，丘教授没多做挽留，一样送她到办公室门外。

"丘教授，那我就先走了，您……"

"诗茜。"

"嗯？"已经准备转身的戴诗茜停住，不解地看向自己的老师。

丘教授笑容慈和："我记得在学校那时候你就对商骁很敬慕。商骁选择肄业离校时，你是最不理解他的那部分学生，还专门跑来找过我，对吧？"

戴诗茜表情微顿，很快便掩饰过去："教授您怎么突然提起这些来了？都已经过去好多年了，我也快忘掉了。"

"忘掉了吗？"丘教授哈哈笑起来，像个老顽童似的，"忘掉就好啊。只有忘掉，人才能往前看嘛。"

戴诗茜在老师的笑容前眼神闪烁了下，没几秒就匆匆告别，转身下楼去了。

第二天就是商骁和苏荷的婚礼。

这场婚礼从策划到筹备再到开场，持续数月的准备过程都是完全保密的。有耳朵灵通的媒体隐约得到消息，但也并不清楚两人婚礼的具体时间和地点。所以婚礼当天，除了包场的海景花园酒店的停车场开进了数不清的豪车，从外面看不出什么动静。

酒店内，苏荷却是一大早就开始接受来自自家表哥的连环夺命call。

顶层的套房卧室里窗帘紧闭，被扔在床头的手机亮着屏幕，严奕的声音在里面暴躁地响："赶紧起床！立刻来化妆室！今天是什么日子你还能睡得住懒觉？"

埋在枕头里的海藻似的长发动了动，苏荷露出皱着眉的脸，眼神迷蒙，停了几秒才慢慢想起什么，不情愿地把手机往枕头边拖了拖："这才六点，算什么懒觉……而且，我昨晚因为见了仇人有点激动，凌晨三点才睡下去，现在起床会猝死的。"

严奕的声音忍耐着暴躁："你现在起床不一定会猝死，但你再不起来一定会被我捶死，你信不信？"

苏荷带着只睡了三个小时的怨气冷笑了声："那你就进来捶死我吧，我老公会帮我报仇的。"

严奕："有老公了不起吗！你再拖一段时间，等长辈们尤其是商家那两位长辈到了，见你还没起，你这老公可能就没了！"

苏荷一顿，秀气的眉顿时拧成疙瘩。别人她还能不在意，但是商家的那两位长辈毕竟是商骁的父母、她的公婆，也是因为他们与戴家的世交，她才一直对戴诗茜隐忍不发。啧，严奕还真是会挑她的软肋。

苏荷颓丧地慢吞吞敲了敲手机屏幕："好啦，知道了，我这就起还不……"

"让她再休息一个小时，来得及。"一个平静低沉的男声突然在电话对面响起。

苏荷一愣。

不等她反应，严奕先炸了："妹夫啊，你惯她也得分个时间段，今天可是婚礼！策划里给她试妆换衣的时间至少要四个小时，这怎么来得及？"

苏荷听得心虚："要这么久吗？那我还是起……"

"没关系，来得及。"商骁再次平静地重复了一遍，对面似乎开了免提，那人的声音配着严奕倒抽冷气的背景音，一字不漏地收进苏荷的耳朵，"一个小时后再起来，我会去找你的。"

"可是会不会……"

"听话。"

挂断电话，意识还不清楚的苏荷红着脸颊，不知道小声咕哝了什么，披着长发重新藏进被窝里。

与此同时，酒店专程收拾出来的大化妆室内，严奕头疼又没办法——面前的男人和他那个妹妹不同，自己在这人面前毫无气势上的优势，还不是个能听进去道理的主！

尽管知道，严奕还是尽量劝道："妹……妹夫啊，我知道你心疼苏荷，但是也不能太纵容她了。今天可是婚礼啊，少睡些大不了明天再补嘛……"

商骁放下手机，前一秒还温和纵容的眼神，在转回室内的一刹那冷淡下来，皱起眉，不赞同地看向严奕："苏荷之前的工作量很大，昨天又直接被带来这里，路上也没有休息过。至于婚礼……原本就是为了她，我才同意的。"

严奕头疼地说："我懂。但是既然你们都同意办了，再搞出状况来多不好，对不对？万一真来不及，到时候长辈们肯定不满意，那苏荷还是要……"

"说是我的原因就好了。"商骁平静地打断他，放下手机，"一个小时后我会把她带过来，在那之前，请表哥不要去打扰她了。"

最后一个"请"字说得云淡风轻，但严奕很确定，商骁望过来的那双漆黑的眸子里藏着的情绪绝对没有这么客气。这简直就是一个护妻狂魔，当初他怎么就没有发现这个冷淡的妹夫身上竟然还能发掘出这种属性？而且以苏荷的性格，遇上这样一个妹夫，今后还不得被纵容到无法无天？

越想越觉得被姑父委以重任的自己前路无光，这婚礼显然还只是个开端，严奕脸都黑了。

婚礼会场在海景酒店最大的露天场地，说是露天其实并不确切，因为虽然阳光毫无保留地倾泻下来，但顶棚上有一层特殊处理的钢化玻璃，以保证在乍暖还寒的时节里，这片露天场地仍旧是暖意盎然。因此布置成自助性质的宴会上，穿着露背长裙的女士随处可见。

当苏荷挽着商骁的臂弯入场时，在商家父母身旁，便看见了一位穿着米白色露背曳地长裙的年轻女人。背影纤细，腰肢盈盈可握，在这样一场新娘还未出现的婚礼宴会上，几乎夺走了多数人的目光。

苏荷甫一看清那道身影，脚步就停顿了下。

“怎么了？”她身旁的商骁有所察觉，低头望来，“身体不舒服？”

“不是。”苏荷磨了磨牙，“只是有点后悔听了严奕的意见，什么正式礼成之前的第一套服饰需要素淡低调……”

商骁神色微停，几秒后，似乎想到什么，抬眸顺着女孩的目光径直望到自己父母身旁——陪着商家父母巧笑嫣然的年轻女人不是别人，就是昨天在丘教授的办公室见过的戴诗茜。

商骁了然垂眼，低笑了声：“你比她漂亮。”

苏荷没想到会换来一句再直白不过的夸赞，眼神闪了下，收回目光，然后低低地咕哝了句：“你不要安慰我了，还这么没诚意……”

“没诚意吗？”商骁怔了下。

“明显她今天就是很漂亮，场中好多人都在望着她，其实你心里也跟他们一样想的吧？”

商骁哑然失笑：“他们在看她，是因为你还没有出场。”

商骁侧身，绕到与苏荷相对的一边，俯身下来，也不在意自己的动作惹起了部分客人的注意，抬起没有被苏荷挽住的那一侧手臂，习惯性想揉一揉女孩的长发，又因为造型师费了好一番工夫的发型而停住。几秒后，他垂眼轻笑，慢慢贴上来，呼吸相交：“而且，我没有安慰你啊，苏荷。在我眼里，你永远比任何人都漂亮，因为我只看得到你。”他轻吻上她的唇，低声呢喃，“其实你也知道的，不是吗？”

苏荷身影一僵，等回过神，明显感觉到看过来的目光越来越多，隐隐的议论声也渐渐传开。

苏荷脸颊微红，抬手轻推开商骁，自己则退了半步：“别在这儿……”

那些多是来自长辈的并无恶意只是戏谑的目光，让她几乎想找条缝隙钻进去。

“抱歉。”商骁在她耳边哑声低笑，“没忍住。”

苏荷忍着脸红，不知道再和商骁独处下去会有什么后果，也不敢在婚礼上试验，于是拖着人去给商家父母问好了。

等与戴诗茜互相问候后，苏荷才后知后觉地发现戴诗茜看向她充满恼怒敌意的眼神。苏荷表情微妙，戴诗茜大概以为方才那一吻，是自己故意给她的挑衅和示威吧？虽然不是自己的本意，但是达到这样的效果，好像还是很不错的。

这场暗里交锋过去，苏荷在午宴上的心情好极了，她和商骁在商苏两家的亲朋里寒暄客套，半个中午很快过去。

商骁中途去了洗手间，苏荷则陪着一位商家的远房长辈闲聊，突然她察觉了什么，视线在偌大的场地里巡视几圈——商骁没回来，戴诗茜也不在。

这种不祥且不爽的预感是怎么回事？

匆忙找了个借口离开，苏荷将手里的香槟搁在一旁，提着长裙快步离开会场，向场外最近的洗手间走去。

弥漫着清淡的果香气味的洗手间外，铺着红毯的长廊上，两道身影相对而立。

商骁皱眉望着眼前脸颊酡红，眼神明显带着醉意的年轻女人，十几秒前，她就是这副姿态伸着双臂拦在他的去路上，让原本无视她的他不得不停下来。

“戴小姐，有事吗？”

不加掩饰的冷淡有些刺疼她，戴诗茜平展的指尖无意识地攥紧，但很快又放开，摇了摇头，露出明艳的笑。

“没什么，就是有点醉了。”

商骁垂眸，神色冷淡地看着她，薄唇抿成锋利的直线。

戴诗茜不由得缩了缩肩膀，眼底的醉意退了几分。这才是她熟悉的商骁。从大学开始，那么多的女生追在他身后，后来他一曲成名，名动乐坛，更加数不胜数的人将憧憬仰慕的视线落在他身上，然而他却好像从未在意过，那双漆黑的眸子里好像根本就没办法看到任何人的身影，即便像此刻的近在咫尺，仍让人觉得他在摸不到的天边。

圈子里给他的称呼没错啊，就是天神一样。可如果所有人都不能接近他，那她也没什么好遗憾的，然而却偏偏多了那样一个她！

只因为自己错过了他需要联姻的时刻，就被远不如商戴两家世交关系的苏家小姐乘虚而入，触手可及的天神就此拱手让人，这几乎成了戴诗茜抹不去的心病。她不甘失败，更不甘心退缩，与卢彦清的婚约她至今都没有履行，而面前人的婚礼就在今天，这是她最后的机会了！

戴诗茜握紧手，低下头，声音也放轻了："我有点头晕，好像找不到回会场的路了……商骁学长，你能送我回去吗？"

说着话，她踉跄着上前半步，似乎无意地抬手去扶男人垂在身侧的手臂，然而却扑了空。

商骁退后一步，眉眼间的情绪愈冷："我让保安过来，戴小姐稍等。"说完，商骁视线移开，便要从戴诗茜身旁绕过。

"商骁！"彻底被男人那退后的一步撕掉面子的戴诗茜脸色发白，她咬着嘴唇抬头，眼神凄楚地看向男人，"我只是让你扶我一下而已，这……这都不行吗！"

再次被女人纤细的手臂拦住去路，商骁皱眉，眼底压抑着的不耐烦几乎实质化，僵了几秒，最终还是轻晃了下，压了下去。

"戴小姐，我们之间并不是可以无须顾忌的关系。今天是苏荷和我的婚礼，你是我们的客人，我尊重你，也请你尊重自己。"

戴诗茜脸上的最后一点血色退去，拦在男人面前的手紧紧地攥起来，指甲几乎要扣进掌心。

"苏荷，苏荷……苏荷她凭什么？论起与商家的关系，苏家哪里比得上戴家？她不过是因为我当时不在国内才能和你联姻！她怎么配和你站在一起？"

声音戛然而止，不是戴诗茜自觉失态，而是原本冷淡漠然的男人在方才那一瞬间，目光里的戾气重得判若两人，像是无形的手扼住她的喉咙。在那可怖的目光下，戴诗茜后面的话不由自主地咽了回去。等回神后，她的眼神更加凄然。

"只是联姻而已，你为什么要那么维护她，连一丁点面子都不给我留……我们不是从小就认识吗？在我们很小的时候，两家长辈就想过要结亲，我只是来晚了一步，你就连这些面子都不能给我了吗？苏荷她……她到底算什么啊？"

商骁眼底最后一丝压抑情绪的理智绷断，他垂眸望着面前的女人，全无表情。几秒后，长廊里响起一声极低的笑。

“你搞错了。”

戴诗茜原本因为面前这人突然的笑而愣住，此时更是茫然：“什么？”

“商家和戴家世交的情分？”男人眸子里情绪冰凉，“我什么时候在意过这些？”

“那你当初为什么要同意那顿晚餐，为什么要在我回国后来见我？”

“因为苏荷。”

戴诗茜脸色煞白：“这跟她有什么关系？”

商骁冷冰冰地睨着女人：“因为她在意。包括我还愿意称呼你一声戴小姐，允许你今天站在这里，都是因为她在意——在意商家和戴家的交情，在意我父亲母亲的看法，在意长辈对我的评判，在意一切我不在意的东西。既然是她在意，无论是什么，我都愿意配合，所以不要再侮辱她，半个字都不行。到那时候我会忍无可忍，让人把你轰出去，但我不想她不开心。至于商家和戴家的世交……你不妨试试，和她的分量相比，看我会不会犹豫哪怕一秒。”

戴诗茜面色惨白，战栗着瞳孔，不敢相信地看着商骁，她的手臂不自觉地垂下来。

商骁毫无留恋地直身离开。

戴诗茜陡然回神，扭回头不甘心地喊：“可如果没有苏荷，我才应该是你……”

“如果没有她的在意，我都懒得看你一眼。”

那人没回头，也没有丝毫停顿，挺拔而冰冷的背影很快消失在长廊的拐角处。

婚礼仪式顺利结束，晚宴之后，苏荷和商骁终于得以脱身，回到酒店顶层的大套房里。

大约是严奕的授意，房间内被红色的玫瑰花瓣装点得浪漫而暧昧，连灯光都刻意调整过亮度，光影盈盈。

只可惜再美的景，也只有商骁一个人有理智观赏，原因很简单——苏荷又醉了。

商骁停在门外，艰难开门之后，无奈地把怀里软成泥的女孩抱进套房，送进卧室。

刚把人搁到床上，跪下去脱高跟鞋的工夫，就听见头顶一声又软又飘的唤声：“商骁……”

商骁本能地抬头：“哪里不……”

话没说完，眼前一黑，砰的一声闷响，他被突然扑下来的女孩压在了卧室点缀着几片玫瑰花瓣的地板上。

商骁身影一僵，感觉到身上的那颗小脑袋明显蠢蠢欲动，停顿几秒，便放弃了挣扎，纵容地揉了揉女孩的长发，仰面看着天花板上灯火微亮的水晶灯，哑然失笑。

“昨天明明答应过我不会喝醉的，真狡猾啊。”

“今天……高兴……”

商骁有些意外，垂眸看向身前趴着的人：“不是嫌婚礼麻烦吗？”

苏荷嗖地一下抬起头，仰起来的脸上笑容明艳灿烂，脸颊酡红，像个小傻子。

“因为听见……你的告白啦。”

“什么告白？”

“就是你跟戴诗茜说的那些话呀。”

商骁怔了下：“你听到了？”

“听到了！”醉酒的女孩重重地点头，“而且听得很清楚！所以很开心！”

商骁哑然失笑，情不自禁地伸手捏了捏女孩的脸颊：“知道了，那我们起来吧？”

“不要！”

“为什么？”

“因为开心！”

商骁无奈地笑，望着她：“好，那不起来。”

安静半晌，房里窸窸窣窣地响起衣料摩擦的声音。

商骁微顿，垂下眼帘：“苏荷？”

“嗯？”兢兢业业的小脑袋埋在他身前。

“你在做什么？”

空气沉默几秒，他身上的小傻子往上拱了拱，趴到他耳边，暖乎乎的气息往他耳畔吹拂：“我告诉你一个秘密。”

“嗯？”

“我和娴哥商量过了，今晚我要干一件大事！”

“什么事？”

醉得傻乎乎的女孩在他耳边傻乎乎地笑，攥起小拳头，语气骄傲：“我要给你生‘猴子’！”

商骁一怔，蓦然失笑：“不能是人吗？”

“哎？”

醉得傻乎乎的小姑娘顿时被这个问题绕了进去，啃着小拳头陷入沉思。而仰在地板上的那人微垂了眼，眸子里压抑了很久的情绪慢慢翻搅起来，他轻抚过女孩的眉眼，再开口时，声音莫名沙哑：“真想好了，不后悔吗？”

“后悔什么？”

女孩茫然地抬头，此时被酒精控制的大脑全凭本能，在得到答案以前，她已经先被那张俊脸蛊惑，灿烂一笑：“不后悔！”

“这是你说的。”

“哎？你抱我起来干什么……”

第二天，苏荷没能爬起床。晚上，终于清醒的苏荷咬牙切齿地拿过手机给商娴发短信——

“说好的冷淡呢？骗人！”

番外三

苏荷在与邢天的经纪合约到期那年，凭借个人天赋和努力以及顶尖的团队配置，终于一举拿下双料影后，其中一项更是颇具影响力的国际电影节的最佳女主角，由此名噪一时。

十月，苏荷的经纪合约即将到期，但个人和团队微博并未出现续约消息，因此圈内传出她有改签旁家的意向。风向刚出来，传到网上，就受到了群众的一致嘲讽。

“哈哈哈，今日份的欢乐源泉！”

“苏荷改签别家？现在传谣都不过脑子吗？邢天就是她家的，以后肯定也是她的，难道改签别家去做卧底吗？”

“抱走荷荷，非官宣勿扰。”

“心疼我荷，自己家的公司续不续约的问题还要被质疑。”

“苏荷的经纪人早就是邢天如今的总经理，也就是她的亲表哥吧？听说苏荷团队都是直接向他汇报的。要是苏荷的经纪约真改签了，那你们又可以造谣她和表哥因家产而决裂的消息了。”

“决裂？哈哈哈！苏爸爸还雄姿英发呢，谈家产也不可能是现在啊。”

网上热闹，现实也毫不逊色。

严奕此时正在苏荷和商骁婚后搬入的别墅内暴走——

“不行，我不同意，我坚决不同意！开什么国际玩笑？在邢天养硬了翅膀就想去JA？好事全让商家占了！”

风暴中心的苏荷淡定地以瑜伽姿势坐在沙发上，说：“首先，邢天不但雪藏我三年，在我起飞的时候也基本没有给任何助力，而且你和我爸为了避嫌，后期我从JA获得的资源比邢天多得多。所以，为了哥哥你走在路上不被雷劈，我真诚建议你不要说是邢天养硬了我的翅膀这种话。其次，JA是商骁控股，也是我们夫妻的共同财产，而我姓苏，‘好事全让商家占了’这话你再说一遍，都不用我动手，我爸那暴脾气就能绕着邢天最大的影视基地追着捶你三圈还不带喘的。最后，也是最重要的一点。”端坐在沙发上的苏荷慢慢收起膝盖上的手，睁开眼，面带和善的微笑，“经纪合约已经到期，续约与否是我的权利。你不同意，一哭二闹三上吊也没用啊，我的严总经理。”

严奕差点原地升天，磨了磨牙：“你可想清楚了，邢天的人我不可能让你带走。去了JA，难道要天神小队来接手你的运营和公关？就算真这样做了，又有哪个能担得起你这么大牌的艺人？王思言吗，他恐怕都要退休了吧？”

“这个就不用哥哥你操心了，我心里已经有人选了。”

“有人选了？谁？”

苏荷眼角一弯，不等她开口，厅外进来一个用人，报备道：“小姐，先生出差回来，已经到别墅外了。”

苏荷莞尔：“喏，人选这不是刚把自己打了个跨国快递送回来了？”

严奕：“你难道要商骁做你的经纪人？”

“有问题吗？”

“问题大了！”

“比如呢？”

“最简单的，就算他退圈几年，但热度和影响力还没消，如果真让他做了经纪人，别看你已经拿了双料影后，但我保证，以后你俩一起亮相在公共场合，保镖保护他这个经纪人的压力比保护你本人还大得多！”

提起这个，苏荷思索两秒，点头道：“确实，但也是没办法的事情，就算他不是我经纪人也一样。”

“不是，你还认真了？”严奕表情古怪，“我可提醒你，找天神做经纪人，怎么想怎么是搞大事，你还能在圈里待几年，何必在这种时候折腾？万一闹个晚节不保……”

“你才晚节不保。”苏荷笑骂道，从沙发上跳到地面。

“你干什么去？”

苏荷已经准备迈步出去，闻言身形一停，抬起一只白净的巴掌，比个“OK”的手势，朝严奕晃了晃。

严奕茫然不解地看着她：“你这什么意思，暗号吗？”

苏荷笑而不语，眼神有些俏皮。而严奕一句话的工夫，她的中指收起，只剩无名指和小拇指竖着。又过了一秒，无名指收起。最后一秒，在苏荷的小指收起的一瞬间，严奕突然听见了一个声音，他扭头看向玄关方向——门开了又关，确定了他的判断。而计数结束的苏荷轻笑了两声，从严奕身旁跑过，直奔玄关。

即便这两人已经成婚几年，但是动不动就被秀一脸恩爱的惨剧还是时有发生。严奕叹气，扭头看向玄关——穿着一身笔挺大衣，内衬西装衬衫长裤的男人正走过玄关处，长腿刚屈起迈上第一节台阶，就先停住，张开了手臂，那张冷淡清隽的面庞上多了点笑意。

下一秒，飞奔过去的苏荷跳起来，八爪鱼似的蹦进他怀里，商骁顺势托住她的后腰，把人抱住。一套动作配合得娴熟无比，显然这个场景在这个家里已经发生过无数遍了。

再次感觉被塞了一嘴狗粮的严奕尴尬地敲了敲眉心，张开嘴准备说什么，只是不等他第一个字出口，玄关旁的台阶上，男人环着苏荷转身，将人抵在墙上，低下头去吻女孩的唇角，同时空出一只手往后，抚住女孩扣在自己身后的冰凉的脚。

商骁皱眉，不满地低声问："怎么又不穿拖鞋？"

挂在他身上的女孩眨眨眼，笑道："因为好几天没看到你，急着想见你才忘了的。"

商骁自然知道苏荷是找借口，又更清楚这习惯是被他纵容的，每次女孩赤足跑去找他，最后都是被抱回沙发或者房间的。时间一久，反而给她惯得更起兴了。

商骁轻叹了声，额头抵着她，无奈垂眸："自己在家的时候不许赤足跑，地上凉，除了我可没人会抱你进去。"

苏荷假装乖巧地点头，扣在他身后的脚丫轻压了下，呼吸慢慢往上攀，最后停在他面前，艳红的唇润着淡淡的水色，她往前贴了贴，笑意恣肆。

"还要。"

商骁无奈垂眼，纵容地去吻苏荷的唇。

客厅里，僵了几十秒的严奕终于忍不住了："咳咳，你俩行了啊，一个个都当我不存在。"

苏荷瞥他，满眼嫌弃："你这明明就是单身狗的嫉妒。"

严奕磨牙："就是被你们这种到处秀恩爱的人逼出来的。"

商骁充耳未闻，淡定地把怀里的苏荷放到沙发上："你们在谈事情？"

苏荷欢快地点头："我的经纪约到期，严奕来求我续约，被我残忍地拒绝了。"

商骁怔了下："不续约？那你之后要做什么？"

"换个公司签啊。"

商骁一停，无奈道："JA？"

苏荷莞尔道："一直用JA的人力和资源还不给JA盈利，我的负罪感太重了，必须得赎罪才行。"

严奕立刻将目光投向商骁，同时心思飞速动了起来——如果能找个说法说服商骁，让他不同意苏荷转入JA，那这件事就……

不等严奕的想法落定，就听见商骁平静地开口道："既然想来，那就来吧。"

严奕不甘心地说："你可想清楚啊妹夫，苏荷如果真过去了，肯定要拉着你做她的经纪人，我合理怀疑这才是她的真实目的。”

“经纪人？”商骁显然意外，回眸看向苏荷，“我吗？”

苏荷懊恼地瞪了严奕一眼，她原本想找个温柔点的说辞，结果被严奕直接抖搂出来了。

严奕在旁边添油加醋地夙恿：“我刚刚已经劝过她了，还是妹夫你把她惯坏了，一点也不知道体谅你，你看JA已经够你忙的了，哪有时间做她的经纪人？”

苏荷也不辩解，一脸委屈巴巴地看向商骁。

商骁失笑，俯身下去，声音低而温柔：“想好了？”

苏荷眼睛亮起来，像两盏小灯泡似的：“想好了，和JA的新经纪合约还有你的卖身契，啊不是，你的工作约我都找商娴拟好了！”

商骁失笑：“那把卖身契拿过来吧，我给你签。”

苏荷欢呼了声，这次乖巧地穿上沙发旁的拖鞋，跑上楼去拿合同了。

见苏荷上楼去拿合约，知道事情已经无可更改的严奕叹了口气：“那行吧，我回去安抚一下公司，公关你们配合好。我就是个普通老百姓，可不想明天被‘争夺家产’‘兄妹决裂’之类的谣言送到热搜上。”

商骁却突然开口道：“我知道你在担心什么，但那是多余的。”

严奕脚步一停，眼神微妙地转回头。

商骁望过来，眸子漆黑平静。

“是吗？可就算我相信你，恐怕公司里的很多股东也会担心这个问题。”

“那你告诉他们，邢天是苏荷的，JA也会是苏荷的。”商骁想了想，神色淡定地又补充了句，“以后如果我和她有了孩子，孩子可以姓苏。”

严奕表情僵硬，几秒后，他瞳孔一缩，不自觉地转回身，道：“就算你真能为了她做到这个地步，你确定商家的两位长辈会同意这件事？”

“JA和商家没有任何关系，他们不会干预。至于孩子……”商骁淡淡一笑，“不是还有商娴和商彦吗？”

严奕心情复杂到不知道该说什么。

商骁拿起桌上的签名笔，道：“所以那些问题你不必担心。”他示意了下签名笔，“我的一切都会是她的，包括我自己。”

走出别墅大门，严奕停在车前，站了片刻，他摇头苦笑道：“苏老太太没说错啊，这样的人真动了心，不是一般人承得起的。”

不过他那个妹妹，也确实不是一般人就是了。该如何说呢，天生一对？

苏荷转签JA的事情没热闹多久，就被商骁成为苏荷经纪人这一消息直接碾压性地覆盖了过去。已经进入退休养老模式的X光再次炸出，各大网站疯狂讨论不提，连路人都禁不住排着队号起来了——

“我疯了！神仙CP这是要组合出道吗？”

“星河溺我，天神在上！”

“呜呜呜，我好想天神！他能以这个形式回来圈里，就算露面再少我也认了，只要能让我看见他！”

“狗仔们，看懂眼神了吗？以后不管什么场合，拍苏荷的时候请一定务必把她的经纪人也捎带上！”

“经纪人啊……我已经预感到了，你们现在就尽情地笑吧，反正以后肯定有你们被秀到哭的时候。”

“闻到了满汉全席级别的狗粮味道……”

“没关系！夫妻两个我都可以！”

X光的热情高涨，之后苏荷的所有通告确实都能见到商骁的身影——严奕没说错，商骁这经纪人一上任，苏荷的安保团队压力顿时翻了几番。

被弃置几年的商骁的微博也再次启用，只不过与之前的头像和背景风格不同，这次回归，微博的认证改成了“苏荷经纪人”，背景换成了两人在花田里，商骁单膝跪地亲吻苏荷指尖的那张婚纱照。

围观网友对秀恩爱几乎快要习以为常了。

“顿顿狗粮，我吃撑了。”

“唉，年轻真好。想当初我看见这张婚纱照，一度怀疑它是P的，拒绝想象天神这样虔诚跪地的可能，而现在……你们告诉我，那个护妻狂魔真的是过去那个冷淡的天神吗？”

“我倒是觉得没什么变化，前几天的颁奖典礼直播你们没看吗？苏荷不在的时候，天神还是那个冷淡的凡人勿近的天神啊。”

“没错，其实应该是从始至终，只有她对他来说是不同的吧。”

“别说了，我要酸炸了！”

“这对锁死！我可以不谈恋爱，我的CP必须百年好合！”

“神魔一生推，推了生一堆！”

全娱乐圈吃上狗粮后，无数粉丝站进了两家父母眼巴巴等着抱“小包子”的队伍里，商骁和苏荷这对官方CP的全民催娃时代正式开启。

商骁和苏荷被催了几年后，有媒体曝出消息——“圈内代表性神仙CP不负众望，终于有小包子了，而且是买一送一，同卵双生的兄弟俩！”

消息一出，各大平台久违地炸了锅，苏荷和商骁的所有公众账号里更是被“求照片”刷了屏。

“终于！奶奶您嗑的CP有娃了！”

“两个男孩啊！难道十八年后又是两个天神吗？”

“姐妹你这个设想，我太可以了！”

“天神和荷荷都是颜值暴击，这两个人的孩子得多逆天？”

“我疯了！我公公婆婆在哪儿？快受我跪拜礼！”

“理智点姐妹们，你们是禽兽吗，在座的少说也比人家大个二十岁左右吧？”

“美梦突然破碎……我们是没希望了，但重任可以交给我们的孩子啊！”

“没错！两位亲家看看我！娃娃亲了解一下？”

网上掀起疯狂的求亲热度时，商苏两家同样正热闹着。

苏荷原本满怀期待地想看两只小号天神，然而却看见了两只皱巴巴的“小猴子”。

苏荷十分狐疑地看了看商骁那张挑不出瑕疵的脸，然后又看回孩子们身上。

“这难道就是传说中的基因突变？”

原本盯着两个外孙傻乐的苏毅民顿时脸色一黑："胡说八道！有当妈的这样说自己儿子的吗？小孩刚生下来都这样，你那会儿比他们还丑得多呢！"

被护外孙心切的老爸劈头盖脸训了一通，苏荷这才释然。

可怜两只"小猴子"，直到满一周岁前都被亲妈嫌弃了很长一段时间。

两个小孩一周岁的时候，开始在长相和智力上逐渐展露出他们先天的优良基因。虽然是同卵双生，长相很难分辨，但性格上却开始表现出差异。

小的那个叫苏商，很是吵闹，不管笑还是哭都非常敞亮。早几分钟出来而做了哥哥的，叫商苏，性子要沉稳一点，不怎么哭闹，甚至会在弟弟哭个不停的时候伸出小肉手过去安抚一下。

时间一久，摸透孩子的脾性后，家里的长辈和年数久的用人会开玩笑，说商苏是随了父亲，苏商则随了母亲。

虽然商苏两家不想孩子年纪小小就被卷进圈里，但商骁和苏荷的热度实在风头无两，总有媒体为了话题度千方百计地想要把孩子们拍进照片里。而随着年龄增长，长相和智力上的出彩让兄弟俩在圈里的曝光也逐渐增多。见无法抑制，邢天和JA两家娱乐巨头公司索性开始给两个孩子做一些简单的良性曝光。

于是，两只"小猴崽"在无数虎视眈眈，自称未来岳丈和岳母的网友的注目下，开启了通往"美猴王"的茁壮成长之路。

"小猴崽二号"的日记——

我叫苏商，今年七岁。我有一个哥哥，叫商苏，跟我长得特别像。

大人们记性都很差，因为他们总是问我们更喜欢爸爸还是妈妈，不管我们说了多少遍，他们都记不住，唉。

今天我灵机一动，拉着商苏跑去找妈妈。

我问妈妈，我跟商苏她最爱谁。妈妈说谁听话她最爱谁，可是明明除了爸爸以外的大人，都说妈妈小时候最不听话了。

啊？你问爸爸怎么说？

严奕表舅说爸爸是个护妻狂魔，和妈妈有关的问题都不需要问爸爸，因为问了也没用。

然后我又拉着商苏去找爸爸。

我问爸爸，我跟商苏他最爱谁，爸爸看了我一眼，说了一句话:“最爱苏荷。”

我不叫苏荷，商苏也不叫苏荷，但是妈妈好像叫苏荷。

哼，那我也不要最爱他了。以后大人们再问，我们都最爱妈妈。

番外四

苏荷十七岁那年，七月初，夏日炎炎。A市的中学生刚放暑假，苏荷的高二学业也结束了，班里一帮玩得开的活跃分子组织起来，约好趁班长生日的机会一起去玩。

A市的高中，尤其是苏荷所在的重点高中，从来不乏家里条件优越的学生，所以他们要去的地方就是班长父母名下的产业，有着吃喝全免费的高档服务，一帮即将面临高三压力的学生自然乐得找个没人管的地方撒欢玩。

苏荷过去两年从没参加过哪个同学的生日派对，这一次难得答应露面，于是她刚到便被班里的同学笑说还是班长面子大，连校花都请得动。

被开玩笑的班长有点脸红，但还是大着胆子看向苏荷——这次苏荷竟然破例答应自己的生日派对邀请，一想到这件事，班长就有点按捺不住激动的心情，拿起杯子仰头灌了半杯冰镇苏打水。

这一举动立刻惹得他旁边的同学奸笑着过来撞他的肩。

“可以啊，班长，校花都对你青眼有加，我看你希望不小。”

“能不能有点出息？人家都过来给你过生日了，今天就上去告白呗！”

“你们别乱说……”

班长板起脸，但眼睛还是没忍住偷偷往那个最耀眼的女孩所在的地方瞄过去，只可惜接下来看到的一幕让他有点失望，女孩在专心致志地拿着手机跟什么人打电话，并没有看他。班长遗憾地收回目光。

拿着手机的苏荷叹了声气，拧了拧上身，把自己转向沙发角。

电话里，商娴正出声问她：“怎么这么晚才接电话？”

“我在外面，有点吵，刚刚没听到。”

“你没在家里去哪儿了？”

“参加我们班长的生日派对。”

“你参加你们班长的生日派对？真的假的？我都不知道你什么时候这么有同学情谊了？”

苏荷噎了下，说：“心情不好，还不能出来走走了？”

“那现在心情好了？”

苏荷无奈道：“更差了……”

“心情不好是病，你得对症下药。我知道你为什么心情不好，你得来找我才对。”

苏荷嫌弃地说：“你知道什么？”

“我一放假回家就听说了，你前段时间是不是偷偷溜去音乐艺术学院找我哥了，还没找到人，扑了个空，对吧？”

苏荷：“你还幸灾乐祸？绝交！”

“你确定？绝交以后可就没人给你透露我哥的行踪了。”

被完美捏到痛点的苏荷沉默思考片刻，权衡利弊后装作无事发生地开口道：“娴哥，我刚刚什么都没说。”

“啧啧，为了我哥，苏大小姐可真是能屈能伸啊。”

“你懂就好。”

“好吧，看在你这么虔诚的份上，我就冒死给你透露个消息。”

“什么？”

“我哥今天突然从学校回来了，好像有什么大事发生的样子。他和我爸妈去书房谈话，中途我爸下楼被我碰上，你是没看到，那脸都是铁青的。”

苏荷不自觉地坐直身，问：“怎么了？”

“我哪知道，估计是音乐的事情吧，他也只有在这方面总能惹我爸妈动脾气了。”

“音乐？可他发展的势头很好啊，虽然还只是在校生，但那几张专辑都有惊人的成绩和名气，还有什么会惹叔叔阿姨生气的？”

“那谁知道。”

苏荷窝在沙发里沉思几秒，到底是越想心里越猫抓了似的痒。她坐不住身，往旁边挪了挪，小声道：“我今天刚好跟家里报备要参加同学的生日聚会，你让你家司机来这边接我，我去你家探探情况。”

商娴嫌弃道：“又是打着来找我玩的名号吧？”

苏荷沉默两秒，突然软着声开腔道：“娴哥……”

“打住打住，别跟我这样。有这力气你还不如省着留到我哥那儿呢，每次在我面前是英勇威武的森林王，到了他面前就成了小病猫。”

苏荷脸红道：“帮不帮忙？”

“行行行，帮帮帮，我哪次没帮你？就差给我哥一闷棍拍晕送到你家去了。”

“谢谢娴哥，么么哒！”

“呸，虚伪的女人。”

电话挂断，商娴的笑意还没停，她从沙发上爬下来，刚准备去叫家里的司机接人，走到院落，看见旁边不远处的围栏前那道颀长的身影，商娴的脚步突然一顿，几秒后，她露出一个狡黠的笑。

“哥。”

漠然站着的男生听见动静，回身望来，露出清隽美好的侧颜，只可惜那张冷白的俊脸和那双漆黑的眸子一样，几乎看不出半点情绪。

商娴在心里撇嘴，苏荷到底看上她这个冰山成精似的哥哥哪一点了？尽管心里腹诽不停，但商娴面上一点没露，笑容满面地走过去，道："我有件事，能麻烦你帮个忙吗？"

商骁没说话，极轻地皱了下眉，答案不言而喻。

商娴的笑容差点僵在脸上，她这个冰山成精的哥哥，没有半点兄妹情也就算了，关键是他真的连掩饰都懒得做。想了想苏荷，商娴勉强将转头走人的冲动压下来。

"那个……苏荷今天参加她班长的生日派对，估计被缠得很烦，脱不开身，你能不能去把她接过来？"

"苏荷？"围栏前站着的男生微怔了下，几秒后，白衬衫的少年在光下垂眸，"好。"

对这个干脆的回答，商娴并不意外："那我把地址发你，你到了直接上去找她就行。"

"在一起！在一起！在一起！"

生日派对的包厢里吵闹哄笑，学生们拍着巴掌看着站在包厢中央的班长和角落里怔然抬头的女孩。

苏荷面上茫然无辜，心里却像有千万匹马奔腾而过——她要是知道多留这么一会儿就惨遭当众告白，一定麻溜地滚蛋。不对，如果能提前知道，那她压根不会脑子一热就答应来参加什么生日派对。

那些起哄的声音让苏荷的内心逐渐逼近暴走的边缘，僵了几秒，见装傻无法蒙混过关，她只能站起身，道："抱歉，我家里突然有事要接我回去，司机待会儿就到楼下，我先……"

起哄的声音跌下去，众人表情尴尬，颇有信心的班长更是蒙在原地。

直到一个酸溜溜的声音从角落冒出来："这是班长的生日派对，说走就走算什么吗，校花怎么了，还真把自己当女王了？"

那声音说完就缩了回去，听见的学生不少人露出尴尬的表情，但也有几个早就对苏荷有些嫉妒的人低声嘀咕起来——

“就是啊，这也太不给班长面子了。”

“太高傲了吧，谁都不搭理？”

“早就看不惯她了，长得漂亮，学习好就了不起吗？”

苏荷眼神微凉，面上的笑容却毫无变化，她扭头看向僵立的班长，对方此时似乎回过神，接触到她的目光后，却什么也没说就低下了头。

苏荷皱眉，心底本就郁结的烦躁终于蒸腾，她上前几步走到桌旁：“是我对不住，自罚一杯给班长赔罪。”

说完，苏荷拿起桌上那杯果汁，向一言不发的班长示意了下，然后直接喝完。液体甫一进入嘴巴，苏荷心里就咯噔了下，这玩意尝起来实在不像果汁，更像是酒。

苏荷面上淡定，心里却慌得不行，在班长几人震惊的目光下，强撑着放下杯子，转身往包厢外走。不知道是什么烈度的酒，再加上苏荷第一次碰酒的缘故，从长桌到包厢门这短短一路，脚下坚硬的雪白瓷砖踩起来像是铺了柔软的长毛地毯，她好不容易坚持到门前，扶住双开门的木质把手，脑袋更是晕起来。

苏荷低下头，深吸了口气，刚准备用力去推，面前的木门却突然传来一股拉力——门大开，猝不及防又晕乎乎的女孩直接扑进了来人怀里。

视线极近处是白得晃眼的衬衫，还有极好闻的薄荷味的淡淡清香。苏荷茫然地抬头，酒精和灯光晃得她眼前的世界跟转圈一样，连站稳都难，更别想看清那张脸了。

不知道是谁，但就是感觉很熟悉。白皙的脸已经红透的女孩低下头，闷声不知道嘀咕了句什么，便心安理得地靠进来人的怀里，手臂也环抱上去。想象里，商骁抱起来应该也是这种感觉吧……醉意昏沉的女孩咂巴了下红润的嘴，心满意足地贴上脸颊。

包厢内外，被抱的商骁，还有里面一屋子的同学都是蒙了的反应。

商骁回神稍快些，他皱眉抬头，声音低沉好听：“你们让她喝酒了？”

冰冷的情绪轻易地传达给包厢里的每一个人，首当其冲的班长哆嗦了下，脸色发白：“她、她自己喝的……”

商骁眼底掀起一点戾气，所幸几秒后，怀里女孩不自觉在他胸膛前轻蹭的动作勾回了他的理智。

“以后这种活动不要找她。”

说完，商骁垂眸看向怀里的女孩，冰冷的表情很快退去，压低声音，叫道：“苏荷？”

女孩毫无反应。商骁迟疑片刻，躬身把人横抱起来，转身离开了。

一路下到停车场里开来的轿车旁，商骁把人放下，拉开副驾驶座一侧的车门，又将人抱了进去，然后他俯身进车，隔空压在她上方，给女孩系上安全带。

在商骁刚要退身出去的时候，歪着脑袋睡着的女孩突然动了动，满是醉意的眼睛睁开，迟缓地眨了眨。

“商……骁？”被醉意熏染的声音格外柔软好听。

商骁怔了下，垂眸看她。

“商骁……”

“嗯。”

“商骁……”

商骁无奈垂眼，一刹那，他的面上浮起一点极淡的笑，有些生涩地抬手，迟疑着摸上女孩的长发，从来冷淡的声音在只有一个清醒人的车内，透着不为人知的低哑和温柔。

“嗯，我在，睡吧。”

第二天一早，头痛欲裂地在商娴房间醒来的苏荷痛苦地咬被角。

“喝醉太难受了啊。”

“该。”商娴毫不留情地嘲笑她。

苏荷哀怨地仰回去，看着雪白的天花板，慢慢揉着泛红的脸。

不过，喝醉好像也挺好的，至少能让她梦见喜欢的人特别温柔地对她笑。

《吻痣2》完